AtV

Sébastien Japrisot (1931–2003) wuchs als Sohn italienischer Immigranten in Marseille auf. Lewis Carroll, später Hemingway, Faulkner, der amerikanische Roman und der amerikanische Film prägten früh seine literarische Orientierung. Mit Zwanzig übersetzt er Salinger. Mit Dreißig veröffentlicht er seine ersten Kriminalgeschichten. Es folgen weitere Kriminalromane mit zunehmend psychologischer Profilierung der Figuren: »Mord im Fahrpreis inbegriffen« (1962), »Die Dame im Auto mit Sonnenbrille und Gewehr« (1966), internationaler Erfolg 1977 mit »Blutiger Sommer«. »Un long dimanche de fiançailles« (1991), Japrisots erster großer poetischer Roman, in 16 Sprachen übersetzt, wurde das Filmereignis des Jahres 2004 in Frankreich – mit Audrey Tautou (»Die fabelhafte Welt der Amélie«) in der Rolle der Mathilde, unter der Regie von Jean-Pierre Jeunet (»Delicatessen«, »Die fabelhafte Welt der Amélie«).

Mathilde ist sechzehn, als sie sich das erstemal lieben. Sie ist siebzehn, als sie die Nachricht vom Tode Manechs erhält – desertiert, verurteilt und umgekommen im Niemandsland zwischen den französischen und den deutschen Linien, in einer Januarnacht das Jahres 1917. Doch Mathilde glaubt nicht an die merkwürdig lakonische Mitteilung, ihr Schmerz will Gewißheit. Mit der tollkühnen Ungeduld ihrer Liebe, aber auch mit geradezu kriminalistischem Verstand begabt, macht sie sich auf in ein Labyrinth von Wissen und Verleugnung, in dem einzig ein Foto und ein paar verschlüsselte Briefe ihr Ariadnefaden sind. Denn ein Gerücht hat ihr zugetragen, daß einer oder zwei der mit Manech verurteilten Soldaten jene Winternacht überlebt haben sollen.

Sébastien Japrisot

Mathilde
Eine große Liebe

Roman

Aus dem Französischen
von Christiane Landgrebe

Aufbau Taschenbuch Verlag

Titel der Originalausgabe
Un long dimanche de fiançailles

Mit 12 Szenenfotos von Bruno Calvo und Gilles Berquet
aus dem gleichnamigen Film von Jean-Pierre Jeunet

ISBN 3-7466-2117-8

2. Auflage 2005
Aufbau Taschenbuch Verlag GmbH, Berlin

Die deutsche Erstausgabe erschien hier unter dem Titel
»Die Mimosen von Hossegor«

Umschlaggestaltung Torsten Lemme unter Verwendung eines
Fotos von Bruno Calvo

Druck GGP Media GmbH, Pößneck
Printed in Germany

www.aufbau-taschenbuch.de

»Ich sehe niemand auf der Straße«, sagte Alice.

»So gute Augen möchte ich auch haben, daß ich imstande bin, Niemand zu sehen!« bemerkte der König neidisch. »Obendrein aus solcher Entfernung! Mir gelingt es bei dieser Beleuchtung höchstens, Leute zu sehen.«

Lewis Carroll
Alice im Spiegelland

Samstagabend

Es waren einmal fünf französische Soldaten, die führten Krieg, weil die Dinge nun einmal so sind.

Der erste, früher ein abenteuerlustiger und fröhlicher Mensch, trug um den Hals die Kennummer 2124 einer Rekrutierungsstelle des Departements Seine. Seine Füße steckten in Stiefeln, die er einem Deutschen abgenommen hatte, und diese Stiefel versackten tief im Schlamm, von Schützengraben zu Schützengraben, durch das gottverlassene Labyrinth, das zu den vorderen Linien führte.

Sie gingen hintereinander, jeder Schritt eine Qual, alle fünf gingen sie zu den vorderen Linien, die Hände auf dem Rücken gefesselt. Männer mit Gewehren führten sie von Schützengraben zu Schützengraben – blubb, blubb machten die einem Deutschen abgenommenen Stiefel im Schlamm –, hinein in den großen, kalten Widerschein der Nacht, über die vorderen Linien hinaus, weiter noch als bis zu dem toten Pferd und den verlorenen Munitionskisten und all jenen Dingen, die unter dem Schnee begraben waren.

Es gab viel Schnee im ersten Monat des Jahres 1917, in den ersten Tagen.

Nummer 2124 bewegte sich durch die Gräben, indem er bei jedem Schritt die Beine aus dem Schlamm zog, manchmal half ihm einer der Männer, warf sein Gewehr über die andere Schulter und zog ihn wortlos am Ärmel seines alten, steifgewordenen Mantels, unterstützte ihn dabei, Bein um Bein aus dem Schlamm zu ziehen.

Da waren auch Gesichter.

Dutzende und Dutzende von Gesichtern, alle an derselben Seite der engen Gräben aneinandergereiht. Schlammumrandete Augen starrten auf die fünf erschöpften Soldaten, die das ganze Gewicht ihres Körpers nach vorn warfen, um voranzukommen und zu den vorderen Linien zu gelangen. Unter den Helmen, im Abendlicht, jenseits der verstümmelten Bäume, vor den Mauern aus verletzter Erde, folgten stumme Blicke aus Schlammrändern für einen Augenblick den fünf Soldaten, wie sie mit gefesselten Armen an ihnen vorüberliefen.

Er, die Nummer 2124, Eskimo oder Bastoche genannt, war Zimmermann, früher, in der schönen Zeit, er sägte Bretter, hobelte sie, ging zwischen zwei Küchenschränken einen trockenen Weißen trinken – einen Weißen bei Petit Louis, in der Rue Amelot in Paris –, und jeden Morgen wickelte er sich einen langen Flanellgürtel um die Taille, einmal herum und noch einmal und noch einmal. Von seinem Fenster aus sah er Schieferdächer und auffliegende Tauben. In seinem Zimmer, in seinem Bett, da war ein Mädchen mit schwarzem Haar, die immer sagte – was sagte sie noch?

Vorsicht, der Draht.

Sie gingen weiter, mit entblößtem Haupt, zu den Gräben der vordersten Linien, diese fünf französischen Soldaten im Krieg, man hatte ihnen die Hände auf dem Rükken gebunden mit einem nassen Strick, der steif geworden war wie der Stoff ihrer Mäntel, und auf ihrem Weg erhob sich ab und zu eine Stimme, eine ruhige Stimme, immer eine andere, die sagte: Vorsicht, der Draht.

Er war Zimmermann und wegen Selbstverstümmelung vor das Kriegsgericht gekommen, man hatte Pulverspuren auf seiner verletzten linken Hand gefunden und ihn zum Tode verurteilt. Es war aber nicht wahr. Er hatte sich nur ein weißes Haar vom Kopf reißen wollen. Der

Schuß aus dem Gewehr, das nicht mal ihm gehörte, hatte sich von selbst gelöst, weil von der Nordsee bis zu den Bergen im Osten in diesen von den Menschen gegrabenen Labyrinthen seit langem nur noch der Teufel hauste. Und das weiße Haar hatte er nicht erwischt.

Im Jahr 15 hatte er eine Auszeichnung bekommen und eine Prämie für Gefangene. Drei. Der erste, das war in der Champagne. Einer, der mit erhobenen Händen dastand, eine gelbe Strähne über den Augen, zwanzig Jahre alt, und er sprach Französisch. Er sagte – was sagte er noch?

Vorsicht, der Draht.

Die beiden anderen waren bei einem ihrer Leute geblieben, der gleich sterben würde, mit allem möglichem im Bauch, Granatsplittern, Sonnengefunkel, sonst noch allerlei Geborstenem. Unter einem halb abgebrannten Karren robbten sie auf den Ellbogen vorwärts, ihre grauen Feldmützen mit dem roten Rand hatten sie noch auf, sie waren nicht heruntergefallen, die Sonne schien an diesem Tag, Kamerad. Wo war es? Mitten im Sommer 15, irgendwo. Einmal war er in einem Dorf aus dem Zug gestiegen, und auf dem Bahnsteig war ein Hund, der bellte, der bellte die Soldaten an.

Nummer 2124 war lebhaft und kräftig, er hatte die starken Schultern des harten Arbeiters, der er in seiner Jugend gewesen war, als er abenteuerlustig und guten Mutes nach Amerika gegangen war, Schultern eines Holzfällers, Fuhrmanns, Goldsuchers, durch die er kleiner wirkte. Jetzt war er siebenunddreißig, fast auf den Tag genau, er glaubte an alles, was man ihm gesagt hatte, um das Unglück zu rechtfertigen, das jetzt unter dem Schnee begraben lag, er hatte seine Stiefel einem Feind abgenommen, der sie nicht mehr brauchte, hatte sie mit Stroh oder Zeitungspapier vollgestopft und trug sie statt seiner alten Botten, wenn er nachts Wache schob. Er war in einer Schule wegen Selbstverstümmelung verurteilt worden, und vorher leider auch schon einmal, weil er betrunken gewesen war und mit ein paar Kameraden etwas Dummes angestellt hatte, aber das mit der Verstümmelung stimmte nicht. Er war vorgeladen worden und hatte sich alle Mühe gegeben, wie die anderen. Er verstand nicht mehr, was mit ihm geschah. Er ging als erster der fünf, weil er der Älteste war, durch die matschigen Gräben, die breiten Schultern nach vorne gezogen, unter schlammumrandeten Blicken.

Der zweite Soldat, dem man die Arme mit Stricken zusammengebunden hatte, war die Nummer 4077 aus einem anderen Rekrutierungsbüro des Departements Seine. Eine Plakette mit dieser Nummer trug er noch unter dem Hemd, aber alles andere, Abzeichen und Erkennungsmarken und selbst die Taschen seiner Jacke und seines Mantels waren ihm wie seinen Kameraden abgerissen worden.

Er war am Eingang der Gräben ausgerutscht, und in seinen nassen Kleidern war ihm eiskalt bis ans Herz, aber vielleicht war dieses Übel zu etwas gut, denn die Kälte hatte die Schmerzen in seinem linken Arm betäubt, die ihn seit mehreren Nächten nicht mehr schlafen ließen, und sie hatte auch seinen Geist in einen dumpfen Schlaf der Angst getaucht, in dem er nicht mehr recht wahrnahm, worauf er sich zubewegte, es sei denn, es war das Ende eines bösen Traums.

Vor diesem Traum war er Hauptmann gewesen, weil sie einen brauchten, und die aus seiner Einheit wollten, daß er es wurde, dabei haßte er Dienstgrade. Er war sicher, daß die Menschen eines Tages frei und gleich sein würden, die Schweißer wie alle anderen auch. Er war Schweißer in Bagneux, bei Paris, hatte eine Frau, zwei Töchter und wunderbare Sätze im Kopf, auswendig gelernte Sätze über die Arbeiter in aller Welt, in denen es hieß – ja, er wußte seit über dreißig Jahren genau, wie sie lauteten, und sein Vater, der ihm so oft von der Zeit der Kirschen erzählt hatte, wußte es auch.

Er wußte von jeher – sein Vater, der es wiederum von seinem Vater wußte, hatte es ihm vererbt –, daß die Armen mit ihren Händen die Kanonen bauen, um durch sie getötet zu werden, und daß die Reichen sie verkaufen. Er hatte versucht, das anderen zu erzählen, in Unterkünften, in Scheunen, in den Dorfcafés, wenn die Wirtin die Petroleumlampen anzündet und die Gendarmen zum Nachhausegehen drängen, ihr seid alles brave Kerle, aber seid vernünftig, geht nach Hause. Er konnte nicht gut reden, die Dinge nicht gut erklären. Und es gab ja auch soviel Unglück bei den Männern, und der Wein, der Weggenosse des Unglücks, hatte ihren Blick so vernebelt, daß er noch weniger wußte, wie er sie erreichen sollte.

Wenige Tage vor Weihnachten, als er gerade zur Front einrückte, hörte er, was manche getan hatten. Da lud er sein Gewehr und schoß sich eine Kugel in die linke Hand, sehr schnell und ohne hinzusehen, ohne zu überlegen, nur um dazuzugehören. In dem Klassenzimmer, in dem er verurteilt wurde, waren sie achtundzwanzig Mann, die dasselbe getan hatten. Er war froh, ja, froh und beinahe stolz, daß es achtundzwanzig waren. Auch wenn er es nicht mehr erlebte, denn die Sonne ging für ihn zum letztenmal unter, wußte er, der Tag würde kommen, an dem Franzosen, Deutsche und Russen – »und die Pfaffen mit uns«, wie er sagte –, also niemand mehr kämpfen würde, nie mehr, für nichts. Jedenfalls glaubte er das. Er hatte blaue Augen, von jenem sehr blassen, mit kleinen roten Punkten übersäten Blau, wie die Schweißer es manchmal haben.

Der dritte kam aus der Dordogne und trug auf der Brustplakette die Nummer 1818. Als sie ihm zugeteilt wurde, hatte er ein seltsames Gefühl gehabt und den Kopf geschüttelt, weil er Waise war und in den Heimen, in denen er als Kind lebte, sein Spind im Speiseraum oder im Schlafsaal immer die Nummer 18 gehabt hatte. Seit er laufen konnte, ging er mit schweren Schritten, jetzt waren sie noch schwerer durch den Schlamm, alles in ihm war schwer, geduldig und hartnäckig. Auch er hatte sein Gewehr geladen und sich eine Kugel in die Hand geschossen – in die rechte, denn er war Linkshänder –, aber ohne die Augen zuzumachen. Er hatte die ganze Sache sogar mit einem aufmerksamen Blick verfolgt, einem Blick jenseits der Welt, jenem Blick, den niemand bei einem anderen kennt, weil es der Blick der Einsamkeit ist. Und seit langem führte Nummer 1818 seinen eigenen Krieg, ganz allein.

Vorsicht, der Draht.

Nummer 1818 war sicher der tapferste und furchterregendste der fünf Soldaten. In dreißig Monaten Armeezugehörigkeit hatte er nie Aufsehen erregt, hatte nie mit irgendwem über sich gesprochen. Sie hatten ihn an einem Augustmorgen in seinem Bauernhof abgeholt, ihn in einen Zug gesteckt und ihm gesagt, wenn er wiederkommen wolle, müsse er gut auf sich aufpassen. Mehr hatte er nicht begriffen. Einmal hatte er einen Offizier aus seiner Kompanie erwürgt. Es war am Ufer der Woevre während eines Angriffs. Niemand erfuhr davon. Er hatte ihn mit seinen bloßen Händen erwürgt und ihm die Brust mit dem Knie eingedrückt, er hatte sein Gewehr aufgehoben und war weggelaufen, geduckt unter den Gewehrsalven, das war alles.

Er hatte eine Frau, sie war Waisenkind wie er, und seit er fort war, dachte er, wie zart doch ihre Haut sei. Es war wie ein Riß in seinem Schlaf. Oft dachte er an die Schweißperlen auf ihrer Haut, wenn sie mit ihm den ganzen Tag gearbeitet hatte, und an ihre armen Hände. Die Hände seiner Frau waren hart und aufgesprungen wie die eines Mannes. Auf dem Hof hatten sie bis zu drei Tagelöhnern gleichzeitig beschäftigt, die sich nicht schonten, aber überall wurden die Männer in den Krieg geschickt, und seine Frau, die einundzwanzig war, neun Jahre jünger als er, war auf sich allein gestellt.

Er hatte auch einen kleinen Sohn, den er ihr im ersten Urlaub gemacht hatte, ihm verdankte er den zweiten Urlaub. Der Kleine konnte schon von einem Stuhl zum nächsten laufen, war stark wie er und hatte die zarte Haut seiner Mutter, sie hatten ihn Baptistin genannt. In dreißig Monaten hatte er diese beiden Urlaube gehabt und außerdem einen inoffiziellen, bei dem er aber nicht weiter gekommen war als bis zur Gare de l'Est in Paris, weil es einfach nicht möglich war. Aber seine Frau, die kaum lesen und schreiben konnte, hatte aus tausend Kilometern Entfernung begriffen, was sie tun mußte, und zum erstenmal im Leben hatte er geweint. Er weinte sonst nie. So weit er zurückdenken mochte – an eine Platane, an ihre Rinde, an den Geruch der Platane –, konnte er sich an keine einzige Träne erinnern, und wenn er Glück hätte, würde er vielleicht nie wieder weinen.

Der dritte war der einzige der fünf Soldaten, der noch daran glaubte, daß er Glück haben könnte und daß man sie vielleicht nicht erschießen würde. Er sagte sich, um sie zu erschießen, hätte man sich nicht die Mühe gemacht, sie noch an eine andere Front und bis zu den vordersten Linien zu verfrachten. Sein Prozeß hatte in einem Dorf im Departement Somme stattgefunden. Zuerst waren sie fünfzehn gewesen, für die es keine mildernden Umstände gab, danach zehn und schließlich noch fünf. Bei jeder Etappe hatten sie welche verloren, ohne zu wissen, was aus ihnen geworden war. Eine Nacht waren sie in einem Zug gefahren, einen Tag lang in einem anderen, sie hatten einen Lastwagen besteigen müssen und danach noch einen anderen. Sie fuhren nach Süden, dann Richtung Sonnenuntergang und schließlich nach Norden. Am Ende, als sie nur noch fünf waren, waren sie auf einer

Straße gelaufen, Dragoner begleiteten sie mißmutig, in einem zerstörten Dorf hatte man ihnen Wasser und Kekse gegeben und ihre Verbände erneuert, wo es lag, wußte er nicht mehr.

Der Himmel war weiß und leer, die Artillerie schwieg jetzt. Es war sehr kalt, und außer der schlammigen, vom Krieg zerfurchten Straße, die jenes Dorf ohne Namen durchzog, war alles von Schnee bedeckt wie in den Vogesen. Aber man sah nirgendwo Berge wie in den Vogesen. Auch keine Schluchten oder Kämme, wo die Männer krepiert wären wie in den Argonnen. Und die Erde, die er in seine Bauernhände genommen hatte, war anders als in der Champagne und an der Maas. Doch da war etwas, das der Verstand sich weigerte zu erkennen, erst ein alter Uniformknopf, den ihm sein Hintermann in den engen Gräben vor die Füße schob, ließ es ihn glauben: Sie waren wieder in der Gegend, die sie verlassen hatten, da, wo Leute aus Neufundland getötet werden, an der Grenze zwischen dem Artois und der Picardie. Allerdings war in den zweiundsiebzig Stunden, in denen sie weit fortgebracht worden waren, Schnee gefallen, schwer und still, er hatte alles zugedeckt, die offenen Wunden in den Feldern, den abgebrannten Bauernhof, die Stümpfe toter Apfelbäume und die verlorenen Munitionskisten.

Vorsicht, der Draht.

Der Mann, der ihm in den Gräben folgte, der vierte von den fünf Soldaten ohne Helm, ohne Abzeichen, ohne Regimentsnummer, ohne Jacken- und Manteltaschen, ohne Familienfoto, ohne Christenkreuz, Davidstern oder Halbmond, ohne irgend etwas, das mehr Aufsehen erregt als ein Herz, das schlägt – die Nummer 7328 eines Rekrutierungsbüros aus dem Departement Bouches-du-Rhône, geboren im italienischen Emigrantenmilieu des Marseiller Viertels Belle de Mai, er hieß Ange. Nach Meinung aller, die ihm zu irgendeinem Zeitpunkt seiner sechsundzwanzig Jahre begegnet waren, war dies der unpassendste Vorname, den man sich für ihn denken konnte.

Dabei war er fast so schön wie ein Engel, und er gefiel den Frauen, selbst den anständigen. Er hatte eine schlanke Taille, kräftige Muskeln, Augen, die schwärzer und geheimnisvoller waren als die Nacht, zwei Grübchen, wenn er lächelte, ein weiteres am Kinn, und seine Nase war gerade neapoletanisch genug, daß er sich in seiner Kompanie mit dem Landser-Spruch »lange Nase, langer Schwanz« brüsten konnte, er hatte dichtes Haar, einen fürstlichen Schnurrbart, eine Art zu reden, als singe er, er sah aus wie jemand, den man einfach lieben mußte. Wer aber seinen Samtaugen zum Opfer gefallen war und seinen marmorkalten Egoismus zu spüren bekommen hatte, wußte es anders: Er war hinterhältig, betrügerisch, ein Schwätzer, Dieb, eine Petze, feige schon, wenn er nur an etwas dachte, bereit, auf das Haupt seiner Mutter Meineide zu schwören, ein Schlitzohr, er handelte mit Tabak und »Kriegsmüttern«, war sehr geizig, eine Memme, wenn in der Nähe Geschosse niedergingen, aber ein Maulheld, wenn das Nachbarregiment in die Schlacht zog. Im Grunde war er ein Taugenichts und, wie er selbst zugab, das kleinste und mieseste aller Frontschweine. Da er aber noch nicht viel von der Front gesehen hatte, konnte er selbst da nicht sicher sein.

Drei Monate war Nummer 7328 an der Front gewesen, die drei letzten des Jahres, das gerade zu Ende gegangen war. Vorher war er in Joigny im Ausbildungslager gewesen. Dort hatte er gelernt, ein paar gute Burgundersorten zu erkennen, zumindest am Etikett, und die schlechte Laune der Vorgesetzten an seine Kameraden weiterzugeben. Und noch davor hatte er in Marseille im Gefängnis Saint-Pierre eingesessen, wo er seit dem 31. Juli 1914, dem Tag, an dem die Welt verrückt geworden war, eine

Strafe von fünf Jahren absaß für etwas, was er eine »Angelegenheit des Herzens« oder eine »der Ehre« nannte, je nachdem, ob er mit einer Frau oder einem Mann darüber sprach – in Wahrheit ein Streit zwischen zwei Zuhältern, der ein schlimmes Ende genommen hatte.

In jenem Sommer, dem dritten, den er hinter Gittern verbrachte, füllte man die ausgedünnten Regimenter mit Veteranen und Kriminellen auf, und man stellte ihn vor die Wahl. Zusammen mit anderen Hirnlosen hatte er gewettet, daß der Krieg nur noch ein paar Wochen dauern würde, daß entweder die Franzosen oder die Engländer über kurz oder lang geschlagen wären und er vor Weihnachten freikäme. Im Glauben daran hatte er, nachdem er sich zwei Wochen im Departement Aisne eingegraben hatte, um sich vor den Geschossen zu schützen, fünfzig Tage erlebt, die so schlimm waren wie fünfzigmal hundert Jahre Knast – in Fleury, im Bois Chauffour, an der Côte du Poivre –, fünfzig Ewigkeiten des Grauens, Sekunde für Sekunde, Schrecken für Schrecken, um schließlich in dieser Falle zu landen, die nach Pisse, Scheiße und dem Tod der Männer aus beiden Lagern roch, die ihren Lustknüppel bearbeitet hatten, ohne die Kraft, es bis zum Schluß zu machen, Douaumont vor Verdun.

Der Mutter Maria, die auch die Gauner schützt, sei ewig Dank: Er hatte nicht mit den ersten hineingemußt, auf die Gefahr hin, von einem früheren Bewohner abgemurkst zu werden, und er war wieder herausgekommen, mit dem einen Trost wenigstens, daß nichts je schlimmer sein könnte, weder in dieser noch in einer anderen Welt. Aber er mußte sehr tief gefallen sein, um sich vorzustellen, daß menschliche Bosheit ihre Grenzen hat.

Im Dezember, nach sechs kurzen sogenannten Ruhetagen, an denen er keine Gabel fallen hören konnte, ohne sich eine Beule an der Birne zu holen, und die ganz mit Kasernenschikanen ausgefüllt waren, damit sie wieder in

Stimmung kamen, hatten sie ihn, Ange, und sein ganzes Regiment an das Ufer der Somme verlegt, in ein Gebiet, das erschöpft schien von dem Gemetzel und seit mehreren Wochen als ruhig galt. Aber es sickerte das Gerücht von einer bevorstehenden Offensive durch, einer Sache auf Leben und Tod, einem harten und entscheidenden Schlag, bei dem es auf den Einsatz von Menschen nicht ankommen sollte. Von diesem Wahnsinn hatten die Männer durch den Küchenbullen erfahren, der es von dem Läufer wußte, einer grundehrlichen Haut, einem Ordonnanzoffizier, der gern Worte aus der Luft aufschnappte, und der wiederum hatte es aus dem Mund seines Obersten erfahren, welcher beim General und der Generalin auf einem Ball gewesen war, um ihre Bluthochzeit zu feiern.

Ange, der kleine Ganove aus Marseille, das Straßenkind aus der Rue Loubon, war zwar der dümmste der armen Schlucker, spürte aber genau, daß Angriff nur den einen Sinn machte, nämlich einen Gegenangriff zu provozieren, wodurch alles nur noch schlimmer wurde, und er war schließlich wie alle anderen vor ihm zu der Einsicht gekommen, daß dieser Krieg nie ein Ende nehmen würde, einfach weil niemand mehr in der Lage war, gegen irgendwen zu kämpfen, sondern nur noch Waffen und Kanonen auf den nächsten Sperrmüll werfen konnte, um die Angelegenheit mit Zahnstochern auszutragen. Oder besser noch mit Kopf oder Zahl. Einer der armen Kerle, die vor ihm gingen, der zweite in ihrer traurigen Schar, ein Hauptmann, den man Six-Sous nannte, weil er Francis* hieß, hatte auf ihrem von vornherein verlorenen Prozeß verdammt gut geredet, von der Nützlichkeit von Angriffen und Gegenangriffen und der sinnlosen Vermehrung von Friedhöfen, und er hatte seinen betreßten Richtern

*Anagramm von *six Francs*: also *sechs Sous* für *sechs Francs*.

etwas Furchtbares an den Kopf geworfen: Wenn in den zwei Jahren, seit die Armeen auf beiden Seiten der langen Frontlinie eingegraben lagen, alle nach Hause gegangen wären und die Gräben leer gelassen hätten, wäre heute auch nichts anders – »hören Sie, nichts!« –, man wäre genau da, wo man mit all den auf den Generalstabskarten verzeichneten Metzeleien hingekommen sei. Vielleicht war Hauptmann Six-Sous nicht ganz so schlau, wie er schien, wenn er nun am Ende doch erschossen wurde, aber was sollte man darauf antworten? Er, Ange, wußte es jedenfalls nicht.

Vergeblich hatte er eine Eingabe an den Bataillonskommandanten gerichtet, wieder in seine gute alte Zelle im Knast von Saint-Pierre zurückkehren zu dürfen, und eine weitere, bis in die Rechtschreibfehler identische, an seinen Abgeordneten im Departement Bouches-du-Rhône. Beide hatte er mit einem in schmutzigem Wasser angefeuchteten Tintenstift geschrieben, weil er es haßte, wenn seine Lippen violett wurden, und Tränen hatte er schon lange nicht mehr. Er hatte sich tausend einfallsreiche und grausame Möglichkeiten ausgedacht in der Hoffnung, noch blasser auszusehen, als er in den wenigen Monaten schon geworden war, bleich, todesgrau, leichenmäßig.

Zehn Tage vor jenem Weihnachtsfest, an dem er gehofft hatte, frei zu sein, in der trüben Stunde der Dämmerung, nach etlichen Schluck Wein und wiederholtem dramatischem Zaudern, hatte er einen noch größeren Schwachkopf, einen Notargehilfen aus dem Anjou, der nur nach Hause wollte, um seine Frau mit einem andern zu überraschen, überzeugt, sich gegenseitig eine Kugel in die Hand zu schießen, ausgerechnet auch noch in die rechte Hand, denn darin waren sie sich einig, daß das Unglaubliche glaubwürdiger sei. Sie hatten es in einem Stall getan, in dem die Pferde scheuten, weil sie hier, mehrere

Kilometer von einer Front entfernt, an der nichts geschah, das kommende Gemetzel schon ahnten. Mit ungeschickter Hand, ohne zu wissen, ob sie es wirklich wollten, schworen sie sich Bruderschaft, so wie Kinder im Dunkeln versuchen, sich Mut zu machen, und doch vor den eigenen Schreien erschrecken. Er, Ange, die Nummer 7328, hatte in letzter Sekunde, weil sein ganzes Wesen sich sträubte, Wort zu halten, seine Hand vom Gewehrlauf weggezogen und die Augen geschlossen. Geschossen hatte er trotzdem. Jetzt fehlten ihm zwei Glieder vom Ringfinger und die Kuppe des Mittelfingers, aber der andere, der arme Hund, würde nie mehr sein Geld zählen, ihn hatte der Schuß mitten ins Gesicht getroffen, und die wild gewordenen Pferde, die sich losrissen, um den Sauereien der Menschen zu entkommen, hatten ihn zu Brei getrampelt.

Ja, er lief durch den Schlamm, weil hier sein Platz war, er war der vierte von fünf Verurteilten, die bis hierher geführt worden waren, in dieses Labyrinth im Schnee, um ihrem Unglück ins Auge zu sehen. Aber er war schon so lange gelaufen, war viel zu müde, um sich noch zu wehren, er wollte nur noch schlafen, und er war sicher, daß er sofort einschlafen würde, wenn man ihn an den Unglückspfahl fesselte und ihm die Augen verband, nie würde er erfahren, was am Ende seines Lebens geschehen war: Anjou, Feuer, Feuer, Kaminfeuer, Feuervogel, Ente, Entennase, ich habe die Nase voll, Schlammvogel, Schlamm in den Schützengräben, aus dem er sich herauszog, und der hängende Kopf fiel ihm dabei von einer Schulter zur andern, nur immer weiterlaufen, hin zu jenem Widerschein der Nacht, er hatte die Nase voll.

Vorsicht, der Draht.

Der fünfte und letzte der Soldaten mit auf dem Rücken gebundenen Händen war ein Bleuet, wie man die vom Jahrgang 16 nannte, nur noch fünf Monate, und er würde zwanzig sein. Er hatte mehr Tage an der Front zugebracht als der jämmerlich torkelnde Kasper vor ihm, und wenn Einbildung überhaupt zählte, hatte er noch mehr unter der Angst gelitten.

Er hatte Angst vor Krieg und Tod wie fast alle, aber auch Angst vor dem Wind, der das Gas ankündigt, Angst, wenn eine Granate die Nacht zerriß, Angst vor sich selbst, weil er dann durchdrehte und es ihm nicht gelang, zur Vernunft zu kommen, Angst vor den eigenen Kanonen, Angst vor dem eigenen Gewehr, Angst vor dem Lärm der Geschosse, Angst vor Minen, die explodieren und einen ganzen Trupp vernichten, Angst vor dem überschwemmten Unterstand, in dem man ertrinkt, Angst vor der Erde, die einen verschüttet, vor der verirrten Amsel, die wie ein Schatten plötzlich die Augen streift, Angst vor den Träumen, die immer damit enden, daß man auf dem Grund eines Trichters zerfetzt wird, Angst vor dem Unteroffizier, der einem am liebsten eine Kugel in den Kopf jagen möchte, weil er es satt hat, einem hinterherzubrüllen, Angst vor den Ratten, die auf einen warten und an einem riechen, während man schläft, um einen Vorgeschmack zu bekommen, Angst vor den Läusen, den Filzläusen und den Erinnerungen, die einem das Blut aussaugen, Angst vor allem und jedem.

Vor dem Gemetzel war er ein anderer gewesen, ja ganz das Gegenteil, er kletterte auf Bäume, auf den Kirchturm, nahm es im Boot seines Vaters mit dem Ozean auf, half freiwillig bei Waldbränden, brachte im Sturm zerstreute Fischerboote nach Hause. Er war furchtlos und ging so großzügig mit seiner jungen Kraft um, daß seine Familie glaubte, der Tod könne ihm nichts anhaben. In der ersten Zeit war er sogar an der Front tapfer gewesen. Dann aber hatte ein Geschoß eingeschlagen, eines zuviel, an einem Sommermorgen bei Buscourt, nur wenige Kilometer von dem Schützengraben entfernt, in dem er jetzt steckte. Die

Explosion hatte ihn nicht getroffen, hatte ihn nur durch ihre Wucht in die Luft geschleudert, aber als er wieder auf beiden Füßen stand, war er über und über mit dem Blut eines Kameraden bedeckt, mit Blut und Fleischfetzen, die nicht mehr zu erkennen waren, bis in den Mund hinein, und er spuckte all dieses Grauen aus, er schrie. Ja, er brüllte auf dem Schlachtfeld vor Buscourt in der Picardie, er riß sich die Kleider vom Leib und weinte. Sie brachten ihn nackt ins Quartier zurück. Am nächsten Morgen hatte er sich wieder beruhigt. Hin und wieder zitterte er ohne Grund, aber das war alles.

Mit Vornamen hieß er Jean, aber seine Mutter und alle anderen zu Hause nannten ihn Manech. Im Krieg hieß er nur Bleuet. Die Rekrutierungsnummer auf dem Armband an seinem unversehrten Handgelenk lautete 9692, von einem Rekrutierungsbüro im Departement Landes. Er war in Cap-Breton geboren, von wo aus man Biarritz sehen kann, aber in den Armeen der Republik hatte keiner viel Ahnung von Geographie. Die aus seiner Abteilung glaubten, er komme aus der Bretagne. Er hatte es schon am ersten Tag aufgegeben, ihnen den Irrtum auszureden. Er war nicht aufdringlich, nahm sich zurück, um sinnlose Diskussionen zu vermeiden, und fuhr letzten Endes gut dabei: Wenn er mit seiner Ausrüstung oder den Gewehrteilen nicht klarkam, fand er immer einen Ersatzvater, der ihm half, sich zurechtzufinden, und im Schützengraben verlangte außer dem Unteroffizier, der ihn nicht leiden konnte, niemand etwas anderes von ihm als in Deckung zu bleiben und auf den Draht zu achten.

Aber da war die Angst, die sein ganzes Wesen durchdrungen hatte, die Vorahnung, daß er nie nach Hause zurückkehren würde, ein Urlaub, den man ihm versprochen hatte, auf den er aber nicht mehr hoffte, und dann war da Mathilde.

Im September war er, um Mathilde wiederzusehen, dem Rat eines gewissen Marie-Louise gefolgt, so lautete der Spitzname der im Jahr 15 Eingezogenen, der fast ein Jahr älter war als er. Er hatte eine in Pikrinsäure getränkte Fleischfrikadelle gegessen und sich die Seele aus dem Leib gekotzt, aber inzwischen konnte jeder Kommißkopf eine Gelbsucht erkennen, bevor er noch lesen lernte, und so war er zum erstenmal vor das Kriegsgericht zitiert worden, das seines Bataillons. Wegen seiner Jugend hatten sie ihn dort mit Nachsicht behandelt; zwei Monate auf Bewährung, aber keinen Fronturlaub mehr, außer es würde ihm gelingen, Kaiser Wilhelm persönlich gefangenzunehmen.

Dann, im November, es war vor Péronne, zehn Tage ohne Unterlaß hatte er die Beschimpfungen des verfluchten Sergeanten über sich ergehen lassen müssen, und dann Regen, Regen, Regen. Er konnte nicht mehr, und so hatte er auf einen anderen Marie-Louise gehört, der noch schlauer war als der erste.

Eines Nachts, als er Wache schob, die Kanonade war fern und der Himmel tiefschwarz, hatte er, der Nichtraucher, eine englische Zigarette angezündet, weil die nicht so leicht ausgeht wie eine dunkle, dann hatte er seine rechte Hand über den Grabenwall erhoben, die Finger schützend über den kleinen roten Schimmer gebreitet. So war er lange Zeit geblieben, den Arm in die Luft gestreckt, das Gesicht gegen die nasse Erde gedrückt, und er hatte zu Gott gebetet, wenn es ihn noch gab, er möge ihm die geeignete Verletzung verschaffen. Der Regen war stärker gewesen als der kleine rote Schein, da hatte er es mit einer neuen Zigarette versucht, und mit noch einer, bis ein Kerl von gegenüber durch das Fernglas blickte und begriff, was er wollte. Es muß wohl ein guter Schütze gewesen sein, oder die Deutschen, die ebenso verständig waren wie die Franzosen, hatten einen geholt, jedenfalls reichte eine Kugel. Sie riß ihm die Hälfte der Hand weg, den Rest hatte der Arzt entfernt.

Zur Krönung allen Unglücks hatte, als der Schuß losging, der weder die beunruhigte, die ihre schwere Arbeit machten, noch die anderen weckte, gerade der Sergeant nicht geschlafen. Er schlief nie, der Sergeant. An jenem feuchten, frühen Morgen hatten alle Männer, selbst die Hauptleute, selbst die Sanitäter, die mit der Trage herbeigeeilt waren – übrigens umsonst, denn der Verletzte konnte noch gehen –, den Sergeanten angefleht, einen Strich unter die Geschichte zu ziehen, aber der wollte nichts davon hören. Mit dem Akzent eines Dickschädels aus dem Aveyron und mit Tränen der Wut in den Augen sagte er: »Haltet das Maul! Verflucht noch mal, haltet das Maul! Wo käme ich hin, wenn ich solche Sachen durchgehen ließe? Und wenn alle es machen wie dieses kleine Schwein, wer hält dann die Stellung? Wer hält dann die Stellung?«

Bleuet kam zum zweitenmal vors Kriegsgericht, diesmal beim Armeekorps, sie verteidigten ihn, so gut es ging. Er habe noch Glück gehabt, sagten sie ihm, daß es die Standgerichte nicht mehr gebe, sonst wäre er auf der Stelle erschossen worden. Der Ankläger hatte von Amts wegen einen Anwalt aus Levallois, einen Artilleriehauptmann, zum Pflichtverteidiger bestimmt, für ihn und drei seiner Altersgruppe. Er war ein tapferer Mann, der schon einen Sohn bei Eparges verloren hatte und laut dachte, es reiche jetzt. Bei drei Leuten hatte er Erfolg, beim vierten nicht. Nicht bei einem wie ihm, der schon wieder durch Feigheit aufgefallen war, ein so verderbliches Beispiel, durch das sämtliche Rekruten einer Division angesteckt werden konnten. Keiner der Richter hatte sein Gnadengesuch unterzeichnen wollen.

Die Schmerzen der Menschen bewegen sich manchmal, wenn sie zu groß werden, schneller auf das Nichts zu als die Menschen selbst. Nachdem er den Urteilsspruch wie einen Keulenhieb empfangen hatte und im Dunkel eines Viehwaggons lag, um zusammen mit vierzehn anderen wer weiß wohin verschleppt zu werden, war in Bleuet langsam etwas aufgebrochen wie ein scheußlicher Abszeß, und seitdem wußte er, außer manchmal in einem kurzen Aufflackern des Verstandes, nicht mehr, was ihn ums Leben brachte – der Krieg, sein Arm ohne Hand, das Schweigen der Männer an seinem Weg oder all diese Blicke, die sich von dem seinen abwandten, weil der so gehorsam, so vertrauensvoll, einfach unerträglich war und sein Lächeln so starr wie das eines geisteskranken Kindes.

Er lächelte auf ganz seltsame Art, dieser letzte der fünf Soldaten, die bestraft werden sollten, er hatte blaue Augen und schwarzes Haar, hervorspringende Backenknochen, aber kaum einen Bart. Daß er noch so jung war, half ihm auch; es war weniger mühsam für ihn, durch die überfluteten Gräben zu laufen, als für seine Kameraden. Im Gegenteil, er empfand ein animalisches Vergnügen dabei, tief in den Schlamm einzusinken, die kalte Luft auf dem Gesicht und in den Ohren die Schreie und das Lachen der Abende von früher: Er kam aus der Schule, ging über den Dünenweg zwischen dem See und dem Ozean nach Hause, in jenem seltsamen Winter hatte es überall geschneit, er wußte, daß Kiki, der Hund, ihm im Licht der untergehenden Sonne entgegenlief, er hatte Hunger und freute sich auf ein Honigbrot und eine große Schale Kakao.

Irgendwo sagte jemand, Vorsicht, der Draht.

Mathilde weiß nicht, ob Manech sie gehört hat im Lärm ihrer Kindheit, im Getöse der großen Wellen, in denen sie mit zwölf, mit fünfzehn Jahren tauchte und sich an ihm festhielt. Als sie zum erstenmal miteinander schliefen, war sie sechzehn, es war an einem Nachmittag im April, und sie schworen einander, zu heiraten, wenn er aus dem Krieg käme. Als sie ihr sagten, er sei verloren, war sie siebzehn. Sie weinte sehr, weil die Verzweiflung etwas Weibliches ist, aber nicht mehr als nötig, denn Hartnäckigkeit ist es ebenso.

Da war immer noch dieser Draht, an den brüchigen Stellen mit allem möglichen geflickt, er schlängelte sich an allen Gräben entlang durch alle Winter, oben und unten im Schützengraben, durch sämtliche Linien, bis zum düsteren Unterstand eines düsteren Hauptmanns, um verbrecherische Befehle dorthin zu tragen. Mathilde hat den Draht ergriffen und hat ihn noch in der Hand. Er führt sie durch das Labyrinth, aus dem Manech nicht zurückgekehrt ist. Nie verliert sie den Mut. Je mehr Zeit vergeht, desto stärker wird ihre Zuversicht, und auch ihre Aufmerksamkeit.

Mathilde hat ein glückliches Naturell. Sie sagt sich, wenn der Draht sie nicht zu ihrem Liebsten führt, kann sie sich ja immer noch daran aufhängen.

Bingo Crépuscule

August 1919.

Eines Tages erhält Mathilde den Brief einer Nonne: In einem Krankenhaus in der Nähe von Dax liegt ein Mann im Sterben, der sie sehen möchte. Er heißt Daniel Esperanza. Er war Unteroffizier im Landsturm. Er ist Manech im Januar 1917 an der Somme-Front begegnet.

Mathilde lebt wie vor dem Krieg die meiste Zeit des Jahres in Cap-Breton, in der Ferienvilla ihrer Eltern. Ein Ehepaar von fünfundvierzig Jahren, Sylvain und Bénédicte, kümmert sich um sie. Sie kennen sie schon seit ihrer Kindheit und reden sie nur dann mit Sie an, wenn sie ihnen das Leben schwermacht.

Nach dem Mittagessen fährt Sylvain Mathilde mit dem Wagen zu der Klinik. Sie sitzt vorne, und hinten steht das Gefährt, das sie ihren »Roller« nennt. Sylvain mag Krankenhäuser nicht, aber dieses ist ganz vertrauenerwekkend, ein schönes weißes und rosafarbenes Haus, unter Pinien gelegen.

Daniel Esperanza wartet im Garten auf einer Bank. Er ist dreiundvierzig und sieht wie sechzig aus. Er hat seinen Morgenmantel ausgezogen und sitzt in einem gelb und beige gestreiften Schlafanzug schwitzend da. Er ist noch ganz bei Verstand, gibt aber auf nichts mehr acht. Sein Hosenschlitz steht offen, weiße Haare schauen heraus. Mehrfach macht ihm Mathilde ein Zeichen, ihn zu schließen, aber jedesmal sagt er mit einer Trostlosigkeit, die keinen Widerspruch duldet: »Lassen Sie nur, das ist doch ganz unwichtig.«

In seinem Zivilleben war er Händler für Bordeaux-Weine. Die Uferkais der Garonne, die geblähten Segel, die riesigen Eichenkronen, all das hat er gekannt, und es fehlt ihm, es fehlen ihm außerdem zwei oder drei leichte Mädchen aus dem Port de Lune; damals, als er jung war, hat er nicht gewußt, daß sie die einzigen Geliebten seines Lebens bleiben würden. Die Mobilmachung im August 1914 hat ihm weder Vater noch Mutter geraubt, denn die waren lange tot, auch keine Geschwister, denn die hatte er nicht, und Frauen würde er bei der Armee immer finden, da war er sicher.

Er sagt all dies mit einer klanglosen, zerrissenen Stimme. Er sagt es nicht mit diesen selben Worten, denn Mathilde ist ein Fräulein, aber es ist nicht schwer zu übersetzen: er ist immer ein armer Kerl gewesen.

Er wirft Mathilde einen stolzen Blick zu und meint, sie solle sich nicht täuschen, früher, bevor er krank wurde, sei er groß, stark und sogar sehr begehrt gewesen. Er werde ihr ein Foto zeigen. Er habe damals sehr gut ausgesehen.

Da laufen ihm zwei Tränen über die Wangen.

Er wischt sie nicht ab und sagt: »Ich bitte um Verzeihung. Bis vor kurzem wußte ich nichts von Ihrem Zustand. Bleuet hat es mir nicht erzählt. Und dabei hat er mir weiß Gott viel über Sie verraten.«

Mathilde meint, es sei am besten, solch überflüssiges Mitleid durch einen kleinen Seufzer zu unterbrechen. Und sie gibt einen kleinen Seufzer von sich.

Dennoch sagt er: »Sie müssen ja besser als jeder andere wissen, was Unglück bedeutet.«

Ihre Arme sind nicht lang genug, um ihn ein wenig zu schütteln, sie ist über einen Meter von ihm entfernt und bemüht sich, nicht loszuschreien, aus Angst, er könnte vor Überraschung noch länger daran gehindert sein, endlich zum Wesentlichen zu kommen. Sie beugt sich vor und sagt mit sanft drängender Stimme: »Bitte, sagen Sie mir, wo haben Sie ihn getroffen? Erzählen Sie! Was ist mit ihm geschehen?«

Er schweigt, sein Gesicht ist weinerlich, faltig, bis auf die Knochen abgemagert, umhüllt von dem feinen Sonnenstaub zwischen den Zweigen, den Mathilde, so glaubt sie, nie vergessen wird. Dann fährt er sich mit der Hand über die Augen, einer vom Altern kraftlosen Hand, endlich entschließt er sich zu reden.

Am Samstag, dem 6. Januar 1917, als sein Regiment in der Nähe von Belloy-en-Santerre über die Straßen trottete, wurde er von der Feldgendarmerie in Amiens aufgefordert, fünf durch das Kriegsgericht zum Tode verurteilte Infanteristen in der Gegend von Bouchavesnes zu einem Schützengraben der vordersten Linien zu führen.

Er erhielt den Befehl von seinem Kommandanten, einem sonst nüchternen, kaltblütigen Mann, der ihm in diesem Moment äußerst betroffen schien. Bevor er ihn entließ, sagte er: »Tun Sie, was man Ihnen sagt, aber kein bißchen mehr, Esperanza. Wenn Sie meine Meinung wissen wollen, die Hälfte des Oberkommandos gehört in die Klapsmühle.«

Mathilde verbietet sich zu sprechen, vielleicht hat sie aber auch gar keine Stimme mehr.

Daniel Esperanza wählte, wie ihm aufgetragen worden war, zehn Leute aus seiner Kompanie aus, lauter Ehemalige aus dem Landsturm, die ihm vom Kopf her und auch sonst am kräftigsten erschienen. Sie nahmen ihre Gewehre, Munition und Verpflegung mit. Die hellblaue Armbinde mit dem aufgedruckten schwarzen P, die man ihnen gegeben hatte, streiften sie über einen Ärmel ihres Mantels. Esperanza sagte ihnen, es bedeute Prévôté oder Polizei. Daraufhin erlaubte sich ein Gefreiter, der seinen Sergeanten achtete, aber auch gern einen mit ihm trank, zu bemerken: »Ach was, es heißt ›patate‹*, genau.« Da wußten in dem Augenblick alle, daß man sie dazu ausersehen hatte, zum Tode Verurteilte zu begleiten.

»Und sie zu erschießen?« will Mathilde wissen, und ob ihr Manech einer dieser fünf war. Jetzt schreit sie und hört sich selbst schreien, hat aber keine Stimme mehr.

Daniel Esperanza schüttelt den Kopf, schüttelt sein altes Haupt mit den nebelfarbenen Haaren und sagt bittend. »Seien Sie still, seien Sie still, wir haben sie nicht erschossen! Ich möchte Ihnen sagen, daß ich Ihren Verlobten lebend gesehen habe, und der letzte Brief, den Sie von ihm bekommen haben, den hat er mir diktiert, und ich habe ihn an Sie abgeschickt!«

Es stimmt, Manechs letzter Brief vom Samstag, dem 6. Januar 17, war nicht von ihm selbst geschrieben. Er fängt mit den Worten an: »Heute kann ich nicht schreiben, ein Kamerad aus den Landes macht es für mich.«

Mathilde will nicht weinen.

Sie fragt: »Kommen Sie hier aus den Landes?«

Er sagt: »Aus Soustons.«

Sie fragt, und dabei dringt kaum ein Hauch aus ihrem Innern: »Manech war einer der fünf, so war es doch, oder?«

Er senkt den Kopf.

»Aber warum? Was hatte er getan?«

Er sagt: »Dasselbe wie die anderen. Sie waren alle wegen Selbstverstümmelung verurteilt worden.«

Er hebt eine Hand, sie ist braungebrannt und von harten Adern durchzogen.

Mathilde schluchzt auf. Sie blickt auf die Hand, sieht sie an, ohne ein Wort herauszubringen.

Sie will nicht weinen.

»Ein Lastwagen kam, uns abzuholen«, fährt Daniel

* (franz.) – Kartoffel; hier in der volkstümlichen Bedeutung von ›Trottel‹.

Esperanza fort, immer noch umgeben vom Lichtstaub zwischen den Pinienzweigen. »Er setzte uns zwanzig Kilometer weiter nördlich ab, in einem Dorf, das Dancourt oder Nancourt hieß, ich weiß es nicht mehr. Es ist dreißig Monate her, aber es ist soviel passiert, es kommt mir vor wie dreißig Jahre, ich weiß es nicht mehr. Dort sollten wir die fünf armen Soldaten übernehmen.

Es war vier Uhr nachmittags. Das ganze Land lag unter einer Schneedecke, es war kalt, und der Himmel war weiß. Den Horizont konnte man kaum erkennen, aber bis zum Horizont explodierte kein Geschoß, kein Ballon war in der Luft, keine Spur von Krieg außer der Verwüstung um uns herum, in jenem Dorf, in dem keine Mauer mehr stand und dessen einen Namen ich vergessen habe.

Wir haben gewartet. Dann kam ein Bataillon von Schwarzen, die zu ihrem Quartier unterwegs waren, sie waren in ihre Ziegenfelle gehüllt und trugen Nasenwärmer, sie zogen in kleinen Gruppen an uns vorbei, steif, ungeordnet, total erschöpft. Dann traf ein Krankenwagen ein sowie ein Auto mit einem Stabsarzt und einem Sanitäter. Sie haben mit uns gewartet.

Der erste, der sah, daß sich Leute auf der Straße näherten, über die auch die Senegalesen gegangen waren, war der Gefreite Boffi, von dem ich schon erzählt habe. Wir nannten ihn Bouffi, Pummel, aber nicht ohne Risiko. Wieder einmal konnte er den Mund nicht halten und sagte: »Verdammt, die da hinten haben es nicht gerade eilig mit dem Sterben.« Der Sanitäter bemerkte dazu, solche Dinge zu sagen brächte ihm kein Glück, und er sollte Recht behalten. Boffi, den ich gern hatte und mit dem ich immer Karten gespielt habe, starb fünf Monate später, nicht an der Aisne, wo die Männer blindlings niedergemetzelt wurden, sondern auf einer Baustelle im Hinterland, erschlagen vom rächenden Arm eines Krans, unter dem er saß und in einem erotischen Almanach blätterte. Woran man sieht, wie vorsichtig man sein muß mit seinen Worten, und noch vorsichtiger bei der Wahl seiner Lektüre, so jedenfalls hieß es in der Totenrede unseres Hauptmanns, als er von der Geschichte erfuhr.

Jetzt sind Sie bestimmt empört, Mademoiselle ...«

– Mathilde ist schon seit langem über nichts mehr empört, was mit dem Krieg zu tun hat –

»daß ich noch Witze mache, wenn ich Ihnen von diesem furchtbaren Nachmittag erzähle.

– Sie weiß längst, daß der Krieg nur Niedertracht, Eitelkeit und Auswurf hervorbringt –

Aber wir haben soviel Schlimmes gesehen, haben so sehr gelitten, daß unser Mitleid verbraucht ist ...

– und daß auf den Schlachtfeldern nur noch die Quecke der Heuchelei oder die arme Blume des Spotts wächst –

Wenn wir nicht den Mut gehabt hätten, uns über unser Unglück lustig zu machen, hätten wir nicht überlebt ...

– denn der Spott ist in allen Dingen das letzte Bollwerk gegen das Unglück –

ich bitte um Verzeihung, doch Sie müssen mich verstehen.«

Sie versteht ihn.

Aber er soll bitte, bitte, weitererzählen.

»Die fünf Verurteilten kamen zu Fuß, die Hände auf dem Rücken gebunden«, fährt der frühere Sergeant nach einem Hustenanfall fort, sein Husten ist eine Aufeinanderfolge von messerscharfen Pfeiftönen. »Die waren von reitenden Dragonern eingerahmt, himmelblau gekleidet wie wir alle. Der Kommandant dieser Abteilung, ein Adjutant von kleiner Gestalt, hatte keine Lust, sich lange aufzuhalten. Er ist an den Senegalesen vorbeigelaufen, die sich widerwillig an den Straßenrand zurückzogen, um den Weg freizumachen. Ihm und seinen Leuten war gar nicht wohl dabei, so durch zwei Reihen nicht sehr freundlicher Blicke hindurchzugehen. Er sagte mir: »Diese Buschtrommeln halten uns wahrscheinlich für Polizisten. Wir können von Glück sagen, daß sie uns nicht übel mitgespielt haben.›

Wir verglichen unsere Listen mit den Namen der Gefangenen. Er legte Wert darauf, daß ich die Identität jedes einzelnen feststellte und alles seine Ordnung hatte. Danach bat er mich, das Datum aufzuschreiben, auf die Viertelstunde genau, und meine Unterschrift unter seine Liste zu setzen, um ihn zu entlasten. Ich habe im Krieg gelernt, allem zu mißtrauen, insbesondere, keine Papiere zu unterschreiben, von denen man nicht weiß, auf welchem Schreibtisch sie landen. Aber er war mein Vorgesetzter, und der Stabsarzt sagte schnell, er sei nur dazu da, die Wunden zu versorgen, und zu nichts anderem, und da habe ich gehorcht. Der Adjutant stieg zufrieden in den Sattel, sagte, ich solle es gut machen, und dann ritten die Dragoner allesamt davon, nur ihre bleichen Atemwölkchen standen noch einen Augenblick in der Luft.

Ich ließ die Gefangenen losbinden. Sie setzten sich irgendwohin, auf einen alten Balken oder ein eingestürztes Mauerteil. Wir gaben ihnen Kekse und etwas zu trinken. Sie waren allein mit sich selbst, hatten sich seit mehreren Tagen nicht gewaschen und froren.

Die getippte Liste, die mir mein Kommandant gegeben hatte, habe ich noch. Hier ist sie, in der Tasche von meinem Morgenmantel, zusammen mit anderen Sachen, die ich Ihnen gleich geben werde. Ihre Namen und Vornamen stehen darauf, aber ich habe mich so an den Schützengraben gewöhnt, daß es mir leichter fällt, sie so zu nennen, wie sie im Krieg hießen.

Der älteste der fünf war siebenunddreißig, ein Zimmermann aus Paris, aus dem Bastille-Viertel. Er hieß Bastoche, aber noch öfter Eskimo, weil er in seiner Jugend oben in

Kanada gewesen war. Damals, in dem zerstörten Dorf, habe ich nicht viel mit ihm gesprochen, aber er trug deutsche Stiefel an den Füßen, und ich wunderte mich, daß man sie ihm gelassen hatte. Er sagte: ›Sie haben mich genommen, wie ich war. Ich habe gesagt, sie sollten mir Schuhe geben, aber sie haben sich geweigert.‹ Ich war auch erstaunt darüber, daß er nicht im Landsturm war. Aber er sagte, er sei mit drei Jahren Verspätung aus Amerika zurückgekommen, wegen seinem Militärdienst. Inzwischen stopfte man die Löcher in den Bataillonen sogar mit noch Älteren als ihm. Ich sagte ihm: ›War schlau, was du da gemacht hast.‹ Er antwortete, er habe nichts getan, es sei ein Unfall gewesen, und daß sie ihn verurteilt hätten, sei eine schöne Sauerei. Dabei sah er mir direkt in die Augen.

Ein zweiter, zweiunddreißig Jahre alt, war ein degradierter Gefreiter, den sie Six-Sous nannten, warum weiß ich nicht. Er sagte laut und vernehmlich, er habe absichtlich mit dem Gewehr auf sich geschossen und würde es auch wieder tun. Er behandelte mich, mit Verlaub gesagt, als sei ich der Stiefellecker der Mörder. Er war Schweißer, stammte aus einem Vorort von Paris und war ein feuerroter Syndikalist. Er hatte Fieber. Seit mehreren Tagen hatte er vor Schmerzen nicht geschlafen. Ich folgte dem Stabsarzt, als dieser von einem zum anderen ging, um die Wunden zu reinigen und neue Verbände anzulegen. Von den sechs Mann hatte es Six-Sous am schlimmsten erwischt. Der Arzt sagte, nachdem er ihn verbunden hatte: ›Er hat Glück, daß Schnee liegt. Im Sommer hätte ihn der Brand schneller zerfressen als das, was ihn jetzt erwartet.‹

Ein anderer kam aus Marseille, er war sechsundzwanzig, war aus dem Gefängnis geholt worden und wurde Droit Commun, Knastbruder, genannt. Er war blaß und erschöpft. Da nichts auf der Liste stand, fragte ich ihn nach seinem zivilen Beruf. Er sagte: ›Ich habe keinen. Ich bin ein Sohn armer Ausländer, das steht schwarz auf weiß in meinem Soldbuch. Warum töten sie mich, wo ich nicht mal ein richtiger Franzose bin?‹ Er nahm die Zigarette, die ich ihm anbot, und sagte: ›Ihnen sieht man an, daß Sie ein anständiger Kerl sind. Warten Sie so lange wie möglich, bis Sie uns erschießen. Präsident Poincaré wird sicher unser Gnadengesuch unterzeichnen.‹ An seinen feuchten, tiefschwarzen Augen sah ich, daß er selbst nicht daran glaubte. Ich sagte ihm, ich sei nicht da, um irgendwen zu erschießen, und solange er in Begleitung meiner Leute sei, habe er nichts zu befürchten. Ich hatte den Eindruck, daß ihn das beruhigte.

Instinktiv hielt sich Droit Commun an einen großen Kerl aus der Dordogne, einen dreißigjährigen Bauern, der wenig gesprächig war, aber genau auf alles achtgab. Er hatte keine richtigen Spitznamen. Eskimo und Six-Sous, die ihm in den Unterkünften und bei Wachablösungen zufällig begegnet waren, erzählten mir später, er habe als Einzelgänger gegolten, seine Päckchen zwar geteilt wie die anderen, aber seine Hoffnungen und Ängste immer für sich behalten. Er hatte sich bei mehreren Gelegenheiten in der Schlacht als sehr klug erwiesen, aber einzig um zu überleben, und genannt wurde er Cet Homme, ›Dieser Mann‹, einen anderen Namen hatte nie jemand gehört.

Ich habe versucht, mit Cet Homme zu reden. Er hörte mir zu, ohne mich anzusehen. Ich sagte ihm, die Dordogne sei nicht weit von meiner Heimat entfernt, und bot ihm eine Zigarette an. Er interessierte sich weder für mich noch für die Zigarette. Als ich fortging, merkte ich, daß Droit Commun nur auf diesen Moment gewartet hatte, um seinen Kameraden mit dem Fuß etwas herüberzuschieben, das am Boden lag. Cet Homme hob es mit der linken, seiner gesunden Hand auf, sah es sich an und ließ es wieder fallen. Bevor ich einige Minuten später das Dorf verließ, ging ich zu der Stelle zurück, an der er gesessen hatte, um den scheinbar so interessanten Gegenstand wiederzufinden. Es war ein britischer Uniformknopf, mit einem Karibukopf verziert, ringsherum die Buchstabenfolge *Newfoundland*, Neufundland. Ich freute mich, auch wenn Ihnen das blöd vorkommen wird, an seinen sicheren Handbewegungen erkannt zu haben, daß Cet Homme Linkshänder war, ohne daß er es mir gesagt hatte. Ich frage mich aber immer noch, was sein nachdenklicher, ein wenig erstaunter Blick bedeutete, als er den schmutzigen alten Knopf aufhob. Vielleicht hatte er selbst etwas erraten, wonach er aus Stolz oder Mißtrauen nicht hatte fragen wollen.

Bleuet, Ihr Verlobter, hielt sich abseits und zog es vor, stehen zu bleiben. Er ging auf und ab und führte leise Selbstgespräche. Einmal hob er mit seiner unverletzten Hand Schnee auf, preßte ihn zu einer Kugel und warf sie mit einer ungeschickten Bewegung nach mir. Der ehemalige Gefreite Six-Sous sagte mir: ›Nimm es nicht tragisch, Sergeant, manchmal ist er nicht mehr bei Sinnen.‹

Schließlich haben wir Bleuet doch noch dazu gebracht, sich zu setzen. Während wir ihn verbanden, wandte er den Kopf ab, um seine Verletzung nicht zu sehen, aber er lächelte. Er sagte zu mir: ›Ich freue mich, nach Hause zu kommen.‹«

Mathilde fragt, was Manech denn nicht sehen wollte, und bemüht sich, nicht zu weinen; sie will, daß er ihr erzählt, was für eine Verwundung Manech hatte.

Darauf erzählt ihr Daniel Esperanza, daß Manechs rechte Hand amputiert gewesen sei, daß er aber schon vor einigen Wochen operiert worden war und keine Schmerzen mehr hatte.

Mathilde schließt die Augen, drückt fest die Lider zu und hält sich an der Sessellehne fest. Sie schüttelt den Kopf, wie um ein Bild zu verjagen oder das Schicksal zu leugnen. Danach sitzt sie lange schweigend da, den Kopf gesenkt und blickt zu Boden: lauter Kies, mit winzigen gelben Blumen dazwischen, die sogar auf Zement wachsen, am Haus in Cap-Breton wachsen sie zwischen den Terrassenfliesen.

»Als sie mit der Arbeit fertig waren«, fährt Esperanza fort, nachdem Mathilde ihm bedeutet hat, daß es ihr besser geht und sie wieder zuhören kann, »sind der Stabsarzt und der Sanitäter weggefahren. Als sie in den Krankenwagen stiegen, habe ich den Arzt gefragt, ob er glaube, daß Bleuet simuliere. Er antwortete: ›Ich habe keine Ahnung.‹ Dann sagte er: ›Was hätte er davon? Was könnten wir für ihn tun?‹ Ich sah, daß er Ringe unter den Augen hatte, daß es ihn deprimierte, seinen Beruf im Krieg auszuüben und Männer zu behandeln, die später exekutiert werden würden. Er war noch keine dreißig. Er stammte aus Korsika und hieß Santini. Ich weiß, daß auch er zwei Tage später umgekommen ist, bei einem Bombenangriff in Combles.

Ich ließ den Gefangenen wieder die Arme auf dem Rücken zusammenbinden, wie mir befohlen worden war. Ich sah keinen Sinn darin, sie waren viel zu müde und wir zu zahlreich, als daß einer von ihnen hätte fliehen können, aber es war besser, als schießen zu müssen, falls einer Dummheiten machte.

Wir marschierten auf Bouchavesnes zu, die Gefangenen gingen hintereinander, jeder von zwei Soldaten eingerahmt. Der Schützengraben der vordersten Linie, zu dem ich sie führen sollte, hatte eine Nummer, aber im Krieg war es mit den Schützengräben wie mit den Männern, man konnte sie sich leichter an ihren Spitznamen merken. Dieser hieß, fragen Sie mich nicht warum, Bingo Crépuscule*.

Nachdem wir zwei Kilometer über eine von Einschüs-

* *Bingo* – ein Glücksspiel. *Crépuscule* – (franz.) Dämmerung.

sen durchlöcherte Straße gegangen waren, durch eine Landschaft, in der es inzwischen weder Häuser noch Bäume noch irgend etwas außer Schnee gab, trafen wir am Eingang der Gräben auf einen Soldaten, der uns führen sollte und während des Wartens mit den Artilleristen herumalberte.

Das Gewirr der Drähte erschien uns endlos, wir stapften durch den Schlamm, und die Gefangenen hatten große Mühe zu gehen. Jeden Augenblick mußten wir sie stützen. Der Gefreite Six-Sous fiel in eine Pfütze. Wir halfen ihm wieder auf, beklagt hat er sich nicht. Ich schämte mich, genau wie der Chef der Dragoner, mit dem ich im Dorf gesprochen hatte, fünf unserer Leute in so elendem Zustand hierher zu führen und dem Blick der Männer auszusetzen, die auf ihren Einsatzbefehl warteten oder gerade von da zurückkamen und sich gegen den Wall lehnten, um uns vorbeizulassen. Die Sonne stand als dicker roter Ball am Winterhimmel und erhellte mit ihrem aller Wärme entbehrenden Schein die beschneite Ebene jenseits unserer Linien und das schwarze, bogenförmige Geäder der deutschen Stellungen. Alles war still, auf eine seltsamere Art, als ich es je im Krieg erlebt habe. Nur ab und zu von fern, wie überall an der Front, ein Flüstern, die Aufforderung, auf den Telefondraht zu achten, weil dieser Draht dort, wo wir gingen, alles war, was die Männer mit der Welt der Lebenden verband.

Als wir noch einen halben Kilometer von Bingo Crépuscule entfernt waren, kamen wir zu einer Kreuzung von Gräben und Schützengräben der zweiten Linie, die Place de l'Opéra genannt wurde. Hier wartete ein Hauptmann auf uns inmitten der Soldaten, die ihrer Arbeit nachgingen, unter dem Käppi trug er einen Kopfschützer und war vom Kragen bis zur Stiefelspitze in ein Kraftfahrerfell gehüllt. Außer einer spitzen Nase, einem mürrischen Mund und feindseligen Augen sah man nichts von ihm. Er hatte wie ich seine Befehle von der Feldgendarmerie erhalten, durch einen Bataillonschef, der wenig Wert darauf legte, bei einer so schmutzigen Angelegenheit mitzuwirken. Er war aufs äußerste gereizt.

In dem Unterstand, in dem sich das Telefon befand, nahm er mich beiseite und bat einen Gefreiten, der sich dort aufhielt, einen Augenblick frische Luft zu schnappen. Dann brüllte er unvermittelt los: ›Verflucht noch mal, Esperanza, konnten Sie diese armen Kerle nicht irgendwo unterwegs verlieren?‹ Ich wollte ihn nicht verstehen. Er sagte weiter: ›Einfach wegsehen, damit sie fliehen, sie in den Arsch treten, damit sie schneller laufen, irgendwas von der Art!‹ Ich antwortete: ›Da hätte ich mich in eine schöne Lage gebracht. Sie wollen keinen Ärger, aber mein Kommandant noch weniger. Ich habe Order, Ihnen fünf vom Kriegsgericht Verurteilte zu übergeben. Was Sie mit ihnen machen, geht mich nichts an, sonst hätte man es mir gesagt.‹

Er wurde noch wütender: ›Ach, das hat man Ihnen also nicht gesagt? Hören Sie, ich bin nicht nur kein Geheimniskrämer, ich will sogar, daß Sie es erfahren. Heute nacht werden sie von uns mit gefesselten Armen ins Freie gejagt, vor den Stacheldraht von Bingo, und da sollen sie abkratzen oder von denen gegenüber durchlöchert werden. Das sind meine Befehle, Sergeant! Haben Sie je von einer solchen Sauerei gehört?‹

Er schlug mit der Faust auf den Tisch, auf dem die Telefonanlage stand, worauf ein Viertelliter Wein, den der Telefonist dort hatte stehen lassen, umkippte, sich über das Holz ergoß und dann auf den Boden tropfte. Ich sah zu, wie der Wein tropfte, und wußte nicht, was ich antworten sollte. Ich hatte schon von dieser Strafe gehört, die verurteilten Soldaten vorbehalten war, aber das war lange her, Anfang 1915 im Artois, und im Krieg erzählte man ja so viele ungeheuerliche Dinge, daß ich es nicht wirklich geglaubt hatte.

Danach beruhigte sich der Hauptmann plötzlich. Er setzte sich auf den Rand einer Pritsche und erzählte mir, sein Regiment habe bei dem schwierigen Vormarsch im Sommer viele Leute verloren, aber seit mehreren Wochen sei dieser Abschnitt durch die Kämpfe wie tot, und es gebe eine schweigende Übereinkunft mit den Boches, sich auf beiden Seiten still zu verhalten. Er sagte: ›Wir fraternisieren zwar nicht, aber wir tun, als wären wir nicht da, wir schonen uns gegenseitig. Seit Tagen ist keine Gewehrkugel gefallen. In der Artillerie halten sie den Mund, die Schützengräben liegen zu dicht beieinander. Im Oktober brachten sie ihre und wir unsere Leute um.‹ Er sah mich mit traurigen Augen an, seufzte und sagte: ›Die Männer erwarten für übermorgen die Ablösung. Eure Scheiße hat uns gerade noch gefehlt.‹

Wir gingen hinaus, und er befragte kurz die fünf Gefangenen. Eigentlich wollte er sie gar nicht kennenlernen und ebensowenig, daß seine Soldaten sie kennenlernten. Danach sagte er: ›Es ist noch schlimmer, als ich befürchtet habe. Einer von ihnen ist ein verdammter Provokateur, ein anderer hat nicht mehr alle fünf Sinne beisammen, ein dritter kann nichts als heulen und jammern. Wenn die Ärsche in ihren Generalstabssesseln ein Exempel statuieren wollten, dann haben sie es geschafft. Meine Leute kotzen nur noch, und die Boches werden sich die Mäuler zerreißen.‹

Dieser Hauptmann war im Grunde kein schlechter Kerl, er hieß Favourier, wurde aber Parle-Mal genannt, wegen seiner blumigen Sprache. Er riet mir, die Gefangenen in seinen eigenen Unterstand zu bringen, damit keiner sie mehr sah. Er ließ ihnen die Hände losbinden und die, die mal mußten, zum Abtritt begleiten.

Wenig später ließ er den Leutnant kommen, der das

Kommando in Bingo Crépuscule hatte. Außer Hörweite gab er ihm Anweisungen. Der Leutnant, er war sechs- oder siebenundzwanzig und hieß Estrangin, zeigte sich kaum mehr erfreut als sein Hauptmann. Vor allem Bleuets Schicksal erschien ihm völlig absurd. Auch er wollte mit ihm sprechen, und danach sagte er nichts weiter als: ›Mein Gott, das ist doch einfach nicht möglich.‹ Nein, Mademoiselle, eines kann ich Ihnen sagen: An dem Tag habe ich keinen getroffen, der geglaubt hätte, daß sich Gott, wenn es ihn überhaupt gab, noch in diesem Abschnitt herumtrieb.

Wir haben in dem Unterstand gewartet, bis es dunkel wurde. Es brannte ein kleiner Ofen, Beweis genug, daß niemand Angst hatte, vom Feind entdeckt zu werden. Auch gegenüber, ich konnte es deutlich sehen, stieg friedlich grauer Rauch auf. Boffi und ich waren bei den Verurteilten geblieben, die vom Landsturm bewachten draußen die Tür. Six-Sous hielt sich nahe beim Feuer auf, um seine Kleider zu trocknen. Droit Commun war eingeschlafen. Bleuet hat mir mindestens ein halbe Stunde lang von Ihnen erzählt. Er sprach voller Erregung, zusammenhanglos, wiederholte sich, aber sein Redefluß förderte hier und da auch Verständliches zutage, wie weiße Kiesel. Ich konnte Sie mir gut vorstellen, Ihre Jugend, Ihre hellen Augen, und wie sehr Sie ihn lieben mußten. Er war glücklich, er rechnete damit, Sie bald wiederzusehen und daß man schon die Hochzeit vorbereitete. Er hat es Ihnen ja auch geschrieben, selbst wenn der Brief nicht von seiner Hand stammte. An dem Ort nämlich, beim Licht von Kerzen und Karbidlampen, hat er ihn geschrieben.

Nicht ich bin auf die Idee gekommen, die Verurteilten einen letzten Brief an ihre Angehörigen schreiben zu lassen, das muß ich zugeben, es war Leutnant Estrangin. Er kam in die Hütte, gefolgt von einem Soldaten, der Suppe brachte. Er fragte Bleuet, der das Geschirr zurückwies, ob er keinen Hunger habe. Da antwortete Bleuet mit einem Lächeln: ›Ich möchte ein Honigbrot und eine Schale Kakao.‹ Als der Leutnant schwieg, sagte der Soldat, der ihn begleitete, ein Marie-Louise, kaum älter als Ihr Verlobter: ›Regen Sie sich nicht auf, Leutnant, ich bringe Vater und Mutter um, wenn's sein muß, um das aufzutreiben. Und vielleicht muß ich gar nicht mal zur Waise werden.‹ Der junge Kerl war schon draußen, als der Leutnant, als handele es sich um etwas ganz Selbstverständliches, erklärte: ›Das war Célestin Poux, der Schrekken der Armee.‹ Danach fragte er, ob die Gefangenen nicht an ihre Familien schreiben wollten.

Es wurden Stifte und Papier zusammengesucht. Célestin Poux kam fast im gleichen Moment mit Kakao und Honig zurück. Von den fünf Verurteilten waren drei an der rechten Hand verletzt, wie ich ja schon erzählt habe. Aber Cet Homme war Linkshänder, und so konnten nur Droit Commun und Bleuet nicht schreiben. Droit Commun setzte sich mit dem Schrecken der Armee in eine Ecke, um ihm seinen Brief zu diktieren, ich schrieb auf meinen Knien den von Bleuet. Die drei anderen richteten sich ein, so gut sie konnten.

Bevor der Leutnant in seinen Schützengraben zurückkehrte, sagte er den Gefangenen, ihre Briefe würden vernichtet, wenn sie auch nur die geringste Anspielung auf die furchtbare Situation enthielten, in die sie sich gebracht hätten. Mehrmals haben sie mich mit Ausnahme von Cet Homme gefragt, ob sie bestimmte Dinge sagen könnten oder nicht. Es war ein seltsamer Augenblick, zugleich sehr friedlich und traurig. Ich kann es Ihnen nicht gut erklären, aber sie waren eifrig wie Schüler und kauten auf ihren Stiften herum, man hörte nur Droit Commun leise murmeln, Bleuet sprach zwischen zwei Brotbissen von seiner Liebe, ich hatte den Eindruck als wäre ich in etwas gefangen, das nichts mit meinem Leben oder dem Krieg zu tun hatte, einem Anderswo, in dem nichts wirklich existierte und aus dem ich nicht mehr herauskonnte.

Von der Rechtschreibung abgesehen, erschien mir nichts von dem, was sie geschrieben hatten, beanstandenswert. Keiner von ihnen wollte den Kummer seiner Angehörigen noch vergrößern. Ich habe die Blätter zusammengefaltet und in meine Jackentasche gesteckt. Ich habe versprochen, sie in Umschläge zu tun und an die Adressaten zu schicken, sobald ich wieder bei meinem Regiment sei. Six-Sous sagte zu mir: ›Dir, Sergeant, würde ich schon gern glauben, aber du kannst nicht im Namen deiner Vorgesetzten sprechen. Sie werden dich zwingen, unsere Briefe zu verbrennen. Sie haben uns doch nur darum drei Tage lang durch die Gegend geschickt, damit niemand je erfährt, wo wir umgebracht worden sind.‹

Was ich jetzt noch erzählen muß, Mademoiselle, ist das Schwerste. Sie halten schon lange die Lider gesenkt und hören mir zu, ohne mich zu unterbrechen. Vielleicht möchten Sie, daß ich Ihnen den Rest erspare und, was geschehen ist oder was ich zumindest davon gesehen habe, in einem Satz oder nur ein paar Worten sage, damit ich Ihnen sehr schnell weh tue und danach nicht mehr.«

Mathilde blickt hartnäckig auf die kleinen gelben Blumen im Kies. Sie antwortet Esperanza, ohne die Stimme zu heben, er solle endlich seinen unappetitlichen Schlitz zumachen. Danach sagt sie, sie sei nicht taub und habe schon verstanden, was geschehen sei: Man habe in der Nacht fünf Soldaten mit gefesselten Armen auf das Gebiet zwischen den beiden feindlichen Schützengräben gestoßen, das Niemandsland, für die Engländer »No man's land« und für die Franzosen »La terre de personne«. Sie möchte wissen, wie dies genau geschah. Wie weh ihr das tue, gehe nur sie etwas an. Sie weine doch auch gar nicht.

Er solle weitererzählen. Als er immer noch schweigt, ermuntert sie ihn mit einer kurzen Handbewegung, ohne den Blick zu heben.

»Es war schon lange dunkel«, fährt Esperanza mit brüchiger Stimme fort. »Wir hörten Kanonendonner, aber sehr weit weg, im Norden. Ich habe mit Eskimo gesprochen. Er war ein Mann, der dieses Schicksal nicht verdiente. Er hat mich gefragt, was man nun mit ihnen machen werde. Er ahnte schon, daß sie etwas anderes als eine Hinrichtung planten. Ich konnte ihm nicht antworten. Er hat auch nicht weiter darauf bestanden. Er hat nachgedacht und gesagt: ›Wenn sie das machen, was ich vermute, ist es eine Sauerei. Vor allem wegen des Jungen und des Mannes aus Marseille. Für sie wäre es besser, gleich erschossen zu werden.«

In diesem Moment kam Hauptmann Parle-Mal zurück. Er hatte beschlossen, daß die Gefangenen um neun Uhr zum Bingo Crépuscule geführt würden. Währenddessen sollten die Leute im Schützengraben mit der Schere ein Loch in den Stacheldraht schneiden. Die Unglücklichen wurden nacheinander aus der Hütte geführt, denn drinnen war es zu eng, um sie wieder zu fesseln. Es wurde draußen gemacht, mit so wenig Worten wie möglich, im Schein von ein paar Lampen, die auf den Boden gerichtet waren.

Der Himmel war bedeckt, die Nacht schwarz, aber kaum kälter als der Tag. Deshalb war ich, soweit man das sein konnte, froh für sie. Erst in diesem Moment, im Schein dieser Lichter, die alles, was wir erlebten, noch unwirklicher und auch brutaler machten, weil ihre Gesichter von wildbewegten Schatten verzerrt wurden, teilte der Hauptmann ihnen mit, was nach Beschluß von oben statt einer Erschießung passieren sollte. Nur zwei reagierten: Six Sous spuckte auf die Generäle, und Droit Commun schrie um Hilfe und zwar so laut, daß sie ihn zum Schweigen bringen mußten. Bleuet hat nicht begriffen, was ihm da erklärt wurde, da bin ich sicher. Seit dem Nachmittag war er von der Heiterkeit eines Schlafwandlers, und das änderte sich auch nicht. Er war höchstens erstaunt über die Schreie seines Kameraden und den anschließenden Streit. Eskimo und Cet Homme, da bin ich sicher, nahmen die Sache so auf, wie ich es an ihrer Stelle getan hätte. Man gewährte ihnen eine, wenn auch noch so kleine Gnadenfrist, die ihnen ein Erschießungskommando nicht eingeräumt hätte.

Der Hauptmann beschimpfte den Mann aus Marseille heftig und sagte: ›Müssen wir dich erst knebeln? Verstehst du nicht, du Arschloch, daß eure einzige Chance, morgen noch zu leben, darin besteht, die Klappe zu halten?‹ Dann packte er ihn am Mantelkragen und sagte ihm direkt ins Gesicht: ›Mach solche Mätzchen noch einmal, und ich schwöre dir bei meinen Eiern, daß ich dir, was von deinem Gehirn noch übrig ist, in die Luft puste!‹

Dann ging er mit mir in die Hütte, um mir zu sagen, meine Mission sei nun erfüllt, ich könne jetzt mit meinen Opas wieder gehen. Es war mir peinlich, jetzt noch zu diskutieren, aber ich sagte ihm, mein Befehl laute, die Gefangenen bis zum Bingo Crépuscule zu führen und nirgendwohin sonst.

Der Hauptmann gab zu bedenken, daß die Boches aufmerksam werden und alles schiefgehen könnte, wenn sich so ein Haufen Leute an einer Stelle tummelten. Meine Männer hätten in einem ohnehin schon überfüllten Schützengraben nichts zu suchen. Wenn die Kacke zum Dampfen käme und sie was abkriegten, würde ich mir mein Leben lang vorwerfen, sie unnütz der Gefahr ausgesetzt zu haben.

Wer hätte ihm widersprechen können?

So sagte ich: ›Ich schicke sie nach hinten, aber erlauben Sie mir, daß ich selbst diese armen Kerle ans Ende ihres Wegs begleite.‹ Und so haben wir es dann gemacht. Boffi ist mit meinen Leuten umgekehrt. Sie sollten am Eingang der Gräben auf mich warten. Ihr schmutziger Auftrag war ihnen so zuwider, daß sie ohne Bedauern gingen.

Zwei Gefreite und sechs Soldaten kamen von Bingo Crépuscule, um die Verurteilten abzuholen. Die Gefreiten waren um die Dreißig. Der eine, er hieß Gordes, hatte Schlammringe um die Augen und sah aus wie eine Eule. Der andere kam aus der Touraine, und mir war, als sei ich ihm im Krieg schon einmal begegnet, der hieß Chardolot. Mit Célestin Poux und dem Hauptmann und mir bestand die Eskorte wieder aus elf Mann.

Wir setzten uns in der Winternacht erneut in Bewegung, mit nur einer Laterne vorne. In den Gräben erzählte der Hauptmann mir, er habe seinen Kommandanten am Telefon zweimal bedrängt und ihm gesagt, es sei barbarisch, fünf unserer Leute so zu behandeln, darunter einen Bleuet, der nicht mehr bei Verstand sei, heraus käme dabei gar nichts. Wir rutschten auf den Brettern aus, die von Schlamm bedeckt waren. Vorne hörte ich das Sauggeräusch der deutschen Stiefel von Eskimo.

Ich sagte zu dem Hauptmann: ›Sobald die Boches sehen, daß der die Stiefel von einem ihrer Leute anhat, kann er sein Testament machen.‹ Er antwortete: ›Warum, glauben Sie, haben diese Aasgeier sie ihm nach dem Prozeß gelassen?‹ Dann sagte er noch: ›Wir werden schon jemand mit Schuhen seiner Größe finden, um zu tauschen. Dann habe ich wenigstens etwas, worüber ich in dem Bericht über diese Nacht erzählen kann. Nichts zu vermelden, außer daß man uns ein Paar Schuhe geklaut hat.‹

Bingo Crépuscule ist, wie Place de l'Opéra auch, ein umgedrehter Schützengraben, das bedeutet, daß wir ihn im Herbst von den Deutschen erobert und so schnell wie möglich zu ihrer Seite hin Wälle aufgeschüttet hatten. Alle Infanteristen werden bestätigen, daß die Boches viel bessere Schützengräben bauten als wir. Dieser war vollgestopft mit Handgranaten und mit festen Unterständen versehen, die leider zur falschen Seite hin offen waren. Ich weiß nicht, wie viele Männer darin hausten, vielleicht hundert, vielleicht zweihundert. In zwei Unterständen lagen, wie ich glaubte, unter Planen verborgen Maschinengewehre. Weiter hinten lauter Schneehügel, von Bomben zerfurcht, dahinter der schwache Schein der feindlichen Linien. Sie waren so nah, daß man bis zu uns friedliche Geräusche hörte, Fetzen von Harmonikaklängen. Ich fragte, wie groß der Abstand sei. Ich glaube, es war Leutnant Estrangin, der antwortete: ›Hundertzwanzig mindestens, hundertfünfzig höchstens.‹

Ich habe Bingo Crépuscule nie bei Tageslicht gesehen, kann ihn mir aber vorstellen. Ich habe noch viel näher beieinanderliegende Schützengräben gesehen, die reinsten Höllen, keine vierzig Meter voneinander entfernt. Hundertzwanzig, das ist zu weit für Handgranaten, zu nah für die Artillerie. Dem Gas entkommt niemand, es richtet sich nach dem Wind. Den Deutschen lag ebensowenig wie uns daran, zu verraten, wo sich ihre Maschinengewehre befanden, es sei denn, sie wurden von einem Angriff überrascht. Ich glaubte zu verstehen, warum man die Verurteilten in dieses Gebiet geschafft hatte: um es ein wenig in Bewegung zu bringen, weil man die Waffenruhe, die sich hier schlecht und recht breitgemacht hatte, nur ungern sah. Ich sagte es dem Hauptmann, und er antwortete: ›Für einen Sergeanten denken Sie zuviel. Die haben uns diese Scheiße hier eingebrockt, weil anderswo keiner sie haben wollte. Sie haben die gesamte Front abgesucht, bis sie einen Bataillonschef fanden, der so ein Idiot ist wie meiner. ‹

Es wurde zehn Uhr. Wir sahen durch die Schießscharten und versuchten im Dunkel das Niemandsland zu erkennen. Leutnant Estrangin kam zu uns und sagte zu dem Hauptmann: ›Wann Sie wollen.‹ In seinen dicken Pelz murmelte der Hauptmann: ›Ein Scheißleben!‹ Dann richtete er sich auf, und wir gingen wieder zu den Gefangenen, die ein wenig weiter weg im Schützengraben waren. Sie saßen nebeneinander auf einem Schützenauftritt. Oberhalb von ihnen war ein Loch in den Stacheldraht geschnitten worden, und man hatte eine Leiter bereitgestellt. Eskimo trug inzwischen normale Stiefel und Wadenwickel.

Six-Sous ging als erster. Zwei Männer sprangen auf den Wall aus Erdsäcken. Zwei andere drängten den ehemaligen Gefreiten, auf die Leiter zu steigen. Bevor er in die Finsternis gezerrt wurde, wandte er sich noch einmal zu dem Hauptmann um und dankte ihm für die Suppe. Zu mir sagte er: ›Du solltest lieber nicht dabeisein, Sergeant Espérance. Du wirst Ärger bekommen. Du könntest es ja weitererzählen.‹

Nach ihm war Eskimo dran. Bevor er auf die Leiter stieg, gestützt von denen, die unten standen, und von oben an den Schultern gepackt, sagte er zum Hauptmann: ›Lassen Sie mich mit Bleuet gehen. Ich schütze ihn, so gut ich kann.‹ Dann gingen die beiden zusammen durch den Stacheldraht. Danach sahen wir sie nicht mehr. Man hörte nur Krachen im Schnee, es hörte sich an, als suchten Waldmäuse nach ihrem Loch. Zum Glück gab es viele Löcher und Trichter vor Bingo Crépuscule. Ich hoffte, daß man sie nicht zu eng gefesselt hatte und sie sich zu zweit bald würden befreien können.

Mir laufen Tränen übers Gesicht, Mademoiselle, aber das kommt von der Müdigkeit, von der Krankheit. Achten Sie nicht darauf, es sind die Tränen, die man nach dem Unglück weint, sie haben keine Bedeutung mehr.

Sicher würden Sie gern wissen, in welchem Zustand

Ihr Verlobter war, als sie ihn auf den Wall hoben, als er zwischen zwei unentwirrbaren Knäueln von Stacheldraht und Zaunpfählen durchgeschoben wurde, aber ich weiß es nicht. Ich glaube aber, – ich kann nur sagen, ich glaube –, daß er, kurz bevor er an den Schultern gepackt wurde, oben auf der Leiter zusammenzuckte, daß er suchend um sich blickte, zu begreifen versuchte, wo er war und was er dort eigentlich tat. Eine Sekunde lang war er überrascht, vielleicht zwei. Danach weiß ich nichts mehr. Alles, was ich Ihnen sagen kann, ist, daß er entschlossen auf die Dunkelheit zuging, nach vorn gebeugt, wie man ihm geraten hatte, und brav Eskimo folgte.

Droit Commun benahm sich schon wieder daneben. Die Männer mußten ihn überwältigen. Er wehrte sich, wollte schreien, der Hauptmann zog den Revolver. Dann hörte ich die Stimme von Cet Homme, es war eines der wenigen Male, daß er während dieser Ereignisse überhaupt sprach. Er sagte plötzlich: ›Nein, nicht so, lassen Sie mich das machen!‹ Und dann versetzte er ihm durch die Arme und Beine derer hindurch, die den Marseiller festzuhalten versuchten, mit seinem Stiefel einen Stoß gegen den Kopf, der ihn zu Boden warf. So zerrten sie eine reglose Masse, die nur leise stöhnte, durch den Stacheldraht.

Der Hauptmann fragte Cet Homme: ›Warum ist so einer wie du dabei?‹ Er antwortete nicht. Da fragte der Hauptmann noch einmal: ›Du bist der Stärkste und Ruhigste von allen. Sag mir, warum du auf dich geschossen hast.‹ Cet Homme sah ihn im Halbdunkel weder verächtlich noch herablassend an. Er antwortete nur: ›Es mußte einfach sein.‹

Wir halfen auch ihm, nach oben zu klettern. Er wurde durch den Stacheldraht geführt und verschmolz mit der Nacht. Sobald die Soldaten von oben zurückgekehrt waren, warfen wir Brun-Netze über das Geländer, um die Öffnung zu schließen. Das sind Rollen mit Eisendornen, die sich von selbst öffnen. Wir hielten eine Weile den Atem an. Im Schützengraben gegenüber hörte man keinen Laut mehr. Sie lauschten und ahnten, daß etwas Ungewöhnliches im Gange war.

Die Stille hielt nicht länger als eine Minute an. Plötzlich explodierten am Himmel über Bingo Leuchtraketen, und bei den Boches entstand ein großes Durcheinander, genau wie wir befürchtet hatten. Wir hörten sie hin und her laufen und sogar das Klicken ihrer Gewehrverschlüsse. Die Was-ist-das-Rufe der überraschten Schläfer waren so deutlich zu hören, als wären sie bei uns. Ich hatte Zeit genug, im Schnee zu erkennen, daß der aus Marseille verzweifelt hinter Six-Sous herkroch und daß beide nach einem Trichter suchten. Bleuet konnte ich nicht sehen, auch nicht Eskimo oder Cet Homme. Als dann weitere Raketen hochgingen, fegten Maschinengewehrschüsse über das Niemandsland. Es war hell wie eine Mondlandschaft und ohne Hoffnung. Alles, was aus dieser weißen Wüste emporragte, waren drei Stümpfe zerfetzter Bäume und ein paar eingestürzte Ziegel von ich weiß nicht was.

Leutnant Estrangin, der in meiner Nähe war, als das Maschinengewehr schwieg und es wieder Nacht wurde, fluchte und sagte, das sei doch, zum Teufel noch mal, nicht möglich. Der Hauptmann sagte ihm, er solle die Klappe halten. Wir haben gewartet. Bei den Boches regte sich nichts mehr, und auch im Niemandsland war alles ruhig.

Alles schien noch schwärzer als vorher. Die Leute im Schützengraben schwiegen. Auch auf der anderen Seite waren sie still. Sie lauschten, wir lauschten. Der Leutnant fluchte erneut, der Hauptmann wiederholte, er solle die Klappe halten.

Nach einer guten Viertelstunde, in der nichts geschah, dachte ich, nun sei es Zeit, zu meinen Landsturm-Leuten zurückzukehren. Ich bat den Leutnant, die Liste mit den

Namen der Verurteilten zu unterschreiben, so wie der Dragoner-Adjutant es von mir verlangt hatte. Der Hauptmann mischte sich ein und sagte, Offiziere sollten keinerlei Papier unterzeichnen, das mit dieser Affäre zu tun habe. Ich könne bestenfalls, wenn es mich glücklich mache, die Unterschrift der Gefreiten erhalten, die die Männer begleitet hätten, aber nur wenn sie einverstanden wären. Er frage sich zwar, was ich damit machen wolle, aber das sei meine Privatsache, er jedenfalls wische sich den Arsch nur mit Seidenpapier ab. Als er sah, was ich für ein Gesicht machte, klopfte er mir auf die Schulter und sagte: ›Ich mache nur Spaß. Sie sind ein guter Kerl, Sergeant. Ich bringe Sie zur Place de l'Opéra zurück, weil ich lange nicht mehr geschlafen habe und bald wieder frisch sein möchte. Ich hoffe aber, bevor Sie gehen, trinken Sie noch einen Freundschaftsschluck mit mir, einen exzellenten Cognac.‹

Gordes und Chardolot unterschrieben meine Liste, dann gingen wir. Der Hauptmann führte mich in seine Hütte. Als er sein Fell und seinen Kopfschützer abgelegt hatte, erschien er mir jünger, als ich geglaubt hatte, vielleicht zweiunddreißig. Er sah abgespannt aus, hatte dunkle Ringe um die Augen. Wir tranken zwei oder drei Glas und saßen uns dabei an seinem Tisch gegenüber. Er erzählte mir, im Zivilberuf sei er Geschichtslehrer, was er ebenso ungern sei wie Offizier, er wolle viel lieber die Welt kennenlernen, Inseln in der Sonne, er habe nicht geheiratet, weil das Mädchen einfach zu dumm sei, aber Gefühle habe er trotzdem, und alles mögliche dieser Art. In diesem Moment kam der Telefonist und sagte, der Kommandant sei am anderen Ende der Leitung und wolle wissen, wie alles ausgegangen sei. Er antwortete: ›Sag dem Herrn, du hättest mich nicht gefunden, dann kommt ihm die ganze Nacht die Galle hoch.‹

Danach erzählte er mir von seiner Kindheit, in Meudon, glaube ich, und von Briefmarken. Ich war auch müde, und hörte nicht mehr sonderlich gut zu. Ich hatte in dieser Hütte wieder das schreckliche Gefühl, mich außerhalb von Zeit und Raum, außerhalb meines Lebens zu befinden. Ich bemühte mich, wieder zu mir zu kommen. Vom anderen Tischende sagte er mir mit runden, feuchten Augen, er schäme sich, den Jungen verraten zu haben, der er früher einmal gewesen sei. Am meisten vermisse er die vielen Stunden, die er über seinem Briefmarkenalbum gesessen habe, fasziniert vom Gesicht der jungen Königin Viktoria auf den Vignetten von Barbados, Neuseeland oder Jamaika. Er schloß die Lider und schwieg einen Augenblick. Dann murmelte er : ›Victoria Anna Penoe. So hieß sie.‹ Dann legte er den Kopf auf den Tisch und schlief ein.

Ich ging durch Schlamm und Nacht, verlor manchmal den Weg und fragte die Männer, die in den Gräben Dienst hatten. Schließlich fand ich Boffi und die anderen am verabredeten Ort wieder. Diejenigen, die schliefen, weckten wir. Natürlich wollten sie wissen, was passiert war, nachdem die Männer gegangen waren. Ich sagte, es sei besser für uns alle, diesen Tag zu vergessen und nie wieder darüber zu sprechen.

Wir liefen und liefen über Cléry und Flaucourt bis Belloy-en-Santerre. Der Alkohol, den ich getrunken hatte, war wieder raus aus meinem Kopf. Mir war kalt. Ich dachte an die fünf Verurteilten im Schnee. Im letzten Moment hatten wir noch Stoff und Jutefetzen gefunden, mit denen sie ihre Ohren bedecken konnten, und einem von ihnen, ich weiß nicht mehr wem, jedenfalls hatte er keinen Handschuh an der gesunden Hand, gab Célestin Poux, der Schrecken der Armee, einen von seinen.

Gegen fünf Uhr morgens erreichten wir unser Quartier. Ich habe geschlafen. Um neun bin ich zum Kommandanten gegangen, um Meldung zu machen. Er war gerade damit beschäftigt, mit den Ordonnanzen Akten in Kisten zu verpacken. Er fragte: ›Haben Sie getan, was Ihnen befohlen war? Bestens. Wir sehen uns später.‹ Als ich darauf bestand, ihm die von Gordes und Chardolot unterzeichnete Liste zu übergeben, sagte auch er mir, was ich damit machen solle – dabei hatte ich ihn noch nie Grobheiten sagen hören. Er erklärte mir, in zwei Tagen würden wir verlegt, Briten würden unsere Leute an einem Teil der Front ablösen, wir würden weiter nach Süden ziehen. Dann wiederholte er: ›Wir sehen uns später.‹

In meiner Kompanie wurden auch die Ausrüstungen zusammengepackt. Niemand wußte, wohin wir gehen würden, aber beim Essen lief das Gerücht um, daß weiter unten, an der Oise oder der Aisne, etwas in Vorbereitung sei, das es noch nie gegeben habe, und daß inzwischen auch Großväter zum Krepieren gut genug seien.

Um sieben Uhr abends, ich hatte gerade den Mund voll, ließ mich der Kommandant rufen. Er sagte mir in seinem fast leeren Büro, in dem eine einzige Lampe brannte: ›Ich konnte vor Dritten nicht mit Ihnen reden, deshalb war ich vorhin so kurz angebunden.‹ Er wies auf einen Stuhl. Dann bot er mir eine Zigarette an, die ich gern nahm, und gab mir Feuer. Dann sagte er, was ich am Vortag auch meinen Leuten gesagt hatte: ›Vergessen Sie die Sache, Esperanza. Vergessen Sie auch den Namen Bingo Crépuscule.‹ Er nahm eins der Papiere, die noch auf dem Tisch lagen, und teilte mir mit, ich würde in ein anderes Regiment versetzt, das in den Vogesen liege. Außerdem würde ich zum Oberfeldwebel ernannt. Er versprach, daß ich bei gleichbleibender Führung wie bisher noch vor dem Sommer Adjutant würde.

Er stand auf und trat ans Fenster. Er war beleibt und hatte graues Haar und hängende Schultern. Er sagte mir, auch er werde versetzt, aber nicht befördert, unser Hauptmann und die sechs Mann, die mich begleitet hätten, ebenso. So erfuhr ich, daß Boffi auf die Baustelle in der Etappe käme, wo er dann von einem Kran zerquetscht wurde, und daß man uns bewußt trennte. Aber in den Vogesen bin ich meinem Hauptmann während mehrerer Monate dann doch wiederbegegnet.

Bevor ich mich verabschiedete, wußte ich nicht, wie ich ihn etwas fragen sollte, das mir auf dem Herzen lag, aber der Kommandant begriff und sagte: ›Sie schlagen sich seit Stunden. Es heißt, ein Leutnant soll getötet worden sein, und es gebe wenigstens zehn Tote. Sie haben mir von lauter Verrücktheiten erzählt: Im Niemandsland hätten sie einen Schneemann gebaut, ein Friedensapostel singe das Lied von der Kirschenzeit, mit einer Granate hätte einer ein Flugzeug runtergeholt, lauter solch verrücktes Zeug, was weiß ich.‹

Ich verließ das Pfarrhaus, in dem der Kommandant wohnte, mit einem üblen Geschmack im Mund. Ich spuckte auf den Boden, dann erst merkte ich, daß ich mich vor einem Friedhof befand. Hier waren im Herbst viele unserer Soldaten beerdigt worden, unter rohen Holzkreuzen, die von einem Betrieb in der Nähe hergestellt wurden. Ich dachte: Nicht so schlimm, sie sind dir nicht böse, du hast doch auf den Krieg gespuckt.«

Die Nonne, die Mathilde geschrieben hatte, kommt zu ihnen in den Garten. Sie ist ganz in Grau gekleidet und sagt zornig zu Daniel Esperanza: »Ziehen Sie sofort Ihren Morgenrock an! Manchmal fragt man sich, ob Sie nicht absichtlich alles tun, um krank zu sein!«

Sie hilft ihm, seinen illusionsblauen Morgenrock anzuziehen; er ist vom vielen Waschen fast so grau wie ihr Nonnengewand. Aus seiner rechten Tasche zieht er ein Päckchen hervor und reicht es Mathilde. Er sagt: »Schauen Sie sich die Sachen zu Hause an, ich könnte nicht ertragen, daß Sie es in meiner Gegenwart tun.«

Wieder laufen Tränen über sein Gesicht. Die Nonne, Schwester Marie de la Passion, ruft aus: »Warum heulen Sie denn jetzt schon wieder?« Er antwortet, ohne sie oder Mathilde anzusehen: »Ich habe an jenem Tag eine große Sünde begangen. Ich glaube an Gott nur , wann es mir paßt, aber es war eine Sünde. Ich hätte den Befehl niemals ausführen dürfen.« Schwester Marie zuckt die Achseln: »Sie armer Mann, was hätten Sie sonst tun sollen? Als Sie mir Ihre Geschichte erzählt haben, war für mich nur eine Sünde zu erkennen, die Heuchelei der Mächtigen.«

Seit über einer Stunde spricht er nun schon mit Mathilde. Die Nonne findet, das sei genug. Er sagt: »Ich bin noch nicht fertig, lassen Sie uns in Ruhe.« Er werde am Abend müde sein, klagt sie, und in der Nacht wieder alle stören. Schließlich sagt sie seufzend: »Also gut, aber nicht länger als zehn Minuten. In genau zehn Minuten komme ich mit dem Herrn zurück, der das Fräulein hergebracht hat. Er macht sich auch schon Sorgen.«

Sie geht davon, zieht ihr Kleid über die Fesseln hinauf wie ein kokettes Mädchen, damit der Saum nicht über den Kies schleift.

»Viel habe ich Ihnen nicht mehr zu erzählen, aber es ist wichtig«, fährt der dreiundvierzigjährige Greis fort, der Atem, der seiner zerstörten Lunge entströmt, klingt wie Kreide auf einer Tafel.

»Erst am nächsten Tag erfuhr ich, daß die Abteilungen aus Bingo Crépuscule den gegenüberliegenden Schützengraben und sogar noch die zweite Stellung der Deutschen erobert hatten. Mir kam das ein bißchen wie ein Sieg vor. Es beruhigte mich, daß die Gemeinheit nicht ganz so sinnlos gewesen war. Das ist nicht sehr schön, aber so ist es nun mal.

Nachdem ich die Briefe der Verurteilten noch einmal abgeschrieben hatte, steckte ich sie in Umschläge und übergab sie dem ersten Wagenmeister, den ich traf. Da Sie Bleuets Brief erhalten haben, nehme ich an, daß auch die übrigen vier bei den Empfängern angekommen sind. Die Abschriften, die ich gemacht habe, liegen auf Ihrem Schoß.

Wochen später erhielt auch ich einen Brief. Hauptmann Favourier hatte ihn geschrieben, nur wenige Stunden, nachdem ich ihn schlafend zurückgelassen hatte. Der Brief hatte eine lange Reise hinter sich und erreichte mich beim Schienenlegen auf einer Sommerweide, weitab von den Schrecken des Krieges. Er wird Ihnen wie mir gefallen, da bin ich sicher. Ich schenke ihn Ihnen, weil ich ihn auswendig kenne.

In dem Päckchen liegt auch ein Foto, das ich für Sie herausgesucht habe. Einer meiner Leute vom Landsturm hat es aufgenommen, als ich ihm den Rücken zukehrte. Überall trug er am Gürtel befestigt einen jener kleinen Apparate mit sich herum, von denen ich nicht weiß, ob sie für die elenden Jahre im Schützengraben Verzauberung oder Schande bedeuteten. Alle diese Bilder, um die Eroberung einer Kanone zu feiern oder die Gefangennahme eines erschöpften feindlichen Soldaten oder auch die Beerdigung eines Kameraden. Mein Mann vom Landsturm, er hieß Prussien*, was ihm, wie man sich denken kann, nicht sehr gefiel, wurde im April 17 getötet, beim Gemetzel am Chemin des Dames. Seine Witwe, die ich ein Jahr später in Paris traf, eine kränkelnde Frau, die sich nichts mehr zu wünschen schien, als ihm zu folgen, hat mir das Bild geschenkt.

Ich bin nicht besser als andere: Sobald ich in den Vogesen war, in einer anderen Kompanie, bei einem anderen Regiment, vergaß ich die Affäre vom Bingo Crépuscule. Nur manchmal, wenn ich zuviel Wein getrunken hatte, packte mich die Erinnerung. Dann war ich wie alle Säu-

* (franz.) Preuße.

fer, wollte um jeden Preis meinen Gewissensbissen entfliehen, wollte alles zerstören. Bingo Crépuscule, warum gerade dieser Name? Lange habe ich es mich gefragt, habe es aber nie herausgefunden.

Letztes Jahr, als wir zum zweiten Mal begannen, die Deutschen an der Marne zu vertreiben, wurde ich im Wald von Villers-Cotterêts an beiden Beinen verletzt. Sie holten mir Stück für Stück das Eisen aus dem Körper, so gut es ging. In dem Bahnhof, in dem ich evakuiert war, mein Namensschild am Knopfloch, traf ich Chardolot wieder, einen der beiden Gefreiten, die die Verurteilten an der Place de l'Opéra übernommen hatten. Er lag auf einer der Tragen, die in Zehnerreihen am Bahnsteig standen. Ich hatte Glück, daß ich schon wieder auf Krücken gehen konnte. Seine Bauchverletzung war wesentlich schlimmer.

Ich kann es bezeugen, er war völlig ausgelaugt, so mager, daß ich nicht sicher war, ob er es war. Aber als er sah, wie ich mich über ihn beugte, lächelte er und murmelte: ›Ach nee, der Sergeant Espérance.‹ Ich sagte zu ihm: ›Mein Freund, wenn ich es gewußt hätte, ich hätte alle laufen lassen.‹ Er wollte lachen, als ich das sagte, auch über den Ton, in dem ich sprach, aber Lachen tat ihm weh, genau wie mir heute.

Ich fragte ihn natürlich, was passiert sei, nachdem ich den Schützengraben verlassen hatte. Er bewegte leicht den Kopf und sagte wie mein Kommandant vor achtzehn Monaten: ›Lauter verrückte Sachen.‹ Danach nahm er alle Kräfte zusammen, stützte sich auf die Ellbogen und flüsterte: ›Sie sind alle tot, die fünf auf dem Feld, der Leutnant, meine Kameraden. Auch der Hauptmann, als wir die Schützengräben von gegenüber eingenommen haben.‹ Er wollte, daß ich mich noch weiter zu ihm herabbeuge, und ich habe mich hingekniet, um ihn zu verstehen. Ich hörte: ›Wir sind kaum auf Widerstand gestoßen. Wir haben die erste und die zweite Stellung genommen, ohne einen Mann zu verlieren. Als wir an die dritte kamen, haben sie uns umgebracht.‹

Eine ganze Weile lag er mit geschlossenen Augen da und schnappte gierig nach Luft. Er atmete nichts ein als den Rauch des Zuges. Die unter den verletzten Engländern und Amerikanern, die dazu noch fähig waren, stürmten die Türen. Ich fragte nach: ›Bist du sicher, daß alle fünf tot sind?‹ Er sah mich zugleich amüsiert und verächtlich an: ›Bist du noch auf ihrer Seite, Feldgendarm? Welcher von ihnen soll denn durchgekommen sein?‹ Ich antwortete: ›Egal wer, und nenn mich nicht Feldgendarm.‹

Er schloß wieder die Augen. Ich spürte, daß er zuviel zu erzählen hatte und nicht dazu in der Lage war. Ich sage Ihnen die Wahrheit, Mademoiselle, selbst wenn Sie sie enttäuschend finden. Aber zu lügen, damit Sie Hoffnung schöpfen, wäre eine Gemeinheit. Die letzten Worte, die ich von Chardolot hörte – er wandte mir den Kopf zu und hatte ein Lächeln auf den Lippen, das weit fort war von allem, ich wurde aufgefordert, in den Zug zu steigen, und die Sanitäter bedrängten mich, ihren Verletzten endlich in Ruhe zu lassen –, seine letzten Worte waren: ›Ich würde gern mit dir zwei Louis auf Bleuet setzen, wenn ich sie hätte. Er hat mit einer Hand einen Schneemann gebaut, mitten auf dem Feld. Aber die Weiber haben mir alles geklaut.‹

Später, während der Fahrt, bin ich auf Krücken durch die Waggons und habe Chardolot gesucht, ich habe die Leute beiseite geschoben und bin zehnmal hingefallen. Ich habe ihn nie wiedergesehen. Vielleicht fuhr er nicht mit demselben Konvoi. Vielleicht starb er, bevor er in den Zug getragen wurde. Der Tod ist so ein Heuchler. Ich wurde im Oktober freigestellt, einen Monat vor dem Waffenstillstand. Ich war allem entkommen. Ich hätte mich über mein Glück freuen und eine ehrenwerte Pension beziehen können, aber nein. Dabei sterbe ich nicht mal durch den Krieg. In dem Krankenhaus von Angers, in dem ich mich von den Verletzungen erholte, habe ich mir eine Zivilistenkrankheit eingefangen, diese verdammte spanische Grippe. Sie haben mir gesagt, ich sei geheilt, schlimme Folgen gäbe es nicht. Und jetzt weiß ich nicht einmal, ob ich morgen wieder aufwache.«

Die weiße Witwe

Im Auto, auf dem Rückweg nach Cap-Breton, spürt Mathilde genau, daß Sylvain sich Sorgen um sie macht, daß er froh wäre, wenn sie ihm ihr Herz ausschüttete. Aber sie hat keine Lust zu reden, keine Lust zu jammern, sie möchte in ihrem Zimmer allein sein. Glücklicherweise kann man sich beim Lärm des Motors nicht gut unterhalten.

Als sie allein in ihrem Zimmer ist, vor ihrem Tisch und umgeben von Fotografien ihres Verlobten, öffnet sie das kleine Paket von Daniel Esperanza.

Was sie als erstes sieht, ist wieder ein Foto, in Postkartengröße und der üblichen Sepiafärbung. Es ist in einem Schützengraben aufgenommen, der aussieht wie Dutzende anderer, die sie in *Le Miroir* oder *L'Illustration* gesehen hat. Im ganzen sind sieben Männer auf dem Bild zu erkennen: Fünf sitzen barhäuptig da, die Hände auf dem Rücken, einer steht, den Helm auf dem Kopf, und er scheint recht stolz auf sich zu sein; ein letzter, den man im Halbprofil sieht, sitzt Pfeife rauchend im Vordergrund.

Sie erkennt Manech sofort. Er hält sich ein wenig abseits, auf der linken Seite, und schaut ins Leere. Er lächelt, aber sie kennt dieses Lächeln an ihm nicht. Seine Gesichtszüge und seinen Körper erkennt sie, wie sehr er auch abgemagert ist. Er ist schmutzig. Sie alle sind schmutzig, ihre Kleider sind ausgebeult und voller Dreck, aber am seltsamsten sind ihre strahlenden Augen.

Über ihren Köpfen steht mit verblaßter Tinte eine Zahl, der auf der Rückseite der Karte ein Name entspricht. Der Mann mit der Pfeife ist allerdings nur durch ein Fragezeichen gekennzeichnet, das zwischen zwei sorgfältig gerundeten Klammern steht. Neben den Verurteilten links steht ein Mann mit Armbinde, der Gefreite Boffi.

Danach entfaltet Mathilde ein Blatt Papier, das am Rand stark abgegriffen ist. Es ist die berühmte getippte Liste, die Daniel Esperanza von seinem Kommandanten erhalten hatte.

KLEBER BOUQUET, Zimmermann, Paris, Jg. 1900.
FRANCIS GAIGNARD, Schweißer, Seine, 1905.
BENOIT NOTRE-DAME, Bauer, Dordogne, 1906.
ANGE BASSIGNANO, Bouches-du-Rhône, 1910.
JEAN ETCHEVERY, Meeresfischer, Landes, 1917.

Unten auf dem Blatt, das weder Briefkopf noch Stempel trägt, steht in runden Lettern: *Samstag, 6. Januar 17, 22 Uhr 30, Urbain Chardolot, Gefreiter.* Und weiter rechts, in Kinderschrift, eine zweite Unterschrift:

Benjamin Gordes, Gefreiter.

Mathilde nimmt noch einmal das Foto in die Hand und erkennt ohne Mühe Eskimo, Six-Sous, Cet Homme und Droit Commun. Sie sehen genau so aus, wie sie sie sich vorgestellt hat, als Esperanza von ihnen sprach, außer daß sie alle Schnurrbärte tragen und durch ihre Müdigkeit älter wirken, als sie sind. Manech wirkt neben ihnen wie ein verlorener Junge.

Danach liest Mathilde die Briefe, die Daniel Esperanza auf lila Papier abgeschrieben hat, mit so blasser Tinte, daß sie fast grau wirkt. Sie liest sie in der Reihenfolge, in der sie sie vorfindet. Sie sucht nicht zuerst den von Manech. Wozu auch? Sie hat, während er im Krieg war, dreiundsechzig Briefe oder Postkarten von ihm erhalten. Sie hat sie so oft gelesen, daß sie alle auswendig hersagen kann, ohne sich ein einziges Mal zu vertun.

Das große Fenster ihres Zimmers ist übergossen von der purpurroten Sonne, die hinter den Pinien im Meer untergeht.

Kléber Bouquet an Louis Teyssier
Bar »Chez Petit Louis«, 27 rue Amelot, Paris

Von der Front, 6. Januar 17.

Meine liebe Boxernase,
Wenn Du Véro siehst, wünsch ihr ein gutes Neues Jahr und sag ihr, daß ich an sie denke und bedauere, daß sie nicht mehr mit mir redet. Sag ihr, sollte ich nicht zurückkommen, daß mein letzter Gedanke ihr und allen schönen Augenblicken gilt, die wir zusammen erlebt haben und die wunderbar waren. Gib ihr das Geld, das ich Dir anvertraut habe. Es ist ja nicht viel, ich hätte ihr so gern ein schönes Leben gewünscht.

Auch an Dich, Kumpel, denke ich oft und daran, wie Du mich auf Deinem Tresen beim Würfeln besiegt hast und wie wir lachten, wenn wir die Siphons rausholten, das waren wenigstens schöne Kämpfe.

Ich werde woandershin versetzt, wenn Du also einige Zeit nichts von mir hörst, mach Dir keine Sorgen, ich bin gesund.

Also dann, grüß alle Freunde, und Dir ein langes Leben.

Kléber.

P. S. Ich kann Dir etwas sagen, worüber Du Dich freuen wirst. Ich habe Biscotte wiedergetroffen, und wir haben uns versöhnt. Wir waren beide ganz schön blöd.

Francis Gaignard an Thérèse Gaignard
108, route de Châtillon, Bagneux, Seine.

Samstag, den 6. Januar

Meine liebe Frau,
Ich weiß, Du wirst erleichtert sein, wenn Du diesen Brief erhältst, aber was willst Du, ich konnte Dir seit einem Monat nicht mehr schreiben, weil ich in ein anderes Regiment gekommen bin, und es war sehr schwierig bei der anstrengenden, weiten Fahrt. Jetzt kann ich Dir endlich ein gutes Neues Jahr wünschen, in dem, da bin ich sicher, unser aller Unglück zu Ende gehen wird. Ich hoffe, Du konntest unseren Kleinen ein paar schöne Geschenke machen, meiner lieben Geneviève und meiner süßen Sophie. Ich hoffe, daß sie Dir in der Waffenfabrik die zwei Tage frei gegeben haben, damit Du Dich wenigstens ein bißchen ausruhen konntest, meine liebe Frau, auch wenn es für Dich nicht gerade fröhliche Festtage waren.

Mach Dir keine Sorgen wegen dem, was ich Dir jetzt sage. Ich bin springlebendig wie ein junges Reh, aber ich habe ein ruhigeres Gefühl, wenn ich es Dir sage. Sollte mir etwas passieren, man weiß ja nie (denk nur an meinen armen Bruder Eugène), dann tu, was Du mir versprochen hast, denk nur an unsere Mädchen, ich brauche nichts mehr und wünsche mir von Herzen, daß Du einen netten Jungen findest, damit Ihr alle drei glücklich werdet. Am Ende dieses Monats bin ich einunddreißig, und Du neunundzwanzig. Fast acht Jahre sind wir verheiratet. Ich habe das Gefühl, daß man mir die Hälfte meines Lebens gestohlen hat.

Da Neujahr ist, küsse bitte Deine Eltern von mir, ganz ehrlich. Ich bin ihnen nicht böse, das weißt Du, aber sie sollten wenigstens von manchen Sachen nicht reden. Denn weil manche Leute so blind sind wie sie, bin ich hier, und meine Kameraden auch.

Ich muß aufhören, die Arbeit wartet. Ich küsse Dich zärtlich, paß gut auf unsere lieben Kleinen auf.

Danke, daß Du meine Frau bist

Dein Six-Sous

Benoît Notre-Dame an Mariette Notre-Dame
Les Ruisseaux, Cabinac, Dordogne.

6. Januar 17

Meine liebe Ehefrau,
Ich schreibe Dir diesen Brief, um Dir zu sagen, ich bin eine Weile nicht in der Lage, Dir zu schreiben. Sag dem alten Bernay, daß ich bis Anfang März alles bezahle, wenn nicht, hat er Pech gehabt, er verkauft uns seinen Dünger einfach zu teuer. Ich glaube trotz allem, daß er drauf eingehen wird.

Sag meinem kleinen Titou, daß ich Ihn fest umarme und daß ihm nichts Böses geschehen kann, wenn er auf seine liebe Mama hört. Ich kenne niemanden, der so gut ist. Ich liebe Dich,

Benoît

Ange Bassignano an Tina Lombardi
Zu Händen Madame Conte
5, traverse des Victimes, Marseille

Samstag, 6. Januar

Meine Süße,
ich weiß nicht mehr, wo Du jetzt bist. Wo ich bin, kann ich Dir nicht sagen, wegen dem Kriegsgeheimnis. Ich dachte schon, bald wäre es mit mir zu Ende, aber jetzt geht es besser. Ich habe Hoffnung, hier rauszukommen und daß mich die Mutter Gottes noch einmal schützt, auch wenn ich so daneben bin, wie Du mich kennst. Ich hatte Pech, das ist alles.

Weißt Du noch, wie wir uns als Kinder auf der Kirmes im Spiegel anguckten, in Saint-Mauront, und dick aussahen wie Fässer? Ich habe das Gefühl, daß mein Leben sich genauso verzerrt hat. Im übrigen bin ich ohne Dich verloren, ich mache nur noch Mist. Angefangen bei dem idiotischen Streit mit dem Sohn Josso. Ich wäre besser mit Dir nach Amerika gegangen wie Florimond Rossi, der kleine Gigolo aus der »Bar des Inquiets«. Er hat den Dampfer genommen, um kein Unheil mehr anzurichten. Wir hätten drüben Geld verdient, da gibt es einen Haufen Millionäre. Aber, meine Süße, es hat keinen Zweck, nach hinten zu schauen, das hast Du mir immer gesagt. Ich weiß nicht, bei welcher Armee Du Dich gerade rumtreibst, sicher suchst Du überall nach mir, und das nagt an mir. Ich habe Dich noch nie so sehr gebraucht wie heute abend. Was auch passiert, laß mich nicht fallen. Selbst im Knast warst Du meine Sonne, wenn Du mich besuchen kamst.

Ich hoffe von ganzem Herzen, daß ich hier rauskomme, danach bitte ich Dich für alles, was ich Dir angetan habe, um Verzeihung. Ich werde so nett zu Dir sein, daß Du Dich kneifst, um festzustellen, ob es wahr ist, und ich küsse dann Deine blauen Flecken.

Ciao, mein Mondschein, mein süßer Arsch, mein glühendes Herz. Ich habe diesen Brief einem netten Kerl diktiert, weil ich nicht gut schreiben kann und mir an der Hand weh getan habe. Aber er ist mit Liebe geschrieben.

Ich küsse Dich wie beim ersten Mal, als wir noch Kinder waren, unter den Platanen der Rue Loubon. Das war nicht gerade gestern, stimmt's, meine Süße?

Dein Höllenengel

Danach kommt der Brief von Manech. Es ist der gleiche wie der, den Mathilde Anfang 1917 erhalten hat, beide sind ja von Daniel Esperanza geschrieben, aber die Farbe des Papiers verwirrt sie ein wenig und auch, daß die Anordnung der Zeilen nicht die gleiche ist. Einige Sekunden lang kann sie den Gedanken nicht abwehren, daß Manech sich noch weiter von ihr entfernt hat.

Jean Etchevery an Mathilde Donnay
Villa »Poéma«, Cap-Breton, Landes

6. 1. 17

Mein Liebes,
heute kann ich Dir nicht schreiben, ein Kamerad aus den Landes tut es für mich. Dein Gesicht ist ganz hell, ich sehe Dich vor mir. Ich bin glücklich, denn ich komme zurück. Ich könnte meine Freude auf die Straße hinausschreien, ich komme zurück. Ich habe Lust, Dich zu küssen, wie Du es so gern hast, ich komme zurück. Ich muß schnell laufen. Denn morgen ist schon Sonntag, und am Montag heiraten wir. Ich möchte vor Freude auf der Dünenstraße schreien, ich höre meinen Hund Kiki, wie er durch den Wald kommt, Du bist bei ihm, Du bist schön und ganz in Weiß, ich bin sehr glücklich über unsere Hochzeit. Ja, meine liebe Matti, ich komme zu Dir in dieses Licht, ich habe Lust zu lachen und zu schreien, mein ganzes Herz ist mit Himmel angefüllt. Wir müssen das Boot mit Girlanden schmücken, ich bringe Dich auf die andere Seite des Sees, Du weißt schon wohin. Ich höre die riesigen Wellen rauschen, und ich höre Deine Stimme im Wind, wie sie mir Deine Liebe zuschreit: »Manech! Manech!« Und ich sehe die brennenden Kerzen in der Holzhütte, und wir beide liegen auf den Hanfblättern. Ich laufe, so schnell ich kann, warte auf mich! Meine Geliebte, meine Matti, Montag sind wir verheiratet. Unser Versprechen ist mit dem Messer in die Rinde der Pappel am Seeufer eingraviert, das sind wir, das ist doch klar.

Ich küsse Dich ganz zärtlich, zärtlich wie Du es so gern hast. Ich sehe Deine schönen Augen und Deinen Mund im Licht. Und Du lächelst mir zu.

Manech

Auf baskisch heißt Jean Manech, geschrieben wird es Manex. Manech schreibt es extra falsch, und Mathilde auch. Esperanza hat es genauso gemacht, vielleicht aus Unwissen, aber das bezweifelt Mathilde, er stammt ja aus Soustons. Sie wird ihn danach fragen, denn sie hat die Absicht, ihn noch einmal zu besuchen.

Eine letzte Entdeckung macht sie in dem kleinen Päckchen: den Brief von Hauptmann Favourier. Der Umschlag und das Papier sind himmelblau, das Futter und der Umschlag dunkelblau. Wie ein Lehrer schreibt er nicht, und sei er selbst Lehrer für die Lügen der Geschichte. Eine große, grobe, wie zerklüftete, fast unleserliche Schrift.

Und trotzdem.

Sonntag, den 7.

Mein Freund,
es ist noch nicht hell. Ich merke, daß mich der Schlaf übermannt hat, dabei wollte ich noch eine Geschichte zu Ende erzählen. Das ist sehr demütigend für mich.

Ich habe Ihnen doch, beflügelt durch den Cognac und meine Liebe zu den Briefmarken, »Victoria Anna Penoe« gesagt. Es wäre milde ausgedrückt zu sagen, daß ich als Fünfzehnjähriger unsterblich in das Porträt der größten Königin verliebt war. Ich war ganz wild vor Zorn, daß ich nicht Engländer, Australier oder aus Gibraltar war. Ich war damals sehr arm, noch ärmer als heute, und an Briefmarken konnte ich mir nur die niedrigsten Werte der Königin Viktoria leisten. Ich hatte aber das Glück, eine schöne blaue aus Ostafrika zu besitzen, und die Naivität, mir vorzustellen, daß Anna, das damals dort gültige indische Geld, der zweite Vorname meiner Angebeteten sei. Mit Penoe war es noch besser. Es handelt sich dabei um eine Briefmarke, die ich nur für einen kurzen Moment bei einem Händler sah, mehrere Kunden stritten sich darum. Sie war damals schon sehr viel wert. Wissen Sie warum? Es war eine Zwei-Pence-Marke, wo sie herkommt, können Sie herausfinden, durch einen Fehldruck war aus dem C von Pence ein O geworden. Ist das nicht hübsch? Verstehen Sie mich? Was habe ich da zu suchen, wo Sie mir begegnet sind?

Ich bin gerade in den Schützengraben zurückgekehrt, nachdem ich geschlafen hatte. Wenn es Sie beruhigt, sie haben sich schnell losgebunden und gegraben wie die Maulwürfe. Zweimal haben die Boches, wahrscheinlich auf Anordnung von oben, ziellos mit Granaten nach ihnen geworfen. Die Unseren konnten nichts anderes tun, als mit dem Mörser zu antworten. Seitdem aber haben die Schikanen aufgehört. Auf dem Feld antwortet nur einer nicht, wenn man ihn ruft, der Bauer. Aber das will nichts heißen, außer daß er schlecht erzogen ist. Ich glaube, sie leben alle noch.

Ich schreibe Ihnen diesen Brief, damit Sie wissen, ich werde alles tun, damit es auch weiterhin so bleibt. Ich nehme auch meine Soldaten dafür in Anspruch, obwohl ich so etwas eigentlich ablehne. Ich hoffe wie Sie, daß der Tag schnell herumgeht und man mir, wenn es dunkel ist, sagen wird, daß ich sie alle zurückholen soll.

Leben Sie wohl, Sergeant. Ich wäre Ihnen gern anderswo begegnet, weit weg von hier, zu einer anderen Zeit.

Etienne Favourier

Lange sitzt Mathilde reglos da, das Kinn in die Hände gestützt. Dämmerung dringt ins Zimmer. Sie denkt an die Briefe, die sie gerade gelesen hat, lauter Bilder, die sie berührt haben und von denen eines das andere jagt. Sie nimmt sich vor, die Briefe am nächsten Tag noch einmal zu lesen.

Jetzt zündet sie ihre Lampe an, holt Zeichenblätter aus

der Schublade hervor. Mit schwarzer Tinte schreibt sie auf, was Daniel Esperanza ihr erzählt hat. Sie hat ein gutes Gedächtnis und versucht sich an den Wortlaut seiner Sätze zu erinnern. Sie lauscht der Stimme des armen Mannes, die ihr noch in den Ohren klingt, achtet aber noch mehr auf das, was sie im Lauf seines Berichts vor Augen hatte, so deutlich, als habe sie es selbst erlebt, und jetzt steht alles da in ihrer Erinnerung wie in einem Kinofilm. Wie lange, weiß sie nicht. Deshalb schreibt sie es auf.

Später klopft Bénédicte an die Tür. Mathilde sagt ihr, sie habe keinen Hunger und wolle in Ruhe gelassen werden.

Als sie schließlich fertig ist, trinkt sie zwei oder drei Schluck Mineralwasser aus der Flasche, zieht ihr Kleid aus und legt sich allein schlafen. Ein Nachtfalter ist ins Zimmer geflogen und stößt dauernd gegen die Nachttischlampe.

Mathilde löscht das Licht. Sie liegt im Dunkeln und denkt an Königin Viktoria und wüßte gerne, woher die Marke stammt, auf der pence zu penoe geworden ist. Bis heute abend mochte sie Viktoria nicht, wegen des Burenkrieges. Auch Hauptleute mochte sie nicht besonders.

Und jetzt weint sie.

Mathilde ist neunzehn Jahre, sieben Monate und acht Tage alt. Sie kam im ersten Licht dieses Jahrhunderts, am 1. Januar 1900 um fünf Uhr morgens zur Welt, so kann man immer leicht ihr Alter errechnen.

Mit drei Jahren, fünf Monaten und zehn Tagen, als ihre Mutter gerade einmal wegschaute – immer hat sie sich zum Vorwurf gemacht, daß sie diesen kleinlichen Streit mit der Flurnachbarin führen mußte –, ist Mathilde wegen einer Katze, die Pipi auf den Fußboden machte, auf eine fünfstufige Leiter geklettert, ganz nach oben, und ist heruntergefallen. Später hat sie immer gesagt – man hat es ihr so erzählt, sie selbst erinnert sich nicht mehr an diese Heldentat –, daß sie habe fliegen wollen wie im Traum.

Im Krankenhaus wurde sie gründlich untersucht. Sie hatte nichts außer einem angebrochenen Schlüsselbein, das in wenigen Tagen wieder zusammengewachsen war, keine Verletzung, keine einzige Schramme. Es heißt, sie lag im Bett und lachte und freute sich, daß alle sich so um sie bemühten.

Weint nicht, Mathilde kann seitdem nicht mehr gehen.

In der ersten Zeit glaubte man an einen seelischen Schock, an die Angst, die sie verspürt hatte – warum nicht? – die Enttäuschung, daß sie in der Luft einem Spatz unterlegen war. Neue Untersuchungen haben nichts ergeben, das ihre unbegreifliche Behinderung erklären könnte. Man wollte schon glauben, sie habe sich aus Stolz in eine Haltung geflüchtet, um nicht beschimpft zu werden. Lauter dummes Zeug. Ein dürrer Mann mit Bart kam auf die wahnwitzige Idee, Mathilde sei zu nächtlicher Stunde durch die Wohnung gelaufen und habe Papa und Mama dabei überrascht, wie sie sich etwas Gutes antaten.

Dieser Papa ist einen Meter sechsundachtzig groß und wiegt hundert Kilo. Als der Unfall geschah, war er fünfunddreißig und recht furchterregend. Der arme Bärtige, der seine Hand auf der Backe zu spüren bekam, irrt vermutlich noch heute zwischen dem Friedhof Montparnasse und der Rue de la Gaîté umher, und wenn er im Zickzack über den Bürgersteig torkelt, werfen die Leute ihm ein paar Münzen zu.

Mathildes Vater hat sich jedoch nicht damit begnügt, den sogenannten Psychologen zu ohrfeigen und die Ärzte zu beschimpfen, die »außer von Aspirin nichts verstehen«. Er hat viele Monate lang seine Arbeit, ein Bauunternehmen, im Stich gelassen oder doch sehr vernachlässigt. Er ist mit Mathilde nach Zürich, London, Wien und Stockholm gefahren. Sie ist zwischen vier und acht Jahren viel gereist, hat aber von den Ländern nicht mehr gesehen als das, was man durch ein Klinikfenster zu erkennen ist. Dann mußte man sich mit ihrem Zustand abfinden. Sie haben Mathilde, die es schließlich als erste erfahren mußte, erklärt, daß die Befehle ihres Gehirns nicht mehr bis in ihre Beine gelängen. Daß irgendwo in ihrem Rückenmark der Strom unterbrochen sei.

Danach kam eine Zeit, wo man an alles mögliche glaubte: an Spiritismus, Zauberei, Nadeln in Puppen aus Billigläden, Brühe aus vierblättrigen Kleeblättern, Schlammbäder. Sogar ein Hypnotiseur wurde einmal herangezogen: Mathilde war zehn Jahre alt und stand plötzlich auf. Ihre Mutter behauptet, sie habe einen Schritt getan, der Vater meint, einen halben, ihr Bruder Paul sagt gar nichts, aber er denkt sich auch nicht viel mehr. Mathilde fiel ihrem Vater in die Arme, und sie mußten die Feuerwehr holen, um sie wieder wachzukriegen.

Schon damals war sie stolz, und sie hatte sich, so gut es ging, mit sich selber eingerichtet. Sie ließ sich von niemandem helfen, außer beim Baden und auf dem Weg zum stillen Örtchen. Sicher ist es ihr manchmal schwergefallen, sicher hat sie sich weh getan, aber im Laufe der Zeit konnte sie sich überall mit Armen und Händen helfen, wenn es etwas zum Festhalten gab.

Und dann, na wenn schon. Es ist nicht weiter interessant, Mathilde hat noch andere Leben, vielfältig und schön. Zum Beispiel malt sie große Bilder, die sie irgendwann ausstellen wird, und dann werden alle sehen, wer sie ist. Sie malt Blumen, nur Blumen. Sie mag Weiß, Schwarz, feuriges Rot, Himmelblau, zartes Beige. Mit den Gelbtönen hat sie Schwierigkeiten, Vincent, der Millet so sehr verehrte, hatte das auch. Für sie werden Millets Blumen bis ans Ende der Zeiten zart, grausam und lebhaft bleiben.

In ihrem Bett, wo alles möglich ist, stellt sie sich oft vor, sie sei Millets Urenkelin. Der Kerl hat ihrer Urgroßmutter einen Bastard gemacht. Dieses Mädchen, eine lange Bohnenstange mit gezwirbeltem Knoten, war Gesellschaftsdame in Whitechapel und von der Tuberkulose genesen. Mit sechzehn hat sie sich in Mathildes Großvater verliebt und ihn verführt. Wer die Geschichte nicht glauben will, ist selbst schuld.

Ein weiteres wichtiges Leben sind ihre Katzen. Mathilde hat sechs, Bénédicte eine und Sylvain eine, das bedeutet achtfaches Glück im Haus und eine ganze Menge kleiner Kater und Katzen. Verschenkt werden sie an Freunde, die es verdient haben. Mathildes Katzen heißen Uno, Due, Tertia, Bellissima, Voleur* und Maître Jacques. Keine sieht aus wie die andere, aber alle mögen Mathilde, nie sehen sie sie böse an. Bénédictes Kater Camembert ist der intelligenteste, aber auch der gierigste. Eigentlich brauchte er eine Diät. Sylvains Katze Durandal ist eingebildet, nie redet sie mit ihrer Tochter Bellissima, die darunter leidet und nie von ihrer Seite weicht. Mathilde, die immer Angst vor der Zukunft hat, wünschte sich, daß Katzen länger leben.

Einen Hund gibt es auch in der Villa »Poéma« – ein Name, der aus Paul und Mathilde entstanden ist. Pois-Chiche** ist ein pyrenäischer Schäferhund, aber vollkommen taub, und er verbringt ganze Vormittage damit, den Eichhörnchen hinterherzulaufen, nur um sie zu ärgern. Er bellt, wenn Leute fortgehen, schläft die übrige Zeit und furzt dazu. Wenn Bénédicte das hört, sagt sie immer: »Chien qui pète, joie sur ma tête.«***

Wieder ein anderes Leben waren während des Krieges die Kinder aus Soorts, dem Nachbardorf, die keinen

* (franz.) Dieb.
** (franz.) Kichererbse.
*** (franz.) Hund, der furzt, macht mich froh.

Lehrer hatten. Sie kamen zu zwölft oder fünfzehnt zu Mathilde, waren zwischen sechs und zehn Jahren alt, und sie hatte ein Zimmer des Hauses in einen Klassenraum verwandelt. Sie brachte ihnen Schreiben, Rechnen, Geschichte, Geographie und Zeichnen bei. Im Juli 1918, da war sie schon länger als ein Jahr Witwe ihres Verlobten, führte sie vor den Müttern, dem Bürgermeister und dem Pfarrer ein Stück von Molière mit ihnen auf. Die kleine Sandrine brachte es im Kostüm einer von ihrem Mann verprügelten Ehefrau nicht übers Herz, ihrem Nachbarn, Monsieur Robert, der ihr zu Hilfe eilt, zu sagen: »*Mir gefällt es, geschlagen zu werden.*« Sie sagte immer: »Und wenn ich nun will, daß er mich verdrischt, was geht's dich an?« Und peng! verpaßte sie Hector, einem der Söhne Massette, der den Monsieur Robert spielte, eine Ohrfeige. Dann warf sie wie erschrocken die Hand vor den Mund und sagte: »Nein, das war's nicht. Ich will nicht, daß du dich in meine Angelegenheiten mischst!« Und peng! eine neue Ohrfeige. »Nein das war's auch nicht. Aber wenn es mir nun Spaß macht, daß mein Gatte mich schlägt?« Und wieder eine Ohrfeige. Der kleine Massette weinte, schließlich schlug er zurück, die Mütter mischten sich ein, und das Stück endete in einer Prügelei wie einst »Hernani«*.

Seit ihrer »Krankheit«, also seit über fünfzehn Jahren, hat Mathilde kaum zwei Tage ohne Gymnastik verbracht. Ihr Vater oder ihre Mutter oder Sylvain bewegen ihr die Beine. Lange Zeit kam Monsieur Planchot, der Knocheneinrenker aus Seignosse, auf seinem Fahrrad dreimal pro Woche um Schlag neun, um ihren Körper zu bewegen, sie lag auf dem Rücken oder auf dem Bauch, er massierte ihr die Schultern, den Nacken und die Wirbelsäule. Aber er ist in Rente gegangen. Seit dem Waffenstill-

* Berühmte Theaterschlacht im Jahr 1830, nach der Uraufführung eines Stückes von Victor Hugo.

stand kommt der Bademeister aus Cap-Breton an seiner Stelle, er ist weniger genau, hat aber stärkere Muskeln: Georges Cornu trägt einen stolzen Schnurrbart, hat an den Schwimmwettmeisterschaften von Aquitanien teilgenommen und ist im Krieg Ausbilder bei der Marine. Er redet nicht viel. Am Anfang schämte Mathilde sich ein bißchen, daß er sie am ganzen Körper betatschte, sogar am Hintern, aber dann hat sie sich daran gewöhnt, wie an alles andere auch. Es ist immer noch angenehmer als das, was man im Krankenhaus über sich ergehen lassen muß. Sie schließt die Augen und läßt sich durchkneten. Sie stellt sich vor, daß Georges Cornu ihre Formen bewundert und schon nicht mehr kann vor lauter Lust. Einmal sagte er zu ihr: »Sie sind prächtig ausgestattet, Mademoiselle. Und ich kann Ihnen versichern, ich sehe so allerhand.« Danach wußte Mathilde nicht mehr, ob sie ihn mein lieber Georges, mein sehr lieber Georges oder Jojo nennen sollte.

Mathilde ist in der Tat nicht häßlich. Jedenfalls findet sie das. Sie hat große grüne oder graue Augen, je nach dem Licht, wie ihre Mutter. Sie hat eine kleine, gerade Nase und lange Haare von einem hellen Kastanienbraun. Die Größe hat sie von ihrem Vater geerbt, sie mißt einen Meter achtundsiebzig. Wahrscheinlich ist sie so groß geworden, weil sie soviel gelegen hat. Sie hat schöne Brüste. Sie ist stolz auf ihre Brüste, die rund, schwer und zarter sind als Seide. Wenn sie die Spitzen streichelt, hat sie bald Lust, geliebt zu werden. Sie liebt sich allein.

Mathilde ist eine Verführerin wie ihre erfundene Urgroßmutter. Vor dem Einschlafen stellt sie sich aufregende Situationen vor, alle mehr oder weniger unwahrscheinlich, aber mit dem immer gleichen Thema. Sie wird Opfer eines Unbekannten – sein Gesicht sieht sie nie genau –, der sie irgendwo im Hemd überrascht, sie kann seiner unglaublichen Lust nicht widerstehen, er streichelt sie, bedroht sie, zieht sie aus, bis sie sich auf das Unvermeidliche einläßt oder es sehnsüchtig herbeiwünscht. Das Fleisch ist so stark. Mathilde muß bei ihren Wanderungen nur selten zu den äußersten Gipfeln gelangen, damit die Lust sie überkommt, so heftig und stark manchmal, daß sie glaubt, sie strahle auch in die Beine aus. Sie ist stolz auf dieses Vergnügen, froh, dazu fähig zu sein, denn es macht sie für ein paar Staubkörner der Ewigkeit den anderen gleich.

Seit ihr Verlobter als vermißt gemeldet ist, hat Mathilde es nie ertragen, an ihn zu denken, wenn sie sich befriedigt. Es gibt Zeiten, in denen sie sich vor sich selber schämt und sich haßt und schwört, Unbekannten die Tür zu verschließen. Früher, schon bevor sie miteinander schliefen, und in den Monaten, als er an der Front war, dachte sie immer nur an Manech, wenn sie sich allein vergnügte. So ist es.

Wenn Mathilde schläft, wird sie auch von Träumen heimgesucht, guten und schlechten. Manchmal erinnert sie sich beim Erwachen daran. Sie weiß, daß sie außer Atem durch die Straßen von Paris gelaufen ist, auf dem Land oder im Wald von Hossegor. Oder sie steigt in einem fremden Bahnhof aus dem Zug, vielleicht, um Manech zu finden, und der Zug fährt weiter und nimmt ihr ganzes Gepäck mit. Niemand kann ihr sagen, wohin er fährt, eine richtige lange Geschichte. Oder sie fliegt durch das große Wohnzimmer in der Rue La Fontaine in Auteuil, wo ihre Eltern jetzt wohnen. Sie schwebt dicht über dem Boden zwischen den Kristallüstern hindurch, schwebt nach unten, steigt wieder auf und das so oft, daß sie beim Erwachen schweißgebadet ist.

So, das genügt. Mathilde hat sich vorgestellt. Sie könnte stundenlang so weitermachen, es wäre sicher immer noch genauso spannend, aber sie ist nicht dazu da, ihre verschiedenen Leben zu erzählen.

Aristide Pommier ist siebenundzwanzig, hat krauses Haar und ist stark kurzsichtig. Er wohnt in Saint-Vincent-de-Tyrosse. Er arbeitete 1916 in demselben Regiment wie Manech als Koch. Nach den Herbstkämpfen kam er während eines Urlaubs zu Mathilde und brachte ihr gute Nachrichten von ihrem Verlobten, ein Foto, auf dem er lächelt, und ein Paar Ohrringe, die er bei den Tommys eingetauscht hat, wogegen, das hat er nicht gesagt. Nach seinen Erzählungen stand im besten aller Kriege alles zum besten. Dann setzte sie ihn mit unerwarteten Fragen unter Druck, sein Gesicht wurde rot, die Fenster beschlugen, und er wechselte den Ton. Er erzählte von dem Sommertag, an dem Manech sich die vom Blut eines Kameraden überströmten Kleider vom Leib gerissen hatte, wie er nackt hinter die Frontlinien gebracht wurde, auch von dem Kriegsgericht wegen der simulierten Gelbsucht, von den einigermaßen verständnisvollen Richtern und dem grundlosen Zittern.

Ein paar Monate später, im April 17, als die Etcheverys die Nachricht erhalten hatten, ihr Sohn sei tot, kam Aristide Pommier erneut auf Urlaub, um die Tochter seines Chefs, eines Holzhändlers aus Seignosse, zu heiraten. Mathilde konnte ihn nur zwei Minuten sprechen, als er aus der Kirche kam. Es tue ihm sehr leid für Manech, diesen tapferen Kerl. Er selbst sei nie ins Feuer geraten, kenne nur das seiner Öfen, er habe nichts gesehen, nichts gehört und wisse nichts von dem, was geschehen sei.

Danach schwieg er, in jenem Regen, der die Ehen dauerhaft macht, in einer engen Uniform, die vom vielen Waschen die Farbe verloren hatte, die er aber wahrscheinlich nicht einmal in seiner Hochzeitsnacht ausziehen würde, und Mathilde beschimpfte ihn als Arschloch, und nun stand er unbeweglich und mit gesenktem Kopf da, aus seinen Haaren tropfte es, er starrte auf die fünf Quadratzentimeter seiner Schuhspitzen und ließ alle Schimpfwörter, die diese Spielverderberin genüßlich herausschrie, über sich ergehen, bis Sylvain die Furie nach Hause holte, weit fort von alledem.

In jenem Jahr wird Aristide Pommier aus der Armee entlassen und arbeitet wieder als Holzfäller, aber seit er der Schwiegersohn ist, versteht er sich nicht mehr mit seinem Chef. Sie haben sich geprügelt. Der Schwiegervater hat den Kampf eröffnet, er hat Aristide ins Gesicht geschlagen und ihm dabei die Brille zerbrochen. Bénédicte, der für Mathilde das Lokalblatt ist, behauptet, Aristide wolle mit seiner schwangeren Frau und den beiden Mädchen, die sie bereits haben, das Land verlassen. Sie fügt hinzu, wie sie es von tapferen Frontsoldaten unterm Bombenhagel gehört hat: »Das wird noch böse enden.«

Mathilde ist Aristide Pommier schon ein paarmal begegnet, wenn sie sich zum Hafen oder an den See fahren läßt; er begnügt sich mit einem Gruß, dann wendet er den Kopf und tritt schneller in die Pedale seines Fahrrads. Seit den Erzählungen von Esperanza haßt sie ihn nicht mehr. Sie hat begriffen, daß er am Tag seiner Hochzeit und in all den folgenden Monaten geschwiegen hat, um in der Gegend die gute Erinnerung an Manech nicht zu zerstören. Darum will sie ihn treffen. Sie will ihm sagen, daß sie Bescheid weiß. Sie möchte ihn um Entschuldigung bitten, als wohlerzogenes Mädchen, das sie ist, wenn sie die Leute nicht gerade als Arschlöcher beschimpft. Er braucht keine Bedenken mehr zu haben, er wird reden.

Georges Cornu knetet sie mit seinen riesigen Schwimmerhänden und sagt: »Aristide? Heute treffen Sie ihn nicht an, er ist im Wald. Aber morgen, beim Fischerstechen, können Sie ihn aus dem Kanal fischen, wir gehören zur selben Mannschaft.«

Am nächsten Morgen, es ist Sonntag, fährt Sylvain Mathilde zum Ufer des Boudigau, klappt ihren Roller auf und stellt sie unter einem Sonnenschirm ab. Überall Banderolen, grelle Farben und Lärm. Die Menge ist von weither gekommen und verteilt sich überallhin, bis zum Holzsteg, der über den Kanal führt und den die Polizisten frei zu machen versuchen. Die Erwachsenen brüllen, die Kinder spielen Einkriegen, die Babys in ihren Kinderwagen schmoren unter einer afrikanischen Sonne.

Das Fischerstechen findet immer zwischen zwei Booten statt. Als Aristide Pommier, in langen Hosen und weißem Trikot, oft genug ins Wasser gefallen ist, um auszuscheiden, bringt Sylvain ihn, triefendnaß mit Ausnahme der Brille, zu Mathilde. Er ist nicht wenig stolz, von allen seinen Gegnern besiegt worden zu sein, und sagt: »Bei dieser Affenhitze ist es ein Vergnügen, erwischt zu werden.« Mathilde bittet ihn, sie an einen ruhigeren Ort zu fahren. Sie ziehen sich unter die Pinien zurück. Er setzt sich auf seine Fersen, als er zu sprechen beginnt.

»Ich habe Manech zum letztenmal Mitte November 16 gesehen«, sagt der Kämpe, während er im Schatten trocknet. Das war in Cléry, an der Somme. Ich war nicht mehr in meiner Einheit, aber traurige Nachrichten verbreiten sich bei den Gulaschkanonen immer schneller als gute. Ich war nicht überrascht, als sie ihn mit einem verbundenen Arm brachten. Ich wußte, er hatte den Gewehrschuß eines Spähers von gegenüber abgekriegt.

Er wurde in einer Scheune eingesperrt, die noch stand. Bis die Gendarmen ihn abholten, haben drei Leute ihn bewacht. Gegen drei Uhr nachmittags sagte ich zu meinem Sergeanten: »Er stammt aus meiner Gegend; als ich schon arbeitete, lief er noch mit dem Schulranzen auf dem Rücken herum. Lassen Sie mich zu ihm.« Da sagte der Sergeant, er sei einverstanden, und so habe ich einen der drei Bewacher abgelöst.

Es war eine Scheune, wie man sie im Norden findet, solide aus Ziegelsteinen gebaut, mit dicken Balken in alle

Richtungen. Sie war groß, und Manech wirkte darin winzig klein. Er saß gegen eine Mauer gelehnt in einem Flekken Licht, das durch ein Loch im Dach einfiel, und hielt die verletzte Hand vor seinen Bauch. Man hatte ihn nur notdürftig verarztet, der Verband war blutig und schon voll Dreck. Ich habe die beiden anderen gefragt. ›Warum wird er denn hier eingesperrt in diesem Zustand?‹ Sie wußten es nicht.

Ich habe Manech so gut wie möglich getröstet, ich habe ihm gesagt, es würde nicht so schlimm werden, sie würden ihn ins Feldlazarett bringen und gut versorgen, na, lauter solche Sachen. Seit Monaten gebe es keine Standgerichte mehr, so riskiere er nichts Ernstes. Er würde einen Anwalt bekommen, auch sein Alter würde man bestimmt berücksichtigen. Schließlich lächelte er und sagte: ›Also wirklich, Pommier, ich wußte nicht, daß du so schön reden kannst, du wärst der geeignete Anwalt für mich.‹

Den Namen des Anwalts, den er dann gekriegt hat, weiß ich nicht. Irgend jemand, der aus Suzanne zurückkam, sagte mir Tage später, die Bleuets, die mit demselben Schub vor Gericht gekommen wären, hätten einen Artilleriehauptmann gehabt, der sich in juristischen Sachen auskannte, aber den Namen hat er mir nicht gesagt.

Ich habe mit Manech über vieles geredet, über unsere Gegend, über Sie, über den Schützengraben, über das, was er wegen eines beschissenen Unteroffiziers getan hatte, der immer noch hinter ihm her war, und sonst noch alles mögliche, was einem so in den Sinn kommt.Und dieser besagte Sergeant? Den kannte ich. Er hieß Garenne, wie die Kaninchen, und kam aus dem Aveyron. Einer, der höher furzt, als das Arschloch sitzt, und der nichts als Orden im Kopf hatte. Er war ein mieser Kerl, nur Töten, das konnte er. Wenn er nicht krepiert ist, hat er jetzt mindestens zwei Sterne.

Schließlich ist Manech von Feldjägern abgeholt worden; sie brachten ihn ins Lazarett, wo er operiert wurde. Später habe ich erfahren, daß er die Hand verloren hat. Das war traurig, aber noch trauriger war, daß sie ihn trotzdem verurteilten. Wir haben überall von dem Urteil gehört. Um ehrlich zu sein, Mademoiselle, ich habe es nicht geglaubt, niemand glaubte es, und alle waren sicher, daß Papa Poincaré sie begnadigen würde.

Ich weiß nicht, was vor sich gegangen ist. Bei dem Prozeß waren es achtundzwanzig, die versucht hatten, sich zu verletzen, oder es geschafft hatten. Fünfzehn von ihnen wurden zum Tode verurteilt, wahrscheinlich hatte man Angst, daß sie viele Nachahmer finden würden, wenn man kein Exempel statuiert. Der arme Manech hatte sich einen ungünstigen Moment ausgesucht.

Aber selbst das, wer kann es schon mit Sicherheit sagen? Drei Viertel meines Bataillons sind vier Monate später gefallen, in Craonne. Zum Glück gehörte ich nicht mehr dazu, nicht mal mehr in der Küche war ich. Sie hatten mich wegen meiner Augen versetzt, und ich habe für den Rest des Krieges Särge gebaut.

Seien Sie mir nicht mehr böse, Mademoiselle. Ich habe nichts gesagt, ich habe niemandem was gesagt, nicht mal meiner Frau. Ich konnte einfach nicht. Als Manech mit den Jägern wegging, habe ich ihn umarmt, mein Kummer war groß, das schwöre ich Ihnen. Er sagte mir leise ins Ohr: ›Bitte, erzähl nichts davon zu Hause.‹ Selbst wenn er mich nicht darum gebeten hätte, hätte ich es nicht getan. Warum sollte ich seine arme Mutter, seinen Vater und Sie noch trauriger machen? Und die Leute sind ja so dumm, selbst bei uns, sie haben ja keine Ahnung, was sich dort abgespielt hat. Sie hätten schlecht über Manech geredet, und das hat er nicht verdient. Wenn er tot ist, dann ist der Krieg daran schuld, wie bei allen anderen, ist doch wahr!«

Als Mathilde wieder ins Krankenhaus nach Dax kommt, liegt Daniel Esperanza im Bett, in einem rosa tapezierten Zimmer, er hat ein graues Nachthemd an, grau wie seine Gesichtsfarbe. Es ist Dienstag, vier Tage nach dem Gespräch im Park. Schwester Marie de la Passion ist ärgerlich, daß Mathilde so schnell wiedergekommen ist. Es hat ihn sehr angestrengt, er hustet viel. Mathilde verspricht, nicht lange zu bleiben.

Beim letzten Mal hat sie ihn beim Weggehen gefragt, womit sie ihm eine Freude machen könne. Traurig hat er geantwortet: »Mit nichts, danke, ich rauche nicht.« Sie hat ihm Schokolade mitgebracht. Er sagt: »Sie sind nett, aber ich kann sie nicht essen, sie macht mir die Zähne kaputt.« Aber die Schachtel findet er sehr hübsch. Er will die Schokolade anderen Kranken schenken und die Schachtel behalten. Bevor Schwester Marie das Zimmer verläßt, steckt sie die Schokolade in die Känguruhtasche ihrer Schwesternschürze, probiert ein Stück und sagt: »Sie schmeckt gut, sehr gut, ich behalte selbst etwas.«

Mathilde hat eine Liste mit Fragen vorbereitet. Ängstlich sieht Daniel Esperanza zu, wie sie das Zeichenpapier entfaltet. Er hat zwei Kopfkissen im Rücken. Auf der Schokoladenschachtel ist eine Waldlandschaft abgebildet, sie steht auf dem Nachttisch an einen Wecker gelehnt, dessen Zifferblatt sie verdeckt. Man hört nur das Ticken der Uhr.

Zunächst möchte Mathilde wissen, warum er so lange gewartet habe, bis er ihr erzählt hat, was er alles weiß.

Im Frühjahr, sagt er, habe er nur mühsam gehen können, glaubte aber die asiatische Grippe überwunden zu haben. So fuhr er mit dem Pferdewagen nach Cap-Breton, um mit Manechs Eltern zu sprechen. Nachdem er kreuz und quer umhergefahren war und das Haus nicht gefunden hatte, verzichtete er schließlich auf den Besuch. Er wußte schon nicht mehr, was er dort sollte und wie er sie trösten könnte. Er lenkte sein Pferd zur Villa »Poéma« und hielt vor dem weißen Tor. Mathilde saß hinten im Garten inmitten ihrer Katzen und malte. Sie erschien ihm noch so jung. Da ist er wieder abgefahren.

Dann wurde er erneut krank. Er hat Schwester Marie, die aus Labenne bei Cap-Breton stammt, vom Krieg erzählt. Mathilde erinnert sich nicht mehr daran, aber als sie noch klein war und mit den Kindern im Krankenhaus Bäder nahm, ist sie Marie sicher oft begegnet. Die Schwester hatte erfahren, daß Mathilde nach dem Waffenstillstand wie viele andere unverheiratete Witwen alles unternommen hatte, um ihren vermißten Verlobten heiraten zu können. So hat sie Esperanza überredet, dem Mädchen zu helfen. Kein anderer als er könne doch den letzten Brief Manechs bestätigen und damit seine Absicht, sie zu heiraten.

Mathilde bedankt sich. Sie hat nicht das Bedürfnis, ihm zu erzählen, daß sie Dutzende Briefe von Manechs eigener Hand hat, die ebenso überzeugend sind. Es gibt viel größere Hindernisse für ihren Plan. Vor allem das Alter. Manech war alt genug, um sich töten zu lassen, nicht aber, um allein über seine Heirat zu entscheiden. Und seit Mathilde sich den Etcheverys eröffnet hat, die sie früher gern mochten, gehen die ihr aus dem Weg. Der Vater hat sein Fischerboot verkauft, besitzt aber noch einen Austernpark im See von Hossegor. Er hält sie schlicht für eine Gaunerin. Die Mutter, die der Tod ihres einzigen Sohns genug Nerven gekostet hat, hat sich auf den Boden geworfen und geschrien, sie lasse ihn sich nicht ein zweites Mal nehmen.

Mathildes Eltern sind auch nicht viel vernünftiger. Ihr Vater hat gesagt, nur über meine Leiche, ihre Mutter hat eine Vase zerschmissen. Als sie die Bescheinigung eines Arztes aus der Rue de la Pompe in Händen hielten, den Mathilde aufgesucht hatte, um sich das Irreparable bestätigen zu lassen, sind sie einander in die Arme gefallen und haben drei Stunden unter den Trümmern ihrer verlorenen Illusionen vor sich hin gedämmert. Ihr Vater hat immer wieder den Schweinehund verflucht, der es gewagt hat, die Behinderung eines Kindes auszunutzen, um seine Bestialität auszuleben, ihre Mutter hat gesagt: »Ich glaube es nicht! Ich will es nicht glauben, Matti hat keine Ahnung, wovon sie spricht!« Für ihren Bruder Paul, der zehn Jahre älter ist als sie, verheiratet und Erzeuger zweier strohdummer, bösartiger Blagen, sind solche seltsamen Dinge mal wieder zu hoch.

Mathilde spricht seitdem mit niemandem mehr über ihr Vorhaben. So wird sie auch gegenüber Esperanza nicht wieder davon anfangen. Am 1. Januar 1921, in einem Jahr und vier Monaten, ist sie großjährig. Dann wird man ja sehen, wer zuerst nachgibt, sie oder ihre Umwelt.

Als sie sich neulich abend Notizen von dem Gespräch mit Esperanza machte, fiel ihr auf, daß er ihr keinen Namen eines Offiziers genannt hat, der seit der Affäre am Bingo Crépuscule noch am Leben ist. Wie zum Beispiel hieß der Kommandant, der ihm in Belloy-en-Santerre den Befehl erteilte?

Esperanza senkt den Kopf. Er will nicht mehr sagen, als er bereits gesagt hat. Er hatte Mitleid mit Manech, er findet es anrührend – »und sogar sehr schön« –, daß ein Mädchen ihres Alters in ihrer Treue soweit geht, ihren Verlobten postum heiraten zu wollen; aber die Namen derer, denen man heute wegen einer schändlichen Tat, die sie nicht begehen wollten, die Ruhe nehmen könnte, werden ihm nie über die Lippen kommen. Auch er war ein Soldat, der seine Vorgesetzten achtete, und ein guter Kamerad dazu.

Weiß er, ob dieser Célestin Poux noch lebt?

Er hat keine Ahnung.

Und die Leute vom Landsturm? Und der Gefreite

Benjamin Gordes? Und der Sanitäter aus dem zerstörten Dorf?

Er wirft Mathilde einen heimtückischen Blick zu und antwortet: »Zeugenaussagen von solchen zweitrangigen Pfeifen, die zählen nicht. Damit würden Sie nie etwas beweisen können. Wenn sie mich dazu benutzen wollten, die Armee anzuklagen, bin ich nicht mit von der Partie.«

Mathilde begreift, daß auch er sich seit ihrer letzten Begegnung Gedanken gemacht hat und daß die anderen Fragen, die sie vorbereitet hat, sinnlos sind. Sie fragt trotzdem weiter.

»Wer hat Manech bei seinem Prozeß verteidigt?«

Er weiß es nicht.

»Und der Name des Dorfes, in dem das Kriegsgericht abgehalten wurde?«

Hat man ihm nicht gesagt.

»Was ist aus den zehn anderen geworden, die das Kriegsgericht zum Tode verurteilt hat?«

Er zuckt die Achseln.

»Wer war der Vorgesetzte von Hauptmann Favourier?«

Er zuckt nicht mit der Wimper.

Könnte er sich vorstellen, daß Manech simuliert hat?

»Nein, das sicher nicht.«

Hat Manech ihm gesagt, er solle seinen Namen am Ende mit ch schreiben?

Ja, sonst hätte er ja »Manex« geschrieben.

Als er den Brief von Cet Homme gelesen und abgeschrieben habe, hätte er da nicht das Gefühl gehabt, daß da etwas nicht stimmte?«

Er versteht nicht, was sie meint.

Da ist ein Mann zum Tode verurteilt und spricht zum letzten Mal mit seiner Frau. Im Unterschied zu den anderen ist seine Botschaft sehr kurz, nur ein paar Zeilen lang, und darin redet er von Preisen für Dünger und von der

Rückzahlung von Schulden und weiß doch haarscharf, daß er das alles nicht mehr erleben wird.

Esperanza antwortet: »Man sieht, daß Sie Cet Homme nicht kannten.« Er war ein Rohling, sicher sehr schlau, aber ein Rohling von fast zwei Metern, schweigsam und mit einem Horizont, der nicht weiter reichte als seine Felder, wie viele seiner Art. Außerdem habe er, Esperanza, in den Briefen nur nach Dingen gesucht, die den Interessen unserer Armee entgegenstehen könnten. So habe er zum Beispiel länger gezögert, ob er die Anspielungen von Six-Sous auf einen nicht mehr angebrachten Pazifismus durchgehen lassen könne. Schließlich aber habe er den Brief doch dem Wagenmeister gegeben, weil er an die Frau und die Kinder dachte.

Kennt er jemanden, der Biscotte genannt wurde?

Nein.

Als Esperanza mit nein antwortet, ahnt Mathilde, daß er lügt. Sie sieht seinen erstaunten und ausweichenden Blick, erkennt die Unentschlossenheit dieses Nein, das sogleich durch einen Hustenanfall überdeckt wird. Als sie schweigt und ihm in die Augen sieht, fügt er hinzu: »Biscotte habe ich nur im Postscriptum von Eskimo gelesen. Das ist alles.«

Mathilde hakt nicht nach.

Als er mit den Landsturm-Leuten an der Schützengrabenkreuzung, die Place de l'Opéra genannt wurde, angekommen sei, wie lange habe er sich da mit Hauptmann Favourier in dem Unterstand mit dem Telefon aufgehalten?

Wieder eine Frage, die ihn überrascht. Er zögert. Dann sagt er: »Vielleicht zehn Minuten. Warum?«

Wurde das Foto von den Verurteilten in dieser Zeit aufgenommen?

Er glaubt, daß dies der einzige Moment war, in dem sein Mann vom Landsturm, der Prussien hieß, ein Foto machen konnte, ohne daß er es merkte.

Welche Absicht verfolgte er, als er die Briefe der Gefangenen noch einmal abschrieb?

Die Briefe hätten von der Zensur aufgehalten werden oder ihre Empfänger aus anderen Gründen nicht erreichen können. Nach dem Krieg wollte er sich vergewissern, ob sie angekommen waren.

Hat er vor Mathilde andere Angehörige der Verurteilten getroffen?

Nein, seine Verwundung und seine Krankheit haben ihm keine Zeit dazu gelassen. Nach Cap-Breton ist er nur gefahren, weil der Weg nicht weit war. Außerdem fand er es schön, mal wieder einen Wagen zu fahren. Aber jetzt hat er keine Lust mehr, die böse Vergangenheit wiederaufleben zu lassen.

Wurde er zum Adjutanten ernannt, wie sein Kommandant ihm angedeutet hatte?

Er nickt gezwungen und blickt zur Seite. Seine Augen sind feucht. Mathilde will nicht, daß er wieder anfängt zu weinen. Sie schweigt einen Augenblick.

Er kommt selbst auf das Thema zurück. Er sagt, daß er am Ende des Krieges Chefadjutant war. Im Krankenbett im Pariser Hospital hat er einen Orden erhalten. Zwei Tränen rinnen aus seinen farblosen Augen. Er wischt sie mit den Fingern ab, mit einer fast kindlichen Geste. Leise sagte er: »Es bedeutet mir, ehrlich gesagt, viel.« Er sieht Mathilde durch neue Tränen an, die er nicht aufhalten kann. Seine geöffneten Lippen zittern. Sie fühlt, daß er kurz davor steht, ihr etwas zu beichten, aber dann schüttelt er den Kopf und stammelt nur: »Ich kann es nicht.«

Als er sich später ein wenig gefangen und seine Stimme wieder in der Gewalt hat, sagt er Mathilde, sie solle ihn nicht verachten, weil er bestimmte Dinge für sich behalte. Was sollte aus ihm werden, wenn er jetzt, allein, verbraucht und nutzlos, seine Pension verlöre? Und was gewänne sie dabei, wenn sie es erführe? Mit Manech hat das nichts zu tun.

»Ich würde Zeit gewinnen«, antwortet Mathilde.

Daniel Esperanza seufzt, mein liebes Mädchen, sie könne mit ihren schönen Jahren doch Besseres anfangen, vor allem in ihrem vom Schicksal gewollten Zustand, als hinter dem Wind herzulaufen. Einen im Krieg umgekommenen Verlobten zu heiraten sei ein edler Wunsch, sie solle aber nicht mehr an Rache denken. Bingo Crépuscule sei ein Schützengraben unter tausend anderen gewesen und der 6. Januar 1917 ein Tag des Schreckens von eintausendfünfhundert Tagen und Manech ein unglücklicher Soldat unter Millionen anderer unglücklicher Soldaten.

»Nur daß er am nächsten Tag noch lebte«, sagt Mathilde mit fester Stimme, um ihn zu beeindrucken oder weil sie allmählich ärgerlich wird, »er war noch lebendig vor diesem Schützengraben, und ich brauche nicht Millionen Soldaten wiederzufinden, sondern nur einen, der mir sagen kann, was aus ihm geworden ist!«

Sie schweigen beide. Ihr wird erneut das Ticken im Zimmer bewußt. Esperanza sitzt an seine Kissen gelehnt und grübelt traurig vor sich hin. Sie nähert sich mit dem Roller dem Bett, berührt seine alte, graue Hand auf der Bettdecke. Mit einem freundlichen Lächeln sagt sie: »Ich werde Sie ein andermal wieder besuchen.« Mathilde schaut sich oft ihr eigenes Lächeln im Spiegel an. Sie lächelt freundlich, böse, sardonisch, mit verdrehten Augen, dumm, frech, bezaubernd, verzückt. Nur glücklich kann sie nicht lächeln. Jedenfalls nicht besonders gut. Es ist wie in der Schule, man kann nicht in allem gut sein.

Mathilde fährt weg, durch einen langen weißen Flur. Sylvain schiebt sie und sagt: »Ruhig, Matti, ruhig. Während du mit deinem Herrn da gesprochen hast, habe ich in der Zeitung gelesen, daß ein Flieger mit seinem Doppeldecker unter dem Arc de Triomphe hindurchgeflogen ist. Weißt du warum? Er war beleidigt, daß die Flugzeuge nicht an der Siegesparade teilgenommen haben. Da kannst du mal sehen.«

In der Übersetzung heißt das: Mathilde macht sich zu Unrecht Sorgen. Man braucht sich die Menschen nur anzusehen, um zu begreifen, daß Katzen, Hunde und selbst Pois-Chiche mehr Verstand und mehr Herz haben.

Während er sie in den Arm nimmt, um sie ins Auto zu setzen, sagt Sylvain: »Stell dir das vor, beleidigt!« Mit einem Doppeldecker! Unter einem Bogen hindurch, bei dem schon ein Fußgänger sich beinahe Brüschen holt.«

Mathilde lacht. Sie sagt sich, daß es stimmt. Wenn sie das Talent eines Millet oder eines Van Gogh hätte, oder von zehn anderen, die ihnen nicht das Wasser reichen können, brauchte sie sich als Modell nur einen mit dem Ehrenkreuz dekorierten Chefadjutanten auszusuchen, von Sonnenstaub umhüllt unter Pinien sitzend oder in einem Krankenzimmer, das mit rosa Tapete und Spanischer Grippe ausgeschlagen ist, um die Eitelkeit der Dinge in einem einzigen Bild festzuhalten.

An diesem Abend haßt sie Esperanza.

Die schöne Zeit früher

Oktober 1919.

Thérèse Gaignard, die Frau jenes Mannes, den sie Six-Sous nannten, ist einunddreißig, von zierlicher Gestalt, hat die blonden Haare einer Polin und schelmische blaue Augen. Sie ist Wäscherin in Cachan bei Paris. Ihr Laden liegt an einem kleinen Platz, von dem der Wind das Herbstlaub der Platanen aufwirbelt.

Sie weiß, daß sich ihr Mann in die linke Hand geschossen hat und vors Kriegsgericht gestellt worden ist. Ein Kamerad aus dem Schützengraben, der sie nach dem Waffenstillstand besuchte, hat es ihr erzählt. Mehr wollte sie nicht darüber wissen. Auf dem offiziellen Schreiben, das sie im April 1917 erhielt, steht: *Vom Feind getötet.* Sie bezieht eine kleine Pension und hat zwei Töchter großzuziehen, deren Kleider und Haarschleifen sie aus dem gleichen Stoff fertigt, als wären es Zwillinge. Vor ein paar Monaten hat sie einen Mann kennengelernt, der sie heiraten möchte. Er ist nett zu den Kindern.

Seufzend sagt sie: »Man kann es sich nicht aussuchen. Six-Sous hatte ein Herz aus Gold. Ich bin sicher, daß er einverstanden wäre.« Dann bügelt sie weiter.

Sie erzählt von Six-Sous. Er war unter den Verletzten, damals in Draveil im Juli 1908, als die Kavallerie auf die streikenden Kiesgrubenarbeiter schoß und so viele tötete. Er haßte Clemenceau wie die Pest. Er wäre ganz bestimmt nicht stolz, daß dieser Arbeitermörder heute Père La Victoire* genannt wird.

* Der Vater des Sieges.

Trotzdem soll man nicht glauben, Six-Sous habe nichts anderes als die Gewerkschaft im Kopf gehabt. Abends an der Marne tanzen gehen oder Fahrrad fahren, das mochte er genauso gern wie die CGT.

1911 begleitete er Garrigou als Mechaniker auf der Tour de France, in jenem furchtbaren Juli, dem heißesten, den wir je erlebt haben. An dem Abend, an dem Garrigou gewann, brachte Thérèse den sturzbetrunkenen Six-Sous auf einer Schubkarre nach Hause, von der Porte d'Orléans bis Bagneux, wo sie wohnten. Damals war sie mit der ersten Tochter fast im sechsten Monat schwanger. Am nächsten Tag schämte er sich so sehr, daß er nicht wagte, sie anzusehen, und auch nicht wollte, daß sie ihn ansah. Er verbrachte die meiste Zeit des Tages mit einem Tuch auf dem Gesicht, wie die Büßer im Mittelalter.

Nur dieses eine Mal hat sie ihn betrunken erlebt. Sonst trank er nicht, höchstens ein Glas Wein zum Essen, und das nur deshalb, weil sie ihm bei ihrem ersten Rendezvous ein Sprichwort ihrer aus dem Vaucluse stammenden Großmutter beigebracht hatte: »Nach der Suppe ein Glas Wein hält die Doktorkosten klein.« Er war nicht einer, der seinen Lohn verspielte oder in der Kneipe vertrank. Um ihn zu ärgern, nannte man ihn manchmal geizig, das war er aber nicht. Wenn er Thérèse einmal nicht den vollen Wochenlohn nach Hause brachte, konnte man sicher sein, daß er einem Freund ausgeholfen hatte. Seine einzige wirkliche Leidenschaft war das Vélodrome d'Hiver, die Pariser Radrennbahn, da kannte er jeden Fahrer, jeden Läufer und kam umsonst rein. Zurück kam er mit leuchtenden Augen, den Kopf voller Bilder. Thérèse sagt: »Hätten wir einen Sohn gehabt, er hätte bestimmt einen Radchampion aus ihm gemacht.«

Als Sylvain, der Mathilde nach Paris begleitet hat, sie abholen kommt, sind die beiden Mädchen aus der Schule zurück. Geneviève ist acht Jahre alt und kann schon mit einem kleinen Eisen Taschentücher bügeln, ohne sich die Finger zu verbrennen. Sie wirkt ernst und konzentriert, und man merkt, daß sie stolz ist, in Mathildes Gegenwart ihrer Mutter zu helfen. Sophie, die Sechsjährige, hat Platanenblätter von draußen mitgebracht und entfernt das Laub bis auf das Skelett. Dann verehrt sie Mathilde eines ihrer Kunstwerke.

Im Wagen ihres Vaters, einem großen schwarzroten Peugeot, den der Chauffeur von Constructions Donnay lenkt – er ist neu eingestellt, sie kennt ihn noch nicht –, sitzt Mathilde hinten neben Sylvain. Das zarte Gerippe des Blatts hält sie zwischen Daumen und Zeigefinger. Sie fragt sich, ob es ihr gelingen würde, Manech vergessen zu wollen, wenn sie zwei Kinder von ihm hätte. Sie weiß es nicht. Sie sagt sich, daß es wohl nicht ginge, zugleich aber sagt sie sich auch, daß Thérèse Gaignard keinen Vater hat, der schon vor dem Krieg viel Geld verdiente und jetzt, in den zerstörten Städten, noch mehr.

Sie fahren nach Paris hinein. Es ist Nacht. Über Montparnasse regnet es. Durch das Fenster sieht Mathilde verschwommen Lichter funkeln. Sie denkt: Armer, armer Six-Sous. Auch ich hätte dich gern, so wie ein Hauptmann es deinem Esperanza erklärte, zu einer anderen Zeit und an einem anderen Ort kennengelernt. Du würdest, das weiß ich, solange an dieser Hoffnung rütteln, bis sie vor allen Leuten die Wahrheit ans Tageslicht bringt.

Mathilde hat der Frau von Cet Homme in die Dordogne geschrieben. Der Brief ist zurückgekommen, bevor sie Cap-Breton verließ: *Nicht mehr wohnhaft unter dieser Anschrift.* Mathilde ist im Januar geboren, aber sie muß wohl die Sturheit eines Stiers und die Zähigkeit eines Krebses besitzen – mögen die Astrologen das erklären. Jedenfalls hat sie an den Bürgermeister des Dorfes Cabignac geschrieben. Der Dorfpfarrer hat ihr geantwortet.

25. September 1919

Meine liebe Tochter,
der Bürgermeister von Cabignac, Auguste Boulu, ist dieses Jahr gestorben. Sein Stellvertreter Albert Ducat ist nach dem Krieg hergekommen, in dem er ehrenvoll als Sanitäter diente. Obwohl er Radikalsozialist ist, begegnet er mir mit Brüderlichkeit. Er ist ein weiser und wenig begüterter Arzt, und er nimmt kein Geld von den Armen, von denen es in unserer Gemeinde viele gibt. Ich schätze ihn sehr. Er gab mir Ihren Brief, weil er weder Benoît noch Mariette Notre-Dame kennt. Ich habe die beiden im Sommer 1912 getraut. Mariette kannte ich schon als Kind, und Benoît, der nicht in den Katechismusunterricht kam, erzählte ich, immer wenn es mir gelang, ihn auf den Feldern zu erwischen, wo er pflügte, vom Ruhme Jesu und Marias. Beide sind Waisenkinder. Benoît wurde ein paar Kilometer von Cabignac auf den Stufen einer Kapelle mit Namen Notre-Dame-des-Vertus gefunden. Daher sein Nachname. Und es war am 11. Juli, dem Tag des heiligen Benedikt. Daher sein Vorname. Ein Priester wie ich fand ihn und trug ihn auf dem Arm zu den Visitandinerinnen, die ihn nicht mehr hergeben wollten. So mußten berittene Gendarmen ihn holen. Wenn Sie eines Tages in unsere Gegend kommen, werden die Alten ihnen genau erzählen, wie alles geschehen ist.

Diesen Sommer wurde vor meiner Kirche ein provisorisches Soldatendenkmal errichtet. Der Name Benoît Notre-Dame ist unter den sechzehn Söhnen Cabignacs verzeichnet, die für das Vaterland gestorben sind. 1914 gab es hier nur dreißig wehrfähige Männer. Sie können sich also vorstellen, wie der Krieg uns getroffen hat.

Ich glaube, meine Tochter, aus Ihrem Brief an den Bürgermeister sehr viel Empörung, sehr viel Groll herauszuhören. Niemand weiß, wie Benoît im Kampf gefallen ist, aber alle hier sind sicher, daß es ein schwerer Kampf gewesen ist. Er war so groß und stark, daß es der Hölle bedurfte, ihn zu besiegen. Oder es war Gottes Wille, und darüber schweige ich.

Mariette erhielt die furchtbare Nachricht am 17. Januar. Daraufhin ging sie gleich zum Notar von Montignac, verkaufte ihren Hof, den sie allein nicht unterhalten konnte. Sogar ihre Möbel hat sie verkauft. Sie fuhr in der Kutsche vom alten Triet mit dem kleinen Baptistin im Arm davon. Sie hatte zwei Koffer und Taschen dabei. Ich fragte sie: »Was wirst du jetzt tun? Was wird aus dir werden?« Ich hielt mich am Pferd fest. Sie erwiderte: »Machen Sie sich um mich keine Sorgen, Herr Pfarrer, ich habe Freunde in der Nähe von Paris. Ich werde schon Arbeit finden.« Ich wollte den Zügel nicht loslassen, aber da rief der alte Triet: »Weg da, Priester, oder ich schlage dich mit der Peitsche, du wirst schon sehen! Dieser alte Pfennigfuchser, der beide Söhne und seinen Schwiegersohn im Krieg verloren hatte, beschimpfte die Männer, die heil zurückgekehrt waren, und verfluchte Gott. Er hat den Hof der Notre-Dames gekauft. Er gilt als Geizhals, der Notar hat mir jedoch versichert, daß er Mariette einen guten Preis gezahlt hat, wahrscheinlich, weil er Geld weniger achtet als Unglück, seitdem er selbst welches erlitten hat. So findet sich auch in der schwärzesten Seele noch ein Stück Himmel, und ich sehe, meine liebe Tochter, daß der Herr dies anerkennen und durch seine Gegenwart besiegeln wollte.

Im April 17 wurde Benoîts Tod offiziell bestätigt. Ich schickte das Schriftstück an die provisorische Adresse, die Mariette mir gegeben hatte, ein Hotel garni in der Rue Gay-Lussac 14 in Paris. Seitdem hat niemand hier wieder von ihr gehört. Vielleicht finden Sie sie wieder, wenn Sie den Hauseigentümer nach ihr fragen. Ich wäre Ihnen unendlich dankbar, wenn Sie mich benachrichtigen würden.

Ich wüßte zu gern, was aus ihr und ihrem Kind geworden ist.

Ihr im Herrn ergebener

Anselme Boileroux,
Priester von Cabignac.

Mathilde hat auch der Freundin von Droit Commun, Tina Lombardi, geschrieben. Sie hat ihre Briefe, genau wie er, an Madame Conte, Traverse des Victimes Nr. 5 in Marseille geschickt. Die Dame antwortet ihr mit violetter Tinte auf Blättern, die aus einem Schulheft gerissen sind. Alles ist geschrieben, wie man es spricht, die Zeichensetzung willkürlich, aber mit Hilfe einer Lupe und eines italienischen Wörterbuchs hat Mathilde jedes Wort entziffert.

Donnerstag, den 2. Oktober 1919

Mein liebes Fräulein,
seit dem 5. Juli letzten Jahres habe ich Valentina Emilia Maria, mein Wahlpatenkind, nicht mehr gesehen. An dem Nachmittag besuchte sie mich zum letzten Mal, so wie sie es vor dem Krieg tat, und brachte mir einen Topf Chrysanthemen mit für das Grab meines Vaters, meiner Schwester und meines Mannes, die alle tot sind, außerdem einen Sahnekuchen, Liebesäpfel und Paprikaschoten und auch 50 Francs, die sie in die Zuckerdose legte, ohne etwas zu sagen, um meinen Stolz nicht zu verletzen.

Sie erschien mir wie immer, weder glücklich noch unglücklich, offenbar ging es ihr gut. Sie trug ein blaues Kleid mit weißen Tupfen, das sehr hübsch, aber so kurz war, daß man ihre Waden sah, sie wissen schon, was ich meine. Sie sagte mir, das sei Mode, aber ich bin sicher, daß Sie keine solchen Kleider tragen und eine gebildete und anständige Person sind, außer an Karneval, wenn Sie sich vielleicht als Straßenmädchen verkleiden, aber das glaube ich nicht. Ich habe Ihren Brief meiner Nachbarin, Madame Sciolla, gezeigt, und auch Madame Isola, die mit ihrem Mann die Bar »César« in der Rue Loubon führt, eine angesehene Dame, die immer guten Rat weiß. Sie haben mir, das versichere ich Ihnen, beide gesagt: »Man sieht, daß dieses Fräulein eine anständige Person ist«, und ich solle Ihnen an Valentinas Stelle antworten, da ich nicht weiß, wo sie ist, weder jetzt noch in den letzten Monaten. Und so tue ich es.

Bitte nehmen Sie mir meine Schrift nicht übel, liebe Mademoiselle, ich bin in keine Schule gegangen, weil ich zu arm war, ich kam mit meinem verwitweten Vater und meiner Schwester Cecilia Rosa im Januar 1882 hierher nach Marseille. Wir kamen aus Italien, und meine arme Schwester starb 84 und mein armer Vater 89; er war Maurer und bei allen beliebt, und so mußte ich ohne Pause arbeiten. Ich habe am Samstag, dem 3. März 1900, mit zweiunddreißig Paolo Conte geheiratet; er war dreiundfünfzig, und auch er arbeitete ohne Pause zwanzig Jahre lang in den Minen von Alès. Am Mittwoch, dem 10. Februar 1904, starb er an seinen Bronchien um zwei Uhr morgens. Das heißt, wir waren nicht mal vier volle Jahre verheiratet, das ist furchtbar, kann ich Ihnen sagen, er war ein guter Mann und stammte aus Caserta, wo auch ich geboren bin, und meine Schwester Cecilia Rosa ebenfalls. Ich habe nicht mal die Freude eines einzigen Kindes erlebt, ja, das ist furchtbar. Danach wollte mein Herz nicht mehr richtig, und nun bin ich mit einundfünfzig schon eine alte Frau, die kaum noch das Haus verlassen kann. Bei der geringsten Anstrengung gerate ich außer Atem, schon wenn ich vom Bett in die Küche gehe, Sie können sich vorstellen, was das für ein Leben ist. Zum Glück habe ich gute Nachbarinnen, Madame Sciolla und Madame Isola. Die Gemeinde kommt für mich auf, dank Madame Sciolla, die mir die Anträge erledigt hat, und so fehlt es mir an nichts. Glauben Sie nicht, daß ich Ihnen etwas vorjammern will, arme Mademoiselle, die Sie Ihren geliebten Bräutigam im Krieg verloren haben, ich bedauere es und spreche Ihnen mein aufrichtiges Beileid aus, und Madame Sciolla und Madame Isola ebenfalls.

Ich habe Valentina Emilia Maria immer geliebt, seit ihrer Geburt am 2. April 1891. Ihre Mutter kam bei der Geburt ums Leben, und ich hatte schon keinen Vater und keine Schwester mehr und noch keinen Mann. Wenn ich das alles nicht aufschreiben müßte, könnte ich es besser erzählen, aber Sie können sich meine Freude vorstellen, als ich dreiundzwanzig war und sie in den Armen wiegte, vor allem wo ihr Vater Lorenzo Lombardi nichts anderes im Sinn hatte, als zu trinken und Streit zu suchen. Die Nachbarn haßten ihn. Sie flüchtete sich oft zu mir, um einmal richtig auszuschlafen, was ist also erstaunlich daran, wenn sie auf die schiefe Bahn geraten ist? Mit dreizehn, vierzehn Jahren lernte sie Ange Bassignano kennen, der kein besseres Leben gehabt hatte als sie, und die Liebe reißt sie mit sich fort.

Ich schreibe diesen Brief am nächsten Tag, dem 3. Oktober, weiter, denn gestern konnte ich nicht mehr, ich hatte zu starkes Herzklopfen. Sie müssen nicht glauben, daß Valentina Emilia Maria, meine Wahlpatentochter, eine schlechte Frau ist. Vor dem Krieg gab es keine Woche, in der sie mich nicht besucht hätte, immer mit Geschenken und auch 50 Francs oder noch mehr in der Zuckerdose, wenn ich ihr den Rücken zuwandte, damit es meinen Stolz nicht verletzte. Aber als sie diesem Galgenvogel von Neapolitaner nachgegeben hatte, geriet sie auf die schiefe Ebene, sie ist ihm auf seinem Weg nach unten gefolgt und hat ein verschwenderisches Leben geführt, bis er in mörderischer Wut einem anderen Gauner aus dem Viertel, mit dem er in Streit geraten war, ein Messer in die Schulter stieß. Ich war ganz aufgewühlt, als ich davon erfuhr.

Danach besuchte sie ihn jeden Samstag im Gefängnis von Saint-Pierre. Ihm hat nichts gefehlt bei ihr, das schwöre ich Ihnen, auch nicht mehr als sonst, weil sie ihm, seit er fünfzehn war, das Essen besorgt hat. Er hielt sich schon für einen Prinzen. Und auch danach noch, 1916, als sie ihn in den Krieg schickten, ist sie ihm gefolgt, überallhin, wo er gerade war, denn er hatte einen Geheimcode in seinen Briefen, damit sie immer wußte, wo er war, da können Sie sich vorstellen, was das für eine Liebe war und was aus ihr geworden sein muß, eine Soldatenhure. Sie hat mir sogar erzählt, daß er in seinem Regiment mindestens fünfzig Dummköpfe hatte, denen er sie als Kriegspatin verkaufte, und wenn sie auf Urlaub waren, stahl sie ihnen ihr ganzes Geld. Sie tat noch schlimmere Dinge für ihn, immer wegen Geld. Aber was hat er heute vom Geld, jetzt, wo er umgekommen ist wie ein Hund und wahrscheinlich durch französische Soldaten? Welche Schande für seine Mutter und seinen Vater, wenn sie das erlebt hätten, so ein verpfuschtes Leben, aber zum Glück haben sie ihn nur als reizenden kleinen Jungen gekannt, eine echte Schönheit. Sie starben, als er vier Jahre alt war, und er wurde von Leuten aus dem Piemont großgezogen, die wenig taugten und ihn immer auf der Straße ließen. Ich bin nicht böse, aber als die Gendarmen kamen und mir sagten, daß er an der Front umgekommen sei und mir die schriftliche Bestätigung gaben, habe ich geweint, aber ich habe gesagt: Gut, daß wir ihn los sind. Ich habe nicht seinetwegen geweint, das können Sie mir glauben. Er war ein armes, verlassenes Kind, aber für meine Patentochter war er zum Dämon geworden.

Jetzt will ich Ihnen das sagen, wonach Sie Tina fragen, wie Sie sie nennen, denn ich habe mir erlaubt, Ihren Brief zu öffnen, wie ich das immer mache, weil sie mich gebeten hat, alles aufzumachen, wenn ich nicht weiß, wo sie ist. Manchmal könnte es ja die Behörde oder die Polizei sein, und so könnte ich denen antworten. Ich war die erste, die erfuhr, daß Ange Bassignano im Krieg vermißt sei, zuerst durch die Gendarmen am Samstag, dem 27. Januar 1917, gegen elf Uhr morgens. Inzwischen, am Dienstag, dem 16. Januar, hatte ich den letzten Brief erhalten, den der Höllenengel, wie er sich selber nannte, an Valentina hatte schreiben lassen. Ich war sehr erstaunt, als ich ihn bekam, denn seit er aus dem Gefängnis raus war, war ich nicht mehr sein Postamt, aber ich war auch sehr erstaunt über seine zärtlichen Worte, aber er log wie gedruckt, und ich glaube, die zärtlichen Worte enthielten den Geheimcode für meine Patentochter, ich habe es Ihnen ja bereits gesagt.

Damals hatte ich diese Postadresse von Valentina Emilia Maria: Z.A.1828.76.50, sonst nichts, weil sie sich ja bei der Armee aufhielt, und es war mindestens fünf Wochen her, und sie blieb nie lange in einem Abschnitt. Ich habe den Brief trotzdem hingeschickt, und sie hat ihn auch erhalten, sie hat es mir hinterher gesagt, und so hat sie die Spur ihres Teufels wiedergefunden und erfahren, was mit ihm passiert ist.

Sie hat mir erzählt, es sei an der Somme geschehen, und man müsse ihn als tot betrachten. Sie sagte es, als sie nach Marseille zurückkam, in meiner Küche, am Dienstag, dem 17. März 1917. Sie war abgemagert und blaß und müde von allen Strapazen. Ich habe ihr gesagt: Weine, mein Kleines, weine, das wird es dir leichter machen, aber sie hat geantwortet, sie habe keine Lust zu weinen, sondern dazu, allen, die ihrem Nino etwas angetan hätten, den Schädel einzuschlagen, so sagte sie. Danach habe ich sie einige Zeit nicht gesehen, aber sie schrieb mir eine Karte aus Toulon, um mir zu sagen, es gehe ihr gut und ich solle mir keine Sorgen machen. Schließlich bekam ich am Freitag, dem 27. April, den offiziellen Totenschein, den brachten die Gendarmen am Abend. Da habe ich gesagt: Gut, daß wir ihn los sind. Auf dem Papier stand: *Vom Feind getötet, am 7. Januar 1917;* wo Ange Bassignano beerdigt worden war, stand aber nicht darauf. Sie können sich vorstellen, daß ich die Gendarmen danach gefragt habe. Sie wußten es nicht. Sie haben sicher vielen anderen dasselbe gesagt.

Ich habe nach Toulon geschrieben, und im Juni ist meine Patentochter, als sie einmal Zeit hatte, zu Besuch gekommen. Sie hatte wieder zugenommen und wieder Farbe im Gesicht, ich war sehr froh, vor allem, weil sie nicht über ihren Nino sprechen wollte. Danach ist sie fast jeden Monat gekommen, bis zu jenem Donnerstag, dem 5. Dezember, an dem sie kam, wie ich Ihnen schon sagte, mit Geschenken, und mich verwöhnt hat. Wir haben zusammen in der Küche gegessen, und einmal bin ich mit ihr auch auf die Straße gegangen, ich ging an ihrem Arm, und wir haben in der Bar »César« gegessen, weil Madame Isola uns *pieds-paquets** gemacht hatte, köstlich, im ganzen Belle-de-Mai-Viertel und in Saint-Mauront und bis zum Boulevard National hoch gibt es keine bessere Köchin.

Heute weiß ich nicht, was aus meiner Patentochter geworden ist. Im Februar bekam ich zu meinem Geburtstag eine Karte von ihr aus La Ciotat. Kurz darauf erzählte man mir, man habe sie in Marseille gesehen, in der Grünen Minna mit anderen Mädchen, und sie arbeite in einem Bordell auf der Straße nach Gardannes. Solange sie mir das nicht selbst erzählt hat, glaube ich niemandem, schlecht über andere zu reden ist einfach.

Ich schreibe den Brief am 4. zu Ende, gestern abend habe ich ihn weggelegt, weil ich schon wieder müde war. Ich habe zu schlechte Augen, um alles noch mal durchzulesen, ich hoffe aber, Sie können mein Kauderwelsch ent-

* Marseiller Spezialität mit Hammelfleisch

ziffern. Ich mache mir Sorgen, daß die Post einen so dikken Brief nicht annimmt, es ist der längste, den ich in meinem Leben geschrieben habe. Irgendwie hat es mir gutgetan, ich weiß nicht, wie ich Ihnen das erklären soll, und wenn ich meine Patentochter wiedersehe, denn ich werde sie wiedersehen, dann werde ich mir erlauben, Ihnen ihre Adresse zu schreiben, und bis dahin lege ich mir die schönsten Gedanken für Sie zurecht und wünsche Ihnen noch einmal aufrichtiges Beileid, und Madame Sciolla und Madame Isola ebenfalls.

Auf Wiedersehen und beste Grüße

Madame verw. Paolo Conte, geb. Di Bocca.

Die Bar von Petit Louis in der Rue Amelot ist ein langgestreckter Raum mit dunkler Holztäfelung. Es riecht nach Anis und Sägemehl. Decke und Wände, die lange nicht mehr gestrichen worden sind, werden von zwei Lampen erhellt. Hinter dem Schanktisch aus Zink hängen oberhalb einer Reihe von Flaschen Fotos von Boxern aus der Zeit vor dem Krieg in Kampfstellung. Ihr Blick ist eher vom Objektiv fasziniert denn böse. Alle sind in lackiertem Holz gerahmt. Petit Louis sagt: »Eskimo hat mir die Rahmen gemacht. Auch das Modell von dem Segelschiff da hinten hat er gemacht. Jetzt ist es schon ein bißchen alt, aber sie hätten es sehen müssen, als er es mir geschenkt hat, das war 1911, ein wahres Schmuckstück, eine genaue Nachbildung jener ›Samara‹, auf der er mit seinem Bruder Charles von San Francisco nach Vancouver gefahren ist. Ja, Eskimo hatte goldene Hände, das muß man sagen.«

Petit Louis hat den eisernen Rolladen zur Straße hin heruntergelassen. Es ist halb zehn Uhr abends, die Zeit, zu der er gewöhnlich schließt. Zu Mathilde hatte er am Telefon gesagt: »Dann können wir uns in Ruhe unterhalten.« Als sie mit Sylvain, der sie geschoben hat, ankam, saßen noch zwei Gäste an der Theke, denen er sagte, sie sollten schnell austrinken. Jetzt stellt er den Topf mit dem warmgemachten Abendessen auf den blanken Marmortisch, dazu eine angebrochene Flasche Wein und einen Teller. Er hat Mathilde angeboten, sein Lammragout mit ihr zu teilen, aber sie könnte nicht mal aus Höflichkeit etwas herunterkriegen. Sylvain ist zum Essen in eine Brasserie an der Place de la Bastille gegangen, die noch erleuchtet war.

Petit Louis hat seinen Spitznamen verdient, aber inzwischen hat er einen Bauch. Er sagt: »Wenn ich jetzt noch im Ring stünde, würde ich bestimmt zum Mittelgewicht gehören. Der letzte Schwächling könnte mich besiegen. Eine Kneipe zu führen, tut niemandem gut.« Und doch ist, wenn er zwischen dem Tisch und der Theke hin und her läuft, um zwei Gläser zu holen, einen halben Brotlaib und einen Camembert in der Schachtel, sein Gang von erstaunlicher Leichtigkeit. Es sieht aus, als sei er auf Sprungfedern montiert. Aber man ahnt, daß er selbst in seiner schlanken Vergangenheit mehr als einmal eine Abreibung gekriegt hat. Er hat ein gebrochenes Nasenbein, seine Ohren und seine Lippen sind in Mitleidenschaft gezogen worden, sein Lachen ist eine Grimasse, hinter der es golden glänzt.

Als er schließlich sitzt, einen Zipfel seiner karierten Serviette im Hemdkragen, gießt er zuerst ein Glas Wein ein und reicht es Mathilde. Sie will sich nicht lange mit Höflichkeiten aufhalten und nimmt an. Er füllt auch das andere Glas, trinkt einen Schluck, um sich den Mund zu spülen, und schnalzt mit der Zunge. Er sagt: »Sie werden sehen, der ist gut. Ich habe ihn von zu Hause kommen lassen, aus dem Anjou. Wenn ich erst mal ein kleines Polster habe, um es mir gutgehen zu lassen, gehe ich dorthin zurück. Dann verkaufe ich diesen Drecksladen und lebe in einem Weinkeller mit ein oder zwei Freunden zur Gesellschaft. Ich habe eine Menge kennengelernt im Leben, aber ich sage Ihnen, nichts zählt für mich mehr als Wein und Freundschaft.« Er verzieht sein Gesicht zu einem Grinsen, als sei er zerknirscht, und fügt hinzu: »Entschuldigen Sie, ist ja alles Blödsinn. Das kommt, weil ich in Ihrer Gegenwart ganz schüchtern werde.«

Danach füllt er seinen Teller und ißt sein Lammragout. Er reißt Brotfetzen ab, taucht sie in die Sauce und erzählt zwischen zwei Bissen, was Mathilde wissen will. Sie ist mit ihrem Roller dicht an den Tisch herangefahren. Draußen hört man keinen Laut, nicht mal ein Auto, auch jene Radaubrüder nicht, die den Wein und die Freundschaft über alles stellen.

Ende Januar 1917 betrat eine Witwe von der Commission du Devoir das Café, um Petit Louis die Nachricht vom Tod seines Freundes zu überbringen. Sie kam aus dem Haus in der Rue Daval, zwei Schritte von hier, in dem Eskimo vor dem Krieg seine Schreinerwerkstatt und unter dem Dach sein Zimmer hatte.

Petit Louis ließ sich wie erschlagen auf einen Stuhl fallen, vor allen Gästen, denen er gerade von einem seiner glorreichen Kämpfe erzählt hatte. Abends betrank er sich allein und weinte, als er den letzten Brief von Eskimo noch einmal las, den er eine Woche zuvor erhalten hatte. Dann zerschlug er, noch immer allein, einen seiner Kneipentische und verfluchte das Schicksal.

Im April kam ein Mann vom Rathaus und überbrachte ihm das Schreiben mit der offiziellen Bestätigung: *Vom Feind getötet am 7. Januar 1917.* Der Mann wollte wissen, ob Eskimo irgendwelche Verwandte habe, selbst entfernte, die man benachrichtigen könne. Petit Louis antwortete, daß er keinen kenne. Eskimo hatte seinen Bruder Charles in Amerika zurückgelassen, hatte aber lange nichts mehr von ihm gehört.

An jenem Abend ging Petit Louis mit einer seiner

Freundinnen aus, um auf andere Gedanken zu kommen. Sie aßen in einem Restaurant in Clichy, nachdem sie das Kino vor Schluß verlassen hatten, denn ihm war nicht danach zumute. Ihm war auch nicht nach anderen Dingen zumute, und so begleitete er die Dame bis zu ihrer Haustür, ohne mit hinaufzugehen. Zu Fuß kehrte er nach Hause zurück, das Gesicht naß von Tränen und von Regen, schloß sich in seiner Kneipe ein und betrank sich allein, um sich allein an alles zu erinnern. Und er hat nur deshalb keinen weiteren Tisch zerschlagen, weil Tische teuer sind und einen das auch nicht weiterbringt.

Nein, später habe er nichts Genaueres über die Umstände des Todes von Kléber Bouquet erfahren, auch nicht über den Ort, an dem er beerdigt sei. Kein einziger Kamerad aus dem Schützengraben habe ihn besucht. Zu Anfang des Krieges kamen welche, die gerade Urlaub hatten, und brachten ihm Nachrichten, einen Brief, ein Foto, aber dann wurden die Besuche seltener, weil die Regimenter immer mehr zusammenschmolzen, vielleicht waren sie alle tot oder gefangen oder waren es einfach müde, immer wieder über das Schreckliche zu reden.

Véronique Passavant – eben jene Véro, von der Eskimo in seinem letzten Brief spricht – hat Petit Louis noch oft gesehen, er sieht sie noch manchmal. Wenn er schließt, kommt sie und trinkt eine Tasse Kaffee nahe beim Ofen und spricht von der schönen Zeit früher und weint ein bißchen. Schon 1911 lebte sie mit Kléber zusammen, in dem Jahr, in dem Louis mit dreißig die Handschuhe an den Nagel hängte und sich die Kneipe kaufte, nachdem Louis Ponthieu ihm eine schwere Schlappe zugefügt hatte. Er hatte nie im Leben ein Knie auf dem Boden gehabt, auch bei den schlimmsten Schlägern nicht, aber diesmal nutzte er seine Hose ab. Was in den nächsten drei Jahren geschah, ist das, was er und Véro die schöne Zeit früher nennen. Mehrmals am Tag kam Kléber und spülte sich die Kehle mit einem kühlen Weißen, das Gesicht und das kragenlose Hemd voller Sägemehl. Abends führte er Véro oft zum Tanzen aus, sie war herausgeputzt wie eine Marquise. Er war sehr stolz auf sein Schätzchen, das er vor den anderen seine Frau nannte. Auch ohne Papier und Stempel hatten sie sich zusammengetan, um sich ein Leben lang zu lieben und gern zu haben – bis daß der Krieg sie trennte.

Sie sahen sich wieder. Noch im Jahr 1916 zahlte Kléber die Miete für die Werkstatt und das Zimmer, um während seiner Fronturlaube sein Leben unversehrt wiederzufinden. Er bekam öfter Urlaub als andere, vielleicht weil er allen so sympathisch war, vielleicht auch, weil er vor dem Regiment belobigt worden war dafür daß er so viele Gefangene machte. Die Hälfte dieser Tage der sogenannten Erholung verbrachte er mit Véro im Bett, den Rest an allen Orten, an denen man sich amüsieren kann, darunter auch manche, in die er sich vor dem Krieg nicht hineingetraut hätte. Wenn er in Paris ankam, zog er wahrscheinlich schon im Treppenhaus seine Uniform aus und legte sie erst wieder an, wenn er abreiste. Man hätte ihn sehen müssen, wie er am Arm seiner Schönheit umherflanierte, in einer Tweedjacke aus London, eine Kreissäge auf dem Kopf, leicht nach hinten geschoben, damit es salopper wirkte, und einen langen weißen Schal um den Hals. Die Leute hielten ihn für eines der Asse von der Luftwaffe.

Dazu muß man natürlich sagen, daß Véronique ein ausgesprochen hübsches Geschöpf ist. Sie ist groß, überall gut ausgestattet, hat schwarze Haare, die bis tief in den Rükken reichen, Katzenaugen, so groß wie riesige Murmeln, und einen Teint, der die Bürgerfrauen in Rage bringt – ja, sie ist schon ein tolles Weib. Siebenundzwanzig ist sie. Als sie das letzte Mal kam, um mit Petit Louis zu plaudern, im Juli dieses Jahres, war sie Verkäuferin in einem Konfektionsgeschäft in Ménilmontant, in welcher Straße weiß er nicht genau. Auch nicht, wo sie wohnt. Aber er ist sicher, daß sie bald wieder vorbeikommt, und dann will er sie mit Mathilde zusammenbringen.

Der Streit und die Trennung der beiden Liebenden im Jahr 1916, während eines Urlaubs von Kléber, sind für Petit Louis ein Geheimnis geblieben, keiner von beiden hat mit ihm darüber gesprochen. Er dachte, es sei ein typischer Streit unter Verliebten gewesen, bedauerlich zwar, aber vorübergehend. Als Véro an jenem schrecklichen Januarmorgen 1917 herbeigelaufen kam, weil ihr jemand aus dem Viertel erzählt hatte, daß ihr Liebster tot sei, gab ihr Petit Louis den letzten Brief von Eskimo zu lesen. Tränenüberströmt kniete sie am Boden. Sie wandte ihm ihr Gesicht zu, das kein Alter mehr hatte, und schrie: »Und was nützt das jetzt noch? Soll ich an meinen Gewissensbissen ersticken? Glaubst du, ich wäre ihm beim nächsten Urlaub nicht um den Hals gefallen? Alles aus, ja, alles ist aus!« Und das schrie sie vor fünf oder sechs Gästen, die nicht so taktvoll waren, sich zurückzuziehen, sondern gierig auf das Unglück eines anderen starrten. Petit Louis warf sie hinaus.

Viel später, als sie sich beruhigt hatte und ihr Gesicht wieder trocken war, saß Véro an einem Tisch beim Ofen und sagte: »Ich habe Kléber geschworen, mit niemandem darüber zu sprechen.« Petit Louis hat nicht weiter darauf bestanden. Wenn Mathilde aber wissen will, was er vermutet: Kléber konnte einer schönen Frau nicht widerstehen, und er war zu ehrlich, um vorsichtig zu sein. Während seines Urlaubs im Sommer 16 muß er einen Seitensprung begangen haben, den er Véro gestand und den sie ihm nicht verziehen hat. Sie nahm ihre Sachen und ging. So sieht er, Petit Louis, die Dinge, jedenfalls in groben Zügen, wenn er sich nicht gerade über Einzelheiten den Kopf zerbricht. Allerdings wären da schon zwei, die ihm zu schaffen machen. Véro liebte Kléber zu sehr, um ihm so lange böse zu sein, wenn es sich um eine kleine Verfehlung ohne Folgen gehandelt hätte. Und wenn andererseits Kléber sich ihm, Petit Louis, nicht anvertraut hatte, dem er doch sonst alles sagte, selbst wieviel Geld er gespart hatte, dann entweder, weil er sich schämte, oder, was wahrscheinlicher ist, weil er jemanden schützen wollte. Mathilde möge den Ausdruck verzeihen, aber wie soll man das bei diesen Bettgeschichten schon wissen.

Während Petit Louis zu Ende aß, fror Mathilde, und so rollte sie näher an den Ofen heran. Irgendwann sagte er etwas, sie weiß nicht mehr genau was, und dabei wurde ihr kalt. Vielleicht ging auch ein Bild durch sie hindurch, während er aufstand, um eine Schublade zu öffnen und ihr Erinnerungen an Eskimo zu holen, die er für sie gesammelt hatte: Fotos aus Amerika und von der schönen Zeit früher, Fotos aus dem Krieg, den letzten Brief. Mathilde ist noch unentschieden, ob sie Petit Louis sagen soll, daß sie eine Kopie des Briefes hat und an welchem furchtbaren Abend er geschrieben wurde, aber sie braucht ihm nichts vorzuspielen, es ist ihr, als läse sie ihn zum ersten Mal.

Hinter dieser ungelenken, nach links geneigten Schrift eines Straßenjungen sieht sie plötzlich den gefesselten Soldaten, starr vor Kälte, erbarmungswürdig, der sich oben auf einer Schützengrabenleiter umdreht und darum bittet, einen noch elenderen als ihn selbst schützen zu dürfen.

Inzwischen hat Petit Louis sein Glas und das von Mathilde auf den Tisch gestellt, der ihr am nächsten steht, er raucht im Sitzen eine Zigarette, den Blick unter den wulstigen Bögen seiner Augenbrauen weit in die Vergangenheit gerichtet. Mathilde fragt ihn, wer jener Biscotte sei, von dem im Postskriptum des Briefes die Rede ist. Petit Louis verzieht das Gesicht zu einem Lächeln und sagt: »Sie können wohl Gedanken lesen, ich denke gerade an ihn.«

Biscotte, noch so eine Geschichte.

Er war – ja, er war, denn auch er ist aus dem Krieg nicht zurückgekommen – einer der anhänglichsten Menschen, eine lange, hagere Latte mit ruhigen blauen Augen und einem kastanienbraunem Haar, wie man es nur selten findet. Biscotte, also Butterkeks, wurde er wegen seines Bizeps genannt, denn den hätte Petit Louis, der nun auch nicht gerade ein Gorilla ist, mit einer Hand umfassen können.

Biscotte war seit dem Hochwasser von 1910 mit Kléber befreundet, da hatten sie beide eine alte Frau vor dem Ertrinken gerettet. Samstags machten sie Straßenverkauf, an der Kreuzung der Rue du Faubourg Saint-Antoine und des Boulevard Ledru-Rollin trafen sie sich und verkauften Kommoden, Konsolen und Kleinmöbel, die sie selbst hergestellt hatten. Eskimo und das Holz, die verstanden sich gut miteinander, man braucht sich ja nur das Modell der »Samara« hinten im Raum anzusehen, aber Biscotte – das kann Mathilde sich überhaupt nicht vorstellen: Hände, wie es sie nicht mehr gibt, Hände eines Goldschmieds, eines virtuosen Instrumentenbauers, eines Verführers mit exotischen Essenzen, Hände eines Zauberers. Die anderen Straßenverkäufer waren nicht einmal mehr neidisch auf ihn.

Am Samstagabend – nicht in jeder Woche freilich, denn er hatte eine Frau und fünf Kinder, und ihm wurden die Leviten gelesen, falls er erst nach Hause kam, wenn die Suppe schon kalt war – stand Biscotte mit Kléber am Tresen, jeder schmiß dann eine Runde, sie scherzten ein bißchen und teilten sich das Geld, das sie beim Verkauf verdient hatten. In solchen Augenblicken war Petit Louis, das gibt er gern zu, eifersüchtig auf Biscotte. Nicht auf böse Art natürlich, denn Biscotte war ein netter Kerl, er war nie hinterhältig und wurde nie laut, und er hatte einen guten Einfluß auf Kléber. Ja, einen guten Einfluß. Durch

Biscotte hat Kléber angefangen, Geld zurückzulegen, mal hundert Francs hier, mal zweihundert da, und sie Petit Louis anvertraut, um sie nicht leichtfertig auszugeben. Petit Louis legte sie nach und nach in eine mit Feldblumen bemalte Keksdose aus Blech, die in seinem Safe in der Bank stand. Als er das Geld Véronique Passavant gab, worum Eskimo ihn ja in seinem Brief gebeten hatte, wollte sie es nicht annehmen, sie weinte und sagte, sie habe es nicht verdient. Hier in dieser Kneipe, in der Mathilde jetzt ist, hat sich Petit Louis damals, gestärkt durch das Kléber gegebene Versprechen, zu seiner vollen Größe von hundertachtundsechzig Zentimetern aufgerichtet und, das Feuerzeug in der Faust, geschworen, daß er die Scheine, wenn sie sie nicht auf der Stelle in ihre Tasche steckte, samt und sonders verbrennen und auch noch die Asche fressen würde, damit nichts von ihnen übrigbliebe. Schließlich hat sie sie genommen. Es waren fast achttausend Francs, nicht genug für das Leid, aber durchaus genug, um eine Zeit in Ruhe zu leben.

Und siehe da, der liebe Gott wendet alles zum Guten: Im Krieg fanden sich Kléber und Biscotte, die beide hier im Viertel geboren waren, im selben Regiment wieder, und bald sogar in derselben Kompanie. Die Marne, die Woevre, die Somme und Verdun, alles haben sie gemeinsam durchgemacht, und wenn einer auf Urlaub kam, brachte er Nachricht vom anderen mit, versuchte den Gästen auch mal vom Schützengraben zu erzählen, aber während er sein Glas austrank, sah er Petit Louis mit traurigen Augen an, die baten, über etwas anderes reden zu dürfen, weil der Schützengraben, versteht ihr, das kann man nicht erzählen, da ist es alles andere als ruhig, da stinkt's, aber irgendwie lebt man trotzdem, stärker als an irgendeinem anderen verdammten Ort, und das kann keiner verstehen, der nicht darin herumgewatet ist, die Stiefel tief im Schlamm.

Nach diesen bitteren Worten schweigt Petit Louis eine Minute. Und siehe da, der liebe Gott wendet alles zum Schlechten: Im Sommer 1916 ging an einer Front, an deren Namen er sich nicht erinnert, die schöne Freundschaft kaputt, Kléber und Biscotte konnten sich nicht mehr ausstehen, sie stritten sich andauernd um Kleinigkeiten, um ein Päckchen blaue Gauloises, eine Büchse Corned beef oder darum, wer sich besser um seine Männer kümmerte, de Fayolle oder Pétain. Sie gingen sich aus dem Weg und sprachen nicht mehr miteinander. Als sie Biscotte, der zum Leutnant ernannt worden war, vorschlugen, die Kompanie zu wechseln, tat er es, und bald auch das Regiment. In die Kneipe ist er nie mehr gekommen. Er kam, so heißt es, bei einem Bombenangriff ums Leben, als er verwundet war und man ihn von der einen oder anderen Front evakuierte.

Seinen richtigen Namen wird Petit Louis wohl gehört haben, als Eskimo ihn ihm an einem Samstag im Jahr 1911 vorstellte, aber er kann sich nicht mehr erinnern, und wahrscheinlich auch die Gäste nicht, die ihn kannten. Er wurde immer nur Biscotte genannt. Seine Werkstatt hatte er wohl in der Rue du Faubourg Saint-Antoine, auf der anderen Seite der Bastille. Jedenfalls ist Petit Louis froh zu wissen, daß es Gott doch noch gibt, die beiden Freunde hatten sich nämlich wieder versöhnt, bevor sie abgekratzt waren.

Als Sylvain draußen mit der Faust gegen den eisernen Rolladen schlägt, ist es schon nach elf Uhr. Mathilde sieht sich noch einmal die Fotos von Eskimo an, während Petit Louis seine Kurbel holt, um zu öffnen. An der Luft, die hereindringt, spürt sie, daß es regnet. Sie fragt sich, ob sie Petit Louis sagen soll, was ihr Daniel Esperanza erzählt hat. Sie beschließt, es nicht zu tun. Sie würde dadurch doch nichts erfahren, was sie nicht schon weiß, und Petit Louis würde es schlimme schlaflose Nächte bereiten.

Auf den Fotos steht Eskimo mit seinem Bruder Charles unter einem riesigen Baum in Kalifornien, einem Mammutbaum. Oder sie sitzen beide auf einem Planwagen, und Charles hält die Zügel der Pferde. Oder Eskimo, geboren als Kléber Bouquet im 11. Arrondissement von Paris, steht in einer weiten, verschneiten Ebene, in der Ferne eine Stadt oder ein Dorf aus Holz, und hält mit ernstem Gesicht zwei weiße Fuchsfelle in die Höhe. Wenn Mathilde sich nicht verrechnet, muß er achtzehn Jahre sein, denn auf der Rückseite des Bildes steht mit nach links geneigten Buchstaben »Dawson, Kondlike, 16. Januar 98.« Neunzehn Jahre später, fast auf den Tag genau, hat ihn sein Schicksal im Schnee an der Somme eingeholt.

Auf dem Foto, das Mathilde am besten gefällt oder das sie am meisten berührt, steht Eskimo, die Ärmel seines kragenlosen Hemdes aufgerollt, seine Soldatenmütze auf dem Kopf und mit reglosem Schnurrbart in einem Quartier und wäscht seine Wäsche. Sein Gesicht ist der Kamera zugewandt. Er hat gütige Augen, einen kräftigen Nacken, breite Schultern, alles an ihm flößt Vertrauen ein. Er scheint Mathilde sagen zu wollen, und davon will sie sich überzeugen, daß er Manech beschützt hat, mehr, als man zu wissen glaubt, daß er zu kräftig, zu erfahren war und zuviel erlebt hatte, um ihn sterben zu lassen.

Die kleinen Pfennige der Königin Viktoria

November.

Mathildes Vater, Mathieu Donnay, hat einen Rechtsberater, einen fünfzigjährigen Anwalt, aufmerksam und beredt, sehr verführerisch, obwohl ihm die Haare ausgefallen sind, und es heißt von ihm, er verteidige ebenso unermüdlich Witwer und Waisenknaben, wie er Witwen und Waisenmädchen verführe: Pierre-Marie Rouvière. Er kannte Mathilde schon als Kind und betörte sie mit Mandelplätzchen, erobert hat er sie also schon vor langer Zeit. Wenn sie sich jetzt an ihn wendet, als sie Anfang Oktober nach Paris kommt und ihn in seiner mit Samt ausgeschlagenen Kanzlei aufsucht, dann in seiner Eigenschaft als Anwalt.

Schon bei der Erwähnung von Bingo Crépuscule oder vielleicht sogar schon bei der Place de l'Opéra ringt er die Hände, das sei ja grotesk. Fünf gefesselte Soldaten, die man bis zu einem Schützengraben der vordersten Linie schleppt und über den Stacheldraht hinweg dem Feind vorwirft – und das alles auch noch im Schnee – das sei einfach grotesk und nichts anderes als das leider nicht immer uneigennützige, morbide Geschwätz, das den ganzen Krieg über wie Unkraut gewuchert habe.

Dieser Esperanza sei ein armer Spinner und wohl völlig am Ende, er habe sich interessant machen wollen und mache nun bereits Rückzieher, weil er zu weit gegangen sei. Das Foto von den Verurteilten? Das könne überall aufgenommen worden sein. Der Brief von Manech stimme mit der Abschrift überein? Er könne unter ganz anderen Umständen diktiert worden sein. Der Brief von

Favourier? Eine Fälschung wie das Aktenstück von Dreyfus. So wie die Dinge lägen, habe es diesen Hauptmann Favourier vielleicht niemals gegeben.

Dennoch fragt sich Pierre-Marie Rouvière, ob es den Prozeß vor dem Kriegsgericht nicht vielleicht doch gegeben hat, da er von einem Regimentskameraden Manechs bestätigt worden ist, und so hat er in einem Heft mit schwarzem Ledereinband und seinen Initialen darauf – »dies alles bleibt unter uns und geschieht aus rein freundschaftlichen Erwägungen« – die Namen der Orte und Soldaten notiert, die Mathilde ihm genannt hat, und versprochen, nach besten Kräften zu recherchieren, um Licht in diese unglaubliche Angelegenheit zu bringen.

Seitdem hat er Mathilde zweimal in der Rue La Fontaine angerufen, einmal, um den Namen des Arztes zu erfahren, der die fünf Verurteilten in dem zerstörten Dorf versorgt hat – Santini –, das zweite Mal, um sich heute um sechzehn Uhr mit ihr zu treffen.

Der Regen klopft gegen die Scheiben. Pierre-Marie raucht Orient-Zigaretten mit einer langen Zigarettenspitze aus Elfenbein, er trägt eine schwarze Krawatte, wie immer seit dem Waffenstillstand, im Gedenken an eine Schauspielerin, die an ebendem Tag gestorben ist und die er sehr geliebt hat. Er ist dunkel gekleidet. Er blickt finster drein. Der schmucke kleine Salon, den Mama auf ihre naive Art so freundlich eingerichtet hat, wirkt davon ganz verdüstert.

Zunächst muß Mathilde versprechen, daß sie das, was sie jetzt erfährt, nie irgendwem erzählen wird. Um diese Informationen zu erhalten, mußte Pierre-Marie die Freundschaft eines Generalstabsoffiziers bemühen, der sich dafür sehr exponiert und dem er versprochen hat, absolutes Stillschweigen zu bewahren. Mathilde weiß, daß sie eine Lügnerin ist, und verspricht es ohne Zögern.

Er setzt sich und zieht zusammengefaltete Schriftstücke aus der Innentasche seines Jacketts. In den letzten fünf Wochen hat er den Offizier, dessen Namen er geheimhalten will, mehrmals getroffen, er nennt ihn »Mein Freund, der Offizier«, als sei dies sein richtiger Name. Heute haben sie zusammen zu Mittag gegessen und die Dinge auf den Punkt gebracht. Zwar sind manche Aussagen von Esperanza durch Dokumente oder eingeholte Zeugenaussagen bestätigt worden, dennoch sind beide weiterhin davon überzeugt, daß die Geschichte erlogen ist, daß die Dinge am Bingo Crépuscule sich nicht so abgespielt haben können, wie der alte Trottel sie Mathilde erzählt hat. In der Nacht vom 6. auf den 7. Januar hatte man in diesem Schützengraben sicher Wichtigeres zu tun, als zum Tode Verurteilte über den Wall zu bugsieren, um Kugeln zu sparen.

Es wird heller in dem kleinen Salon. Mathilde sieht den Tag durch die feuchten Scheiben. Sie sieht das Feuer im Kamin aus rosafarbenem Marmor und den plötzlichen Widerschein des Feuers auf dem goldenen Siegelring des Anwalts, wenn er seine Papiere entfaltet. Also hat es Bingo Crépuscule wirklich gegeben?

Er sieht sie an, nickt, sagt ja, darüber und auch über andere Details, die ihr Esperanza genannt habe, können kein Zweifel bestehen. Er setzt einen Kneifer auf und liest aus den Notizen vor, die er sich gemacht hat.

»Bingo Crépuscule« ist der Name eines deutschen Schützengrabens, den unsere Leute im Oktober 1916 besetzten, er trug die Nummer 108 in einem Frontabschnitt der Somme, etwa in der Gegend von Bouchavesnes. Im Januar 1917 trafen an dieser Stelle die französischen und die britischen Truppen zusammen. Am Sonntag, dem 7., und in der darauffolgenden Nacht war er Schauplatz heftiger Kämpfe. Am 8. und in den nächsten Tagen haben die Briten in jenem Abschnitt unsere Truppen abgelöst, wie es im vorangegangenen Herbst durch die Oberkommandos der beiden Armeen beschlossen worden war; so ist jeder Zusammenhang mit dem Lauf der Ereignisse ausgeschlossen.

Es trifft zu, daß Hauptmann Etienne Favourier, 35 Jahre alt und Geschichtslehrer, am Sonntag, dem 7. Januar, das Halbbataillon befehligte, das in den Schützengräbern 108 und 208 in erster und zweiter Position lag.

Es trifft ebenfalls zu, daß Leutnant Jean-Jacques Estrangin, 25 Jahre, an der Spitze der Kompanie von Bingo Crépuscule stand und zu ihr auch die Gefreiten Urbain Chardolot und Benjamin Gordes gehörten, ebenso der Soldat Célestin Poux.

Mein Freund, der Offizier, hat eine Aufstellung der Verluste vom 7. Januar in der Hand gehabt. Unter den 56 Getöteten sind die Namen von Favourier und Estrangin, unter den 74 Verletzten der Name Benjamin Gordes.

Hier hält der Anwalt inne, sieht Mathilde an, nimmt langsam und nachdenklich den Kneifer ab, dann sagt er: »Und da ist noch etwas, meine arme Matti.«

In der Liste der Verluste, die ein Sergeant am Montag, dem 8., zusammenstellte, stehen unter den Gefallenen in der Rubrik »Am 6. Januar zum Bataillon abkommandiert« die Namen Kléber Bouquet, Francis Gaignard, Benoît Notre-Dame, Ange Bassignano und – »was soll man tun, so sind die Dinge nun mal« – Jean Etchevery.

Mathilde rollt mit dem Sessel näher ans Feuer heran. Ein Dämon zieht vorbei. Ohne sich umzudrehen, zwingt sie sich zu sagen: »Fahren Sie fort, ich höre zu.«

Der Arzt Jean-Baptiste Santini, 27 Jahre alt, kam am 8. Januar bei einem Bombenangriff in Combles ums Leben. Sein unmittelbarer Vorgesetzter kann sich nicht erinnern, ihm zwei Tage zuvor Anweisung gegeben zu haben, einige zum Tode Verurteilte zu versorgen. Meinem Freund, dem Offizier, hat der ziemlich renommierte Arzt klar und deutlich gesagt: »Also, hören Sie, wenn so etwas vorgefallen wäre, hätte ich es nicht vergessen.« Er wurde noch deutlicher, und zwar im Zusammenhang mit dem unbekannten Sanitäter, der Leutnant Santini angeblich begleitet hatte. »Sieh einer an, da war auch noch ein Sanitäter? Zwei Männer, einer davon ein Arzt, und das wegen fünf Verbänden? Das ist ja zum Lachen! So einen Befehl hätte ich nie erteilt, ich bitte Sie!«

Es stimmt auch, daß im Januar 1917 in dem Sektor, in dem das zerstörte Dorf Tancourt liegt, wohin die Verurteilten gebracht und Esperanza übergeben worden sein sollen, ein Dragonerregiment stationiert war. Aber Mein Freund, der Offizier, hat die Akten dieses Regiments einsehen können. Er versichert, daß von keinerlei Begleitmission dieser Art unter dem Datum des 6. Januar die Rede ist. Vielleicht hat Esperanza eine andere Waffengattung mit den Dragonern verwechselt, was bei einem erfahrenen Soldaten, der drei Jahre Krieg hinter sich hat, mehr als unwahrscheinlich ist. Auch an diesem Punkt muß man seine Behauptungen für reine Erfindung halten.

Pierre-Marie hat mit dem Chefarzt des Krankenhauses in Dax telefoniert, es ist ihm aber nicht gelungen, Esperanza ans Telefon zu bekommen. Der Alte kann das Bett nicht mehr verlassen und kaum noch sprechen, er erinnert sich an nichts anderes mehr als an eine Lehrerin, die er hatte, als er ein kleiner Junge war, und nach der er jede Nacht weinend ruft.

Der Kommandant, der das Bataillon von Esperanza im Januar 1917 befehligte, ist im selben Jahr gestorben, nicht im Krieg, sondern während des Urlaubs, an einem Herzanfall am Ende eines Essens im Kreise der Familie. Seine Witwe hat ihn nie von Bingo Crépuscule erzählen hören, auch nicht von den fünf zum Tode Verurteilten und wahrscheinlich überhaupt von nichts: sie haßte Geschichten aus dem Krieg.

Das wäre soweit alles, wenn nicht das Wichtigste noch

fehlte, das Pierre-Marie erst heute beim Mittagessen erfahren hat; danach scheinen alle Zweifel beseitigt, so daß man nun wohl einen Strich unter die Angelegenheit ziehen sollte.

Der Prozeß hat tatsächlich stattgefunden, und zwar in der Gemeindeschule von Dandrechain, nahe Suzanne an der Somme. Sechsundzwanzig Soldaten und zwei Hauptleute eines Armeekorps, die sich in einem so kurzen Zeitraum auf die gleiche Weise selbst verstümmelt hatten, daß es für die Disziplin der Armee bedrohlich schien, wurden am 28. und 29. Dezember 1916 vom Kriegsgericht verurteilt. Vierzehn Soldaten und ein Hauptmann, offenbar Francis Gaignard, wurden zum Tode verurteilt, die anderen bekamen zwischen zwanzig und dreißig Jahren Zwangsarbeit.

Pierre-Marie faltet seine Papiere zusammen, steht plötzlich auf und stellt sich vor das Feuer, im Angesicht von Mathilde. Sie sagt: »Ich wüßte nicht, inwiefern damit die Affäre abgeschlossen sein sollte. Da fängt sie doch erst richtig an.«

»Moment, Matti, ich bin noch nicht fertig. Woher, glauben Sie, haben wir diese genauen Auskünfte?«

Sie vermutet, daß es in den Armeearchiven Berichte über Kriegsgerichtsverfahren gibt, irgend etwas Schriftliches.

Nein, Sein Freund, der Offizier, hat die Urkunden des Prozesses von Dandrechain bisher noch nicht gefunden, keine Spur. Aber er hat etwas Besseres ausfindig gemacht, nämlich »den Artilleriehauptmann, der sich in juristischen Dingen gut auskannte« und von dem Aristide Pommier nach dem Fischerstechen erzählt hat: den Verteidiger von Manech.

Da kann Mathilde plötzlich nichts mehr sagen, das Herz schlägt ihr in der Kehle, sie sieht Pierre-Marie mit aufgerissenen Augen und offenem Mund an, sie muß aussehen wie ein Fisch. Er nickt mehrmals mit dem Kopf, erfreut über die Wirkung, die er erzielt hat. »O ja, o ja, Matti, mein Freund, der Offizier, hat ihn gefunden.«

Der Verteidiger von Manech ist ein Anwalt aus Levallois, der jetzt im Ruhestand ist und von ein paar Rentenzahlungen und seiner Kriegsversehrtenpension lebt, in einem steinernen Gartenhäuschen inmitten von Büchern und Katzen. Er hat einen Sohn in Eparges verloren, ein Bein in der Champagne und seine Frau durch die große Epidemie. Mein Freund, der Offizier, hat ihn gestern nachmittag in seinem Häuschen besucht. Er hat sich von dem Prozeß erzählen lassen. Und er kam mit einer bedeutsamen Entdeckung zurück, die er für Pierre-Marie als Überraschung bis zum Mittagessen aufgehoben hat: Die fünfzehn zum Tode Verurteilten wurden alle am 2. Januar 1917 von Präsident Poincaré begnadigt, also vier Tage vor den Ereignissen am Bingo Crépuscule, ihre Strafe wurde in Zwangsarbeit umgewandelt. Der Verteidiger von Manech hat am 4. in seinem Quartier von der Begnadigung erfahren, aber die betreffenden Stellen sind per Telegramm sicher vor ihm benachrichtigt worden. Was hat das Gefasel von Esperanza nun noch für einen Sinn?

Als Mathilde ein wenig Ordnung in ihre Gedanken gebracht hat, sagt sie: »Ich möchte Ihren Freund, den Offizier, nicht beleidigen, aber hat er einen Beweis dafür, daß diese Begnadigung wirklich erfolgt ist?«

Sich zu ihr neigend und mit plötzlich so lauter, bebender Stimme, daß sie unwillkürlich zurückweicht, erwidert Pierre-Marie: »Ich habe sie gesehen!«

Der frühere Anwalt hat dem Offizier das Dokument anvertraut. Pierre-Marie hat es erst heute mittag wieder und wieder gelesen. Er hat den Namen von Jean Etchevery und die von vierzehn anderen Verurteilten gelesen. Er hat die Urteile gelesen, er hat die Umwandlung der

Strafe und das Datum sowie die Unterschrift von Raymond Poincaré gesehen. Ob sie sich vorstellen könne, daß es in unserer Armee einen einzigen Heerführer gebe, der sich dieser Unterschrift widersetzt?

Nein, das kann sie sich nicht vorstellen. Aber wenn die Begnadigung zu spät erfolgt ist? Wenn die Verurteilten bereits unterwegs waren? Sie haben Esperanza von einer erschöpfenden, ziellosen Reise erzählt, zwei Tage und zwei Nächte lang, bevor sie dieses zerstörte Dorf erreichten – Tancourt, so heißt es doch? –, wo er sie in Empfang nahm.

Pierre-Marie wiegt den Kopf hin und her, er seufzt angesichts von soviel Beharrlichkeit, sich das Unglaubliche vorstellen zu wollen. Eine zu späte Begnadigung! Wie erklärt sie dann, daß die Strafe nicht gleich nach dem Urteil vollstreckt wurde, wie man zu der Zeit verfuhr, als es noch die Standgerichte gab? Seit Abschaffung der Standgerichte verbietet das Gesetz jede Hinrichtung, auch bei abgewiesener Revision, solange der Präsident der Republik nicht Gelegenheit hatte, sein Begnadigungsrecht anzuwenden. Man wartete also auf seine Entscheidung. Sie konnte früher oder später erfolgen, aber niemals zu spät. Er wiederholt: »Niemals, das versteht sich von selbst.«

Er scheint von Mathildes Gesicht abzulesen, welches Vertrauen sie in Dinge setzt, die sich von selbst verstehen, und er seufzt erneut. Dann sagt er, na gut, dann wolle er eben einmal den Advokaten des Teufels spielen.

»Angenommen, Esperanza hat die Wahrheit gesagt. Nehmen wir an, er hätte den Auftrag erhalten, fünf verletzte, erschöpfte, zum Tode verurteilte Soldaten zu dem Schützengraben der vordersten Linie zu bringen. Ich will dir sagen, wie ich die Dinge sähe, wenn ich in dem Fall zu plädieren hätte. Die Führer der Einheiten, in denen innerhalb von sechzehn Tagen achtundzwanzigmal dasselbe Delikt vorgekommen ist, wollen um jeden Preis ein Exempel statuieren. Sie sehen die Welle von Disziplinlosigkeit, von Abscheu, von kollektiver Verweigerung voraus, von der einige unserer Abgeordneten meinen, sie habe im darauffolgenden Frühling in der ganzen Armee um sich gegriffen. Anstatt auf die Entscheidung des Präsidenten zu warten, verteilt man die Verurteilten auf drei Gruppen von je fünf Mann, zerstreut sie an drei Fronten, sie werden durch die Gegend geschickt und gehen verloren. Ob sie begnadigt werden, spielt keine Rolle, sie werden sowieso vorher tot sein. So kann man zeigen, welchen Preis einer dafür zahlen muß, wenn er tut, was sie getan haben. Man darf sie nicht hinrichten? Na schön. Dann fesselt man sie eben, schmeißt sie auf das Feld da draußen, sollen die von gegenüber sie umbringen. Nachdem sie umgebracht sind, werden sie in die Verlustliste des Regiments aufgenommen. Ihre Angehörigen werden nichts erfahren: *Vom Feind getötet* ... Alle, die an ihrem Transport beteiligt waren, Offiziere, Unteroffiziere, Soldaten, Landsturmleute, Dragoner, Zugführer, Ärzte, Lastwagenfahrer, auch sie werden zerstreut, sie gehen im Krieg unter. Viele von ihnen werden sterben: Tote reden nicht. Andere werden schweigen, »um keinen Ärger zu kriegen«, um ihre Pension zu behalten: auch die Feigheit ist stumm. Die letzten, die nach dem Waffenstillstandsabkommen wieder heimkehren, haben ihren Kindern, Frauen und Freunden von anderen Dingen zu erzählen als von der Schandtat, die eines Sonntags im Schnee in der Picardie geschah. Wozu sollte es auch gut sein? Damit würden sie doch das einzige Bild, an dem ihnen liegt, trüben: Sie haben sich tapfer geschlagen, ihre Söhne bewundern sie, ihre Frauen erzählen beim Einkaufen, daß ihr Mann in den heftigsten Gefechten vor Verdun ganz allein fünfzig Gefangene gemacht hat. Nur der integere Daniel Esperanza, als einziger unter Tausenden von Männern, die sich am 6., 7. und 8. Januar 1917 in der Gegend von Bouchavesnes aufhielten, hat den Mut zu sagen: »Was ich gesehen habe, war Mord, war gegen unsere Gesetze, war die Verachtung der Militärs für die zivile Obrigkeit.«

Mathilde würde den Anwalt gern unterbrechen, was, wie man sagt, auch seinen Gegnern im Gerichtssaal nicht leicht gelingt, und so applaudiert sie schwach: »Bravo, aber Sie brauchen mich nicht zu überzeugen, ich denke genau wie Sie. Von einigen Lücken abgesehen, müssen sich die Dinge genau so abgespielt haben.«

»Lücken?«

Mathilde möchte auch diesmal nicht die Ehrlichkeit Seines Freundes, des Offiziers, in Zweifel ziehen, aber doch zu bedenken geben, daß dieser nur Wahrheiten herausgefunden hat, die ihm gelegen kommen. Wenn er Zugang hatte zu den Akten des Regiments, dürfte es ihm doch nicht schwergefallen sein, ein paar Überlebende aus Bingo Crépuscule zu finden und sie zu befragen.

»Mit welchem Recht?« empört sich Pierre-Marie. »Und unter welchem lügenhaften Vorwand? Es braucht sich nur einer zu beschweren, er werde belästigt, oder nur hier und da Witze zu machen, wo kommen wir da hin?«

Er holt einen Stuhl und setzt sich ihr gegenüber. Mit kummervoller Stimme sagt er: »Du bist sehr undankbar, Matti. Dieser Mann ist ein großes Risiko eingegangen, um mir zu helfen, und er hat es aus reiner Freundschaft getan. Weiter kann er nicht gehen. Er hat schließlich einen Artilleriehauptmann befragt und auch die Frau eines Kommandanten des Landsturms sowie einen Arzt aus dem Sanitätsdienst. Er hat es getan, weil er mit ihrer Diskretion rechnen konnte und sie mit der seinen. Außerdem hat er, wenn er scheinbar nur *Wahrheiten herausgefunden hat, die ihm gelegen kommen* – ich frage mich übrigens, inwiefern –, uns die ja nicht vorenthalten, die ihn stören, und sei es nur in seiner Soldatenehre. Ich kenne ihn sehr gut und seit langem. Ich denke, auch er war von den eigenen Zweifeln erst frei, als er die Begnadigung des Präsidenten in der Hand hielt und feststellen konnte, welche Wirkung sie gehabt hat.«

Er beugt sich vor, legt eine Hand auf Mathildes Schulter und sagt: »Ich hätte es dir lieber verschwiegen, um deinen Schmerz nicht durch sinnloses Bedauern noch zu verschlimmern, Matti, aber die beiden anderen Gruppen von Verurteilten, die man an andere Frontabschnitte geschickt hatte, wurden nach Dandrechain zurückgeführt, wo ihnen die Umwandlung ihrer Strafe bekanntgegeben wurde. Noch heute leben alle zehn und klopfen Steine im Straflager von Guyana.«

Mathilde senkt den Kopf und bleibt schweigend sitzen, bis er ihr fest die Hand auf die Schulter legt: »Matti, meine kleine Matti, sei vernünftig. Manech ist tot. Würde die Erinnerung an ihn besser, wenn du aller Wahrscheinlichkeit zum Trotz doch recht hättest?«

Er gibt ihr einen Kuß auf die Wange, der nach Lavendel und Tabak riecht, dann steht er auf. Als sie zu ihm hinschaut, nimmt er gerade seinen Regenmantel, den er über einen Stuhl geworfen hatte.

Sie sagt: »Bitte, nennen Sie mir den Namen des Anwalts in Levallois.«

Er macht eine abweisende Geste, unmöglich. Er zieht seinen Mantel an, legt den grauen Angoraschal um, setzt den grauen Filzhut auf und ergreift seinen Spazierstock.

Er sagt: »Weißt du, Matti, in diesem Krieg sind nicht nur tonnenweise Feuer und Eisen verbraucht worden, sondern ebensoviel Papier. Es wird Monate, wahrscheinlich Jahre dauern, bis alle gesichtet sind. Wenn du schon nicht überzeugt bist, so hab wenigstens Geduld. Und sei klug. Es kann einen teuer zu stehen kommen, wenn man heutzutage an bestimmte Tabus rührt.«

Sobald er fort ist, läßt sich Matti in den kleinen Salon Zeichenpapier und ihren Federhalter bringen. Sie macht sich Notizen über das gerade geführte Gespräch, ohne etwas zu vergessen – um nichts zu vergessen. Nachdem sie alles gelesen hat, sagt sie sich, daß sie wirklich viel erfahren hat, aber nur über zwei Zeiträume von dreien: vor dem Sonntag, dem 7. Januar 1917, und danach. Über den Sonntag selbst hat Pierre-Marie ihr nur erzählt, was sie schon wußte, daß sie gekämpft und viele Leute verloren haben. Letzten Endes weiß sie sogar mehr als er. Sie denkt an Manech, wie er auf dem Niemandsland einen Schneemann baut, an ein Flugzeug, das von einer Granate abgeschossen wird, an Six-Sous, der für alle hörbar das Lied der Commune singt. An »lauter verrückte Sachen«. Sie sagt sich, daß sie die Verrücktheiten nun wohl allein weiter betreiben muß.

Abends beim Essen zerlegt sie mit den Fingern eine Hähnchenkeule, ohne ein Wort zu sagen. Sie ist mit den Gedanken woanders. Sie sitzt an einem Ende des großen Tisches, ihrem Vater gegenüber, den sie von ganzem Herzen liebt. Links von ihr sitzt Mama, die sie sehr mag. Rechts von ihr ihr Bruder Paul, von dem sie nicht besonders viel hält, den sie aber erträglich findet, und ihre weder schöne noch schwesterliche Schwägerin Clémence, die sie unerträglich findet. Die beiden Satansbraten Ludovic und Bastien, acht und sechs Jahre alt, sind schon seit langem dabei, Pipi ins Bett zu machen.

Ihr Vater sagt: »Geht's dir nicht gut, Matti?«

Sie antwortet: »Doch, doch.«

Er sagt: »Wenn dieser verdammte Zeitungsstreik vorbei ist, bezahle ich dir die Annonce, als Weihnachtsgeschenk.«

Sie sagt: »Einverstanden.«

Sie will in Tageszeitungen und wichtigen Wochenblättern und in den Zeitschriften für Soldaten, in denen jeder nach jedem sucht, eine kleine Anzeige veröffentlichen. Sie soll folgendermaßen lauten:

BINGO CREPUSCULE
Schützengraben an der Somme,
Abschnitt Bouchavesnes.
Belohnung für Hinweise über die Tage 6., 7. und 8. Januar 1917 sowie über die Gefreiten Urbain Chardolot, Benjamin Gordes, den Soldaten Célestin Poux und jeden Kämpfer an diesem Ort und zu der besagten Zeit. Briefe an: Mademoiselle Mathilde Donnay, Villa Poéma, Cap-Breton, Landes.

Sie ist überzeugt, daß sie Hunderte von Briefen erhalten wird. Nachts im Bett stellt sie sich vor, wie sie sie in Cap-Breton öffnen wird. Es sind so viele, daß Bénédicte und Sylvain Küche und Garten vergessen müssen, um ihr zu helfen. Sie essen nur noch Butterbrote, die Brennesseln wuchern, sie arbeiten bis spät in die Nacht beim Licht einer Lampe. Und eines schönen Tages, eines schönen Tages...

»Woran denkst du?« fragt Mama.

»Hundert Sous für dich, wenn du es errätst.«

»Oh, ich weiß genau, woran du denkst.«

»Dann hast du hundert Sous gewonnen.«

Mathilde bittet um Wein. Nur ihr Vater trinkt ihn während der Mahlzeiten. Die Flasche steht dicht bei ihm. Er steht auf und gießt Mathilde ein. Während er ihr einschenkt, fühlt sich die weder schöne noch schwesterliche Schwägerin bemüßigt zu fragen: »Was, jetzt trinkst du auch schon Wein?«

»Nach der Suppe ein Glas Wein, das hält die Doktorrechnung klein«, erwidert Mathilde.

»Wo hast du denn das her?« fragt ihr Vater, während er sich wieder setzt, ohne auf die Unverschämtheit seiner Schwiegertochter einzugehen, die er so häßlich findet, daß er nicht wagt, sie anzusehen.

Mathilde kostet ihren Wein und meint: »Die Großmutter von der Frau des Mechanikers von Garrigou, der 1911 die Tour de France gewann, sagte es im Vaucluse.«

»Aha«, sagt Mathieu Donnay, während alle erstaunt schweigen, »kannst du das noch einmal sagen?«

»Vorwärts oder rückwärts?«

»Ist mir egal.«

Mathilde trinkt noch einen Schluck Wein und sagt es noch einmal:»Garrigou, der Sieger der Tour de France von 1911, hatte einen Mechaniker, dieser Mechaniker hatte eine Frau, diese Frau hatte eine Großmutter im Vaucluse, die das sagte, von dem du wolltest, ich solle dir sagen, wo ich es her habe.«

Mama ist empört: »Sie ist ja schon betrunken.«

Paul meint: »1911 war Matti elf Jahre alt. Woher soll sie wissen, wer die Tour de France gewonnen hat?«

Mathilde: »Ich weiß noch ganz andere Sachen.«

Wieder trinkt sie einen kleinen Schluck und wendet sich an ihren Bruder: »Wer hat denn im selben Jahr beim Boxen im Fliegengewicht gewonnen, in dem Match Louis Teyssier gegen Louis Ponthieu? Na los, kriegst einen Louis, wenn du es errätst.«

Paul zuckt die Achseln, um zu bedeuten, daß er sich nicht für Boxen interessiert und nichts darüber weiß.

»Und du, Papa?«

»Ich spreche nie über Geld.«

Mathilde trinkt ihr Glas leer, schnalzt mit der Zunge und erklärt: »Es war Louis Ponthieu, der mit richtigem Namen Louis de Reygnier-Ponthieu hieß. Der tapfere Louis Teyssier, besser bekannt unter dem Namen Petit Louis von der Bastille, hat damals eine Schlappe erlitten.«

Nachdenklich blickt sie auf ihr Glas. Sie sagt: »Das erinnert mich daran, daß wir Anjou-Wein besorgen müssen, den mag ich am liebsten.«

Danach seufzt sie, sie möchte sich hinlegen. In der Pariser Wohnung liegt ihr Zimmer in der ersten Etage, und nach oben zu kommen bedeutet einen riesigen Aufwand. Mathieu Donnay hat vor dem Krieg einen kleinen Aufzug ohne Wände anbringen lassen, der die Diele verunstaltet und nur jedes zweite Mal funktioniert, weil es irgendwelche Störungen gibt, der ewig braucht, um drei Meter nach oben zu gelangen, und die Ketten machen einen Krach, daß man eine Gänsehaut bekommt. Außerdem kann Mathilde ihn nicht allein bedienen. Zuerst müssen die Räder ihres Rollstuhls arretiert werden, und oben muß einer warten, der sie wieder losmacht, wenn er nicht vorher eingeschlafen ist.

Oft geht es schneller, wenn Mathieu Donnay wie heute abend seine Tochter auf den Armen bis an ihr Bett trägt. Er zieht ihr Schuhe und Strümpfe aus. Wenn sie erst einmal liegt, schafft sie den Rest allein. Sie ist die geborene Verrenkungskünstlerin. Wenn sie Beine hätte wie die kleinen Schiffe in dem Kinderlied, könnte sie ihr Leben auf Jahrmärkten verdienen.

Ihr Vater massiert ihr Füße und Fesseln und sagt: »Ich habe vorhin Rouvière getroffen. Er hatte dich gerade besucht und sagte lobend, du sähest so gesund aus.«

»Was hat er dir erzählt?«

»Nichts. Daß die Zeiten hart sind. Daß wir beim zweiten Wahlgang der Abgeordnetenwahlen ein eisenhartes Parlament kriegen werden. Und du, worüber hast du mit ihm gesprochen?«

»Über Briefmarken«, sagt Mathilde.

Ihr Vater weiß von jeher, daß sie gern Dinge verheimlicht, und regt sich nicht mehr darüber auf.

»Du interessierst dich seit einiger Zeit wirklich für viele Dinge, Fahrradfahren, Boxen, Anjou-Wein und jetzt auch noch für Briefmarken.«

»Ich bilde mich«, sagt Mathilde. »Das solltest du auch versuchen. Ich bin sicher, daß du mir kein einziges Schiff nennen kannst, das 1898 von San Francisco nach Vancouver gefahren ist. Oder mir erklären kannst, was *favouille* bedeutet noch wie man die Vornamen von Findelkindern aussucht.«

Er sagt: »Du bringst mich auf Trab, aber was hat das mit Briefmarken zu tun?«

»Das ist noch komplizierter, auch für mich. Du wirst es mir nicht glauben.«

»Doch, ich glaube es bestimmt.«

Und er reibt und reibt ihr die kleinen Füße.

»Letzte Woche habe ich Wort für Wort, Zeile um Zeile, Seite um Seite, mehr als die Hälfte eines so dicken englischen Katalogs gelesen, um herauszufinden, auf welcher Königin-Viktoria-Briefmarke einer ihrer geheimen Vornamen verzeichnet ist, Penoe.«

»Wie lautet der andere?«

»Anna.«

Er lächelt, mit vor lauter Nostalgie großen, träumerischen Augen, ganz als habe er einer denkwürdigen Anna zur Zeit seiner Jugend im Quartier Latin ganz schöne Qualen bereitet.

»Papa, du bist lächerlich, wenn du mir nicht zuhörst.«

»Also bin ich nie lächerlich.«

»Vier volle Tage habe ich dafür gebraucht!«

Das stimmt, in der vergangenen Woche hat Mathilde vier Tage im Krankenhaus zugebracht, wegen sogenannter Routineuntersuchungen. Zwischen zwei Quälereien hat sie sich in den Briefmarkenrausch gestürzt.

»Und hast du es herausgefunden?«

»Noch nicht. Ich bin erst beim Buchstaben L im Katalog. Bei Leeward, um genau zu sein. Die Leeward-Inseln oder Inseln Unter-dem-Wind sind eine britische Kolonie in der Karibik, nördlich von Martinique, östlich von Puerto Rico. Da siehst du, wieviel man durch Briefmarken lernt!«

»Warum mußt du so etwas wissen?«

Jetzt massiert er ihr nicht mehr die Zehen. Er bedauert seine Frage schon. Er kennt seine Matti besser als jeder andere, jedenfalls glaubt er das. Er weiß, daß sie, wenn sie schon einmal so weit ist – heute abend bei den Inseln Unter-dem-Wind –, nicht mehr aufhören wird und daß es Zeit ist, beizudrehen. Hinter dem Spott, den sie allem entgegenbringt und der, wenn man sie läßt, immer größer wird, verbirgt sie nie etwas anderes als Tränen.

»So etwas erfindet man nicht«, antwortet Mathilde. »Und Dinge, die man nicht erfindet, sind bestens geeignet, das Wahre vom Falschen zu unterscheiden. Als ich im Oktober zu Pierre-Marie gegangen bin, hätte ich ihm, wenn ich das gewußt hätte, gleich das Maul gestopft.«

Sie macht ihrem Vater ein Zeichen, näher zu kommen. Er setzt sich zu ihr auf die Bettkante. Sie will, daß er noch näher kommt und sie in die Arme nimmt. Er nimmt sie in die Arme. Auch er riecht nach Lavendel und Virginia-Tabak, aber sie mag das, es gibt ihr Sicherheit.

Sie sagt, den Blick zur Zimmerdecke gerichtet: »Ein Geschichtslehrer schickt einen Brief an einen Weinhändler in Bordeaux. In diesem Brief steht das Rätsel: Woher stammt eine Briefmarke, auf der der zweite, geheime Vorname der Königin Viktoria entschlüsselt wird? Pierre-Marie behauptet spontan, dieser Brief sei eine Fälschung, der Weinfritze hätte ihn sich selbst geschickt.«

»Man muß die beiden Schriften vergleichen«, sagt der Papa.

»Das habe ich schon. Sie sind sich nicht ähnlich. Aber ich kenne die Schrift des Geschichtslehrers nur aus diesem Brief. Vielleicht hat der Weinfritze seine verstellt?«

Mathieu Donnay denkt nach, die Wange seiner Tochter liegt auf seiner Schulter. Er sagt: »Du hast recht Matti, wenn dein Weinfritze nicht mit Briefmarken handelt, dann stammt der Brief sehr wohl von dem Geschichtslehrer, und Pierre-Marie ist ein Esel.«

Mama klopft an die Tür und tritt ein, gleich nach diesen schönen Worten. Sie sagt zu ihrem Mann: »Du hast nicht einmal zu Ende gegessen. Wir warten wie provenzalische Krippenfiguren auf das Dessert.« Und zu Mathilde: »Was kocht ihr beide da hinter meinem Rücken aus?« Das hat sie ihr Leben lang gefragt, um ihre Unsicherheit zu vertreiben, die törichten Schuldgefühle, die sie quälen, weil ihre Tochter mit drei Jahren von einer kleinen Leiter gefallen ist.

Später, allein in ihrem Bett und kurz vor dem Einschlafen, hört Mathilde unten laute Stimmen. Sie meint ihren Vater und Sylvain zu erkennen, aber das kann nicht sein, sie haben sich noch nie gestritten. Offenbar träumt sie schon. Die Stimmen verstummen. Sie sieht den Todeskampf des Feuers im Kamin. Sie träumt von einem riesigen gelben Weizenfeld, das bis zum Horizont reicht. Ein Mann steht da und schaut sie an, sie geht auf ihn zu. Sie hört das Geräusch ihrer Schritte, die den Weizen zertreten, aber jetzt sind um sie herum nur Blumen, große gelbe Margeriten, die immer mehr werden und die sie im Gehen zertritt. Der Mann ist verschwunden. Die Blumenstiele sind nun so dick geworden, daß sie nichts mehr sehen kann. Sie begreift, welchen Fehler sie gemacht hat, nie hätte sie so weit laufen dürfen, es waren Sonnenblumen, das weiß sie jetzt, Sonnenblumen, die größer sind als sie und sie von allen Seiten umgeben, wütend zerbricht sie die dicken Stiele, die durch ihre Fußtritte ausbluten, aber sie wird es nie können, sie ist ohne Kraft, sie wird es nie können, ihr weißes Kleid ist ganz schmutzig, sie wird es nie können.

Am Morgen, als sie die Augen öffnet, nachdem sie geträumt hat, daß sie etwas nicht kann, was ihre Gewohnheiten aber kaum ändert, und lauter anderen Unsinn, an den sie sich nicht erinnert, sieht sie im Halbdunkel des Zimmers einen fremden Gegenstand auf dem Tisch stehen, an dem sie zeichnet, schreibt und manchmal weint: das arg mitgenommene Modell eines Segelboots, das von San Francisco nach Vancouver fuhr, als sie noch gar nicht geboren war, die »Samara«.

Lächelnd sinkt sie in die Kissen zurück. Sie sagt sich, mein Gott, ihr Vater und Petit Louis müssen eine vergnügliche Nacht miteinander verbracht haben.

Am Nachmittag beauftragt sie Sylvain, das Segelboot in die Kneipe der Rue Amelot zurückzubringen, mit einem Brief, in dem sie dem Boxer dankt, daß er es ihr ein paar Stunden geliehen hat und vor allem dafür, daß er ihrem Vater die Möglichkeit gegeben hat, sie wieder einmal zu überraschen.

Auf dem Rückweg macht Sylvain einen Umweg über die Rue Gay-Lussac und bleibt vor dem Haus stehen, in dem Mariette Notre-Dame im Februar 1917 mit ihrem kleinen Baptistin abgestiegen ist.

Die Besitzer können sich noch gut an sie erinnern, auch wenn sie nur drei oder vier Wochen geblieben ist. Ihr Zimmer lag in der ersten Etage. Sie durfte die Küche benutzen, um dem Kleinen das Essen zu kochen. Mehrmals haben sie sie zum Essen eingeladen, aber sie hat es nie angenommen.

Mariette Notre-Dame war ihrer Beschreibung nach eine sehr junge Frau – knapp über zwanzig – mit hellem hochgestecktem Haar, großen, traurigen Augen, recht schön, aber ohne es zu zeigen. Sie hatte ihren Mann im Krieg verloren, aber das erzählte sie nur am Anfang, sonst sprach sie nie von ihm. Sie war nicht sehr redselig. An ihren Händen konnte man ablesen, daß sie vom Land kam und seit ihrer Jugend schwer gearbeitet hatte. Sie ging nur aus, um das Notwendigste zu kaufen oder mit dem Kind im Jardin du Luxembourg spazierenzugehen. Baptistin, den sie Titou nannte, war elf Monate und konnte schon laufen. Zweimal ist Mariette den ganzen Tag mit ihrem Sohn »zu Freunden« gefahren. Es waren die einzigen Male, daß die Besitzer sie in einem anderen Kleid gesehen haben als dem grauschwarzen, das sie gewöhnlich trug.

In den ersten Märztagen kündigte sie und sagte, ihre Freunde hätten Arbeit für sie gefunden und würden sie so lange beherbergen, bis sie eine Wohnung gefunden habe. Am Morgen, an dem sie das Haus verließ – sie wollte unbedingt dafür bezahlen, daß sie sie »in der Küche gestört« habe –, ließ sie ein Taxi kommen, das sie zur Gare de l'Est bringen sollte, aber wohin sie fuhr, sagte sie nicht und hinterließ auch keine Adresse, damit man ihr die Post nachschicken könnte, weil sie »sie noch nicht wußte«. Und sie erhielte sowieso keine Post. Der Taxifahrer band einen großen Koffer auf dem Autodach fest, brachte Taschen und restliche Koffer unter, so gut er konnte, dann fuhr sie mit ihrem Kind davon und kam nie wieder.

Zwei Monate später, im Mai, kam ein Brief für sie aus der Dordogne. Die Besitzer haben ihn lange aufbewahrt, länger als ein Jahr, denn sie sagten sich, Mariette Notre-Dame werde, wenn sie einmal hier im Viertel sei, bei ihnen vorbeischauen; dann irgendwann haben sie ihn geöffnet. Es war die offizielle Bestätigung des Todes ihres Mannes, der mit dreißig Jahren vom Feind getötet worden war. Sie dachten, das sei sehr traurig, ja wirklich sehr traurig, aber da die arme kleine Frau schon längst über ihr Unglück informiert war, landete der Brief schließlich im Küchenofen.

In dem Zug, der sie mit Sylvain wieder nach Cap-Breton bringt, erreicht Mathilde in dem englischen Briefmarkenkatalog den Buchstaben M. Sie lehnt den Kopf an die Rückwand der Sitzbank. Ihr ist kalt, wie immer, wenn ihr Herz schneller schlägt, aber das ist gut, besser, als beim Kartenspiel zu gewinnen, sie geht ganz in Stolz und Anerkennung ihrer selbst auf. Mit neuem Vertrauen sieht sie beim Blick durch das Fenster die Sonne der Landes auf sie zukommen.

Sylvain war sechs Wochen lang von Bénédicte getrennt. Er hat sie mehr und mehr vermißt, auch ihre Streitereien. Sie sind beinahe schüchtern, als sie sich wiedersehen. Bénédicte sagt zu ihm: »Ich habe ganz vergessen, wie gut du aussiehst!« Und er, der ein kräftiger Kerl ist, weiß gar nicht, was er mit seinem großen Körper anfangen soll, er reißt sich den Vatermörder mit der Krawatte herunter, streicht sich mit dem Handrücken seinen rötlichen Schnurrbart glatt, grinst dümmlich und blickt überallhin, nur nicht auf sie.

Mathilde sieht ihre Katzen wieder, die nicht im geringsten verschüchtert sind und sich damit begnügen, ihr dahin zu folgen, wohin die Räder ihres Rollstuhls fahren. Auch den Salzgeschmack des Windes hat sie wieder auf der Zunge, und dort jenseits der Fenster sieht sie die Dünen, wo Manech sie küßte, wenn sie sich eng an ihn schmiegte, sie begehrte ihn und wurde begehrt, genau wie andere Mädchen.

Am Abend ihrer Rückkehr sitzt sie an ihrem richtigen Tisch, in ihrem richtigen Zimmer, Gott sei Dank zu ebener Erde, von ihren Fotografien und ihren Katzen umgeben, und schreibt auf ein Zeichenblatt:

Sonderform der Nummer 4 der Insel Mauritius, eine blaue 2-Pence-Marke, gedruckt im Jahr 1848, in Bögen zu zwölf Stück. Die siebte Marke des Bogens weist jenen orthographischen Fehler auf, verursacht durch einen Ausrutscher der Graviernadel: PENOE statt PENCE.

Ob neu oder gestempelt, diese zwei kleinen Pfennige sind heute ein Vermögen wert.
Und weiter unten auf das Blatt schreibt sie:

Eine Aufstellung von Verlusten kann manipuliert sein. Sich in Zukunft an den Brief des Hauptmanns Favourier halten. Am frühen Sonntagmorgen waren sie alle fünf noch am Leben.

Der Mahagonikasten

Véronique Passavant
16, rue des Amandiers
Paris

10. Januar 1920

Mademoiselle,
vorgestern, am Samstag, bin ich bei Petit Louis vorbeigegangen, um ihm ein frohes Neues Jahr zu wünschen. Er hat mir von Ihrem Gespräch vom letzten Herbst erzählt und ungefähr wiederholt, was er Ihnen gesagt hat.

Zunächst möchte ich nicht, daß es über meine Trennung von Kléber Bouquet, genannt Eskimo, Mißverständnisse gibt, denn ich habe Kléber wirklich geliebt, bis ins Mark, und viel unter meiner Sturheit ihm gegenüber gelitten. Aber ich war sicher, daß wir uns bei seinem nächsten Urlaub versöhnen würden, ich glaubte nicht, daß er im Krieg umkommen würde. Um mich zu beruhigen, erzählte er mir immer, er habe gute Beziehungen und werde nie dahin geschickt, wo es ganz übel zuging, ich konnte mir einfach nicht vorstellen, daß er sterben könnte. Es gibt Nächte, da glaube ich es immer noch nicht, und ich werde Ihnen sagen warum.

Ich habe es Petit Louis nicht gesagt, weil es keinen Sinn hat, alles noch schlimmer zu machen, aber Anfang März 1917 hat mich eine Frau besucht, auf meiner Arbeit, und sie hat mir erzählt, was Sie, wie ich vermute, schon seit langem wissen, Mademoiselle, und was Sie Petit Louis nicht sagen wollten, die Geschichte von dem Gewehrschuß in die Hand und der Verurteilung von Kléber.

Diese Frau kam aus dem Kriegsgebiet, wo ihr Mann auf die gleiche Weise verurteilt worden war, mit noch drei anderen, und ich vermute, daß Ihr Verlobter auch darunter war. Die Frau sagte mir, daß sie nicht erschossen, sondern in die vorderste Linie gebracht worden seien, damit die Deutschen sie umbringen. Was sie sonst noch wußte, hat sie mir nicht gesagt, sie aber wollte wissen, ob ich Nachricht von Kléber hätte oder ihn seit Januar wiedergesehen hätte, ob er sich irgendwo versteckt halte oder so. Ich habe ihr versichert, daß es nicht so ist. Sie werden sich denken können, daß sie mir nicht geglaubt hat, und sie hatte ja auch halb recht, denn wenn ich wüßte, daß Kléber noch lebt, würde ich natürlich den Mund halten.

Immerhin, sie wußte mehr, als sie mir erzählt hat, sonst hätte sie mir nicht all diese Fragen gestellt. Und ich glaube, sie hoffte, daß ihr Mann noch lebte, genau wie Sie das von dem Ihren hoffen und ich von meinem. Habe ich es richtig verstanden? Ganz bestimmt, denn auch Sie sind ja gekommen, um Petit Louis Fragen zu stellen, und Ihr Vater ist einige Zeit später mitten in der Nacht bei ihm aufgekreuzt und hat ihn geweckt und ihn in die Zange genommen, so als wüßte er rein gar nichts, ein richtiger Heuchler, es sei denn, auch Sie haben gegenüber Ihrem Vater den Mund gehalten.

Mir scheint, daß wir beide im selben Boot sitzen und wenigstens untereinander etwas gesprächiger sein sollten, das wollte ich Ihnen schreiben. Petit Louis hat mir gesagt, daß Sie an den Beinen gelähmt sind wegen eines Unfalls in Ihrer Kindheit, ich verstehe, daß Sie sich nicht mühelos bewegen können, mein armes Fräulein, aber Sie können ja wenigstens auf diesen Brief antworten, Ihnen fällt das Schreiben sicher leichter als mir, denn ich bin kaum zur Schule gegangen, das haben Sie sicher schon geahnt. Aber ich bin nicht dumm, und mir läge daran, daß wir beide die Karten aufdecken.

Ich glaube instinktiv, und auch nur manchmal, daß mein Kléber noch lebt. Ich habe keinen Grund, keinen einzigen, auch den geringsten nicht, daran zu zweifeln, daß er im Januar 17 ums Leben gekommen ist, aber diese Frau hat mich mit ihrer Geschichte aufgerüttelt. Meiner Meinung nach wußte auch sie nicht, ob ihr Mann noch lebt, aber sie hat etwas erfahren, was sie für sich behält, und das beweist, daß wenigstens einer der verurteilten Soldaten entkommen ist. Wenn ich richtig verstanden habe, waren es fünf. Zum Beweis, daß ich ehrlich bin, verrate ich Ihnen ein Detail aus ihrer Geschichte, das mir ein wenig Hoffnung für Kléber gibt, nämlich, daß dort, wo man sie hinschickte, um getötet zu werden, Schnee lag, deshalb glaube ich, daß seine Chancen, am Leben zu bleiben, größer waren als die der anderen: Schnee und Kälte hat er schon viel schlimmer erlebt. Das ist zwar so gut wie nichts, aber Sie wissen ja selbst, daß man sich an den geringsten Strohhalm klammert.

Vielleicht hat diese Frau mit dem südfranzösischen Akzent auch Sie besucht? Bitte sagen Sie es mir, und wenn Sie mehr wissen als ich, seien Sie ehrlich. Ich warte ungeduldig auf Ihre Antwort, lassen Sie mich darum nicht zu sehr leiden. Petit Louis hat mir gesagt, daß Sie ein guter Mensch sind. Tun Sie mir nicht weh.

Véronique Passavant

Mathilde antwortet auf diesen Brief, sie wisse nicht, wovon die Rede sei, sie werde im Frühling oder Sommer nach Paris kommen, und dann könne man sich treffen.

Danach schreibt sie an die gute Madame Paolo Conte in Marseille und bittet sie, möglichst bald Kontakt zu ihrem »Wahlpatenkind« Tina Lombardi aufzunehmen, die seinerzeit hinter ihrem Nino her gewesen sei und die Front nach ihm abgesucht habe.

Wo sie schon einmal dabei ist, schreibt sie auch noch an Pierre-Marie Rouvière und drängt ihn, herauszufinden, was im Januar 1917 in jenem Armeeabschnitt die Postanschrift 1828.76.50 bedeutete, aber während sie in dem Brief von Madame Conte nachsieht, ob die Nummer stimmt, überlegt sie noch einmal und zerreißt den Brief.

Der späte Vormittag ist sehr kalt.

Die Fensterscheiben im großen Zimmer der Villa sind beschlagen, man kann das Meer nicht sehen. Die Katzen und Kater sehen, wie Mathilde Papierfetzen ins Kaminfeuer wirft. Sie sagt zu ihnen: »Den Mund halten, das ist wenigstens mal ein kluger Rat. Findet ihr nicht auch, daß ich Grund genug habe, gerade den Leuten zu mißtrauen, die ihn mir geben?«

Uno ist das egal. Due überlegt. Tertia und Bellissima schlafen nahe der steinernen Madonna wieder ein, einem Reisesouvenir von Papa und Mama aus Toledo, wo sie im Jahr 99 in einer trunkenen kastilischen Nacht und in neu entflammender Liebe Mathilde gemacht haben.

Nur Voleur und Maître Jacques folgen ihr, während sie auf Rädern an den Eßtisch zurückrollt, wo sie oft zu Bénédictes Ärger Zeichenblätter und Briefe ausbreitet, die weder zum Zeichnen dienen noch dazu, glücklich zu sein, sondern nur dazu, einen großen Mahagonikasten mit vergoldeten Ecken zu füllen, in den sie alles räumt, was mit Bingo Crépuscule zu tun hat. Sie ordnet die Sachen nicht, sondern wirft die Aufzeichnungen, die sie macht, und die Briefe, die sie empfängt, einfach hinein, wie es gerade kommt.

Den Kasten hat Manech ihr zum 15. Geburtstag, Neujahr 1915, als Malkasten geschenkt. Er ist weder schön noch häßlich, ist vierzig Zentimeter hoch und fünfzig breit, mächtig schwer, aber aus poliertem Mahagoni mit vergoldeten Ecken wie ein Kabinenkoffer. Woher Manech die Idee hatte, ihr dieses Stück zu kaufen, weiß Mathilde nicht, ebensowenig wie bei der Madonna ihrer Eltern. Die Leute sind manchmal komisch.

Mathilde wirft den Brief von Véronique Passavant in den Kasten, schließt sorgfältig den Deckel und sagt zu Voleur und Maître Jacques: »Wenn ihr jetzt gleich vom Tisch springt, dann verrate ich euch etwas, nur euch beiden.« Und als die Katzen sich nicht rühren, fügt sie hinzu. »Es ist etwas sehr Vertrauliches.« Sie schauen sie mit Augen an, denen jede Gefühlsregung fehlt, seltsam starr, seltsam neutral – man könnte schwören, es sind Katzenaugen –, dann gehen sie gemeinsam auf ihren sanften Pfoten ohne Eile an den Tischrand und springen auf den Boden.

Mathilde neigt den Oberkörper vor, hält sich mit einer Hand am Rollstuhl fest, streichelt mit der anderen das Mahagoni von Manechs Truhe und sagt ihnen mit leiser Stimme, damit sie besser zuhören: »In dieser Kiste befindet sich die Geschichte eines meiner Leben. Und, seht ihr, ich erzähle sie in der dritten Person, ganz so, als wäre ich eine andere. Wißt ihr warum? Weil ich Angst habe und mich schäme, nur ich zu sein und es nicht zu Ende zu bringen.«

Zu welchem Ende? fragte sie sich danach, unter den unerschütterlichen Blicken der beiden. Sie weiß es nicht. Glücklicherweise. Sie, die Katzen, scheinen es wissen, sie fragen nicht nach Erklärungen, legen sich ruhig in eine Ecke und träumen von der Zeit, die vergeht.

Eisenwaren Leprince
3, rue des Dames
Paris

25. Januar 1920

Mademoiselle,
ich nutze den Sonntag, um Ihnen zu schreiben, als Antwort auf Ihren Aufruf, den ich in *Le Bonhomme* gelesen habe. Ich sage Ihnen gleich, daß ich kein Geld möchte,

denn ich gehöre nicht zu den Gaunern, die das Unglück der Leute ausnutzen, die einen Vermißten suchen. Ich habe den ganzen Krieg über in der Infanterie gedient, außer im Jahr 18, als ich durch Schrapnells an einem Bein verletzt worden war und im Krankenhaus lag. Danach war ich bei der Feldartillerie, was auch nicht besser war, denn die Artilleristen leiden genauso wie die Infanteristen, und jetzt habe ich nur noch fünfzig Prozent meines Gehörs, aber das ist eine andere Geschichte.

Was ich sagen will, ist, daß ich den Schützengraben, von dem Sie schreiben, kennengelernt habe, nur nicht zur selben Zeit. Ich war Ende November 1916 dort, nachdem die Kolonialmächte ihn den Deutschen abgenommen hatten, und ich glaube, ich verletze Sie nicht, wenn ich Sie bei einem Fehler verbessere, denn er hieß nicht Bingo, sondern Bing au Crépuscule*, ich erinnere mich nämlich noch genau an das Holzschild, daß die Männer vor uns an einen Pfahl genagelt hatten, der als Stützpfeiler diente, ich sehe es noch vor mir, sie hatten das draufgeschrieben, die armen Teufel, weil sie im Oktober, als sie die Gräben aushoben, wahrscheinlich aus dem Hinterhalt furchtbar beschossen wurden.

Was die Namen der Leute angeht, wenn es wirklich derselbe ist, ich kannte einen Soldaten, der Célestin Poux hieß, er war nicht aus meinem Regiment, doch ich glaube nicht, daß es in diesem Krieg zwei von seiner Sorte gab, sonst würde man es wissen, und wir hätten den Krieg viel eher gewonnen oder verloren. Er war der größte Schlaukopf und Langfinger dazu, den ich je gesehen habe, er wurde »der Schrecken der Armee« genannt. Er hätte den Pferden Hafer gestohlen, um ihn gegen Wein für seine Einheit einzutauschen, er erfand Einheiten, die es gar nicht gab, er ließ Tote lebendig werden, um die Gulasch-

* etwa: Peng! in der Dämmerung.

kanonen leerzuräumen, sie können sich vorstellen, wie beliebt der bei den Kameraden war, und außerdem noch listig. Niemand konnte ihm in die Karten gucken. Man hat mir erzählt, daß er in Verdun eine gebratene Hammelkeule, Weißbrot, Wein und Liköre, das ganze Abendessen der Etappenschweine des Generalstabs, beschaffte, und zu allem sagte er wie ein neugeborenes Kind: »Das sind alles nur üble Nachreden.«

Im Jahr 18, ich war bei der Artillerie in Saint-Mihiel, da hörte ich noch einmal von ihm: es hieß, drei Kisten mit Tabak und hellen Zigaretten für die Amerikaner seien, als sie ankamen, mit Sägemehlsäcken gefüllt gewesen. Célestin Poux, na, wenn ich mich an den nicht erinnere! Ein Junge von der Insel Oléron mit blonden Haaren, blauen Augen und einem Lächeln, das die Nachschuboffiziere in den Schlaf gewiegt hätte. Wenn er einen fragte, wieviel Uhr es sei, durfte man es ihm nicht sagen, noch weniger ihm die Uhr zeigen, denn dann konnte man ihr gleich Lebewohl sagen.

Jedenfalls hörte ich in Saint-Mihiel im Jahr 18 noch von ihm, was bedeutet, daß er schon vielen Gefahren entronnen war und, so pfiffig wie der war, werden Sie, wenn Sie in der Charente ein wenig nach ihm suchen, sicher feststellen, daß er noch lebt, aber was den Schützengraben betrifft, an dem angegebenen Datum war ich nicht dort, ich weiß nichts darüber, außer daß die Porridges uns ungefähr um diese Zeit abgelöst haben und Célestin Poux ihnen in diesem Durcheinander sicher das Blut ausgesaugt haben wird.

Ich wünsche Ihnen, daß Sie die, die Sie lieben, wiederfinden, Mademoiselle, und wenn Sie einmal nach Les Batignolles kommen sollten, würde ich mich über Ihren Besuch freuen.

Hochachtungsvoll

Adolphe Leprince

Madame Paolo Conte
5, traverse des Victimes
Marseille

Samstag, den 31. Januar 1920

Liebe Mademoiselle,
ich fühle mich recht unwohl in meiner Haut, da können Sie sicher sein, wenn ich jetzt auf Ihren Brief antworte, ich kann nachts schon gar nicht mehr schlafen, weil ich zwischen Ihnen und meinem Patenkind Valentina hin und her gerissen bin, die nichts davon wissen will, Ihnen zu schreiben, ohne jeden Grund, und mir nicht mal ihre Adresse geben wollte, aus Angst, ich schicke sie Ihnen. Deshalb kann ich, bis sie mich wieder besuchen kommt, wann, weiß ich nicht, weil sie mich im Zorn verlassen hat und ein böses Gesicht machte, weil ich zu sehr nachgehakt habe, deshalb also kann ich nichts tun, gar nichts, außer vor Wut kochen.

Wenn ich Ihnen antworte, dann deshalb, weil ich Ihren Brief Madame Isola gezeigt habe, der Freundin, von der ich Ihnen erzählt habe, die von allen geachtet wird und immer guten Rat weiß. Sie hat zu mir gesagt, ach, du armes Luder, Mädchen aus Caserta. Ich würde langsam vor mich hinsterben, meinte sie, wenn ich Ihnen die Dinge nicht so erzähle, wie sie sind, daß man durch Lügen nie etwas gewinnt, daß man vielmehr den Schlaf und seinen Stolz verliert.

Deshalb mein Brief. Ich habe Valentina am Sonntag, dem 9. dieses Monats wiedergesehen, nachdem sie über ein Jahr verschwunden war. Es war am frühen Nachmittag, sie trug einen nachtblauen Samtmantel mit einem Biberkragen und einer dazu passenden Mütze und einem Muff, Sachen, die ein Vermögen kosten müssen, aber sicher hat ihr das jemand zu Weihnachten geschenkt, sie war richtig schick und hübsch und schien zufrieden zu sein, ihre Wangen waren ganz rot von der Kälte draußen, und ihre schönen schwarzen Augen leuchteten. Ich war so froh, sie wiederzusehen und zu umarmen, ich mußte mich erst mal hinsetzen. Sie brachte mir auch Geschenke mit, eine Decke aus Pyrenäen-Wolle, Pantoffeln, spanische Orangen und ein kleines Kreuz aus echtem Gold, das ich seitdem um den Hals trage, selbst nachts, ja, ich war sehr froh, das können Sie sich kaum vorstellen. Danach habe ich alles verdorben, alles, als ich ihr Ihren Brief vom Oktober gab und ihr sagte, ich hätte Ihnen geantwortet. Da fuhr sie auf wie eine plötzliche Mistralböe und sagte: »Was mischst du dich da ein! Was hast du ihr erzählt? Begreifst du nicht, daß dieses Mädchen aus der Oberschicht mit ihren schönen Worten nichts anderes will als uns einseifen?« Sie sagte noch andere Sachen, die ich lieber nicht wiederhole, es ist zu gemein, denn ich bin sicher, daß Sie ihr in Ihrem Brief doch nur die Wahrheit gesagt haben, daß Ihr armer Verlobter den Ange Bassignano im Krieg gekannt hat und Sie mit ihr sprechen wollten, weiter nichts.

Schließlich ist sie nicht mal eine Stunde bei mir geblieben, und ihre Wangen waren nicht mehr rot von der Kälte, sondern vor Zorn, sie ging in der Küche auf und ab und klapperte mit ihren Absätzen, und ich saß auf meinem Stuhl und wollte nicht weinen, aber am Ende konnte ich mich nicht mehr zusammennehmen, und da hielt sie mir den rechten Zeigefinger unter die Nase und sagte: »Weinen nützt nichts, Patin Bianca! Weine ich vielleicht? Ich habe dir irgendwann gesagt, daß ich denen, die meinem Nino was angetan haben, den Schädel einschlagen werde. Hast du je erlebt, seit du mich kennst, daß ich meine Meinung geändert hätte?«

Sie machte mir solche Angst, daß ich ihr Gesicht nicht wiedererkannte, ich erkannte mein Patenkind nicht mehr, ich sagte: »Wovon redest du bloß, du bist ja verrückt! Wie soll dieses Fräulein deinem unseligen Neapolitaner etwas angetan haben?« Da schrie sie: »Die ist mir egal, ich spreche jedenfalls nicht mit ihr! So kann sie wenigstens nichts weitererzählen! Ich will nicht, daß du ihr noch mal schreibst, das ist meine Sache und nicht deine! Wenn sie dir noch einmal schreibt, mach es wie ich!« Darauf nahm sie den Schürhaken und hob den Deckel vom Herd hoch und warf Ihren Brief hinein, nachdem sie ihn mit einer Boshaftigkeit zu einer Kugel zerknüllt hatte, die ich, das versichere ich Ihnen, nie an ihr vermutet hätte, nicht einmal, als sie klein war und jedesmal aufbrauste, wenn man sie ermahnte.

Danach sagte sie, sie habe am anderen Ende der Stadt zu tun, sie küßte mich an der Tür, aber ihr Herz war nicht mehr dabei. Ich lauschte dem Geräusch ihrer Absätze auf der Treppe, dann bin ich zum Küchenfenster gegangen, um zu sehen, wie sie die Gasse hinunterlief, ich habe geweint, weil sie von oben so klein aussah und so süß mit ihrem Biberkragen und ihrer Mütze und dem Muff, ich habe solche Angst, daß ich sie nicht mehr wiedersehe, solche Angst.

Ich schreibe den Brief heute, am Sonntagmorgen, weiter, meine Augen machen so langes Schreiben nicht mehr mit, aber sicher haben Sie sich schon daran gewöhnt. Gestern abend tat es mir noch weh, an Valentina zu denken und an die Szene, die sie mir gemacht hat, aber heute morgen scheint herrlich die Sonne auf unser Viertel, ich sage mir, daß der Frühling sie mir zurückbringen wird, es geht mir besser, und eine schwere Last ist von mir genommen, weil ich Ihnen die Wahrheit gesagt habe. Sie fragen mich in Ihrem Brief, warum ich im Oktober über Ange Bassignano geschrieben habe: »Er, der gestorben ist wie ein Hund und wahrscheinlich durch französische Soldaten.« Es ist mir so herausgerutscht, ich kann mir seinen Tod nicht anders vorstellen als sein Leben, ich weiß, daß ich nicht so über ihn reden dürfte, vor allem mit dem Kreuz, das ich um den Hals trage, aber es ist stärker als ich, ich habe nie geglaubt, daß er bei einem Angriff auf den Feind umgekommen ist, durch ein Bajonett, so wie man es auf den Bildern sieht, dazu war er viel zu feige, er hat sicher wie immer eine Schweinerei oder eine große Dummheit gemacht, und diesmal wurde er richtig erschossen, nur wollte das natürlich keiner sagen, weil dadurch die Moral der anderen nicht gerade gestärkt wird und es die Fahne befleckt.

Zu dem, was Valentina gesagt hat und was ich Ihnen auch geschrieben habe und was Sie mich bitten, Ihnen zu erklären, nämlich daß sie die Spur ihres Nino in einem Abschnitt an der Somme gefunden hat und daß man ihn »für tot ansehen« müsse, da weiß ich nicht mehr, ob sie es genau so gesagt hat, wohl aber, was sie damit hat sagen wollen, nämlich, daß es vorbei sei und wir nicht mehr darüber reden sollten. So haben wir es auch die anderen Male gehalten, wenn wir uns sahen, wir sprachen nicht mehr davon.

Wenn meine Patentochter mich wieder besucht, dann werde ich, das versichere ich Ihnen, Mademoiselle, auch ihr die Wahrheit sagen, nämlich, daß ich Ihnen geschrieben habe, auch wenn sie wieder einen Wutanfall kriegt und mir böse ist, ich weiß nämlich, daß sie ein gutes Herz hat und daß ich es eines Tages schaffen werde, ihr das Mißtrauen zu nehmen. Wenn Sie ihr irgendwann begegnen, werde ich mich sehr darüber freuen, Sie werden sehen, daß sie ein besseres Leben verdient hat, auch den Kummer verdient sie nicht, den man ihr bereitet hat, aber so geht es leider allen Leuten.

Ich sende Ihnen meine schönsten Gedanken und die besten Wünsche zum Neuen Jahr, Madame Isola und Madame Sciolla ebenfalls.

Mit freundlichen Grüßen

Witwe Paolo Conte, geb. Di Bocca

Pierre-Marie Rouvière
75, rue de Courcelles

Paris, den 3. Februar

Meine kleine Matti,
ich kann Deinen Schritt, diese Annonce in der Zeitung zu veröffentlichen, nicht gutheißen. Ich heiße auch keineswegs, selbst wenn ich sie verstehe, die bedauernswerte Nachsicht Deines Vaters Dir gegenüber gut. Ich habe mir erlaubt, es ihm zu sagen, und möchte, daß Du es weißt.

Ich habe seit unserer letzten Begegnung lange nachgedacht. Mir scheint, daß widrige Umstände, Schwierigkeiten bei der Nachrichtenübermittlung und böser Wille auf der einen oder anderen Ebene die furchtbare Tat vielleicht ermöglicht haben, an die Du glaubst. Dennoch sehe ich nicht, welchen Nutzen Du daraus ziehen könntest, sie an die Öffentlichkeit zu bringen. Du scheinst es zu tun, wie wenn Du Dich entgegen aller Vernunft weigertest, Manechs Tod anzuerkennen. Ich respektiere die Beharrlichkeit Deiner Liebe, und als Dein Freund, der ich in erster Linie bin, will ich sie Dir auch nicht ausreden. Was ich Dir sagen will, ist einfacher, oder, verzeih mir bitte, brutaler: Vergiß nicht, daß Jean Etchevery, selbst wenn er begnadigt worden wäre, gleichwohl lebenslange Haft zu erwarten hätte. Wenn Du ihn durch ein Wunder, durch eine unerhörte Belohnung Gottes für Deine Beharrlichkeit eines Tages wiedersehen solltest, würdest Du es bitter bereuen, die ganze Welt in Aufruhr versetzt zu haben, denn dann müßtest Du ihn verstecken, damit er seine Strafe nicht antreten muß.

Ich bitte Dich, ich flehe Dich an, meine Liebe, ich weiß doch, wie impulsiv Du bist, aber auch wie klug im Kopf, wenn es nötig ist, ich bitte Dich, diese Anzeige nicht weiter zu veröffentlichen und in Zukunft äußerst vorsichtig zu sein. Verlaß Dich bei Deiner Wahrheitssuche allein auf mich. Vergiß nicht, daß, wenn auch nur einer der fünf davongekommen sein sollte, Du eine Gefahr für ihn darstellst. Das gilt auch für Manech. Aber selbst diejenigen, welche aus der Nähe oder der Ferne an dem Unrecht mitgewirkt haben, könnten, um sie zu verbergen, nur Deine Feinde sein.

Ich hoffe, daß ich mich verständlich ausgedrückt habe. Ich umarme Dich und habe Dich noch genauso gern wie damals, als Du ein Kind warst.

Pierre-Marie

Mathilde antwortet auf diesen Brief, sie sei kein Kind mehr, weiter nichts.

Olivier Bergetton
Spielwarenhersteller
150, avenue de la Porte-d'Orléans
Paris

Montag, den 15. März 1920

Mademoiselle,
ich habe den Gefreiten Gordes gekannt. Wenn es der ist, den Sie meinen, dann war es an der Somme, zwischen Combles und dem Wald von Saint-Pierre-Vaast. Ich war Wagenmeister und nahm, obwohl ich zu einem anderen Regiment gehörte, im Herbst 1916 Briefe von ihm und seiner Abteilung entgegen, weil es mir weh tat, daß ihre Post nicht weitergeleitet wurde, aus Gründen, die ich Ihnen nicht sage, außer daß es mit der Dummheit eines Ranghöheren zu tun hatte. Ich glaube mich zu erinnern, daß Gordes ein ziemlich großer Mensch war, mit wenig Haaren und eher traurig. Ich will damit sagen, daß er noch trauriger wirkte als wir, ansonsten war er ein sehr beliebter Gefreiter.

Ich möchte Ihnen keinen Kummer bereiten und auch nicht, daß Sie mir eine Belohnung schicken, das ist nicht meine Art, aber ich glaube, er wurde in der Zeit, von der

Sie sprechen, getötet, denn einer, der mit mir zusammen war, sagte mir an einem Tag im Januar 17: »Erinnerst Du Dich noch an diesen langen Gefreiten, der Dir die Briefe brachte? Er ist bei einem Bombardement umgekommen.« Welchen Vornamen dieser Gordes hatte, weiß ich nicht, vielleicht war es ja auch gar nicht der, den Sie suchen.

Célestin Poux hingegen muß derjenige sein, den Sie meinen, es kann kein anderes Original mit diesem Namen geben. Wir nannten ihn Soldat Toto oder auch Le Fléau* oder Rab de Rab. Alle Flöhe dieses Krieges zusammen können nicht soviel Blut gesaugt haben, wie er aus den Vorratskammern herausgeholt hat. Ich habe ihn in demselben Abschnitt im Herbst und Winter 1916 kennengelernt. Einmal, so erzählte man mir, hat er mit den Leuten in der Feldküche um die Suppenkanone gewettet, wenn sie sich umdrehten und bis zehn zählten, könnten sie sich hinterher nicht erklären, was er damit gemacht hätte. Die dampfende Kanone sowie er und zwei Kumpel waren verschwunden, bevor sich die Köche wieder umdrehten. Später sagten diese Köche dann: »Haben wir doch absichtlich gemacht, das war unser Trick.« Das glaube ich nicht, und die anderen, die von der Geschichte gehört haben, glauben es ebensowenig, denn für Célestin Poux zählten nur die Leute seiner Einheit, die auf Essen warteten. Wir hätten ihn alle gern als Fourier gehabt.

Das ist leider alles, was ich Ihnen an Informationen geben kann. Von dem Ort, von dem Sie in ihrer Annonce in *La Biffe* schreiben, habe ich noch nicht gehört. Aber eines ist sicher, falls es wirklich mein Célestin Poux ist, den Sie suchen: Auch wenn er bis jetzt noch nicht aufgetaucht ist – eines Tages, früher oder später, wird er wieder da sein. Sollten die Deutschen ihn gefangengenommen haben, dann sind sie deswegen vor Hunger gestorben

* (franz.) Dreschflegel, Geißel.

oder haben um Waffenstillstand ersucht. Und selbst wenn der arme Kerl tot ist, sollten sie noch Schlösser an Ihren Schränken anbringen.

Ich grüße Sie höflichst, Mademoiselle, und schreibe Ihnen sofort wieder, wenn ich etwas Neues erfahre.

Olivier Bergetton

Germain Pire*
SCHLAUER ALS DER MARDER
Nachstellungen und Recherchen aller Art
52, rue de Lille
Paris

Dienstag, den 23. März 1920

Mademoiselle,
in Beantwortung Ihrer Annonce im *Figaro* möchte ich Ihnen zwar nicht ausdrücklich meine Dienste anbieten, wenngleich diese beinahe alle meine Klienten zufriedengestellt haben.

Ich möchte Sie nur kostenlos davon in Kenntnis setzen, daß zu meinen Klienten des letzten Jahres eine Madame Benjamin Gordes gehörte, deren Mann, Gefreiter bei der Infanterie, im Januar 1917 an der Somme-Front vermißt wurde.

Sie werden verstehen, daß das Berufsgeheimnis mich hindert, Sie über die Ergebnisse meiner Recherchen zu unterrichten, ich kann Ihnen nur die Adresse der Person geben, die allein dazu in der Lage ist, wenn sie dem zustimmt: sie wohnt Rue Montgallet 42 in Paris.

Selbstverständlich stehe ich Ihnen, falls ich Ihnen bei Ihrem Problem nützlich sein kann, zur Verfügung und teile Ihnen auf Wunsch gern meine Bedingungen mit.
Ihr ergebener

Germain Pire

* (franz.) schlimmer, hier im Sinne von: schlauer

Witwe Alphonse Chardolot
25, rue des Ardoises
Tours

28. März 1920

Sehr geehrte Mademoiselle Donnay,
ich bin die Mutter von Urbain Chardolot, der 1916 Gefreiter war, im Juni 1917 Unteroffizier, am 23. Juli 1918 in der Champagne verwundet wurde und während seiner Evakuierung starb.

Urbain war unser einziges Kind. Mein Mann ist zu Beginn des letzten Jahres mit zweiundfünfzig Jahren aus Verzweiflung darüber gestorben. Er hat seinen Sohn, den er anbetete, nur um wenige Monate überlebt und mich allein zurückgelassen.

Ich nehme an, daß auch Sie den Verlust eines nahen Angehörigen zu beklagen haben, daß dies der Grund für Ihre Anzeige in *L'Illustration* ist, die ich nicht lese, ganz einfach, weil ich keine Zeitung mehr ertrage, aus Angst, Dinge darin zu lesen oder zu sehen, die mich entsetzen. Ich möchte nicht mehr an den Krieg denken. Aber eine Verwandte hat mir Ihre Annonce gezeigt. Ich antworte Ihnen, weil mein Sohn darin erwähnt wird, ebenso ein Ort und eine Zeit, von denen er mir während eines Urlaubs Ende Januar 1917 kurz erzählt hat.

Urbain befand sich zwei Wochen vorher, am 6. Januar 1917, in einem Schützengraben an der Somme, der Bingo genannt wurde. Von den hinteren Linien brachte man fünf französische Soldaten, die zum Tode verurteilt waren, weil sie sich mit dem Gewehr in die Hand geschossen hatten. Sie wurden mit auf dem Rücken gebundenen Händen zwischen diesen Graben und den der Deutschen geworfen. Mein Mann, ein Apotheker, ein kluger Mann, der stolz auf unsere Armee war, konnte diese Geschichte nicht glauben, und ich wollte nichts davon hören. Ich erinnere mich noch, daß Urbain schrie: »Ihr Holzköpfe versteht überhaupt nichts, wir haben wegen dieser Schweinerei unsere halbe Kompanie verloren!« Als er sich später wieder beruhigt hatte, sagte er: »Ihr habt recht, ich muß das alles nur geträumt haben, auch daß ich sie alle fünf gesehen habe, wie sie tot im Schnee lagen, nur daß einer, wenn nicht sogar zwei, nicht derjenige war, den ich dort zu finden erwartet hatte.«

Ich weiß, Mademoiselle, daß das, was ich Ihnen schreibe, schrecklich für Sie ist, aber dies waren die Worte meines Sohnes. In meiner Gegenwart hat er nie etwas anderes gesagt. Vielleicht war er seinem Vater gegenüber offener, während dieses Urlaubs oder während seines letzten im März 1918, aber das weiß ich nicht.

Wahrscheinlich sind Sie die Freundin, die Schwester oder die Verlobte eines der Verurteilten. Glauben Sie mir, daß mich dieser Gedanke gequält hat, bevor ich Ihnen antwortete, aber ich sage genau das, was ich aus dem Mund meines Sohnes gehört habe. Ich bin bereit, meine Aussage, wenn notwendig, vor jedermann zu wiederholen, aus Liebe zu ihm.

Ich erlaube mir, Sie zu umarmen wie eine Schwester der Trauer. Rosine Chardolot

Mathilde nimmt sich vor, bald auf diesen Brief zu antworten. Aber nicht gleich. Ihre Hoffnung ist zu groß, zu heftig, sie muß sich erst mäßigen.

Am Abend schreibt sie dann auf ein Blatt Zeichenpapier, während Bénédicte auf dem Bett sitzt und verärgert darauf wartet, daß sie ihr beim Ausziehen helfen kann:

Tina Lombardi hat im März 17 nur Véronique Passavant, die Freundin von Eskimo, befragt.

Wenn sie die Frau von Six-Sous getroffen hätte, hätte diese etwas darüber gesagt.

Wenn sie Mariette Notre-Dame getroffen oder auch

nur versucht hätte, sie zu treffen, hätte sich der Priester von Cabignac daran erinnert, und die Besitzer des Hôtel garni in der Rue Gay-Lussac auch.

Sie hat natürlich auch nicht das »Mädchen aus der Oberschicht« getroffen, deren Briefe sie so munter im Marseiller Küchenofen verbrennt.

Was hat sie bei der Armee erfahren, das sie fürchten oder hoffen ließ, daß Eskimo noch lebte?

Urbain Chardolot hat gesagt: »nur daß einer, wenn nicht gar zwei«.

Von dem einen hat Tina Lombardi guten Grund zu glauben, daß es Eskimo war. Der zweite, so wünscht sie sich sehnlichst, möge ihr Nino sein.

Weiter unten auf das Blatt schreibt Mathilde am nächsten Morgen, kaum ist sie angezogen und hat ihren Kaffee getrunken:

Was könnte Eskimo von den vier anderen in Bingo Crépuscule unterschieden haben?

Die verletzte Hand? Bei dreien war es die rechte. Bei zweien, Eskimo und Six-Sous, die linke.

Die Augenfarbe? Manech und Six-Sous haben blaue Augen, die anderen dunkle.

Das Alter? Eskimo war siebenunddreißig, Six-Sous einunddreißig, Cet Homme dreißig, Nino sechsundzwanzig. Auf Esperanzas im Schützengraben aufgenommenem Foto haben sie alle das gleiche Alter, das der Müdigkeit und des Elends.

Und noch weiter unten notiert sie:

Ach, natürlich, die einem Deutschen abgenommenen Stiefel. Aber Tina Lombardi hat sich geirrt, Eskimo hatte sie nicht mehr.

Madame Elodie Gordes
43, rue Montgallet
Paris

Sonntag, den 11. April 1920

Liebe Mademoiselle,
ich konnte Ihnen nicht früher antworten, weil mir die Zeit fehlt, ich arbeite die ganze Woche in einer Schneiderwerkstatt, und wenn ich nach Hause komme, lassen mir die Kinder keine Ruhe.

Wie Monsieur Pire Ihnen geschrieben hat, mußte ich mich im Februar letzten Jahres an ihn wenden, um meine Verhältnisse zu regeln und meine Kriegerwitwenpension zu erhalten. Mein Mann Benjamin Gordes wurde am 8. Januar 1917 an der Somme-Front vermißt gemeldet, das ist alles, was ich wußte, bevor sich M. Pire meiner Angelegenheit annahm. Wie ich Ihnen schon gesagt habe, fehlt mir die Zeit für alles, obwohl ich abends immer erst spät ins Bett gehe, wegen des Haushalts und der Wäsche. Ich konnte unmöglich die Nachforschungen allein betreiben, lieber habe ich einen Teil meiner Ersparnisse geopfert. Glücklicherweise hat M. Pire mich nicht belogen, es war nicht umsonst. Heute ist mein Mann offiziell tot. Er wurde bei einem Angriff am Kopf verletzt und am 8. Januar 1917 von einer Bombe getötet, das war im Lazarett von Combles. Das Krankenregister und einige Augenzeugen, Verwundete oder Sanitäter, haben es bestätigt.

Der letzte Urlaub meines Mannes war im April 1916. Ich kann mich nicht erinnern, daß er Namen wie Poux, Chardolot oder Santini genannt hätte, aber das ist nicht verwunderlich, da er im August das Regiment wechselte und sie vielleicht erst später kennenlernte. In seinen Briefen machte er sich vor allem Sorgen um die Kinder, von seinen Kameraden oder vom Krieg sprach er nie. Ich habe die Briefe vom Herbst und Winter 1916 noch einmal gelesen und keinerlei Namen gefunden.

Das ist alles, Mademoiselle, was ich Ihnen sagen kann, außer daß ich aufrichtig bedauere, daß Ihrem Verlobten das gleiche Schicksal widerfahren ist wie meinem Mann.

Ich grüße Sie herzlich

Elodie Gordes

Emile Boisseau
12, quai de la Râpée
Paris

15. Juni 1920

Sehr geehrte Mademoiselle,
während ich neulich beim Friseur wartete, stieß ich auf ein Heft von *La Vie Parisienne*, das schon mehrere Monate alt ist und in dem ich Ihre Suchanzeige las. Ich habe keine Ahnung, welchen Wert es hat, aber ich kann Ihnen eine Information geben. Ich kannte Benjamin Gordes gut, 1915 und 1916 war ich in derselben Kompanie wie er, bevor er Gefreiter wurde und in ein anderes Regiment kam. Nach dem Krieg hörte ich, daß er nicht überlebt hat, einer mehr, werden Sie sagen. Jedenfalls habe ich ihn gut gekannt, vielleicht nicht als richtigen Freund, aber wir grüßten uns, wenn wir uns irgendwo begegneten. Im Krieg sieht man nicht über seine Einheit hinaus, so ist es nun mal, und er war nicht in der meinen. Außerdem war er eher schweigsam. Er war nur mit einem einzigen Mann befreundet, den er im Zivilleben kennengelernt hatte und der wie er Schreiner war, einer, der sich um nichts Gedanken machte. Sie hielten sich ein wenig abseits. Benjamin Gordes war ein hochaufgeschossener Glatzkopf so um die Dreißig, er hatte sehr lange Arme und Beine und wurde Biscotte genannt. Der andere war ein wenig älter, sah aber nicht so aus, ich weiß sogar noch seinen Namen, sie nannten ihn Bastoche, jedenfalls am Anfang. Aber es gab viele Jungs aus seinem Viertel, und so wurde er später Eskimo genannt, was eine Anspielung darauf war, daß er

Goldsucher in Alaska gewesen war. Die beiden waren unzertrennlich, bei den Ruhepausen wie auch wenn es hart auf hart ging, echte Kumpel, dann aber ging es mit einemmal abwärts mit ihnen, warum weiß keiner. Sie werden sagen, dem Krieg hält nur wenig stand. Im Juni 1916 war ich mit Eskimo und ein paar anderen auf Urlaub in Paris. Als wir zurückkamen, erfuhr ich, daß zwischen den beiden nicht mehr alles stimmte. Und sehr bald ganz aus war. Eines Abends im Quartier wurden sie sogar handgreiflich. Ich war nicht dabei, ich würde lügen, wenn ich es behauptete, aber Eskimo, der der Stärkere war, hielt Biscotte, der am Boden lag, fest und schrie: »Benjamin, entweder du beruhigst dich jetzt, oder ich weiß nicht mehr, was ich tue. Wer von uns beiden ist denn verantwortlich, verdammt noch mal, warum beschuldigst du mich?«

Danach gingen sie einander aus dem Weg, sahen sich nicht mehr ins Gesicht, wurden beide von Rachegedanken zerfressen. Wir haben nie erfahren, was zwischen ihnen vorgefallen war, daß es so weit kommen mußte. Wir haben Vermutungen angestellt, wir haben Eskimo gefragt, der uns dahin schickte, wo der Pfeffer wächst. Gegen Ende des Sommers wurde Benjamin Gefreiter, sprach mit dem Bataillonschef und kam in einen anderen Abschnitt an der Somme. Ich habe erfahren, daß er im Jahr 17 umkam, aber sein früherer Freund hat es auch nicht besser getroffen, eher schlimmer noch. Er verletzte sich mit dem Gewehr eines Kameraden an der Hand, ein Unfall, so sagte er, und wenn man ihn kannte, konnte man ihm glauben, er war nicht einer, der so etwas mit Absicht tut. Trotzdem wurde er verhaftet und vom Kriegsgericht zum Galgen verurteilt.

Eine traurige Geschichte, werden Sie sagen, aber sie ist wirklich passiert, ich gebe Ihnen mein Ehrenwort. Das ist alles, was ich über Benjamin Gordes weiß. Die anderen, von denen Sie sprechen, ich meine wegen der Belohnung, die kenne ich nicht, auch nicht diesen Bingo Dingsbums. Die Schützengräben, die ich an der Somme und an allen Ecken der Picardie kennengelernt habe, hießen immer Avenue der Krepierten, Straße ohne Wiederkehr, Tor nach draußen oder Rendezvous der Bomben, es klang malerisch, war aber gar nicht lustig. So ist es nun mal.

Wenn Sie glauben, daß meine Information etwas wert ist, verlaß ich mich auf Sie. Ich arbeite hier und da ein bißchen, ich verkaufe vor allem Fisch am Kai, wo ich wohne, oder entlade Kutter, aber froh ist man nicht dabei, deshalb bin ich mit dem zufrieden, was Sie mir geben wollen, es wird mir in jedem Fall nützen. Außerdem hat es mir Spaß gemacht, noch einmal an diese Zeit zu denken, auch wenn sie furchtbar war, weil ich eigentlich keinen habe, mit dem ich darüber sprechen kann.

Viel Glück, Mademoiselle, und danke für das, was Sie mir schicken wollen.

Emile Boisseau

Mathilde schickt ihm 200 Francs und bedankt sich vielmals. Sie schreibt auf ein Blatt Zeichenpapier, mit einer Hand, die ein wenig zittert, so erregt ist sie:

Ein neues Teil fügt sich in das Puzzle.

Véronique Passavant hat sich während seines Urlaubs 1916 von Eskimo getrennt.

Benjamin Gordes, genannt Biscotte, gerät mit ihm in Streit, als sie aus dem Urlaub zurückkehren, und wechselt in ein anderes Regiment, um ihm nicht mehr zu begegnen.

In welcher Verfassung trifft er Eskimo am Bingo Crépuscule an, als dieser zum Tode verurteilt ist? Eskimo behauptet, sie hätten sich wieder versöhnt. Aber wenn nun die Versöhnung für Benjamin Gordes nur vorübergehendes Mitleid war oder Heuchelei? Wenn er die Umstände nutzte, um Rache zu üben?

Ob Verbündeter oder Feind, Benjamin Gordes hat das Schicksal von Eskimo an jenem Sonntag im Schnee bestimmt beeinflußt, und damit auch das der vier anderen.

Der Grund des Streits scheint nicht schwer zu erraten, aber, wie Petit Louis sagt: »Bei Bettgeschichten weiß man doch nie.«

Die geliehene Frau

Juli.

Gerade als Elodie Gordes in einem himmelblauen Baumwollkleid ihr Haus in der Rue Montgallet verläßt, bricht das Gewitter über Paris herein. Sie rennt durch den Regen zu dem Auto, in dem Mathilde sitzt. Sylvain öffnet ihr den Wagenschlag, hilft ihr beim Einsteigen, dann flieht er, ebenfalls im Laufschritt, in das nächste Bistro.

Elodie Gordes ist dreißig, schüchtern, hat ein recht schönes Gesicht, helle Augen und Haare. Da sie in der vierten Etage wohnt, bittet Mathilde sie nur der Form halber um Entschuldigung, daß sie sie nach unten gebeten hat. »Aber nein, aber nein«, antwortet sie, »der Herr hat mir ja von Ihrem traurigen Schicksal erzählt.«

Dann schweigt sie. Sie blickt auf ihre Knie, sitzt aufrecht auf der Bank, beißt sich auf die Lippen, macht eine Leidensmiene. Um sie ein wenig aufzuschließen, fragt Mathilde sie, wieviel Kinder sie habe. Fünf, von denen vier nicht ihre leiblichen Kinder seien, sondern aus der ersten Ehe von Benjamin Gordes stammten. Sie fügt hinzu: »Aber sie sind mir wie eigene.«

Dann hüllt sie sich wieder in ihre Verlegenheit. Mathilde sucht in ihrer Handtasche nach dem Foto der Verurteilten, das ihr Esperanza geschenkt hat, und zeigt es ihr. Elodie blickt lange Sekunden auf das Foto, mit geweiteten Augen und leicht geöffnetem Mund, dann schüttelt sie sacht den Kopf. Das Blut ist aus ihren Wangen gewichen. Mit scheuem Blick wendet sie sich Mathilde zu und sagt: »Ich kenne ihn nicht.«

»Ach nein, wen kennen Sie nicht?« fragt Mathilde. Sie zeigt mit dem Nagel auf Eskimo. »Den vielleicht?«

Elodie Gordes schüttelt heftig den Kopf und blickt starr geradeaus, dann plötzlich öffnet sie die Wagentür, um hinauszuspringen. Mathilde hält sie am Arm fest, sieht ihre Augen voller Tränen. Sie sagt: »Also Ihretwegen haben sich Ihr Mann und sein Freund Kléber überworfen?«

»Lassen Sie mich.«

Mathilde aber will sie nicht lassen. Sie sagt: »Es ist lebensnotwendig für mich, zu wissen, was damals geschehen ist, begreifen Sie das nicht? Die beiden waren zusammen in diesem verdammten Schützengraben, und mein Verlobter mit ihnen! Was ist dort geschehen?« Jetzt verschleiern auch ihr die Tränen den Blick, und sie schreit: »Was ist geschehen?«

Doch die andere schüttelt noch immer den Kopf, die Hälfte ihres Körpers ist schon im Regen, und sie sagt kein Wort.

Da läßt Mathilde sie gehen.

Elodie Gordes rennt über die Straße, bleibt am Eingang ihres Hauses stehen, dreht sich noch einmal um. Sie sieht Mathilde, die sich bis zur offenen Tür gehangelt hat, sekundenlang an. Dann kommt sie in ihrem triefendnassen Kleid, die Haare kleben ihr auf dem Gesicht, langsamen Schrittes zurück, achtet nicht auf das Gewitter. Mit müder, tonloser Stimme sagt sie zu Mathilde: »Es ist nicht so, wie Sie glauben. Ich werde Ihnen schreiben. Das ist mir lieber. Ich werde es Ihnen schreiben. Der Herr soll den Brief am Sonntagabend abholen.« Sie berührt Mathildes Wangen mit zwei nassen Fingern, dann geht sie.

In einem anderen ihrer Leben stellt Mathilde in diesem Jahr zum erstenmal ihre Bilder in einer Pariser Galerie aus. Natürlich hat sie überhaupt keinen Namen, dafür aber ihr Papa viele gute Beziehungen, darunter einen beflissenen Bankier, der glaubt, er sei im Blumenladen, und bei der Vernissage Sonnenblumen, Kamelien, Rosen, Flieder und ein ganzes Mohnfeld kauft, um die Wände seiner Büros zu beleben. Er macht Mathilde ein Kompliment für »ihren hübschen Pinselstrich«, versichert ihr, sie werde es weit, sehr weit bringen, er »habe eine Nase dafür«, er bedauert, nur so wenig Zeit zu haben, aber er müsse noch am Abend an die Riviera fahren, seine Koffer seien noch nicht gepackt, und die Schlafwagengesellschaft warte nicht. Eine alte Dame ist ehrlicher und gratuliert ihr zu den Petits fours, sie habe nicht oft, selbst vor dem Krieg nicht, so gute Petits fours gegessen an einem »Ort, wo es sie umsonst gibt«. Kurz, die Ausstellung kann als vielversprechender Erfolg betrachtet werden.

Jeden dritten Nachmittag, um die Quälerei nicht zu übertreiben, läßt sich Mathilde zur Galerie am Quai Voltaire fahren, sitzt eine oder zwei Stunden angstvoll da und schaut zu, wie die Besucher ihre Bilder anschauen. Sie blicken so trübe oder mißbilligend drein, wenn sie allein sind, Paare machen so spöttische Bemerkungen, daß sie Lust hat, alles abzuhängen, nach Hause zu fahren und nur noch von postumem Ruhm zu träumen. Aber beim Hinausgehen versäumen die Leute nie, im goldenen Buch ihren Namen zu hinterlassen. Manche fügen sogar konzentriert und mit gefurchter Stirn noch eine Bemerkung hinzu: »Ein echtes Talent floraler Architektur«, »Jugendliche Romantik in der schmerzlichen Unversöhnlichkeit von Blautönen« oder auch: »Ich bin erschöpft wie nach der Rückkehr von einem Liebesabenteuer auf dem Land«, hier und da allerdings auch Vorbehalte: »Arme Blumen, ihr hattet doch keinem etwas getan!« oder: »So ein Humbug.« Der Besitzer der Galerie, ein Monsieur Alphonse Daudet, der nicht die *Briefe aus meiner Mühle* geschrieben hat, wenn auch beinahe – der berühmte Titel dient ihm als Markenzeichen –, streicht die kritischen Äußerungen mit chinesischer Tusche durch und behauptet, sie stammten von neidischen Kollegen.

In dieser beruhigenden, gedämpften Umgebung liest Mathilde an einem Julinachmittag einen Brief, den ihr Sylvain aus der Rue La Fontaine mitgebracht hat. Er stammt von Schwester Marie de la Passion in Dax. Daniel Esperanza ist tot. Er ist auf einem Friedhof in der Nähe des Krankenhauses beigesetzt worden. Er hatte weder Verwandte noch Freunde. Außer dem Priester und Schwester Marie hat nur Madame Jules Boffi, die Witwe seines früheren Gefreiten, an der Beerdigung teilgenommen. Sie hat auch die wenigen Sachen des Verstorbenen und die Erinnerungsstücke erhalten, die es wert waren; und ein paar Tage vor seinem Tod hat er ein Foto von sich hervorgeholt und in einen Umschlag getan, ein Strandfoto, darauf ist er jung, hat Haare und einen Schnurrbart wie Max Linder, wie um Mathilde zu zeigen, daß er nicht angegeben hat, sondern wirklich ein gutaussehender Mann gewesen ist.

Zu Sylvain, der ungeduldig darauf wartet, nach Hause zu fahren und sich indessen aus nächster Nähe, die Hände in den Taschen und mit vorgestrecktem Hals, die Bilder anschaut, von denen er jeden Quadratzentimeter genauer kennt als sie, sagt sie, daß sie keine Lust habe, zu Hause zu Abend zu essen, viel lieber wolle sie mit ihm in ein Restaurant in Montparnasse gehen und hinterher einen jener Seelentröster mit weißem Rum trinken, der ihr guttun werde. Weiß Gott, meint er, auch ihm, denn es sei ein Jammer, mit anzusehen, daß sie ihre Blumenbilder verscherbele wie eine fliegende Händlerin, es bedrücke ihm richtig das Herz, wie sie so eins nach dem anderen weggingen, vor allem das Mohnfeld, und so weiter.

Zum Teufel mit dem Bedauern und der Nostalgie. Für diesen Abend haben sie ein schönes künstlerisches Diskussionsthema.

Elodie Gordes
43, rue Montgallet
Paris

Mittwoch, den 7. Juli

Mademoiselle,
ich dachte, es wäre einfacher für mich, Ihnen zu schreiben, und jetzt fange ich den Brief schon zum drittenmal an und zerreiße ihn wieder. Ich verstehe weder, wie das, was mir so schwerfällt zu sagen, Ihnen nützlich sein könnte, noch begreife ich den Zusammenhang, den es mit dem Tod Ihres Verlobten haben könnte. Aber da Sie sagen, daß es lebenswichtig ist, und ich gespürt habe, wie unglücklich Sie neulich waren, würde ich mich schämen, wenn ich schweigen und Sie noch mehr leiden lassen würde. Ich bitte Sie nur um eines, daß Sie mein Bekenntnis für sich behalten, denn bis heute habe ich niemandem davon erzählt.

Auf dem Foto mit den gefesselten Soldaten sah ich zu meiner Bestürzung Kléber Bouquet, aber als ich sagte, daß ich ihn nicht kenne, habe ich nur halb gelogen. Vor dem Krieg, in über drei Jahren, hat mir mein Mann sehr oft von ihm erzählt, weil sie samstags beim Straßenverkauf ihre Einkünfte teilten, aber gesehen habe ich ihn nie. Ich wußte nicht mal, wie er richtig heißt, mein Mann nannte ihn Eskimo.

Heute muß ich Ihnen, damit Sie mich verstehen, einige Dinge sagen, und vor allem die bitte ich Sie für sich zu behalten, denn es geht um das Glück meiner Kinder.

Benjamin Gordes hatte, als er mit zweiundzwanzig vom Militärdienst zurückkam, bei einem Kunsttischler im Faubourg Saint-Antoine Arbeit gefunden, wo auch eine Kontoristin arbeitete, Marie Vernet, die ein wenig älter war als er. Sie gefiel ihm im Lauf der Zeit immer mehr, aber es war hoffnungslos, denn sie lebte seit vier Jahren mit einem verheirateten Börsenmakler zusammen, der sich nicht scheiden lassen konnte oder wollte und ihr schon drei Kinder gemacht hatte, die natürlich nicht anerkannt waren. Das war im Frühjahr 1907. Ein paar Monate später war Marie Vernet wieder schwanger, und da entließ sie der Schreiner, wie schon ihre früheren Arbeitgeber.

Im Oktober 1908 mietete Benjamin eine kleine Werkstatt in der Rue d'Aligre und machte sich selbständig. Er schlief inmitten der Möbel, die er herstellte, auf einer Matratze. Und da suchte ihn im Januar oder Februar 1909 Marie Vernet auf, weil sie eine Arbeit brauchte. Sie war ihren traurigen Kerl los, der ermordet worden war, als er sein Haus verließ, warum, hat man nie erfahren, aber wahrscheinlich war es jemand, den er ruiniert hatte. Benjamin heiratete sie im April und erkannte die vier Kinder an. Marie Vernet, von der er mir immer mit großer Zuneigung erzählte, hat nie Glück gehabt. An einem Samstag heirateten sie, am darauffolgenden Mittwoch wurde sie mit akuter Blinddarmentzündung ins Krankenhaus eingeliefert und starb noch in der Nacht, genau wie meine Mutter, als ich sechzehn war.

Was mich betrifft, bevor ich Benjamin kennenlernte, so habe ich auch nicht viel Glück gehabt. Nach dem Tod meiner Mutter blieb mir als einziger Verwandter ein Onkel, ihr Bruder, mit dem sie seit Jahren nichts mehr zu tun hatte. Ihm wurde ich anvertraut. Zwei Jahre vor dem Abitur verließ ich das Gymnasium, um in dem Kurzwarenladen zu arbeiten, den er mit seiner Frau unterhielt, in der Rue Saint-André-des-Arts. Ich wohnte in einem Zimmerchen am Ende eines Hofs, der zwischen mir und dem Laden lag. Ich holte Brot beim benachbarten Bäcker, aber sonst war dieser Hof mehrere Monate lang meine einzige Umgebung. Manchmal muß man allerdings nicht sehr weit gehen, um seinem Schicksal zu begegnen. Im Frühjahr 1909, ungefähr zu der Zeit, in der Benjamin als Witwer mit vier Kindern dastand, lernte ich einen Mau-

Bruno Calvo/Gilles Berquet © 2003 Productions / Warner Bros. France 2004

Szenenfotos aus dem Film von Jean-Pierre Jeunet mit
Audrey Tautou in der Rolle der Mathilde
Gaspard Ulliel als Manech
Dominique Pinon als Sylvain
Marion Cotillard als Tina Lombardi

Bruno Calvo © 2003 Productions / Warner Bros. France 2004

Gilles Berquet © 2003 Productions / Warner Bros. France 2004

Bruno Calvo © 2003 Productions / Warner Bros. France 2004

Bruno Calvo © 2003 Productions / Warner Bros. France 2004

Bruno Calvo © 2003 Productions / Warner Bros. France 2004

Bruno Calvo © 2003 Productions / Warner Bros. France 2004

rer kennen, der im Treppenhaus des Gebäudes arbeitete. Ich war siebzehn, er zwanzig. Er war kühn, und er konnte gut reden, während ich schon immer schüchtern war und sehr darunter leide. Aber er war auch sanft, und es war das erstemal, daß ich mich mit jemandem wohlfühlte. Ich habe ihm nicht lange widerstanden.

Er kam heimlich in mein Zimmerchen, und er ging, bevor es Tag wurde. Zweimal sind wir nachts am Seineufer spazierengegangen. An einem Sonntag zeigte er mir Paris, das ich gar nicht kannte, die Champs-Elysées, das Trocadéro, und wir sind sogar auf den Eiffelturm gestiegen. An einem anderen Sonntag habe ich an der Place Saint-Michel auf ihn gewartet, da hatte er sich ein Auto geliehen und mich aufs Land mitgenommen, in die Gegend von Poissy. Wir haben in Juziers in einem Gasthaus gegessen und nachmittags ein Boot gemietet, um auf eine hübsche grüne Insel im Fluß zu fahren. Das war schon das Ende unserer Verbindung. Sie hatte keine zwei Monate gedauert. Als ich ihm auf der Insel sagte, daß ich schwanger sei, brachte er mich nach Paris zurück, und ich habe ihn nie wiedergesehen.

Mein Onkel und meine Tante waren weder gut noch schlecht zu mir, sie hatten mich bei sich aufgenommen, weil sie meine einzigen Verwandten waren und es einfach sein mußte. Doch ich glaube, sie waren erleichtert, als ich sie nach der Geburt meiner kleine Hélène verließ. Ich hatte über den Arzt, der mich im Krankenhaus Saint-Antoine entbunden hatte, eine Stelle mit Kost und Logis gefunden. Meine Arbeit bestand darin, zusammen mit meinem Baby die Kinder von Benjamin Gordes zu versorgen. Bis dahin hatte er sie seiner Schwester Odile in Joinville-le-Pont anvertraut, die sechs Jahre älter war als er, eine gestandene alte Jungfer, die sie nicht mehr ertragen konnte. Ich wohnte in der Wohnung in der Rue Montgallet, wo ich noch heute wohne, Benjamin hatte sie gemietet, um dort mit Marie Vernet zu leben. Wir haben ein Eßzimmer, eine Küche, zwei Schlafzimmer und ein Bad. Ich schlief mit den Kindern im größeren Zimmer, das auf die Straße hinausgeht. Benjamin Gordes in dem anderen.

Alle, die ihn gekannt haben, werden Ihnen sagen, daß mein Mann ein einfühlsamer und guter Mensch war, ein bißchen schweigsam, weil ihn das Leben nicht geschont hatte, und nicht sehr gebildet, aber wie kein zweiter begabt, mit Holz umzugehen. Ich kann Ihnen das ohne Übertreibung sagen, er war ein wahrer Künstler. Als ich bei ihm in Dienst trat, war er noch keine fünfundzwanzig, aber man hielt ihn für viel älter, weil er gesetzt war und nüchtern und nur an die Kinder dachte. Ich glaube, diese Liebe zu den Kindern hatte er, weil er düster ahnte, daß er selbst keine haben konnte, wie sich später herausstellte.

Die vier Kleinen von Marie Vernet, Frédéric, Martine, Georges und Noémie, die damals zwischen sechs und zwei Jahren alt waren, liebten ihren Vater über alles, es war jeden Abend ein Freudenfest, wenn er aus seiner Werkstatt in der Rue d'Aligre nach Hause kam, und es gab Tränen, wenn es an dem einen oder anderen Samstag später wurde, weil er mit seinem Freund Eskimo zusammen war, und ich sie schlafen legte, bevor er heimkam. Benjamin liebte meine kleine Hélène genau wie seine Kinder. Ihr erstes Wort in der Wiege war natürlich »Papa«. Ehrlich gesagt lebten wir in den ersten sechs Monaten, in denen ich mich um den Haushalt kümmerte und bevor er mir einen Heiratsantrag machte, auch ohne dasselbe Zimmer zu teilen praktisch schon wie Mann und Frau. Er gab mir Wochengeld und erzählte von seinen Problemen, wir gingen sonntags zusammen mit den Kindern spazieren, und ich wusch ihm die Wäsche, machte ihm Frühstück und füllte seinen Henkelmann für mittags. Am 10. September 1910 haben wir geheiratet, und Benjamin hat

Hélène anerkannt. Da er sich ein wenig schämte, weil er erst so kurze Zeit Witwer war, und es mich immer große Überwindung kostet, Leute zu sehen, haben wir nur seine Schwester, meinen Onkel und meine Tante auf das Standesamt gebeten. Keiner von den dreien ist übrigens gekommen, und so mußten wir uns Trauzeugen von der Straße holen und sie bezahlen.

Die folgenden vier Jahre, das wußte ich schon damals, sind die schönsten meines Lebens gewesen. Ich will nicht behaupten, daß ich für Benjamin die Leidenschaft empfand, die mich meinem Maurer in die Arme getrieben hatte, aber lieben tat ich ihn viel mehr, wir waren uns in allem einig, wir hatten wunderbare Kinder, mehr, als wir zum Leben brauchten, wir machten Pläne für Ferien am Meer, das weder er noch ich je gesehen hatten. Mit achtzehn, neunzehn Jahren träumen die meisten Mädchen von etwas anderem, aber nicht ich; nichts gab mir soviel Sicherheit wie feste Gewohnheiten, ja sogar ein immer gleicher Alltag.

Jetzt, da ich Ihnen schreibe, schlafen die Kinder schon lange. Es ist Freitag. Ich habe diesen Brief vor zwei Tagen angefangen. Ich merke, daß ich Angst habe, von dem zu reden, was Sie am Tag des Gewitters so plötzlich wissen wollten. Ich schiebe den Moment, in dem ich es erzählen werde, immer weiter hinaus, aber da ist noch etwas anderes, ich möchte, daß Sie verstehen, daß es sich um eine Verrücktheit handelt, die es ohne den Krieg nicht gegeben hätte. Der Krieg hat alles kaputtgemacht, sogar Benjamin Gordes, und schließlich auch Eskimo und den gesunden Menschenverstand und mich auch.

Im August 1914 war ich wie gelähmt bei dem Gedanken, daß er vielleicht nicht zurückkommen würde, und ich war erleichtert, als ich aus seinem ersten Brief erfuhr, daß er in seinem Regiment den treuen Freund vom Straßenverkauf wiedergetroffen hatte. Er hatte von Eskimo immer mit einer Wärme gesprochen, die er sonst für niemanden empfand. Er bewunderte ihn wegen seiner Solidität, seiner guten Laune, dem Hauch von Abenteuer, der ihn umgab, und vielleicht fühlte er sich im Gegenzug bewundert für sein Kunstschreinertalent. Ein Beweis für die Freundschaft, die er für Eskimo empfand, war, daß er als Vater von fünf Kindern eigentlich zum Landsturm hätte kommen müssen, um hinter der Front zu bleiben, Zuggleise oder Straßen zu reparieren, aber nein, er wollte unbedingt mit den Männern aus seinem Regiment zusammenbleiben. Er sagte mir: »Ich bin lieber mit Eskimo zusammen als mit irgendwelchen alten Männern, die sowieso irgendwann eine Bombe abkriegen. Solange wir zusammen sind, habe ich weniger Angst.« Vielleicht hatte er auch, das gebe ich gern zu, Skrupel wegen der Kinder, die ja nur durch eine Lüge seine eigenen waren, auch das bestimmte leider sein Denken.

Ich halte mich nicht lange damit auf, was diese furchtbaren Jahre für mich bedeutet haben. Sie haben sicher dieselben Qualen erlebt. Außer den Kindern bestand mein Tag nur darin, zu warten. Warten auf einen Brief, auf eine Nachricht, Warten auf den nächsten Tag, an dem ich wieder warten würde. Benjamin, der nicht sonderlich gern schrieb, aus der dummen Angst heraus, lächerlich zu wirken, ließ mich trotzdem nie lange ohne Nachricht, alles hing von den Zufällen der Post ab. Ich habe Ihnen ja schon gesagt, daß er mit mir nie über den Krieg sprach, und das stimmt auch; je länger aber der Krieg dauerte, desto mehr spürte ich in seinen Briefen, wie traurig und niedergeschlagen er war. Die einzigen persönlichen Sätze waren die, in denen er von Eskimo sprach, und so erfuhr ich seinen Namen. »Gestern waren wir mit Kléber im Truppentheater, ach, was haben wir gelacht.« – »Ich sage Dir jetzt Lebewohl, die Pflicht ruft, wir spielen mit Kléber gegen zwei unvorsichtige Grenadiere Karten.« –

»Denk bei Deinem nächsten Paket daran, ein Päckchen Tabak für Kléber mitzuschicken, er hat immer eine Pfeife im Maul.« – »Kléber hat sich erkundigt, wir kriegen bald Urlaub.«

Urlaub. Dieses Wort kehrte immer wieder. Den ersten bekam Benjamin nach den Kämpfen im Artois, Ende Juli 1915. Fast genau ein Jahr war er nicht zu Hause gewesen. Zu behaupten, er hätte sich verändert, wäre stark untertrieben: er war nicht mehr er selbst. Einen Moment war er zärtlich zu den Kindern, im nächsten schrie er sie an, sie sollten nicht soviel Krach machen. Dann saß er lange schweigend da, blieb nach dem Essen am Tisch sitzen, um seine Flasche Wein auszutrinken. Vor dem Krieg trank er fast nie Wein, jetzt brauchte er mittags und abends eine Flasche. An einem Tag der Woche, die er zu Hause verbrachte, ging er fort, um nach seiner Werkstatt zu schauen; er kam erst bei Einbruch der Nacht zurück, unsicheren Schrittes und nach Alkohol riechend. Ich hatte die Kinder schon zu Bett gebracht. An diesem Abend habe ich ihn zum erstenmal weinen sehen. Er konnte diesen Krieg nicht mehr ertragen, hatte Angst und die Vorahnung, daß er nicht zurückkommen würde, wenn er nicht etwas unternahm.

Am nächsten Tag war er wieder nüchtern, nahm mich in die Arme und sagte: »Sei mir nicht böse, ich habe mich ans Trinken gewöhnt wie manch anderer, weil es dort das einzige ist, das einen bei der Stange hält. Ich hätte das nie von mir geglaubt.«

Dann fuhr er ab. Seine Briefe wurden immer trauriger. Ich habe später erfahren, daß sein Regiment im Herbst und Winter in der Champagne war und im März 1916 vor Verdun. Am 15. April kam er auf Urlaub, es war an einem Samstag, ich kann mich noch daran erinnern. Er war magerer und blasser als je zuvor, er hatte irgendwie etwas Totes, ja, schon etwas Totes im Blick. Er trank nicht mehr.

Er gab sich Mühe, sich für die Kinder zu interessieren, die ohne ihn großwurden und ihn schnell ermüdeten. Nachts im Bett, wo er kaum noch Lust auf mich hatte, sagte er ins Dunkel hinein: »Dieser Krieg wird nie aufhören, die Deutschen lassen sich abschlachten und unsere Leute auch. Man muß gesehen haben, wie die Engländer kämpfen, um zu verstehen, was Mut ist. Aber ihr Mut reicht nicht aus, unserer auch nicht, und der der Boches ebensowenig. Wir liegen im Schlamm eingegraben. Es wird nie aufhören.« In einer anderen Nacht sagte er mir, als ich mich eng an ihn schmiegte: »Entweder ich desertiere, und sie erwischen mich, oder ich brauche ein sechstes Kind. Wenn man sechs Kinder hat, wird man nach Hause geschickt.« Nach langem Schweigen sagte er mit veränderter Stimme. »Verstehst du, was ich meine?«

Verstehen Sie es? Ich bin sicher, Sie begreifen, was er von mir verlangte. Ich bin sicher, daß Sie, während Sie das lesen, schon lachen und sich über mich lustig machen.

Verzeihung. Ich rede Unsinn. Sie lachen ganz gewiß nicht über mich. Sie wollten ja auch, daß Ihr Verlobter zurückkommt.

In jener Nacht habe ich Benjamin gesagt, er sei verrückt. Er schlief ein. Ich nicht. Am nächsten Tag und an den folgenden Tagen kam er immer wieder darauf zurück, immer wenn die Kinder uns nicht hören konnten. Er sagte: »Das hat mit Betrügen nichts zu tun, ich bitte dich ja selbst darum. Und wo ist der Unterschied, wo die fünf anderen schon nicht von mir sind? Wenn mein Blut dazu taugte, dir ein sechstes zu machen, würde ich mir das doch gar nicht wünschen. Und wenn ich ohne jede Bindung und schicksalsergeben wäre wie Kléber, würde ich es auch nicht verlangen.«

Er hatte den Namen genannt: Kléber.

Eines Nachmittags, es war draußen, und wir hatten die Kinder für eine Stunde bei der Nachbarin, die unter uns wohnte, gelassen, gingen wir beide über den Quai de Bercy, und er sagte: »Du mußt es mir versprechen, bevor ich fahre. Mit Kléber macht es mir nichts aus. Ich sehe nur eins, daß ich dadurch aus dem Schlamassel rauskomme und wir glücklich sein werden, als hätte es diesen Krieg nie gegeben.«

Am Tag seiner Abreise habe ich ihn bis ans Gitter der Gare du Nord begleitet. Er hat mich durch das Gitter geküßt und mich angesehen. Ich hatte das furchtbare Gefühl, ihn nicht mehr zu kennen. Er sagte: »Ich weiß, du hast das Gefühl, daß du mich nicht mehr kennst, und doch bin ich es, Benjamin. Aber anders kann ich nicht überleben, du mußt mich retten. Versprich mir, daß du es tun wirst. Versprich es.«

Ich habe den Kopf geneigt, um ja zu sagen, ich weinte. Dann sah ich ihn in seiner schmutzigblauen Soldatenkleidung, mit seinem Sack und seiner Mütze davongehen.

Ich erzähle von meinem Mann, erzähle von mir, aber nicht von Kléber Bouquet. Und doch sagte mir Kléber später, was ich glauben sollte: daß man die Dinge nehmen soll, wie sie kommen und wann sie kommen, daß man weder gegen den Krieg noch gegen das Leben, noch gegen den Tod kämpft, daß man nur so tut als ob und der einzige Herr der Welt die Zeit ist.

Mit der Zeit wurde auch Benjamins Besessenheit immer größer. Er konnte die lange Dauer des Krieges nicht mehr ertragen. Er sagte mir, in welchem Monat Kléber auf Urlaub käme, und an welchen Tagen ich ein Kind empfangen könnte, wollte er wissen.

Ich schrieb ihm: »Selbst wenn ich schwanger würde, dauert es acht oder neun Monate, und der Krieg ist vorher zu Ende.« Er antwortete: »Es ist die Hoffnung, die ich brauche. Wenn ich sie acht oder neun Monate lang habe, hat es schon seinen Sinn gehabt.« Kléber hat mir später erzählt: »Während wir im Artois waren, verlor Benjamin all seinen Mut, als er die Toten und ihre furchtbaren Verletzungen sah, und das Gemetzel von Notre-Dame-de-Lorette und Vimy, oberhalb von Lens. Arme Franzosen, arme Marokkaner, arme Boches. Sie wurden auf Karren geworfen, eine Leiche nach der anderen, als wären sie nie etwas gewesen. Und einmal war da ein dikker Mann, der die Leute auf dem Karren in Empfang nahm, sie so hinlegte, daß sie am wenigsten Platz brauchten, und dann auf ihnen herumtrampelte. Da hat Benjamin ihn angeschrien und mit allem möglichen beschimpft, da ist der andere auf ihn losgegangen, und sie haben sich am Boden geprügelt wie die Hunde. Benjamin hatte allen Mut zum Kämpfen verloren, aber nicht den, sich mit einem dicken Mann anzulegen, der auf Soldatenkadavern herumtrampelte.«

Ich weiß nicht, Mademoiselle, ob ich mich verständlich mache, nichts ist jemals schwarz oder weiß, weil die Zeit alles verändert. Heute, am Sonntag, dem 11. Juli, nachdem ich in einem Zug diesen Brief niedergeschrieben habe, bin ich nicht mehr dieselbe wie letzten Mittwoch, als ich solche Angst hatte, ihnen all diese Dinge zu erzählen. Jetzt sage ich mir, daß ich, wenn es Ihnen nützen kann, aller Sorgen ledig bin. Um ehrlich zu sein, auch ich habe etwas davon, ich schäme mich nicht mehr, es ist mir egal.

Kléber kam im Juni 1916 auf Urlaub. Am 7., es war ein Montag, steckte er mir ein Briefchen in den Kasten, am folgenden Nachmittag werde er zu mir kommen, und wenn ich ihn nicht empfangen wolle, würde er es verstehen, ich brauchte nur ein farbiges Tuch an ein Fenster zu hängen, das auf die Straße hinausgeht. Am nächsten Morgen brachte ich die Kinder nach Joinville-le-Pont zu ihrer Tante Odile, der ich nur sagte, ich hätte ein paar Dinge zu erledigen, und das könne ein oder zwei Tage dauern.

Gegen drei Uhr nachmittags sah ich, als ich durch das Fenster des großen Schlafzimmers schaute, einen Mann, der auf dem Bürgersteig vor dem Gebäude gegenüber stehenblieb und zu meiner Etage hinaufblickte. Er trug einen hellen Sommeranzug und auf dem Kopf eine Kreissäge. Wir sahen uns ein paar Sekunden lang an, beide regungslos, ich war unfähig, ihm ein Zeichen zu geben.

Schließlich kam er über die Straße.

Ich machte die Wohnungstür erst auf, als ich seinen Schritt auf unserer Etage hörte, dann bin ich ins Eßzimmer gegangen. Er kam herein, nahm seine Kreissäge ab und sagte nur: »Guten Tag, Elodie.« Er fühlte sich genauso unwohl wie ich. Ich habe auch guten Tag gesagt. Er hat die Tür geschlossen und ist ins Zimmer gekommen. Er war so, wie Benjamin ihn beschrieben hatte: ein kräftiger Mann mit ruhigem Gesicht, einem offenen Blick, mit einem braunen Schnurrbart und großen Zimmermannshänden. Es fehlte seinem Bild nur das Lächeln, aber er brachte es nicht fertig, und ich, na, reden wir nicht davon. Wir müssen dagestanden haben wie die Blöden, wie zwei Schauspieler, die ihren Text vergessen haben. Ich weiß nicht wie, aber nach einigen Sekunden, ich wagte nicht mehr, ihn anzusehen, brachte ich heraus: »Setzen Sie sich, ich habe Kaffee gemacht.«

In der Küche klopfte mir schwer das Herz. Meine Hände zitterten. Ich kam mit dem Kaffee zurück. Er saß am Tisch, hatte seine Kreissäge auf das Sofa gelegt, auf dem Tante Odile immer schläft, wenn sie uns besucht. Es war warm, aber ich wagte nicht, das Fenster zu öffnen, aus Angst, man könne uns vom Nachbargebäude aus sehen. Ich sagte: »Sie können Ihre Jacke ausziehen, wenn Sie wollen.« Er bedankte sich und legte die Jacke auf seine Stuhllehne.

Wir haben jeder an einem Tischende unseren Kaffee getrunken. Er wollte es ebenso wie ich vermeiden, von

Benjamin zu sprechen oder von der Front, die uns verhängnisvoll an ihn erinnern würde. Um unsere Verlegenheit zu überspielen, erzählte er von seiner Jugend mit seinem Bruder Charles in Amerika, und daß er den dort zurückgelassen hätte, und von seiner Freundschaft zu Petit Louis, einem ehemaligen Boxer, der ein Bistro hätte und manchmal mit seinem Gästen Siphon-Kämpfe veranstaltete. Da hob ich den Blick und sah in diesem Augenblick sein Lächeln, zugleich kindlich und tröstend, und dieses Lächeln, das muß man sagen, veränderte sein Gesicht.

Danach fragte er, ob er sich eine Zigarette anzünden dürfe. Ich habe ihm eine Untertasse als Aschenbecher geholt. Er rauchte eine blaue Gauloise. Und sprach nun nichts mehr. Draußen hörte man Kinder spielen. Er drückte seine Zigarette, die er gerade erst angefangen hatte, auf der Untertasse aus. Dann stand er auf und sagte mit sanfter Stimme: »Es war eine absurde Idee. Aber wir können ihn anlügen, wissen Sie, so tun als ob. Dann ist er vielleicht etwas ruhiger dort draußen im Schützengraben.«

Darauf habe ich nichts erwidert. Ich konnte ihm noch immer nicht ins Gesicht sehen. Er nahm die Kreissäge vom Sofa und sagte: »Wenn Sie mit mir sprechen wollen, bevor ich wieder fahre, hinterlassen Sie mir eine Nachricht bei Petit Louis.« Dann ging er zur Tür. Ich stand auch auf und war vor ihm da, um ihn vom Fortgehen abzuhalten. Nach einem Augenblick, in dem ich ihm endlich ins Gesicht sah, zog er mich an seine Schulter, legte die Hand in mein Haar, und so blieben wir wortlos eine Weile. Später habe ich mich losgemacht und bin wieder ins Eßzimmer gegangen. Bevor er kam, hatte ich versucht, das Schlafzimmer herzurichten, alles wegzuräumen, was uns an Benjamin erinnern konnte, aber ich hatte es aufgegeben. Ich wollte nicht ins Schlafzimmer, auch nicht in das der Kinder.

Ohne mich umzudrehen, habe ich in der Nähe des Sofas mein Kleid abgelegt und mich ganz ausgezogen. Während ich es tat, küßte er mich in den Nacken.

Abends führe er mich in ein Restaurant an der Place de la Nation. Er lächelte mich über den Tisch hinweg an, und ich hatte den Eindruck, daß nichts ganz wirklich war, daß ich nicht wirklich ich war. Er erzählte mir von einem Streich, den er und Petit Louis einem geizigen Gast gespielt hatten. Ich hörte ihm gar nicht aufmerksam zu, ich war viel zu sehr damit beschäftigt, ihn anzusehen, aber als ich ihn lachen sah, lachte ich auch. Er sagte: »Sie sollten öfter lachen, Elodie. Bei den Inuits, die man Eskimos nennt, sagen sie, wenn eine Frau lacht, soll ihr Mann die Zähne zählen, die sie sehen läßt, das sei die Zahl der Seehunde, die er bei der nächsten Jagd fängt.« Wieder habe ich gelacht, aber nicht so lange, daß er mehr als fünf oder sechs Fänge zählen konnte. Dann sagte er: »Das ist unwichtig, wir bestellen etwas anderes, ich hasse Seehund sowieso.«

Als er mich nachts nach Hause brachte und wir durch die Rue Sergent-Bauchat gingen, legte er mir den Arm um die Schultern. Unsere Schritte hallten in einer leeren Welt. Nirgendwo Leid, Tränen, Trauer, nirgendwo irgendeiner oder der Gedanke an morgen. Auf der Schwelle zu meinem Haus sagte er, während er meine Hände in seinen großen hielt, die Kreissäge nach hinten geschoben: »Wenn Sie mich fragten, ob ich mit nach oben komme, würde ich mich freuen.«

Er kam mit hinauf.

Am nächsten Nachmittag bin ich zu ihm in die Rue Daval gegangen, in eine Kammer unterm Dach. Seine Werkstatt war auf dem Hof.

Am übernächsten Tag kam er zu mir zum Mittagessen. Er brachte rote Rosen mit, einen Kirschkuchen und sein vertrauensvolles Lächeln. Wir haben nackt gegessen, nachdem wir uns geliebt hatten. Dann haben wir uns noch bis zum Abend geliebt. Sein Zug ging am nächsten Morgen. Der Frau, mit der er vor dem Krieg gelebt hatte, sagte er die Wahrheit. Sie hat es nicht verstanden und ist mit den Sachen, die ich am Vortag geflissentlich übersehen hatte, fortgegangen. Er sagte zu mir: »Sowas renkt sich irgendwann wieder ein.« Die Zeit. Ich weiß nicht, ob ich ihn geliebt habe, ob er mich geliebt hat, über jene flüchtige Klammer hinaus, die er in meinem Leben dargestellt hat. Heute erinnere ich mich an das letzte Bild, das ich von Kléber bewahre. Er war schon im Begriff, die Treppe hinunterzugehen. Ich stand vor meiner Tür. Er hat die Kreissäge gelüftet, hat gelächelt und mir ganz leise zugeraunt, es war wie ein Murmeln: »Wenn du an mich denkst, dann zeig, wie viele Seehunde. Du wirst mir Glück bringen.«

Ich glaube, Sie ahnen schon, was danach geschah, zumindest die Reaktion von Benjamin auf diese drei Tage, Sie haben mich ja im Regen im Auto gefragt: »Haben sie sich Ihretwegen überworfen?« Sie haben sich überworfen, weil wir Menschen sind und keine Gegenstände und weil niemand, auch der Krieg nicht, daran etwas ändern kann.

Ich bin nicht schwanger geworden. Und doch war Benjamin paradoxerweise furchtbar eifersüchtig, oder er wurde es. Kléber muß ihm wohl, weil er ihn gereizt hat, Wahrheiten gesagt haben, die anzuhören für ihn unerträglich war. Und dann hat wieder einmal die Zeit das Ihre getan. Nachdem Benjamin erfahren hatte, daß es zu nichts geführt hatte, mich seinem Freund auszuleihen, stellte er mir in seinen Briefen lauter Fragen, die mich wie Geschosse trafen: Wie und wo ich mich ausgezogen hätte, ob mir der Gedanke, daß mich ein anderer nahm, etwas ausgemacht hätte, wie oft in diesen drei Tagen, in welcher Stellung, und vor allem diese schneidende, schmerzliche

Frage, diese Besessenheit, zu erfahren, »ob es für mich lustvoll gewesen« sei. Ja, ich hatte es genossen, vom ersten bis zum letzten Mal. Ihnen kann ich es ja sagen: So hatte ich es überhaupt noch nie erlebt. Mein Maurer? Ich bildete mir naiverweise ein, zu spüren, was den Frauen zusteht, weniger als ein paar Zärtlichkeiten im Bett. Und Benjamin? Um ihn glücklich zu machen, tat ich als ob.

Es ist spät. Der Mann, der Sie begleitet, wird gleich kommen, um den Brief abzuholen. Ich glaube, ich habe alles gesagt. Benjamin habe ich nie wiedergesehen, ich habe auch Kléber nie mehr gesehen, von dem ich 1917 durch den Zufall, der die Dinge so sehr zum Schlechten wendet, erfahren habe, daß auch er nicht wiederkommen würde. Heute arbeite ich und erziehe die Kinder, so gut ich kann. Die beiden älteren, Frédéric und Martine, helfen mir, so gut sie können. Ich bin achtundzwanzig, ich will nichts weiter mehr als vergessen. Ich glaube an den Satz, den mir der Mann in der Klammer meines Lebens gesagt hat: Unser einziger Herr ist die Zeit.

Adieu, Mademoiselle.

Elodie Gordes

Mathilde liest diesen Brief noch zweimal an einem Montagmorgen, nachdem sie ihn zweimal am Abend zuvor gelesen hat, als Sylvain ihn ihr brachte.

Auf die unbeschriebene Rückseite des letzten Blattes notiert sie:

Adieu?

Das ist leicht gesagt.

Elodie Gordes
43, rue Montgallet
Paris

Donnerstag, den 15. Juli

Mademoiselle,

Ihr Verständnis und Ihre tröstenden Worte haben mich sehr angerührt. Die Fragen, die Sie mir stellen, verwirren mich in mehrfacher Hinsicht, aber ich will trotzdem versuchen, noch einmal darauf zu antworten.

Ich wußte nicht, daß mein Mann in seinem neuen Regiment Kléber wiederbegegnet ist und sich mit ihm versöhnt hat. Sein letzter Brief stammt von Neujahr 1917. Wenn er Kléber vor diesem Zeitpunkt wiedergetroffen hätte, dann hätte er es mir bestimmt geschrieben.

Ich wußte auch nicht, daß Kléber im selben Abschnitt wie mein Mann getötet wurde, und in denselben Tagen.

»Der Zufall, der die Dinge zum Schlechten wendet«, ist nicht die Frau, die mit Kléber zusammenlebte und ihn wegen unseres Abenteuers verließ. Ich kenne keine Véronique Passavant. Die Nachricht von Klébers Tod hörte ich von der Bäckersfrau in der Rue Erard, sie ist die Tratsche des Viertels. An einem Tag im April 1917 sagte sie zu mir: »Der Freund von Monsieur Gordes, der mit ihm den Straßenverkauf machte und Eskimo genannt wurde, den haben die Boches auch getötet. Ich weiß es von meinem Neffen, der oft in die Kneipe von Petit Louis in der Rue Amelot geht.«

Wenn Kléber diesem Petit Louis geschrieben hat, daß er sich mit meinem Mann versöhnt hat, dann bin ich froh, und ich bin sicher, daß es keine falsche Versöhnung war. Sie waren beide keine Heuchler.

Benjamin hätte auf keinen Fall »dramatische Umstände« genutzt, um sich an Kléber zu rächen. Wenn man beide gekannt hat, dann ist das undenkbar.

Ganz im Gegenteil, ob versöhnt oder nicht, ich bin sicher, daß Benjamin seinem Freund zu Hilfe gekommen wäre und alles getan hätte, um ihn zu retten.

Was das für mich verwirrende Problem der Stiefel angeht, glaube ich, daß sie sie tatsächlich hätten tauschen können. Mein Mann war groß, und Kléber ebenso. Wenn mir nach Lachen zumute wäre, ich schwöre Ihnen, die Nachbarn hätten mich beim Lesen dieser Passage in Ihrem Brief laut lachen hören.

Ich glaube, über die Nachforschungen von Monsieur Pire habe ich Ihnen alles gesagt. Dennoch war es mir eine Freude, ihn heute von meiner Arbeitsstelle aus anzurufen und zu ermächtigen, Ihnen alle Informationen zu geben, die er über den Tod meines Mannes zusammengetragen hat.

Ich wünsche Ihnen wirklich viel Erfolg für Ihre Nachforschungen, selbst wenn es mir unmöglich ist, deren Sinn zu begreifen. Seien Sie meiner Sympathie versichert

Elodie Gordes

Germain Pire
SCHLAUER ALS DER MARDER
Nachstellungen und Recherchen aller Art
52, Rue de Lille
Paris

Samstag, den 17. Juli 1920

Mademoiselle,
nach unserem gestrigen Gespräch in der Galerie am Quai Voltaire habe ich mir die Akte Benjamin Gordes noch einmal genau angesehen.

Ich sagte Ihnen bereits, daß ich diese Recherchen nicht persönlich durchgeführt habe, sondern mein Mitarbeiter, in diesem Fall mein Bruder Ernest, hat alle Zeugenaussagen, die er zusammentragen konnte, sorgfältig notiert. Sie werden unschwer verstehen, daß unsere Bemühungen damals darauf abzielten, den Tod des Gefreiten Benjamin Gordes nachzuweisen, sonst nichts, was unsere Nachforschungen begrenzte.

Dennoch bin ich in der Lage, Sie in einigen Sie interessierenden Punkten aufzuklären.

Das französische Feldlazarett von Combles war am Montag, dem 8. Januar 1917, in der einen Hälfte eines zweistöckigen Gebäudes untergebracht, das in einem Winkel zum Nordrand des Dorfes gelegen war, nahe bei einer Eisenbahnlinie, die das Ingenieurkorps errichtet hatte. Die andere Hälfte des Gebäudes war von den Briten besetzt. Der Ort war während der Offensiven von 1916 schon häufig von Artilleriegeschossen getroffen worden, alliierten wie feindlichen. Die Bombardierung an diesem Tag, zwischen elf Uhr morgens und zwei Uhr nachmittags, führte zum Einsturz eines Teils der ersten Etage, auf der französischen Seite. Unter den Trümmern und in der Umgebung wurden dreizehn Tote gezählt, Soldaten und Sanitätspersonal.

Der Stabsarzt Jean-Baptiste Santini steht auf der Liste der Unglücklichen, die dabei ums leben kamen.

Der Gefreite Benjamin Gordes, der etwas früher am Morgen in das Lazarett eingeliefert worden war, zusammen mit den Verwundeten aus den heftigen Kämpfen in der vordersten Linie, war am Kopf getroffen, so steht es im Register der Eingelieferten, und sollte in ein Krankenhaus hinter der Front gebracht werden, als die Bombardierung begann. Seine Leiche hatte bis zu unseren Nachforschungen nicht identifiziert werden können; uns ist es jedoch gelungen, dank der Aussagen Überlebender, die wir ausfindig gemacht haben. Drei Leute haben Gordes gesehen, bevor die Etage einstürzte: eine Krankenschwester aus Saint-Vincent-de-Paul und zwei Verwundete.

Das Detail, nach dem Sie mich gestern fragten und das ich aus dem Kopf verloren hatte, vorausgesetzt, es war jemals darin, was ich nicht glaube, denn sonst hätte ich mich daran erinnert: Der Gefreite Benjamin Gordes, das haben die drei Zeugen ausgesagt, trug an jenem Tag deutsche Stiefel an den Füßen. Er pflegte sie im Schützengraben anzuziehen, damit ihm wärmer war; dabei hat ihn das Gefecht überrascht.

An dieser Stelle kann ich jedoch nicht umhin, mir selbst und auch Ihnen eine Frage zu stellen: Daß der Gefreite Benjamin Gordes an jenem Tag deutsche Stiefel trug, wie konnten Sie das wissen und zugleich wollen, daß ich es herausfinde?

Ich bin nach wie vor der Meinung, Mademoiselle, daß Sie mir gegenüber ein wenig gesprächiger sein sollten. Vielleicht könnte ich dann das Problem, von dem Sie mir nichts sagen wollen, ganz schnell lösen. Ich kann jeden finden. Darin habe ich einige Übung. Sollte die Frage meines Honorars Ihnen Sorgen bereiten, die wäre leicht geregelt. Ich habe Ihnen ja schon gesagt, wie sehr ich Ihre Bilder liebe. Da das Mohnfeld, wie mir ein aufgeklebter Punkt von deprimierendem Schwarz mitteilt, wohl leider schon verkauft ist, wäre ich auch mit jenem anderen Bild zufrieden, das Mimosen an einem Seeufer zeigt, mit einer Pappel im Vordergrund, in deren Stamm drei M eingeritzt sind. Sie sehen, mir entgeht nichts.

Zuzüglich meiner Spesen natürlich. Aber ich esse wenig, schlafe in bescheidenen Zimmern, trinke nur Wasser und bin knauserig mit Trinkgeldern.

Überlegen Sie es sich.

Und selbst wenn Sie es sich nicht überlegen, glauben Sie mir, daß ich Ihr Talent bewundere und Ihren Werdegang aufmerksam verfolgen werde.

Ich werde es ewig bedauern, daß ich nicht mit Ihrem Mohnfeld leben darf.

Germain Pire

Er ist ein kleiner Mann, der voll unter Dampf steht, mit lebhaften Augen, einem dreieckigen Schnurrbart, wenigen, sorgfältig geglätteten Haaren und etwas altmodisch gekleidet. Mitten im Sommer trägt Monsieur Schlimmer-als-der Marder einen Mantel, einen Vatermörder, eine lokker gebundene Schleife, Melone und weiße Gamaschen. Der Schleife kommt in seiner Ausstattung vielleicht nur die Aufgabe zu, ihm ein gewisses künstlerisches Flair zu verleihen. In seiner Jugend, so gesteht er mit dem notwendigen Quentchen Nostalgie, habe auch er einmal »den Pinsel angerührt«. Rein als Amateur selbstverständlich.

Er setzt sich Mathilde gegenüber, im hinteren Teil der engen Galerie, ihre Knie berühren sich fast. In ein kleines, abgegriffenes Heft schreibt er Namen, Vornamen und Geburtsdatum von Tina Lombardi sowie die Orte, an denen man ihr in den letzten drei Jahren hätte begegnen können, Marseille, Toulon, La Ciotat, ein Bordell an der Straße nach Gardannes. Mit einem anzüglichen Blick sagt er: »Ha, ha, ein Fall, der mir mal etwas Abwechslung von den traurigen Kriegsgeschichten bietet.« Und er fügt sogleich hinzu: »Aber Sie können sicher sein, ich werde es nicht ausnutzen. Ich weiß die Arbeit immer vom Unwichtigen zu unterscheiden.«

Als Bezahlung für seine Dienste, falls sie erfolgreich sein sollten, wird Mathilde ihm ein Bild überlassen, wenn auch nicht die Mimosen, die nur da hängen, um betrachtet zu werden, und die sie selbst behalten möchte. Er steht auf, geht noch einmal durch die Räume, setzt sich einen Kneifer auf und seufzt tief vor jedem Bild. Er kann sich nicht entscheiden, wählt aber schließlich einen parmaroten Hortensienbusch vor einem Pinienhintergrund.

Zuzüglich seiner Spesen natürlich.

Bevor er geht, sagt er zu Mathilde: »Vielleicht werden Sie mehr Vertrauen zu mir haben, wenn ich erst diese Frau mit dem schlimmen Lebenswandel gefunden habe.

Warum sprechen Sie mit mir nicht offen über Ihre Angelegenheit?« Mathilde entgegnet, daß sie auch dies für sich behalten möchte. Er steht schon draußen auf dem Quai, eingerahmt vom Türeingang. Er sagt: »Sie werden schon sehen, ob ich gut bin. Ohne Aufschlag auf mein Honorar werde ich auf Ihre Annonce zurückkommen und auch noch den Soldaten finden, diesen Célestin Poux.«

Da kann Mathilde nicht umhin, ihm einen Fingerzeig zu geben: »Soweit ich weiß, und wenn er noch lebt, ist er ungefähr fünfundzwanzig, hat blonde Haare, blaue Augen und stammt von der Ile d'Oléron. Er war in derselben Kompanie wie Benjamin Gordes.«

Monsieur Pire schreibt es sich im Stehen auf, drückt dabei sein abgenutztes Heft gegen die Scheiben der Galerie. Er läßt seinen Stift in dem Heft und bindet alles mit einem Gummi zusammen. »Es ist fast so, mein junges Fräulein, als ob Ihre Hortensien schon bei mir zu Hause blühten.«

Zum Zeichen seiner Entschlossenheit schlägt er mit der flachen Hand auf seine Melone, die ihm bis zu den Augenbrauen rutscht.

An einem anderen Abend lernt Mathilde in dem kleinen Salon in der Rue La Fontaine Véronique Passavant kennen. Die Freundin von Eskimo ist wirklich das bildhübsche Geschöpf, das man ihr beschrieben hat. Einen Bibi aus Stroh mit einem winzigen himmelblauen Tüllschleier auf dem Kopf, von derselben Farbe wie ihr Kleid, nippt sie vorsichtig an ihrem Glas Portwein, vielleicht weil sie von dem Haus beeindruckt ist, vielleicht auch von Mathildes Behinderung, von der sie zwar wußte, die aber abstrakt blieb. Glücklicherweise bleibt es nicht so.

Die Frau, die im März 1917 in den Laden gekommen ist, in dem sie arbeitete, um sie zu befragen, hat ihren Namen nicht genannt. Sie war jung und hübsch, wenn auch ein bißchen vulgär, hatte braunes Haar und dunkle Augen. Ihr Rock und Mantel reichten nur bis zu den Waden, sie hatte einen breitrandigen Hut wie alle Frauen auf Männerjagd. Sie sprach sehr schnell, mit verhaltener Heftigkeit und südfranzösischem Akzent.

Von den fünf Verurteilten beschäftigten sie nur ihr Mann und Kléber Bouquet. Keinen Augenblick redete sie von den anderen. Sie wiederholte: »Ich bitte Sie, lügen Sie mich nicht an. Wenn Ihrer Ihnen ein Zeichen gegeben hat, müssen Sie es mir sagen. Sie halten sich gemeinsam versteckt. Ich hole sie alle beide da raus.« Sie schien sicher zu sein, daß der, der Eskimo genannt wurde, überlebt hatte, Véronique fragte sie: »Haben Sie denn einen Beweis dafür?« Sie antwortete: »So gut wie.« Von dem zweiten Überlebenden sagte sie: »So wie er mir beschrieben wurde, muß es meiner sein. Aber er war in einem schlimmen Zustand. Ich habe Angst, mir vorzustellen, was aus ihm geworden ist.«

Danach weinte sie, ohne ihre Tränen abzuwischen, ihr Gesicht war müde, sie sah zu Boden, das war im Hinterzimmer des Geschäfts, in das Véronique sie gezogen hatte. Als sie schließlich nichts herausbekam, was ihre Hoffnung hätte nähren können, schleuderte sie ihr entgegen: »Wenn Sie etwas wissen und mir nicht trauen, dann sind Sie eine Flasche und eine elende Schlampe und auch nicht mehr wert als die Mistkerle, die das gemacht haben!«

Dann ging sie.

Jetzt weint Véronique Passavant, in dem kleinen, von Mama so freundlich eingerichteten Salon. Sie sagt: »Wenn Kléber noch am Leben wäre, hätte er es mich wissen lassen, da bin ich ganz sicher. Damals, im Jahr 17, habe ich wegen dieser Verrückten mir sonstwas ausgedacht, ich habe gewartet und gewartet – aber dreieinhalb Jahre, das ist unmöglich. Sie hatte mich auf Gedanken gebracht, die einfach haltlos waren.«

Sie holt ein kleines weißes Taschentuch aus ihrer Handtasche und tupft sich die Augen. Sie sagt zu Mathilde: »Hätte Ihr Verlobter in den dreieinhalb Jahren einen Weg gefunden, Ihnen Bescheid zu geben, wenn er noch am Leben wäre?«

Mathilde lügt nicht, sie macht eine Handbewegung, um zu sagen, daß sie es nicht weiß.

Sie möchte nicht von Manechs geistiger Verwirrung sprechen, als er zum Bingo Crépuscule geführt wurde. Die sie aber nicht daran gehindert hätte, ihn wiederzufinden, im Gegenteil: Nach Esperanzas Offenbarungen hat sie sich zuerst bei allen militärischen und zivilen Krankenhäusern umgesehen. Es waren mehr als dreißig Soldaten, die nach dem Waffenstillstand von ihren Angehörigen nicht identifiziert worden waren, oder nicht gesucht wurden, und die den Verstand oder das Gedächtnis verloren hatten. Zehn waren ungefähr so alt wie Manech. Von diesen zehn hatten sieben braune Haare. Von diesen sieben hatten drei blaue Augen. Von diesen dreien war niemand an der Hand oder am Arm amputiert. Sylvain, der trotzdem nach Châteaudun, Meaux und Dijon fuhr, um diese drei zu besuchen, gab Mathildes Unternehmung den traurigen Namen »Operation Chagrinleder«, bis sie eines Abends, außer sich, mit der Faust auf den Tisch schlug und Teller und Gläser zum Tanzen brachte.

Das Abklappern der Krankenhäuser hat ihre wahnwitzige Hoffnung nicht erschöpft. Und wenn Manech nun in Gefangenschaft geraten wäre, ohne Gedächtnis, und nach dem Krieg von mitleidigen Menschen in Deutschland aufgenommen worden wäre? Oder wenn Manech zwar Herr über seinen Verstand war, es sich aber noch versagte, ein Lebenszeichen zu geben, aus Angst, daß er geschnappt würde und man seine Eltern oder Mathilde der Mitwisserschaft beschuldigte? Und wenn Manech, mit oder ohne Gedächtnis oder Verstand, hungrig und umnachtet durch die Straßen geirrt war und irgendwo eine Zuflucht und eine andere Mathilde gefunden hatte?

Sie sagt Véronique Passavant, daß sie, selbst wenn sie ihren Verlobten nicht wiedersehen sollte, auf jeden Fall wissen möchte, unter welchen Umständen er verschwand. Jener Sonntag im Schnee zwischen den beiden feindlichen Schützengräben ist inzwischen alles, was für sie zählt. An den Rest wird sie sich schon gewöhnen, sie hat nicht das Gefühl, daß es wichtig oder so ganz wirklich ist.

Ihr Rollstuhl zum Beispiel, man soll sie nicht bedauern, daß sie an ihn gefesselt ist, denn sehr oft vergißt sie es. Sie bewegt sich vorwärts, wie sie es gewohnt ist, sie denkt kaum mehr daran als Véronique an ihre Beine. Und wenn sie daran denkt, dann ist ihr Rollstuhl mit allen Erinnerungen an Manech verbunden.

Die anderen Dinge, das tägliche Einerlei, interessieren sie nicht. Noch weniger all das, was die Leute so begeistert. Sie weiß nicht, was in der Welt vor sich geht, selbst wenn es einen neuen Staatspräsidenten gibt, nachdem der alte, an dessen Namen sie sich nicht erinnert, mitten in der Nacht im Schlafanzug aus dem fahrenden Zug gefallen ist. Ist das denn wirklich geschehen?

Véronique hat eine Spur ihres Lächelns wiedergefunden und schüttelt leicht ihr lockiges schwarzes Haar, auf dem der Bibi sitzt.

Später, als sie ihr zweites Glas Portwein trinkt und sich die Dämmerung an den Fenstern zeigt, sagt sie zu Mathilde: »Ich würde Ihnen gerne erzählen, weshalb ich mit Kléber gebrochen habe, aber ich habe ihm schwören müssen, daß ich es niemandem sage.« Mathilde antwortet im selben Ton und mit fast dem gleichen Pariser Akzent: »Wenn Sie es geschworen haben, dürfen Sie nicht darüber sprechen.« Und dann, etwas ernster: »Ich weiß es sowieso. Und Sie können sich sicher vorstellen, von wem.« Véronique Passavant schaut sie an, blickt dann mit ihren großen schwarzen Augen zur Seite, nickt zustimmend mit dem Kopf, mit dem kleinen Schmollmund eines gescholtenen Kindes. Mathilde seufzt: »Es hat mich aber auch nicht sehr viel weitergebracht. Wissen Sie, manchmal habe ich zuviel Phantasie. Ich wäre in der Lage, um ein Paar Stiefel eine ganze Geschichte zu erfinden.«

Véronique Passavant zuckt nicht mit einer Wimper. Sie taucht genüßlich ihre Lippen in ihr Glas und sieht gedankenverloren in die Weite. Dann sagt sie: »Ich fühle mich wohl mit Ihnen. Wenn es nach mir ginge, würde ich gar nicht mehr gehen.«

Dies ist der letzte Satz aus der Zeit der Illusionen. Drei Tage später gerät Mathilde in einen Tunnel, der länger und dunkler ist als der, den sie nach der Mitteilung von Manechs Tod kennengelernt hat.

Als sie nach dem Ende der Ausstellung mit Sylvain nach Cap-Breton zurückkehren will, ihre Koffer sind bereits gepackt und der Zeitpunkt des letzten gemeinsamen Essens mit der Familie ist gekommen – Familien, ich hasse euch nicht, würde aber gerne den einen oder anderen von euch erwürgen –, da verlangt Pierre-Marie Rouvière sie am Telefon sprechen. Sie geht allein an den Apparat. Der Hörer, schwarzweiß, wie Mama sich gewünscht hatte, liegt bereits auf der Konsole. Je näher sie herankommt, desto banger wird ihr zumute, noch mehr aber, als sie ihn schließlich berührt. Doch vielleicht erfindet Mathilde diese Vorahnung in aller Arglosigkeit erst später, als sie sich an diesen Augenblick zurückerinnert.

Pierre-Marie hat eben von seinem Freund, dem Offizier, erfahren, auf welchem Friedhof Manech und seine vier Kameraden im März 1917 beerdigt wurden, jeder mit einem Kreuz, das seinen Namen trägt. Zu diesem Zeitpunkt wurden ihre Leichen gefunden, nach dem Rückzug der Deutschen, genau an der Stelle, an der sie zwei Monate zuvor umgekommen waren, vor dem Schützengraben Bingo Crépuscule. Am Montag, dem 8. Januar, hatten mitleidige Briten sie mit ihren Kleidern und Kennnummern in einem Bombentrichter provisorisch begraben, von einer Plane zugedeckt.

Pierre-Marie sagt: »Meine kleine Matti, es tut mir leid, daß ich dir weh tun muß. Du wußtest ja, daß er tot ist. Ich fahre dich selbst mit Sylvain dorthin, wann immer du willst.«

Lange nachdem er aufgelegt hat, sitzt Mathilde da, die Stirn auf die Konsole gestützt, den Hörer noch in der Hand, und versucht, ihn einzuhängen, ohne hinzusehen. Schließlich läßt sie ihn fallen und an der Schnur baumeln. Sie weint nicht. Nein, sie weint nicht.

Die Mimosen von Hossegor

Juni 1910.

Mathilde ist zehneinhalb Jahre alt. Es ist Freitag oder Samstag, sie weiß es nicht mehr genau. Manech ist seit wenigen Tagen dreizehn. Er kommt aus der Schule zurück, in kurzen Hosen und einem Seemannspullover, den Schulranzen auf dem Rücken. Er bleibt vor dem Gitter stehen, das den Garten der Villa »Poéma« umgibt. Er sieht Mathilde zum erstenmal, sie sitzt auf der andern Seite in ihrem Roller.

Warum er an diesem Nachmittag an der Villa vorbeikommt, ist ein Rätsel. Er wohnt auf der anderen Seite des Sees von Hossegor und hat keinen Grund, diesen Umweg zu nehmen. Jedenfalls ist er da, schaut Mathilde durch die Gitterstäbe an und fragt: »Kannst du nicht laufen?«

Mathilde bedeutet ihm nein. Er weiß nicht, was er sagen soll, und geht fort. Nach einer Minute kommt er zurück. Er scheint verlegen. Er sagt: »Hast du Freunde?« Mathilde bedeutet ihm nein. Er sagt, während er woanders hinschaut, weil er das alles sehr schwierig findet: »Wenn du einverstanden bist, will ich gern dein Freund sein.« Mathilde bedeutet ihm nein. Er hebt die Hand über seinen Kopf, ruft: »Ach, du kannst mich mal!« und geht fort.

Diesmal sieht sie ihn mindestens drei Minuten lang nicht wieder. Als er dann von neuem draußen am Gitter steht, Gott weiß, was er mit seinem Schulranzen gemacht hat, hat er die Hände in den Taschen, bemüht sich, ruhig und vorteilhaft zu wirken. Er sagt: »Ich bin kräftig. Ich könnte dich den ganzen Tag auf meinem Rücken spazierentragen. Ich könnte dir sogar das Schwimmen beibringen.« Zickig erwidert sie: »Stimmt nicht. Wie willst du das denn machen?« Er sagt: »Ich weiß wie. Mit Schwimmkorken, die deine Füße oben halten.« Sie bedeutet ihm nein. Er bläst die Wangen auf und pustet. Sagt: »Ich gehe sonntags mit meinem Vater fischen. Ich kann dir einen so großen Seehecht mitbringen!« Er zeigt mit den Armen einen Fisch groß wie ein Wal. »Magst du Seehecht?« Sie bedeutet ihm nein. »Wolfsbarsch?« Das gleiche. »Krebsfüße? Davon bringen wir immer ganz viele mit in den Netzen.« Sie wendet ihren Rollstuhl, drückt fest auf die Räder und entfernt sich. Er schreit ihr hinterher: »Doofe Pariserin, und ich wäre beinah auf dich reingefallen! Ich stinke wohl für deinen Geschmack zu sehr nach Fisch!« Sie zuckt die Achseln, sie weiß es nicht, sie fährt, so schnell sie kann, auf das Haus zu. Sie hört Sylvain, der irgendwo im Garten die Stimme erhebt: »Sag mal, du komischer Kerl, soll ich dich in den Hintern treten?«

Abends im Bett träumt Mathilde davon, daß ihr kleiner Fischer sie auf dem Weg zum See durch den Wald und durch die Straßen von Cap-Breton spazierenfährt und die Frauen vor der Haustür sagen: ›Wie schön die beiden sind, sehen Sie sich diese ansteckerische Freundschaft an.‹

Als sie von Mama gehört hat, daß es »ansteckerisch« nicht gibt, ist sie sehr enttäuscht und läßt die Frauen sagen: ›Sehen Sie sich diese ansteckende Freundschaft an‹, und später dann: ›diese angesteckte Liebe‹.

Am Nachmittag des nächsten Tages kommt er zur selben Zeit wieder. Sie wartet auf ihn. Diesmal setzt er sich auf das Mäuerchen draußen vorm Gitter. Einen Moment lang sieht er sie nicht an. Er sagt: »Ich habe in Soorts ganz viele Freunde. Ich weiß nicht, warum ich mich wegen dir so anstrenge.« Sie sagt: »Könntest du mir wirklich das Schwimmen beibringen?« Er nickt. Sie rollt näher heran, berührt seinen Rücken, damit er sie ansieht. Er hat blaue Augen und ganz lockige schwarze Haare. Feierlich reichen sie sich die Hände durch das Gitter.

Er hat einen Hund und zwei Katzen. Sein Vater hat im Hafen ein Fischerboot. Paris hat er noch nie gesehen, auch Bordeaux nicht. Die größte Stadt, die er kennt, ist Bayonne. Er hatte noch nie ein Mädchen zur Freundin.

Bénédicte, die auf die Terrasse hinausgetreten ist, sagt ihm an diesem, vielleicht auch an einem anderen Tag: »Was machst du denn da draußen? Hältst du uns für Wilde? Die Tür ist offen, komm herein.« Er entgegnet: »Damit mich der Rotschopf in den Hintern tritt?« Bénédicte lacht. Sie ruft Sylvain, der zu dem Jungen sagt: »Ich mag es nicht, wenn man mich Rotschopf nennt, weißt du? Mach nur weiter so, und dann trete ich dich wirklich in den Hintern. Bist du nicht der Manech von den Etcheverys in Soorts? Da wird dein Vater mir ja dankbar sein, der ist bestimmt um mehrere Tritte im Rückstand. Na los, komm schon rein, bevor ich es mir anders überlege.«

Man sagt immer, Freundschaften, die böse anfangen, seien die ansteckendsten. Bénédicte, Sylvain und selbst Pois-Chiche, der gerade ein Jahr alt ist, haben sich den Virus sehr schnell eingefangen. Fast jeden Tag bereitet Bénédicte ihnen eine Vesper. Sie findet, daß Kinder, die Appetit haben, gut erzogen sind. Sylvain ist voller Anerkennung, daß Manech, der in zwei Jahren den Schulabschluß macht, seinem Vater schon beim Fischen hilft und seiner Mutter, die von schwacher Gesundheit ist, bei allen häuslichen Arbeiten zur Hand geht.

Es ist Ferienzeit. Wenn Manech nicht auf dem Meer ist oder Holz für den Winter sägt, bringt er Mathilde an den See. Sie haben eine Lieblingsstelle an dem Ufer, das dem Ozean den Rücken kehrt, fast gegenüber dem Gasthaus der Cotis. Außer Sand gibt es hier nur Dickicht, Bäume und Mimosen, die selbst im Sommer blühen. Man sieht nie einen Menschen, nur sonntags einen bärtigen Fremden in Stadtkleidung und Strohhut, der ein Stück weiter eine Fischerhütte und ein Boot besitzt. Manech nennt ihn Buhmann, aber er ist gar nicht böse. Einmal hat Manech ihm geholfen, seine Netze an Land zu ziehen, und ihm Ratschläge gegeben, wie er mehr Fisch fangen kann. Der Buhmann ist verblüfft, daß ein so junger Fischer wie Manech so viel weiß, und Manech antwortet ihm stolz: »Ich bin tief unten im Wasser geboren, da können Sie sich vorstellen, daß ich mich dort auskenne.« Der Buhmann ist nun auch angesteckt. Wenn er Manech auf seinem Grundstück antrifft, winkt er zum Gruß und fragt, wie es geht.

Der erste Sommer, dann der zweite. Mathilde ist so, als habe sie im zweiten Sommer beschlossen, schwimmen zu lernen. Manech hat Schwimmkorken gefertigt, die er an ihren Fußgelenken befestigen kann, dann ist er in den See hinausgeschwommen, und sie hat sich an seinen Schultern festgehalten. Sie kann sich nicht erinnern, daß sie Wasser geschluckt hätte. Ein Gefühl der Freude und der Anerkennung ihrer selbst überkam sie, wie sie es noch nie verspürt hatte. Sie war in der Lage zu schwimmen, allein durch die Kraft ihrer Arme auf dem Bauch vorwärtszukommen, dann wieder nur durch Armbewegungen sich auf den Rücken zu drehen und weiterzuschwimmen.

Ja, es war im zweiten Sommer mit Manech, dem von 1911, als die große Hitzewelle war. Während sie schwimmt, gewinnt Gustave Garrigou, der »Élégant«, gefolgt von seinem treuen Techniker Six-Sous, die Tour de France. Mathilde hat nicht die Spur eines Busens und auch keinen Badeanzug. Beim ersten Mal geht sie in der Unterhose schwimmen, mit entblößter Brust. Ihre weiße Baumwollunterhose ist unten offen, damit sie Pipi machen kann, man stelle sich diese Badenixe vor. An anderen Tagen, da es ja hundertsieben Jahre dauert, bis die Hose wieder trocken ist, geht es ohne irgend etwas ebensogut. Manech hat sowieso nichts an, so selbstverständlich, wie man guten Tag sagt, mit seinem schaukelnden Schwänzchen und seinem knackigen Hintern.

Schon auf das Grundstück des Buhmanns zu gelangen ist ein Abenteuer. Zuerst hält sich Mathilde an Manechs Rücken fest. Um sie hochzuheben, packt er sie unter den Knien. Den Roller lassen sie auf dem Weg stehen, bis hierher kann er ihn ohne Gefahr schieben. Dann trägt er Mathilde durch das Dickicht bis ans Seeufer, mit einer Hand die heimtückischen Äste beiseiteschiebend. Er setzt sie so behutsam auf den Boden nieder, wie sie es schaffen. Danach geht er zurück und holt den Roller, um ihn zu verstecken, damit sich niemand irgendwelche Fragen stellt und das gesamte Departement Landes bis Arcachon alarmiert. Nach dem Baden, wenn Mathildes Haare getrocknet sind, fängt der ganze Zirkus von vorne an, nur andersherum.

Eines Abends gibt Mama Mathilde einen Kuß auf den Hals und spürt das Salz auf ihren Lippen, sie leckt an ihrem Oberarm und sagt fassungslos: »Du bist ja ins Meer gefallen!« Mathilde, die niemals lügt, antwortet: »Nicht ins Meer, da sind zu viele Wellen. In den See von Hossegor. Ich wollte mich umbringen, aber Manech Etchevery hat mich gerettet. Und damit ich nicht mehr ertrinke, hat er mir gleich das Schwimmen beigebracht.«

Und seitdem Mathieu Donnay, auch er völlig fassungslos, zugeschaut hat, wie seine Tochter sich beim Schwimmen anstellt, hat Mathilde einen anständigen Badeanzug, und Manech auch, beide blauweiß gestreift, mit Trägern und einem Etikett über dem Herzen, auf dem steht: *Paris, fluctuat nec mergitur.**

* (lat.) Es wird von den Wogen hin und her geworfen, aber es geht nicht unter. (Devise der Stadt Paris, deren Emblem ein Schiff ist)

Als Manech sie bittet, es ihm zu übersetzen, weil sie doch Latein lernt, meint sie, das sei nicht besonders interessant, und mit Zähnen und Nägeln entfernt sie das Wappen von dem Badeanzug. Danach sieht man noch immer die Spuren, und Manech ärgert sich und behauptet, jetzt sähe es nicht mehr wie neugekauft aus.

Latein. Nach den Ferien geht Mathilde wieder in Auteuil in den Unterricht der Schwestern vom Bon Secours. Es ist so nah von zu Hause, daß sie mit dem Roller hinfahren könnte, als wäre sie erwachsen, aber Mathieu Donnay, der in Bouchain, Nordfrankreich, als Sohn eines armen Schmiedes auf die Welt kam, und mit »seinem eigenen Geld« eine Stadtvilla in der Rue La Fontaine gekauft hat, legt großen Wert darauf, daß sie von seinem Chauffeur gebracht und abgeholt wird, der den Spitznamen Fend-la-Bise* hat, wie er richtig heißt, wollte sie sich nie merken. Sie ist eine gute Schülerin in Französisch, Geschichte, Naturwissenschaften und Mathematik. Sie sitzt hinten in einem Klassenraum, am Ende des Hauptgangs, wo man für sie ein Zweierpult aufgestellt hat. Die Schwestern sind sehr freundlich, die Mädchen erträglich, in den Pausen schaut sie ihnen zu. Was sie am meisten haßt, ist, wenn eine Neue ihr ihr gutes Herz zeigen will: »Laß mich dich schieben!«, »Soll ich dir den Ball zuwerfen?« und bla-bla-bla.

Nach einem zweiten Aufenthalt im Zürcher Hospital im Jahr 1912 bittet Mathilde inständig darum, immer in Cap-Breton leben zu dürfen, mit Sylvain und Bénédicte und Pois-Chiche und auch schon Uno, Due und Tertia. Zwei Lehrer teilen sich in der Villa »Poéma« die Woche auf, drei Stunden pro Tag: ein ehemaliger Seminarist, der den Glauben verloren hat, Monsieur Auguste du Theil, und eine pensionierte Lehrerin der staatlichen Schule, die Rache für

* (franz.) Teile den Wind.

Elsaß-Lothringen geschworen hat, eine Kommunistenfresserin und so prüde, daß sie beim Lächeln nicht mal die Zähne zeigt, Mademoiselle Clémence – wenn sie auch nichts gemein hat mit der zukünftigen weder schönen noch schwesterlichen Schwägerin –, die als Bezahlung für ihren Unterricht an jedem ihrer dereinstigen Todestage eine Kerze in der Kirche aufgestellt haben möchte, eine Schuld, die Bénédicte und Mathilde, als die Zeit gekommen ist, zu begleichen niemals versäumen werden.

Zu Beginn des Sommers 1912 macht Manech den Schulabschluß. Jetzt fährt er jeden Tag aufs Meer hinaus, weil die Etcheverys nicht reich und die Medikamente für die Mutter teuer sind, aber sobald er heimkommt, rennt er schnell zur Villa, um Mathilde »auszuführen«. Sie finden ihr Stück Strand am See wieder, die Mimosen und die Hütte des Buhmanns, der ihnen erlaubt hat, sein Boot zu benutzen. Manech nimmt Mathilde auf eine Kreuzfahrt mit, er stakt sie bis zum Kanal. Sie sitzt hinten im Boot auf dem Boden und hält sich mit den Händen an beiden Rändern fest.

Als es Herbst und Winter wird, sieht sie Manech an den Tagen, an denen die See für das Fischen zu hoch geht. Manchmal bringt er sie mit dem Karren seines Vaters und dem Esel Catapulte zu den Etcheverys. Der Vater ist bärbeißig, aber ein tapferer Mann, die Mutter sanft, sehr zart, und sie hat ein Geräusch am Herzen. Sie halten Kaninchen, Hühner und Gänse. Kiki, der Hund von Manech, ist ein bretonischer Spaniel mit weißem, rotgeflecktem Fell. Er ist viel lebhafter und intelligenter als Pois-Chiche. Die beiden Katzen findet Mathilde den ihren unterlegen, aber sie sind trotzdem schön, alle beide grauschwarz, außerdem ist sie voreingenommen.

Manech bringt Mathilde mit Seilenden bei, wie man den Seemannsknoten macht, den Webeleinstek, den Palstek, den Roringstek, den Schotstek, den Slipstek, den

Stopperstek. Dafür zeigt sie ihm Kartenspiele, die sie von Sylvain gelernt hat: Tod und Leben, Zankpatience, Roter Hund, Binocle und vor allem das Spiel, das sie beide am liebsten mögen, La Scopa*.

Wenn einer eine Karte hat, die genau der Punktzahl derer entspricht, die aufgedeckt auf dem Tisch liegen, dann darf er alles abräumen und rufen: »Scopa!« und eine dicke Kastanie neben sich legen, mit der die Punkte markiert werden. Wenn Manech verliert, sagt er: »Idiotisches Spiel für Makkaronis«, und wenn er gewinnt: »Bei dem Spiel muß man ganz schön schnell rechnen.«

In einem anderen Jahr – wahrscheinlich 1913, denn die Brüste von Mathilde wachsen wie Äpfel, und manchmal ist sie ganz verlegen – finden sie auf dem Weg zum See eine erschöpfte Schildkröte, die wahrscheinlich nach Santiago de Compostela unterwegs ist; sie adoptieren sie und nennen sie Scopa. Leider ernähren sie sie zu gut, und sie wird noch frommer als Mademoiselle Clémence. Sobald es ihr wieder besser geht, macht sie sich von neuem auf den Weg ins Abenteuer.

Und in den Ozean, den großen, grauenerregenden Ozean mit den tosenden Wellen, den Explosionen von Schnee und Perlen, auch da geht Mathilde hinein, sie hält sich an Manechs Hals so fest, daß er bald erstickt, sie schreit lauthals vor Schrecken und Freude, sie wird umgestoßen, untergetaucht, grün und blau geschlagen, aber ist immer gierig darauf, von neuem hineinzugehen.

Wenn er nach dem Baden mit Mathilde auf dem Rükken die Dünen hinaufsteigt, kann Manech nicht mehr, er ist wütend auf sich, daß er stehenbleiben muß, um sie abzusetzen und Luft zu holen. Dort, bei einem solchen unfreiwilligen Halt, es ist im Sommer 1914, ein paar Tage vor dem Krieg, läßt Mathilde, die ihn auf die Wange küs-

* (ital.) Der Besen.

sen will, um ihn zu trösten, ihre Lippen ein wenig gleiten, und weiß der Teufel, wie es geschieht, sie küßt ihn auf den Mund. Sie findet so schnell Gefallen daran, daß sie sich fragt, wie sie so lange hat warten können, und er, nun ja, er ist rot bis zu den Haarwurzeln, aber sie spürt genau, daß er diese Neuheit keineswegs ablehnt.

Kriegssommer. Bruder Paul, der seit ein paar Monaten verheiratet ist, einen ersten Knirps haben sie bereits in Auftrag gegeben, ist bei der Militärbehörde im Fort de Vincennes. Er ist Leutnant der Reserve. Bei Tisch duldet die weder schöne noch schwesterliche Schwägerin keinen Widerspruch: Sie weiß von einem Metzger, der einem hohen Tier des Generalstabs die Wurst liefert – »ihr versteht sicher, was ich meine« –, daß in etwa einem Monat jeden Tag mit Frieden zu rechnen ist, ohne daß es zu Kämpfen gekommen sein wird. Der deutsche Wilhelm und der russische Nikolaus haben bereits mit Billigung des englischen Königs, des österreichischen Erzherzogs und Gott weiß von wem noch, vielleicht dem Negus, ein Geheimabkommen geschlossen, und das ganze Trommelfeuer wurde überhaupt nur ausgelöst, um das Gesicht zu wahren. Selbst Pois-Chiche, der noch nicht an jeder Straßenecke furzt, sonst würde eine heftig Reaktion erfolgen, schaut lieber nach, was im Garten los ist.

Im August geht auch Sylvain als Quartiermeister zum Nachschub der Marine, nicht weiter als nach Bordeaux. Bis 1918 kann er einmal im Monat in die Villa »Poéma« kommen, dann sagt ihm Bénédicte, was für ein schöner Mann er doch sei, besonders mit seiner Mütze und der roten Bommel drauf.

Manechs Vater ist zu alt für den Krieg, der Vater von Mathilde ebenso, und niemand, selbst wenn er nicht so dumm ist wie Pauls Clémence, glaubt, daß der Krieg so lange dauern wird, daß Manech, der gerade siebzehn geworden ist, eines Tages daran teilnehmen muß.

Der Sommer 14 bleibt für Mathilde der der ersten Küsse, der ersten Lügen. Vor Bénédicte und Mama tun sie und Manech so, als seien sie immer noch Kinder, reden nur über kleine, harmlose Vergnügungen, oder sie reden gar nicht und fahren mit Catapulte weg, der sie nie verrät.

Der Sommer 15 ist der der Eifersucht, des Terrors, denn Mathilde erfährt bald durch ihr Tageblättchen, daß sich Manech auf der Strandpromenade von Cap-Breton mit einer blonden Engländerin aus Liverpool sehen läßt, die Patty heißt, fünf Jahre älter ist als er und bereits geschieden, und mit der er vermutlich andere Spiele spielt als Scopa oder Heimliche-Küsse-austauschen. Mit naiver Grausamkeit betont Bénédicte auch noch, daß ein Junge seines Alters in die Lehre gehen muß, daß er dafür später einem Mädchen aus der Gegend ein um so besserer Ehemann wird und daß Mathilde ihm nicht böse sein darf, wenn er seltener kommt, um sie »auszufahren«. »Was willst du«, sagt sie, während sie die Wäsche bügelt, »er ist älter geworden, und ich war schon überrascht, daß er, so gut wie er aussieht, noch nicht von sich reden gemacht hat.«

Als Mathilde Manech vorwirft, daß er eine ganze Woche nicht gekommen ist, wendet er betreten den Kopf ab und meint, er habe sehr viel Arbeit. Als sie ihn küssen will, wendet er wieder den Kopf zur Seite, sagt, sie sollten das nicht mehr tun, er schäme sich, Mathildes Eltern zu hintergehen. Als sie ihm vorwirft, er flirte mit einem englischen Luder, verschließt er sich vollends, bringt Mathilde nach Hause, ohne ein Wort zu sagen, und geht mit finsterem Gesicht davon.

Mathilde bleibt nichts anderes übrig, als sich im Bett an den Strafen zu ergötzen, die sie dem bösen Weib zufügen oder zugefügt sehen will. Als sie ihr eines Tages auf der Holzbrücke von Hossegor begegnet, fährt sie mit dem Rollstuhl auf sie zu, fährt ihr über die Füße und stößt sie in den Kanal. An einem anderen Tag sucht sie sie im »Hôtel du Parc« auf und bringt sie mit Sylvains großem Revolver um. Die schönste Geschichte ist die, bei der Mathilde ihre Rachegefühle verbirgt und sie mit sanften Worten überredet, zu den Deutschen überzulaufen, um Seiner Majestät zu dienen. Die blöde Gans Patty wird von ihrem Ex-Mann denunziert und von Ulanen mit Totenköpfen als Spionin verhaftet, unter lautem Geschrei gefoltert, zehnmal vergewaltigt, mit dem Säbel entstellt und schließlich von vier Regimentspferden gevierteilt. Daß es das gibt, hat Mathilde in einem Geschichtsbuch gelesen.

Zum Glück für die Pferde und den ruhigen Schlaf der unversöhnlichen Rächerin geht der August zu Ende, und die elende Blondine verschwindet, bevor diese Pläne zur Ausführung gelangen. Im September werden die Engländerinnen rar, und Manech kehrt zu Mathilde zurück, die über das, was sie verletzt, lieber nicht mehr redet. Beide finden wieder den Weg zu den Mimosen. Manech vergißt seine Skrupel, er küßt sie wieder, wie sie es so gern hat, und eines Abends küßt er sogar ihre Brüste, die er sehr schön findet. Mathilde, zwischen Scham und Wonnegefühl, glaubt zu sterben.

Erst Anfang April, als Manech erfährt, daß sein Jahrgang zu den Fahnen gerufen wird, befreien sie sich in gemeinsamer Verzweiflung vom Trugbild einer ohnehin schon recht verdorbenen kindlichen Freundschaft. Trotz einer frischen Brise liegen sie engumschlungen auf dem Sand, sie weinen und schwören einander, daß sie sich lieben und immer lieben werden, daß sie nichts trennen kann, weder die Zeit noch der Krieg, noch die bürgerlichen Tabus, noch die Heuchelei der Blondinen, noch die Niedertracht fünfstufiger Leitern.

Ein wenig später, als die Flut steigt, trägt Manech Mathilde in die Hütte des Buhmanns, den sie seit zwei Jahren nicht mehr gesehen haben, er muß wohl auch an der

Front sein. Er legt sie auf die Fischernetze, zieht sie ein wenig aus, sie ist ein bißchen erschreckt, wagt aber nicht, etwas zu sagen, weil ihr der Augenblick so feierlich erscheint, er küßt sie überall, ihre Wangen sind erhitzt, und seine auch, danach tut es ihr weh, genau wie sie in ihren nächtlichen Phantasien gefürchtet hat, aber so weh auch wieder nicht, und danach ist ihr wohl, genau wie sie gehofft hatte, und sogar noch viel wohler.

An einem anderen Abend kommen sie wieder in die Hütte, lieben sich dreimal, dazwischen lachen sie viel – über alles und nichts –, dann streichen sie ihre Kleider glatt, kämmen sich gegenseitig mit den Händen, und Manech trägt Mathilde auf seinen Armen nach draußen. Er trägt sie in ihren Roller und erklärt ihr, jetzt seien sie verlobt und müßten in der Hölle schmoren, wenn sie einander belügen sollten, einverstanden, sagt sie, und sie schwören, aufeinander zu warten, um zu heiraten, wenn er zurückkommt. Um ihr Versprechen zu besiegeln, zieht er sein Messer heraus, eine Klinge und lauter andere kleine Werkzeuge, die zu nichts gut sind, dann springt er ins Dickicht und macht sich den Weg frei bis zu einer großen Silberpappel, die inmitten des Dschungels wächst. Er ritzt etwas in den Stamm. Mathilde fragt ihn, was das sei. Er sagt: »Du wirst sehen.« Als er fertig ist, reißt er Gestrüpp aus, um einen Weg für den Roller zu bahnen. Er sieht wie ein Wilder aus, schweißgebadet, Gesicht und Haare von Zweigen bedeckt, die Hände voller Kratzer, aber er ist glücklich. Er sagt: »Danach muß ich mich erst mal in den See stürzen.«

Er schiebt Mathilde zur Pappel. In den Stamm hat er geritzt:

MMM

damit man vorwärts und rückwärts lesen kann, daß Manech Mathilde liebt und Mathilde Manech.

Danach reißt er sich das Hemd runter und rennt los,

um sich in den See zu stürzen. Er ruft: Waouh, es sei eiskalt, aber das sei ihm egal, er habe keine Angst mehr vor dem Tod. Er schwimmt. In der Stille des Abends, der tiefen Ruhe, die alles um sie her überkommt, auch ihr Herz, hört sie das regelmäßige Schlagen der Arme und Beine ihres Geliebten. Mit dem Finger fühlt sie auf der Rinde der Pappel, daß Manech Mathilde liebt.

Es bleiben ihnen noch einige Male, um sich in der Hütte zu lieben, sie hat sie nicht gezählt, sie erinnert sich nicht. Vielleicht sechs oder sieben Tage. An einem Mittwoch, dem 15. April 1916, bricht er auf zur Sammelstelle von Bordeaux. Da er sehr früh wegfahren muß, gegen vier Uhr morgens, und versprochen hat, vorher noch einmal in die Villa »Poéma« zu kommen und Mathilde zum Abschied zu küssen, will sie nicht schlafen und verbringt die Nacht in ihrem Sessel. Bénédicte ist lange vor vier Uhr aufgestanden, um Kaffee zu kochen. Manech kommt. Er trägt einen Mantel seines Vaters und in der Hand einen Rohrkoffer. Als er Mathilde zum letzten Mal küßt, wird Bénédicte bewußt, wie naiv sie war, aber sie wendet sich ab, ohne etwas zu sagen, und was macht das schon?

Manech hatte gehofft, zur Marine zu kommen wie einst sein Vater und seine Onkel und wie Sylvain, aber in diesem Jahr 1916 fehlt es vor allem an Infanterie. Drei Wochen ist er zur Ausbildung in Bourges, danach wird er an die Front geschickt. Zuerst zur Verstärkung nach Verdun, danach in die Picardie. Jeden Tag schreibt Mathilde einen Brief, wartet sie auf einen Brief. Am Sonntag kommen die Etcheverys, um zehn Jahre gealtert, in die Villa »Poéma«, im Schrittempo von Catapulte. Gemeinsam packen sie ein Paket, in das sie alles hineintun möchten, etwas zu essen, etwas zu trinken, ein Dach, Feuer, den See, den Wind vom Atlantik, der die Amerikaner herbringt, alles bis hin zu den Zigaretten mit den goldenen Filtern, die Mutter unbedingt in die von ihr gestrickten

Socken stecken will, denn selbst wenn Manech nicht raucht, kann er damit immer Freunde gewinnen.

Er schreibt, es geht gut, es geht gut, er wartet auf Urlaub, es geht gut, es geht gut, bald gibt es Urlaub, es geht gut, es geht gut, meine Matti, es geht gut, bis zum Dezember, wo seine Stimme plötzlich schweigt, aber Mathilde redet sich weiter ein, daß es gut geht, daß er nicht geschrieben hat, weil er keine Zeit hatte, es geht gut, Weihnachten ist vorbei, dann kommt der Januar 1917, und endlich erhält sie einen Brief, den ein anderer für ihn geschrieben hat, sie versteht es nicht, er sagt so schöne, aber so seltsame Dinge, daß sie nicht begreift, und eines Morgens, am Sonntag, dem 28., ist Sylvain da, er ist aus Bordeaux gekommen, er umarmt Bénédicte und umarmt Mathilde, so traurig und mit solcher Mühe, sich auszudrücken, daß er ihr angst macht, er hat am Bahnhof jemanden getroffen, der aus Soorts kommt und ihm etwas Schreckliches erzählt hat, er muß sich setzen, und er dreht die Mütze mit der roten Bommel in den Händen, und Mathilde sieht, wie seine Augen plötzlich voller Tränen sind, er sieht sie durch die Tränen an und versucht zu sagen, er versucht zu sagen –

Tapfer, Matti, tapfer.

Januar 1921.

Nach der Schilderung jener heißen Sommer wird niemand überrascht sein, daß Mathilde, die seit drei Tagen volljährig ist, »mit ihrem eigenen Geld« und ohne lange zu verhandeln – »ihr Geld«, das sie seit ihrer Kindheit eisern spart, das sind hauptsächlich ihre Neujahrsgeschenke und der Ertrag ihrer Bilder, die inzwischen in den Büros von Papas Bankier blühen – einen Hektar Land am Ufer des Sees von Hossegor erwirbt, das zum Kauf angeboten ist: das Grundstück von Buhmann, der bei den großen Wirren umgekommen ist, ein Dschungel, von dem die drei Schwestern des Verstorbenen sich nur allzugern trennen.

Dabei erfährt sie, daß der Buhmann auch Manex hieß und zu der großen Familie der Puysteguis aus Bayonne gehörte, daß er Dichter war, Autor von *Vertiges du Courant d'Huchet,* daß er Literaten jeglicher Art haßte, solche vor allem, die in Hossegor schon unter einem richtigen Dach lebten, wie Justin Boex, genannt Rosny der Jüngere, und noch mehr Paul Margueritte. Er fiel vor Verdun, unter den Giftgasschwaden vom Frühling 16. Er weigerte sich gegen alle und jeden, seinen Bart abzurasieren. Seine Maske sei das reinste Sieb gewesen, sagen seine drei Schwestern.

Mathilde hat Monsieur Rosny nur hier und da mal gesehen, aber ihr Vater hat sie, als sie klein war, oft zur Villa »Clair Bois« von Paul Margueritte mitgenommen. Sie findet den Buhmann sehr unnachgiebig, sowohl gegenüber seinen wohlhabenderen Kollegen als auch gegenüber den Forderungen seines männlichen Stolzes. Aber sie ist der Meinung, daß man jemanden, der einem sein Boot geliehen hat, nicht verurteilen darf.

Kaum ist der Kaufvertrag beim Notar in Cap-Breton unterzeichnet, kaum hat Mathilde dankbar die drei Schwestern umarmt, da läßt sie sich von Sylvain und ihrem Vater an den Ort ihrer Jugendliebe fahren. Die Hütte ist noch da, jedenfalls das, was von ihr übrig ist, und die Pappel, die einzige silberne, hat allen Winden getrotzt. Mathilde, da sie inzwischen ja erwachsen ist, würde dem Vater gern alles erzählen. Mathieu Donnay aber sagt: »Erspar mir deine Erinnerungen. Was mir hier gefällt, das sind die Mimosen und der Baum mit dem dreifachen, gefühlsinnigen M, das mir ein wenig verschleiert, was viele Väter, da bin ich nicht der einzige, nicht zu ertragen vermögen. Und dann finden sie sich damit ab.«

Bis dahin hat er Mathilde auf dem Arm getragen, Sylvain hat den neuen Roller genommen, der solider und praktischer ist als der vorherige, ein Rollstuhl, der für die Kriegsversehrten entwickelt wurde. So ist denn, behauptet die eine der beiden Clémence, deren Gehirn aus Kaugummi besteht, auch der Krieg immer zu etwas gut.

Es ist schönes Wetter und kalt. Mathilde sitzt in der Nähe der Pappel, ein Plaid auf den Beinen, ihr Vater läuft kreuz und quer durch das Gebüsch, Sylvain ist ans Ufer gegangen, um sie allein zu lassen. Von Zeit zu Zeit berührt Mathilde mit dem Finger, daß sie Manech immer lieben wird. Die Möwen sammeln sich auf den Sandbänken, die die Ebbe mitten im See bloßgelegt hat, ohne auf die Menschen zu achten.

»Warum eigentlich nicht?« ruft Mathieu Donnay, nachdem er lange mit sich zu Rate gegangen ist. Er kommt zu Mathilde zurück und erklärt, er werde an diesem Ort eine große Villa bauen, eigens dafür, daß sie mit Sylvain, Bénédicte und den Katzen dort glücklich wird. Haus »Poéma« sollen Paul und seine Familie haben, wenn sie einverstanden ist. Mathilde ist einverstanden, aber die Mimosen dürfen nicht zerstört werden und die Pappel natürlich auch nicht. Ihr Vater zuckt die Achseln. »Es gibt Augenblicke, mein Töchterchen, da bist du wirklich eine *favouille*.« Sie lacht und fragt: »Woher kennst du dieses Wort?«

Unter seinen Bauarbeitern, meint er, seien Provenzalen, die ihm erklärt hätten, *favouille* sei ein kleiner, nicht besonders schlauer Krebs, was selten ist bei unseren Ahnen, die ohnehin als die zurückgebliebensten gelten, und daß man in Marseille, Bandol oder in Saintes-Maries-de-la-Mer jemanden so nenne, der etwas schwer von Begriff sei.

Dann ruft er Sylvain. Er erzählt ihm von seinem Plan, hier ein Haus zu bauen, ohne die Silberpappel zu zerstören und ohne daß nach beendeter Arbeit auch nur eine Mimosenwurzel fehlt. Was Sylvain als erfahrener Gärtner davon halte. Sylvain antwortet: »Mimosen kann man umpflanzen. Die Pappel steht schon zu nah am Rand des Grundstücks, als daß man sie abholzen müßte.« Mathieu Donnay drückt ihm kräftig die Hand. Mathilde sagt: »Danke, Papa. So brauche ich zu Weihnachten und im Sommer die Frau meines Bruders und deine Ungeheuer von Enkeln nicht mehr zu sehen.« Sylvain fügt arglos hinzu: »Matti hat recht. Bénédicte wird auch froh sein.«

Am nächsten Tag kehren Mathilde und Sylvain mit der Familie nach Paris zurück. Am 6. Januar fahren sie mit dem Auto nach Péronne an der Somme, der Stadt, die dem Friedhof von Herdelin, auf dem Manech beerdigt ist, am nächsten liegt. Seit sie vor fünf Monaten mit Pierre-Marie Rouvière zum erstenmal hier waren, haben sich die Spuren des Krieges noch weiter verwischt, dennoch scheint er in der ganzen Landschaft heute wieder gegenwärtiger, wahrscheinlich weil Winter ist.

Sie wohnen in der »Auberge des Remparts«, wohin Pierre-Maire sie im August geführt hatte. Am Morgen des 7. Januar, dem Datum der Pilgerfahrt, die Mathilde sich jedes Jahr zu unternehmen geschworen hat, solange ihr die Kraft dazu bleibt, was andere Besuche jedoch nicht ausschließt, ist der Himmel bedeckt, auf Péronne und die Schlachtfelder fällt Schneeregen. In Herdelin, wo wiedererrichtete Häuser und Ruinen dicht nebeneinander stehen, ist die Straße ein schlammiger Bach. Die Fahnen am Friedhofseingang hängen im Nieselregen ohne Ruhm und Farbe herab. Der deutsche Soldatenfriedhof gegenüber, auf der anderen Straßenseite, sieht nicht besser aus.

Im letzten Jahr, in der Sommersonne, erschienen Mathilde die frischgepflanzten Weiden, die schnurgeraden Wege, der makellos geschnittene Rasen, die Kokarden an den Kreuzen, die adretten Blumensträuße, die dort im Namen der Nation in nachgemachten antiken Vasen stehen, erschien ihr das alles als gräßliche Heuchelei, und am liebsten hätte sie ihren Abscheu laut hinausgeschrien. Der Regen, der eisige Wind, der von Flandern herüberweht, die hoffnungslose Starre, die das ganze Land erdrückt, passen besser zur Gesichtsfarbe der armen Frontschweine. Wie viele von ihnen würden ihr da wohl unrecht geben?

Beim ersten Mal hat sie zunächst nach dem Kreuz von Jean Etchevery gesucht, 19 Jahre alt, gestorben für etwas, was sie sich in Zukunft auszusprechen weigert, weil es eine Lüge ist. Auch auf dem Kreuz, das sie danach an demselben Weg fand, war es eine Lüge: Kléber Bouquet, 37 Jahre alt. Und auch auf dem, ein paar Reihen weiter hinten, von Ange Bassignano, 26 Jahre, dem Gauner aus Marseille, unter dem eine Schale mit Blumen aus farbigen Perlen stand, mit denen ein Name geschrieben war: Tina, ein Beweis dafür, daß Mathilde trotz all ihrer Bemühungen ein wenig später dran war als das Mädchen aus Belle de Mai. Wieder an einem anderen Weg stand das Kreuz von Benoît Notre-Dame, 30 Jahre, der Sturm hatte es umgestürzt, es hing nur noch an wurmzerfressenen Fasern. Pierre-Marie Rouvière hat einen Wärter geholt, der die Sache schon bemerkt hatte und ihm versprach, daß bald ein neues Kreuz aufgestellt würde.

Auf der Suche nach Six-Sous ließ sich Mathilde von Sylvain über den ganzen Friedhof fahren. Er lag nahe einer Mauer und in ihrem wohltuenden Schatten, ohne Blumen und Kranz, gestorben aber aus demselben Grund, wegen der Obszönität eines Krieges, der keinen Grund hatte, es sei denn den Egoismus, die Heuchelei und Eitelkeit einiger weniger. So sind die Dinge nun einmal.

Heute sitzt Mathilde unter einem großen Regenschirm in ihrem Rollstuhl für Kriegsversehrte vor Manech. Die

Kokarde auf seinem Kreuz ist ein wenig ausgebleicht, alles übrige bringt Sylvain in Ordnung. Jean Etchevery, 19 Jahre. Inzwischen ist sie älter als ihr Liebster. Vom Ufer des Sees von Hossegor hat sie ihm einen Mimosenzweig mitgebracht, der nicht gerade prachtvoll aussieht, als sie ihn aus ihrer Tasche holt und vom Papier befreit, aber Sylvain erklärt: »Auf den guten Willen kommt es an.« Mathilde antwortet: »Ich möchte, daß dieser gute Wille in die Erde kommt, direkt vor das Kreuz.« Mit seinen großen Händen eines Rotschopfs, der nicht will, daß man ihn so nennt, gräbt er und steckt die Mimosen sorgfältig in das Loch. Bevor er es zuschüttet, gibt Mathilde ihm ein Päckchen Zigaretten mit goldenem Filter. »Leg das dazu, seine Mutter würde sich freuen. Man weiß nie. Wo immer er ist, er kann, auch wenn er nicht raucht, damit Freunde gewinnen.«

Danach geht Sylvain langsamen Schrittes durch den Regen, mit einer durchnäßten Mütze auf dem Kopf, die er schon vor seiner Hochzeit besaß und die genau wie er auch nicht jünger wird. Er möchte Mathilde eine Weile allein lassen, auch er hat Taktgefühl.

Sie erzählt Manech, was inzwischen geschehen ist. Zuerst, daß Germain Pire weder Tina Lombardi noch Célestin Poux gefunden hat. Daß der Faden, den sie bis dahin in der Hand hielt, abgerissen zu sein scheint, daß er vielleicht nirgendwohin führt, daß das jedoch nicht schlimm sei und sie nicht aufgebe. Dann erzählt sie ihm, daß es seinen Eltern, den Etcheverys, gut geht. Sie hat sie besucht. Sie haben sie beide umarmt. Die Mutter hat ihr ein geschlagenes Ei mit Milch zubereitet, wie früher, als er sie mit Catapulte zu sich nach Hause brachte. Schließlich erzählt sie ihm noch, daß sie mit ihren Ersparnissen das Grundstück vom Buhmann am Seeufer gekauft hat und ihr Vater dort ein Haus bauen will, das sie sich mit zwei Terrassen wünscht, von denen eine zum Ozean, die andere zum See hin gelegen sein soll. Sie sagt: »Unser Schlafzimmer geht auf den See hinaus. Jeden Morgen kann ich durchs Fenster unsere Pappel sehen.« Nach langem Schweigen fügt sie hinzu: »Ich halte an dem Gedanken fest, daß einer von euch fünfen nicht tot ist. Ich glaube an das, was mir die Mutter von Urbain Chardolot geschrieben hat. Ich habe keine Gewißheit, dafür müßte ich einen der Soldaten finden, die im Bingo Crépuscule waren, und der einzige Name, den ich kenne, ist Célestin Poux.«

Sie beugt sich in ihrem Rollstuhl ein wenig vor, geschützt durch diesen lästigen Regenschirm, der die ganze Zeit wackelt. Sie möchte Manech nichts verbergen. Sie sagt: »Noch eine andere Sache beschäftigt mich. Tina Lombardi hatte einen Geheimcode mit ihrem Nino. Warum nicht auch die anderen mit ihren Frauen? Ich habe die Briefe von Six-Sous und Eskimo und Cet Homme immer wieder gelesen. Ich kann keinen Geheimcode entdecken. Nicht mal den von diesem Nino habe ich begriffen. Verzeih mir, Manech, daß ich nur ich bin.«

Als Sylvain zurückkommt, weil er genug davon hat, durch den Regen zu stromern, bemerkt er: »Sie haben wenigstens Wort gehalten und Benoît Notre-Dame ein neues Kreuz gegeben.« Mathilde würde gern wie im August über den ganzen Friedhof fahren, traut sich aber nicht, darum zu bitten. Sylvain sagt: »Weißt du, Matti, während du an Manech gedacht hast, habe ich mir die anderen Gräber angesehen. Auf dem von Bassignano stehen immer noch diese Blumen aus Perlen. Auf den anderen nichts. Wenn du es selbst sehen möchtest, fahr ich dich gern hin, es ist kein großer Aufwand.« Sie bedeutet ihm nein. Sie sagt: »Geh bitte noch mal zu Ange Bassignano. Sieh genau nach, ob es nicht ein Anzeichen dafür gibt, daß diese Tina noch einmal hier war.«

Die Minuten des Wartens ziehen sich lange hin. Der

Regen hat sich in Schnee verwandelt. Sie friert unter ihrer Decke. Sie sagt zu Manech: »Du machst es einem wirklich schwer, weißt du, bei uns in den Landes wärest du viel besser untergebracht.« Im August, bei ihrem ersten Besuch, hat sie Pierre-Marie gefragt, ob es wohl möglich sei, den Sarg auf den Friedhof von Soorts oder Cap-Breton zu überführen. Er hat geantwortet: »Es kann lange dauern, dies in die Wege zu leiten, ich weiß es nicht, aber mir scheint, daß wir das schaffen müßten. Ich werde mich erkundigen.« Er hatte kaum den Satz beendet, als Mathilde von furchtbarer Angst gepackt wurde. Die Kehle wurde ihr eng, und sie brachte kein Wort heraus. Es war, als schrie Manech aus ihrem Innern, nein, nein, das wolle er nicht. Und als sie wieder sprechen konnte, sagte sie schnell zu Pierre-Marie, mit gebrochener Stimme: »Nein, unternehmen Sie nichts. Ich will erst darüber nachdenken.« Danach verschwand die Angst sofort. Jetzt steigt sie wieder in ihr auf, schon bei dem Gedanken, sie sollte Manech fragen, ob er seine Meinung vielleicht geändert habe. Sie sagt zu ihm: »Na gut, ich will dir damit nicht auf die Nerven gehen. Schließlich habe ich auch Abwechslung, wenn ich hierher komme, ich sehe etwas vom Lande.«

Danach kommt Sylvain schweren Schrittes zurück, die Mütze schief, die Hände voller Matsch. Er hält sie in die Höhe, um sie vom Regen abwaschen zu lassen. Er sieht aus wie ein Kriegsgefangener, der sich mit den verrückten Ideen der Nervensäge Mathilde abgefunden hat. Während er näher kommt, ruft er ihr zu: »Ich habe nichts gesehen, was darauf hindeuten könnte, daß sie wieder hier war.« Als er vor ihr steht, sagt er: »Ich glaube aber, sie war doch hier, ich weiß nur nicht warum. Ich habe um das Kreuz herum gebuddelt, es könnte ja sein, daß diese Frau dir ähnlich ist. Da war nichts. Aber dann habe ich die Blumenschale hochgehoben. Sie ist aus Marmor, wiegt zehn Tonnen, da versteht man, weshalb keiner sie gestohlen hat. Darunter ist nichts zu sehen, woran zu erkennen wäre, woher sie stammt, aber mir ist eine Idee gekommen. Ich habe sie weiter weg auf ein anderes Grab gestellt. Vielleicht entdecken wir nächstes Mal etwas.«

Germain Pire
(Der Rest des Briefkopfs ist durchgestrichen)

Montag, den 16. Juni 1921

Mein liebes Kind,
noch nie habe ich mich so gedemütigt gefühlt. Trotzdem muß ich Ihnen mitteilen, daß meine Nachforschungen komplett gescheitert sind und ich auf die Hortensien, die mein Zimmer verschönern sollten, verzichte. Diese Valentina Lombardi, verstehen Sie, ist so unauffindbar, als hätte es sie nie gegeben. Ich habe von ihr in Toulon, La Ciotat und Marseille gehört, aber immer hinter vorgehaltener Hand, von gutsituierten Bürgern. Das Wichtigste könnte mir nur ihr Umfeld sagen, in dem sie sich aufhielt, aber dieses Umfeld redet nicht. Da Sie mich ausdrücklich darum gebeten haben, habe ich Madame Conte keine Unannehmlichkeiten bereiten wollen, auch nicht ihren Freundinnen Madame Isola und Madame Sciolla. Ich hätte von ihnen sowieso nichts erfahren, das mich weitergebracht hätte.

Ich habe sonst bei meinen Nachforschungen häufig den Eindruck, daß ich die Personen, die ich suche oder die ich beschatte, fast wie Geschwister kenne. Bei Valentina Lombardi ist es überhaupt nicht so. Ich habe das Gefühl, sie ist ein finsteres Wesen, vom Fluch einer schweren Kindheit gezeichnet und später im Joch der einzigen Liebe, die sie glauben ließ, daß sie ebensoviel wert sei wie die anderen, und seit diese Liebe vernichtet ist, muß sie unendlich grausam und gefährlich geworden sein für alle, die mit dieser Vernichtung zu tun hatten. Ich sage Ihnen das nur aus einem Gefühl heraus, aber es wäre klüger, sie zu vergessen, mein liebes Kind, und in Zukunft nichts zu versuchen, was das Tier in ihr wecken könnte.

Ihre Spuren enden in einem Dorf im Morbihan, im Februar dieses Jahres. Ich bin hingefahren. Sie war nur kurz in dem Ort. Die Leute erinnern sich an ihre kaum verhohlene Gewalttätigkeit, an ihre düstere Ausstrahlung. Wenn ich sie dort verloren habe, dann vielleicht deshalb, weil sie tot ist, und ich bin nicht traurig drum.

Was Célestin Poux betrifft, um den sich mein Bruder Ernest gekümmert hat, so müssen wir ebenfalls aufgeben, obwohl er ganz das Gegenteil von ihr ist. Auf der Insel Oléron haben ihn alle als lebensfrohen Jungen beschrieben, unglaublich geschickt, hilfsbereit, aber ganz unberechenbar. Im Herbst 19 ist er für drei Monate zu Hause gewesen. Bis dahin war er im Rang eines Gefreiten Besatzungssoldat auf der anderen Seite des Rheins. An einem Ort mit Namen Le Douhet, nahe der Gemeinde Saint-Georges, hatten sie ihn zum Schleusenwärter gemacht. Er wohnte an seiner Arbeitsstelle. Seine Verwandtschaft besteht nur noch aus entfernten Vettern, die wie er Poux heißen und nichts zu sagen haben, außer daß sie einander aus dem Weg gehen. Auf jeden Fall ist er lebend aus dem Krieg zurückkommen. Oléron hat er im Januar 1920 verlassen, um, wie er sagte, in der Dordogne eine Autoreparaturwerkstatt zu kaufen. Das Departement Dordogne ist riesig. Mein Bruder hat, so gut er konnte, nach ihm gesucht, ihn aber nicht gefunden. Das letzte Mal, daß ihn einer gesehen hat, war er auf der Fähre, mit der er aufs Festland hinüberfuhr. Er trug einen Seesack über der einen Schulter, einen Austernkorb über der anderen. Er sagte, die Austern seien für einen Verrückten, der mit ihm um sein Motorrad gewettet hätte, daß er zwanzig Dutzend auf einmal essen könne.

Es tut mir sehr leid, mein liebes Kind, und ich schäme mich mehr, als ich mit Worten sagen kann, daß ich diesem Brief meine Spesenrechnung beifügen muß. Sie ist, das können Sie mir glauben, ehrlicher Ihnen als mir gegenüber. Sie werden auch sehen, daß ich nur bescheidene Hotelzimmer genommen habe, immer dritter Klasse gefahren bin, und sonst nichts. Bedenken Sie, daß ich nur von der Freude lebe, Künstler wie Sie zu kennen.

Ich verabschiede mich in der Hoffnung, daß Zufall oder Zeit es mir ermöglichen, etwas zu entdecken, wofür es sich lohnt, Sie erneut zu stören. Was immer geschieht, ich bleibe Ihr Freund und treuer Bewunderer

Germain Pire

Dieser Brief wird Mathilde nach New York nachgeschickt, wo sie sich, in jenem von ihren Leben, das ihr am wenigsten Spaß macht und sie am meisten Zeit kostet, von einem jungen jüdischen Professor, Arno Feldmann, hat operieren lassen, der drei Behinderten wie ihr einen Teil ihrer Bewegungsfähigkeit zurückgegeben hatte. Ein unbedeutendes Fiasko, außer daß sie nicht mehr die quälenden Schmerzen in der Hüfte hat und drauf und dran ist, sich in den Chirurgen zu verlieben, aber er ist verheiratet, Vater zweier pausbackiger Mädchen mit Sommersprossen, ja, er sieht nicht mal gut aus – und wie jeder weiß, wenn man von den gesichtslosen Unbekannten einmal absieht, die sie gelegentlich in ihren Träumen heimsuchen, betrügt Mathilde ihren Verlobten nie.

Außerdem, das muß gesagt werden, ist Mama hier, die sich auf der Überfahrt die Seele aus dem Leib gekotzt hat, die sich auf ihren Spaziergängen durch den Central Park und die Läden der Fifth Avenue langweilt und der die Hitze auf die Nerven geht. Mathilde will den anderen nicht noch mehr Kummer bereiten, als sie ohnehin schon tut. Deshalb sieht sie sich Arno Feldmann nur noch verstohlen im Spiegel der Fensterscheibe an, aus weiter Ferne, verstehst du, sehr gelassen.

Im Oktober kehrt sie nach der Villa »Poéma« zurück, in die letzten Flammen eines Sommers, der sich ewig hinzieht, und alle findet sie in guter Verfassung vor, Tiere und Menschen. Sie haben ein neues Auto, Marke Delage, besser gefedert und bequemer als das frühere. Es ist gelb und schwarz, anscheinend gab es keine anderen Farben. Sylvain fährt Mathilde fast jeden Tag nach Hossegor, um sich den Fortschritt der Bauarbeiten an der Villa anzusehen. Bruno Marchet, Papas Architekt, findet sie lästig. Sie spricht mit den Arbeitern über Einzelheiten, ist nie zufrieden, glaubt, daß die Leute sie hassen. Sie verspricht ihrem Vater, erst wiederzukommen, wenn die letzten Arbeiten gemacht werden.

Im Januar 1922, als sie zum Friedhof von Herdelin pilgert, ist der Himmel blau, es ist kalt, die Schale mit den künstlichen Blumen, die Sylvain versetzt hatte, steht wieder am alten Platz unter dem Kreuz von Ange Bassignano, aber das muß nicht unbedingt heißen, denkt Mathilde, daß Tina Lombardi hier war. Der Wärter, der nicht immer da ist, sieht, wenn er da ist, zu viele Leute vorbeigehen, er weiß es nicht. In Péronne jedoch, das Sylvain sich anschaut, erzählt ein Hotelier, der Chef des »Prince de Belgique«, bereitwillig, im vergangenen Herbst sei eine junge Frau mit südfranzösischem Akzent bei ihm abgestiegen. Sie sei allein gewesen, habe eine Menge getrunken, bei Tisch kleine Zigarren geraucht und die Gäste beschimpft, die sich belästigt gefühlt hätten. Er sei sehr froh gewesen, daß sie nur eine Nacht blieb. Am nächsten Morgen habe sie sich verdrückt, ohne die Rechnung zu bezahlen. Der Name, den sie nannte und den Sylvain selbst im Übernachtungsbuch nachlesen kann, lautete Emilia Conte aus Toulon. Datum ist die Nacht vom 15. auf den 16. November 1921.

Als sie nach Paris zurückkommt, gibt Mathilde die Nachricht an Germain Pire weiter, aber der weigert sich höflich, die Nachforschungen wiederaufzunehmen. Er ist in den anderthalb Jahren sehr alt geworden. Er trägt noch immer seine Melone, die lässig gebundene Schleife und die weißen Gamaschen, aber ein Todesfall, über den er sich nicht erst auslassen will, hat ihn getroffen, er ist nicht mehr mit dem Herzen dabei.

Auch Mathilde wird in diesem Jahr 1922 einige Todesfälle erleben. Im feuchten Monat Juni sterben im Abstand von drei Wochen Manechs Eltern, die Mutter im Schlaf, an einem Herzanfall, der Vater wird ertrunken im See gefunden, nahe bei seinem Austernpark. Damit der Priester seine Aufbahrung in der Kirche zuläßt, erzählen sie ihm, es sei ein Unfall gewesen. Aber in der letzten Nacht hat er einen Umschlag für Mathilde hinterlassen, den Doktor Bertrand aus Soorts, der erste, den die Feuerwehrleute gerufen haben, ihr ungeöffnet übergeben hat. Es sind nur wenige Zeilen, mit Blaustift geschrieben, kaum lesbar:

Meine kleine Matti,
ich bin völlig mutlos. Die eine Hälfte meines Lebens war mir schon genommen, jetzt habe ich die zweite verloren. Mein einziger Trost bei diesem Unglück ist, daß wir dank Deiner im letzten Jahr mit meiner armen Isabelle das Grab unseres Sohnes sehen konnten. Meine Angelegenheiten sind geregelt. Ich habe Dir notariell alles vermacht, was wir von Manech aufbewahrt hatten. Ich habe auch keinen Mut, den Hund zu töten, und bitte Dich, ihn aufzunehmen. Er kennt Dich und wird darum weniger unglücklich sein.

Ich umarme Dich wie meine Tochter

Etchevery Ambroise

Die einzige Verwandte des armen Mannes ist eine Schwester, Postangestellte in Saint-Jean-de-Luz. Sie verkauft das Haus und den Austernpark, um mit ihrem Mann eine Kurzwarenhandlung zu eröffnen. Sylvain holt mit dem Delage den Hund Kiki und Manechs Sachen ab: seine alten Kleider, seine Bücher und Schulhefte, die Fantomas-Geschichten, die er las, bevor er in den Krieg zog, Spielsachen, die er sich selbst gebastelt hatte, den berühmten weißblau gemusterten Badeanzug, auf dem das Wappen fehlt, aber man sieht keine Spuren mehr davon.

Im September stirbt Kiki, obwohl er bestens gepflegt wurde, und Tertia und Bellissima, die an Husten erkrankt sind, fallen in einer Nacht dem Tod zum Opfer. Im November wird in Labenne Mademoiselle Clémence beerdigt, die ehemalige Lehrerin. Und bevor das Jahr zu Ende geht, kehrt Camembert, Bénédictes Kater, von einer Schürzenjagd nicht zurück. Sylvain findet ihn drei Tage später, von einem Lastwagen überfahren und schon von Würmern zerfressen, mehr als fünf Kilometer von Cap-Breton entfernt.

Das Jahr 1923 fängt nicht besser an. Durch einen Brief aus Marseille erfährt Mathilde Anfang Februar, daß Madame Paolo Conte gestorben ist. Deren treue Freundin Madame Isola schreibt ihr, daß sie entschlafen sei, ohne zu leiden, weil ihr Herz verbraucht gewesen sei. Ihre Patentochter habe sie nicht wiedergesehen.

Im Frühling wird mit mehreren Monaten Verspätung die Villa »MMM« fertig. Mathilde zieht mit Sylvain und Bénédicte dort ein, sie sieht die Pappel von ihren Fenstern aus, im Garten blühen die Mimosen, zusammen mit den Rosen, dem Rhododendron und den Kamelien, die Sylvain gepflanzt hat. Mathildes Atelier liegt neben ihrem Schlafzimmer. Alle Fußböden im Haus bestehen aus glattem Marmor, günstig für ihre Räder, und die Wege draußen sind geteert worden, damit sie dort nach Herzenslust spazierenfahren kann. Im Sommer malt sie vormittags auf der Terrasse vor dem See, nachmittags auf der Westseite des Hauses. Sie malt viel, um die traurigen Dinge zu vergessen und auch, damit die Zeit vergeht, in der sie nichts in ihren Mahagonikasten legen kann, und um sich selbst zu vergessen.

Im Winter stellt sie in Biarritz und in Paris ihre Bilder aus, auch diesmal wieder in der Galerie »Lettres de mon moulin«. Die Dame mit den Petits fours ist immer noch rüstig zugange, das goldene Buch wird um einige hübsche Eintragungen bereichert. Eine Dame schreibt: »Ihre Blumen sprechen.« Ein späterer Besucher bemerkt genau darunter: »Sagen wir, sie stottern.«

Mathilde nutzt den Aufenthalt in Paris, um ihre Anzeige noch einmal in *L'Illustration, La Vie parisienne* und die Monatszeitschriften für Veteranen zu setzen. Die Namen Benjamin Gordes, Chardolot und Santini streicht sie und läßt nur noch Célestin Poux stehen, sie gibt außerdem ihre neue Adresse in den Landes an.

Im Frühjahr ereignet sich etwas Erfreuliches in der Villa »MMM« – worin Mathilde, die abergläubisch ist, wenn es sie bestärkt, eine Vorankündigung dafür sieht, daß der Ausgang des Tunnels bald erreicht ist, das Jahr 1924 große Überraschungen für sie bereithält und viele Wunden schließen wird. Durandal, die früher so hochmütige Katze von Sylvain und Witwe von Camembert, wird im reifen Alter, wie man es von manchen Frauen sagt, von einer wahren Leidenschaft für das Laster gepackt. Da sie sich zwischen Uno, Due, Voleur und Maître Jacques nicht entscheiden kann, hat sie auf alle vier ein Auge geworfen, sei es, weil nur ein ganzes Quartett sie zufriedenstellen kann, sei es aus lobenswerter Sorge, keinen Streit im Haus auszulösen. Da sie außerdem gelegentlich in die Stadt geht und sogar in den Wald und erst bei Einbruch der Nacht mit reichlich erschlaffter Miene heimkehrt, muß der Erzeuger der fünf reizenden kleinen Tigerkatzen, die sie am 26. April zur Welt bringt, ganz schön schlau gewesen sein. An jenem Tag feiern Bénédicte und Sylvain ihren fünfzigsten Geburtstag – sie ist zwei Tage älter als er – und ihren dreißigsten Hochzeitstag. Die Geschenke sind schnell verteilt. Mathilde bekommt d'Artagnan und Mylady, Sylvain Porthos, Bénédicte Athos, den sie hartnäckig Camembert nennt, und Mama erbt Aramis. Durandal, von ihrer Liebestollheit geheilt und voll Reue wegen ihrer Sünden, widmet sich künftig ausschließlich der Erziehung ihrer Kinder.

Als sie durch die Veröffentlichung ihrer Annonce den Angelhaken erneut auswirft, rechnet Mathilde, auch wenn sie diesmal nicht dieselbe irre Hoffnung hegt wie beim erstenmal, doch nicht mit einem so spärlichen Fang. Es sind im ganzen vier Briefe, deren aufschlußreichster nicht einmal etwas mit dem Aufruf zu tun hat und noch an die Villa »Poéma« adressiert ist.

In zwei der drei anderen Briefe beansprucht jemand die Urheberschaft der Bezeichnung »Bingo Crépuscule«.

Ein Oberst der Kolonialtruppen, er gehörte zu denen, die im Oktober 16 den Schützengraben von den Deutschen eroberten, hat in einem verlassenen Unterstand ein Gemälde auf Holz gefunden, wahrscheinlich von einem englischen oder kanadischen Soldaten in seiner Freizeit gemalt, dessen Rückseite ideal geeignet war für ein Schild, und so ließ er den neuen Namen des eroberten Ortes daraufschreiben.

Ein Briefschreiber aus Château-Thierry, der nur mit »ein Soldat aus Mangin« unterzeichnet, behauptet acht Tage später, er habe eigenhändig mit schwarzer Farbe und in Blockschrift »Bing au Crépuscule« auf die Rückseite eines Bildes geschrieben.

Wenigstens sind beide sich über den Inhalt des Kunstwerks einig. Wenn sie ihre Berichte zusammennimmt, kann sich Mathilde einen britischen Offizier am Strand vorstellen, der einen flammenden Sonnenuntergang betrachtet, während sein großes graues oder auch schwarzes Pferd friedlich neben ihm das wenige Gras frißt und eine Palme darauf verweist, daß die Szene im Orient spielen könnte.

Auch der dritte Brief ist anonym und überraschend knapp:

Mademoiselle,
Célestin Poux ist am Chemin des Dames umgekommen, das war im April 1917. Sie brauchen Ihr Geld nicht noch weiter auszugeben. Ich habe ihn gut gekannt.

Der Umschlag trägt den Poststempel von Melun. Wegen der Schrift und des rosafarbenen Papiers vermutet Mathilde, daß es sich um eine ältere Dame handelt.

Bleibt noch der Brief, der keine Antwort auf die Annonce ist. Er kommt von weither. Aristide Pommier hat ihn geschickt, der Holzfäller mit Brille, den sie an seiner Hochzeit als Arschloch beschimpft hat, der Fischerstecher, der so gern ins Wasser fiel.

Aristide Pommier
550, Côte des Neiges
Montreal, Kanada

18. Juni 1924

Liebe Mademoiselle Mathilde,
Sie wissen vielleicht, daß ich mit meinem Schwiegervater am Ende so uneins war, daß wir uns geprügelt haben und ich es deshalb vorgezogen habe, nach Quebec ins Exil zu gehen. Sechs Monate später habe ich dann meine Frau

und die beiden Töchter nachkommen lassen. Eine dritte ist hier geboren. Ich beschäftige mich nicht mehr mit Bäumen, sondern bin Küchenchef in einem Restaurant in Sherbrooke, an einer der belebtesten Verkehrsadern im Zentrum der Stadt. Ich verdiene gut, aber ich schreibe Ihnen nicht, um anzugeben.

Ich schreibe Ihnen, weil ich Ihnen erzählen will, daß ich vor ein paar Tagen mit einem Gast gesprochen habe, der aus Saint John's auf Neufundland stammt und nach dem Krieg nach Quebec gekommen ist. Er heißt Nathanael Belly, wird Nat genannt und betreibt ein Heizungsunternehmen. Er ist etwa fünfunddreißig. Er aß hier mit seiner Frau und einem befreundeten Paar. Nach dem Essen wollte er unbedingt einen für mich ausgeben, um mir zu meiner Kochkunst zu gratulieren, und so erfuhr ich, daß er im Januar 17 an der Somme war und den Schützengraben kennt, in dem Manech umgekommen ist. Ich möchte keine furchtbaren Erinnerungen wachrufen, aber ich glaube, daß Sie in erster Linie alles wissen möchten. Ich habe ein wenig gezögert, ob ich schreiben soll, aber dann habe ich's doch getan.

Nat Belly zufolge, der gern Bier trinkt, aber trotzdem klar im Kopf war, kamen am Montagmorgen, dem 8. Januar 1917, die Leute einer Patrouille aus Neufundland als erste an den Ort des Kampfes, weil die Briten in diesem Sektor unsere Leute ablösten, wie sie es nachher an unserer gesamten Front taten, bis nach Roye. Nat Belly erzählt, sie hätten unter einer Plane fünf getötete Franzosen begraben, die an den Händen Verbände trugen. Ihre Regimentsnummern und alle ihre Rangabzeichen waren abgerissen worden, wahrscheinlich von den Boches als Souvenirs. Nat kann sich leider nicht mehr an ihre Namen erinnern, dabei hatten sie ihre Kennmarken noch, und der Chef der Patrouille hat sie auch aufgeschrieben, »für alle Fälle«, aber er erinnert sich nicht mehr. Woran er sich erinnert, ist, daß einer der fünf sehr jung war, um die zwanzig, mit braunen Haaren und einem langen, schlanken Körper, und ich glaube, das war unser armer Manech.

Das wollte ich Ihnen doch sagen. Nat Belly hat mir inzwischen gesagt, er glaubt, er könne diesen Patrouillenchef, der Dick Bonnaventure heißt, wiederfinden, er ist der Sohn von Leuten aus Quebec und auch in Saint John's geboren, aber nur durch Zufall. Er ist kein *niouffi*, wie man hier die Leute aus Neufundland nennt, sondern ein Trapper vom Lake Saint John's, der Gedichte und Lieder geschrieben hat, und Nat Belly weiß, daß er jeden Herbst nach Chicoutimi kommt. Wenn er ihn wiederfindet, wird er alle Einzelheiten über die Angelegenheit in Erfahrung bringen, weil der andere ein besseres Gedächtnis hat und besser aufgepaßt haben muß. Nat Belly läßt sich bei Ihnen entschuldigen, er sagt, zwangsläufig habe er an diesem Morgen nicht überall hingeschaut, weil schon wieder Bomben fielen und sie wohl gerne bereit waren, Dick Bonnaventure zu gehorchen und einige Minuten zu verlieren, um die Franzosen zu beerdigen, aber nicht zu lange. Ich habe sowas auch erlebt, ich kann es verstehen.

Woran er sich auf jeden Fall genau erinnert, ist, daß es am Morgen des 8. Januar 1917 war und überall dicker Schnee lag, der bis über die Knöchel reichte, und daß diese fünf Soldaten tot und überall verstreut waren. Daraufhin haben sie die Leichen zusammen in ein großes Loch gelegt, sie mit einer Plane aus dem von den Boches evakuierten Schützengraben zugedeckt und in aller Eile geschaufelt, um sie zuzudecken.

Ich hoffe, liebe Mademoiselle, daß dieser Brief Sie nicht noch trauriger macht, als Sie bereits sind. Ich weiß, daß Sie jemand sind, der lieber Bescheid wissen will. Ich hoffe auch, daß es Ihnen gut geht und Ihre Eltern noch leben. Auch meine Frau und meine Töchter wünschen Ihnen trotz Ihres Kummers Gesundheit und Wohlergehen. Wenn ich mehr Einzelheiten wüßte, können Sie sicher sein, daß ich sie Ihnen sofort schreiben würde.

In bester Freundschaft und Erinnerung an früher

Aristide Pommier

Dieser Brief macht Mathilde nicht trauriger, als sie es seit dem Tod von Manech ist. Pierre-Marie Rouvière hat ihr ja schon vor vier Jahren gesagt, daß die fünf von den Briten gemeinsam beerdigt wurden, bevor sie in Herdelin Särge und weiße Kreuze bekamen. Manche Ausdrücke jedoch machen ihr zu schaffen: »die Leichen in ein großes Loch«, »in aller Eile geschaufelt« und vor allem das Schlimmste: »tot und überall verstreut«. Sie zwingt sich, zu begreifen, daß man die Leichen an verschiedenen Stellen des Niemandslands gefunden hat, daß Aristide so schreibt, wie er kann, nämlich wie eine Sau und als das Arschloch, das er immer noch ist. Aber sie kann eine ganze Nacht nicht schlafen, bleibt in der Vision eines Gemetzels gefangen.

Zum Glück ist bald auch der Juli vorbei, und mitten im Sommer erreicht sie das Ende des Tunnels.

Am Sonntag, dem 3. August 1924, am späten Nachmittag, während die Katzen, schon recht behende und frech, munter auf ihren vierten Lebensmonat zugehen, sitzt Mathilde auf der Westterrasse und versucht sie zu zeichnen, alle zusammen in ihrem Korb, aber sobald sie eine Minute brav gewesen sind, kabbeln sie sich, werden müde, und trotz der Bemühungen ihrer Mutter, sie wieder in die richtige Pose zu bringen, wollen sie ihr eigenes Leben leben.

Mathilde erinnert sich noch, daß die Sonne den Wipfel der Pinien berührt, als sie aus der Ferne ein Motorrad heranrollen hört, das in wildem Tempo über den Seeuferweg braust. Sie richtet sich auf, den Pinsel noch in der Hand. Und dann steht er da, im Rahmen der offenen Tür, blockt seine Maschine mit einem Ruck auf, streift Lederkappe und Brille ab, er hat blonde Haare, ist größer und kräftiger, als sie sich vorgestellt hat, aber sie ist sicher, er ist es, Célestin Poux, und während er mit Sylvain spricht, der ihm entgegengegangen ist, denkt sie: »Lieber Gott, danke, danke!« und preßt ihre Hände gegeneinander, um nicht zu zittern oder zu weinen, um nicht als dumme Gans zu erscheinen, derer man sich schämen muß.

Der Schrecken der Armee

Entschuldigen Sie, Mademoiselle Mathilde, wenn ich mich nicht an alles erinnern kann, sagt der junge Mann mit den blauen Augen. So viele Jahre sind vergangen, ich habe seit Bingo so viele Tage erlebt! Und dann ist es so, daß jeder im Krieg seine eigenen Sorgen hat, kleine Mißgeschicke, ein bißchen Glück, man sieht nur stückweise, was geschieht, und auch nicht weiter als über das hinaus, was man gerade zu tun hat. Ein Augenblick läßt den anderen verblassen, die Tage lassen die Tage verblassen, und letzten Endes kommt einem alles gleich vor. Natürlich habe ich oft an diesen Sonntag im Januar gedacht, an die fünf Verurteilten im Schnee, und ich sage mir auch, daß das eine große Schweinerei war, aber ich will nicht lügen: was ich heute davon vor Augen habe, ist kaum deutlicher als ein Abend im April am Chemin des Dames oder der Tod meiner Mutter, als ich zehn Jahre alt war.

Ich habe Ihren Verlobten nicht sterben sehen. Ich weiß nur, daß er hinfiel, als er gerade mit einem Schneemann fertig war, den er mitten auf dem Feld gebaut hatte, nur mit der linken Hand, in seinem Mantel ohne Knöpfe. Ich habe auch gesehen, wie er mit dem Schneemann anfing. Es war gegen zehn, elf Uhr vormittags, an diesem Sonntag, und von beiden Seiten ermunterten ihn die Soldaten, ohne sich über ihn lustig zu machen, oder es war nicht böse gemeint, denn alle hatten begriffen, daß er nicht mehr bei Verstande war. Die Boches haben ihm sogar noch eine alte Pfeife zugeworfen, damit er sie seinem Schneemann ins Gesicht stecken konnte, und wir eine alte Kreissäge ohne Hutband, die wir da gefunden hatten.

Ich mußte weg, irgendwohin, irgendwas erledigen, was weiß ich nicht mehr. Ich diente damals immer irgendwem als Laufjunge, und das mochte ich sogar, weil ich nie gern immer am selben Ort war, deshalb heißt es jetzt übrigens immer, ich sei mit meinem Motorrad verheiratet, was auch stimmt, denn es verlangt nicht mehr von mir, als mit einem Jungen vom Meer zusammenzusein.

Als ich in den Schützengraben zurückkam, sagen wir gegen zwölf Uhr mittags, erzählten sie mir, ein deutscher Doppeldecker habe das Gebiet mehrmals überflogen und wild drauflos geballert, und Bleuet, der nicht in Dekkung war, sei getroffen worden. Danach, am Montagmorgen, als wir in den deutschen Linien waren, um die Toten und Verletzten zu zählen, sagte mir einer, der seine Leiche im Schnee hatte liegen sehen, daß die Kugel des Maschinengewehrs ihn voll in den Rücken getroffen und auf der Stelle getötet habe.

Ich habe Six-Sous sterben sehen. Es war gegen neun, am Sonntagmorgen. Er hatte sich am linken Rand von Bingo plötzlich aufgerichtet und geschrien, er habe es satt, er wolle pissen wie ein Mann, nicht wie ein Hund. Der Wundbrand fraß seit Stunden an ihm, auch er delirierte, er wankte im Schnee zwischen den beiden Schützengräben hin und her, mit offenem Schlitz, und pißte. Da rief einer, der Französisch konnte, vom gegenüberliegenden Schützengraben her, wir seien Schweine und Feiglinge, einen unserer Leute in diesem Zustand allein zu lassen. Da gab Hauptmann Parle-Mal zurück: »Und du, blöder Sauerkraut, sag mir deinen Namen, wenn du Mut hast, damit ich dir, wenn ich dir wieder mal begegne, deine Eier abschneiden kann! Ich heiße Favourier!«

Dann, etwa eine Stunde später, war es heller, weißer Tag. Six-Sous kam und ging, und er fiel immer wieder vor dem deutschen Schützengraben hin, predigte, daß alle die Waffen niederlegen und nach Hause gehen sollten, daß der Krieg abscheulich sei, und solche Sachen. Danach sang er aus vollem Halse das Lied von der Kirschenzeit und daß er »seit dieser Zeit im Herzen eine offene Wunde hätte«*. Er sang nicht schön, er war am Ende seiner Kräfte, aber wir hörten ihm beklommen zu und gingen jeder unserer Arbeit nach, und in beiden Lagern war es ganz still.

Danach setzte sich Six-Sous in den Schnee und redete Wörter, die keinen Sinn mehr ergaben, und plötzlich, einfach so, schoß einer vom Schützengraben gegenüber. Er saß davor, bekam die Kugel in den Kopf, fiel nach hinten, mit weit ausgebreiteten Armen. Ich war da, ich habe es mit eigenen Augen gesehen. Warum einer ohne einen Grund mehr als in der Sekunde zuvor geschossen hatte, das weiß ich nicht. Hauptmann Favourier sagte mir: »Sie haben einen Bataillonschef, der genau so ein Mistkerl ist wie unserer. Außerdem muß ihr Telefon heute nacht kaputtgegangen sein, sonst hätten sie nicht so lange auf Befehle gewartet.« Es war nämlich so, daß die Boches in der Nacht überall auf das Feld Granaten geworfen hatten und Parle-Mal schließlich die Nase voll hatte, und so haben wir ihnen kräftig ein paar reingedonnert, um sie zu beruhigen. Auch das mußte ich mir erzählen lassen, weil ich gerade weg war, um Suppe zu holen. Erst im Morgengrauen kam ich wie ein Packesel beladen zurück.

Den Eskimo habe ich nicht fallen sehen, es war gleich, nachdem der Doppeldecker vorbeigekommen war, der Ihren Verlobten getötet hat und dabei auch seinen Schneemann traf. Vor diesem Flugzeug, ich habe es Ihnen ja schon gesagt, schoß niemand mehr, ich glaube, Six-Sous' Tod war sogar den Deutschen zuviel. Ich erinnere mich noch, wie Leutnant Estrangin sagte: »Wenn wir Glück ha-

* Zitat aus der letzten Strophe von *Le Temps des cerises.*

ben und bis zum Abend ungestört bleiben, können wir Leute rausschicken, die vorsichtig die vier anderen zurückholen.« Das Glück war an diesem beschissenen Sonntag wohl nicht auf unserer Seite.

Jedenfalls um elf, ja, ungefähr um die Zeit, verließ ich Bingo noch einmal, weil ich irgend etwas machen sollte, einem Späher der Nachbarkompanie sein Lakritz bringen oder ein nettes Wort für den Unteroffizier, ich habe es vergessen. Als ich ging, baute Bleuet noch seelenruhig seinen Schneemann, als gäbe es die Welt nicht mehr, und der Eskimo saß gut geschützt in dem Unterstand, den er sich nachts gegraben hatte. Der Bauer aus der Dordogne gab kein Lebenszeichen von sich, seit er mit auf dem Rücken gebundenen Händen die Schützengrabenleiter hochgeklettert und in der Dunkelheit verschwunden war. Das habe ich gesehen, da war ich da. Als die Leuchtraketen Bingo erhellten, sah ich Cet Homme rechter Hand auf einen Ziegelhaufen zukriechen, der aus dem Schnee ragte. Ich denke, er wurde in der Nacht vom Samstag als erster getötet, durch Maschinengewehre oder Granaten. Jedenfalls hat er nie geantwortet, wenn man nach ihm rief.

Gegen Mittag kam ich zum Schützengraben zurück. Das Wetter hatte sich verschlechtert, wir beschossen uns wie an den schlimmsten Tagen im Herbst. Die Kameraden sagten mir: »Eine Albatros hat das Feld beschossen, einmal, zweimal, dreimal und ist dabei fünfzehn Meter tief über dem Boden geflogen, vielleicht noch weniger. Um sie abzuschießen, hätte man mit dem halben Körper aus dem Schützengraben herausgemußt, und die von gegenüber hätten einen abgeknallt.«

Die Albatros, das ist ein deutsches Flugzeug von 1915 mit einem Maschinengewehr am Heck, weil man damals noch nicht durch die Propeller schoß, sondern durch ein Loch im Rumpf. Und ich stelle mir diesen Schmutzfinken vor, wie er ganz dicht über dem Boden fliegt, um festzustellen, was für ein Saustall zwischen den beiden Schützengräben entstanden ist, und wie er dann zurückkommt, weil er auf dem Gebiet Franzosen entdeckt hat, und wie er noch mal zurückkommt und seine Kugeln ausspuckt und dabei Ihren Verlobten tötet, und wie er zum dritten Mal kommt und alles niederschießt, und da – meine Kameraden haben alles gesehen und es mir erzählt – richtet sich im Schnee plötzlich einer der Jungs auf, Eskimo, und wirft mit der rechten Hand etwas in die Höhe, es ist eine Zitrone, eine Granate, die explodiert und das Leitwerk des Doppeldeckers abreißt, der einen Kilometer von dort wie ein welkes Blatt herunterfällt und innerhalb der eigenen Linien explodiert. Meine Kameraden haben sicher Bravo geschrien, aber nicht alle, nicht die, die gesehen haben, wie Eskimo von den letzten Kugeln des verfluchten Maschinengewehrs umgemäht wurde. Favourier hat, wie man mir erzählt hat, geschrien: »Haltet die Klappe, ihr Arschlöcher, geht endlich in Deckung!«

Daß die Dinge aus dem Gleichgewicht kamen und dieser Sonntag in einem Gemetzel endete, liegt sicher an der Albatros. Bis dahin hatten die Boches nämlich geglaubt, was wir ihnen rübergerufen hatten, daß die fünf Verurteilte seien und keine Waffen hätten. Aber unter dem Schnee lag eben soviel Zeug begraben, daß Eskimo eine Granate gefunden hatte.

Von diesem Moment an, bis ungefähr zwei Uhr, haben wir nur ein bißchen rumgeballert, ein paar Tomaten fielen, die Männer kriegten ein paar Schüsse ab. Aber dann ballerten wir nicht mehr, sondern das rollende Geräusch, das die dicken Schwarzen, die Höllenfeuer ankündigt, drang uns ins Ohr. Im Rauch der Explosionen sahen wir auf dem Feld den Marseiller, der Droit Commun genannt wurde, mit erhobenen Armen auftauchen, von Schnee und Schlamm bedeckt. Er brüllte, dem deutschen Schützengraben zugewandt: »Ich ergebe mich, schießt nicht!« oder irgendwas in der Art, weil wir uns nicht mehr verstehen konnten, aber ich hörte dann trotzdem, wie in meiner Nähe an der Brüstung einer der Gefreiten aus der Kompanie, Thouvenel, schrie: »Verflucht, dieses Arschloch hat uns jetzt lange genug genervt, den schnapp' ich mir!« Dieser Gefreite, den ich nicht mochte, weil er knikkerig gegenüber seinen Männern war, hätte aus sechzig Metern Entfernung keine Dose Corned beef verfehlt. Bevor ihn jemand davon abhalten konnte, brachte er den aus Marseille mit einem Genickschuß um, wie ein Schlachter. Am nächsten Tag, als alles vorüber war, fragte ihn der Höchstrangige, der uns geblieben war, der Sergeant Favart, warum er das getan habe, und da antwortete der Gefreite Thouvenel: »Gestern im Schnee, als alles gut lief, haben wir gehört, wie dieser Taugenichts den Boches versprach, wenn sie ihm den Draht öffneten und ihn gut behandelten, würde er ihnen sagen, wie viele wir sind und wo das Telefon ist und wo unsere Maschinengewehre stehen.« Ich weiß es nicht. Vielleicht stimmte es.

Jedenfalls wissen Sie jetzt, wie sie alle umgekommen sind. Danach bombardierte die deutsche Artillerie unsere vorderste Linie mit großen Kalibern, ohne Rücksicht darauf, daß auch ihre dabei kaputtging, die Raketen zu ihrer Verstärkung wurden von weit hinten abgeschossen, da begriffen wir, daß die von gegenüber ihren Schützengraben schon eine ganze Weile geräumt hatten. Hauptmann Favourier gab Anweisung, unseren zu verlassen. Wir nahmen drei Gefallene mit, darunter Leutnant Estrangin und vielleicht schon zehn Verletzte, und wir haben Bingo in aller Eile aufgegeben. Ich habe mich um die Verwundeten gekümmert. Als ich wieder nach vorn kam, vielleicht eine halbe Stunde später, hatten sich unsere beiden Kompanien in Schützengräben zurückgezogen, die dreihundert Meter weiter östlich lagen, und es prasselte immer noch auf uns nieder, aber immerhin weniger als auf Bingo. Da sagte Hauptmann Favourier: »Wir müssen näher ran. Diese Mistkerle hören nicht auf, uns zu beschießen, bevor wir nicht in der Lage sind, ihren Leuten in den Arsch zu beißen.« Und so haben wir uns in drei großen Wellen nach draußen bewegt.

Wir kamen in den ersten deutschen Schützengraben, der leer war, ohne auch nur eine Ohrfeige abzukriegen. Im zweiten hatten die sturen Teutonen ein halbes Dutzend Opfer zur Dekoration zurückgelassen, darunter einen Feldwebel. Zwei wurden erschossen, der Feldwebel und die anderen ergaben sich. Ich gehörte zur zweiten Angriffswelle. Als ich dort ankam, hatte Parle-Mal die erste schon bis zum Hilfsschützengraben der Deutschen geführt, noch zweihundert Meter weiter vorn an der Seite eines Hügels, wo er sich hinzog wie eine Narbe im Schnee. Auf dem Gebiet waren noch die Ruinen eines Bauernhofs, und das war der einzige Schutz für unsere Leute, als die Maschinengewehre von Maxim wieder zu spucken begannen.

Ich denke nicht gern daran zurück, Mademoiselle Mathilde, und noch weniger gern spreche ich davon. Wozu soll es auch gut sein? Ich will Ihnen nur noch sagen, daß wir bis tief in die Nacht brauchten, um diesen elenden Schützengraben einzunehmen und auf dem Hügel mehr als hundert verletzte oder tote Männer zurückgelassen hatten, einen weiteren Leutnant und auch Hauptmann Favourier. Ich stand mit ein paar Kameraden über Parle-Mal gebeugt, als er im Sterben lag. Er fragte mich, und zuerst begriff ich nicht warum, ob ich Waisenkind sei. Ich sagte ja, und er antwortete: »Das hab' ich mir gedacht.« Danach sagte er: »Versuch, immer ein einfacher Soldat zu bleiben. Dann verarschen sie dich weniger.« Dann ließ er den Sergeant Favart kommen, der den Befehl über das, was von unseren beiden Kompanien noch übrig war, übernahm. Ich hörte, wie er ihm sagte, was er von unserem Bataillonschef, Major Lavrouye, hielt, den wir La Trouille* nannten, dann etwas über einen Befehl, den er vor dem Angriff erhalten habe, und über ein Papier, das La Trouille versteckt gehalten habe, aber da merkte er plötzlich, daß wir mehrere waren, die ihm zuhörten, und sagte barsch, wir sollten uns anderswo einen wichsen. Es hatte ihn am Bauch getroffen. Er wurde von Sanitätern auf einer Trage weggebracht, starb aber, bevor er die Rettungsstation erreichte.

Mit zwei Kameraden verbrachte ich die Nacht mit Hin- und Herlaufen zwischen unseren früheren Stellungen und diesem deutschen Schützengraben, um alles, was wir im ganzen Abschnitt zu essen oder zu trinken finden konnten, zusammenzutragen, egal ob es französisch war oder deutsch. Am frühen Morgen hörte die Schießerei auf. Es schneite, und die Männer wollten Tabak und Schnaps. Ich sagte wie immer, ich würde Vater und Mutter umbringen, um es für sie zu besorgen, und als ich es sagte, verstand ich plötzlich die Frage von dem guten Parle-Mal. Der Ausdruck ging mir so automatisch von den Lippen, daß ich mir seines Inhalts nicht mehr bewußt war. Wenn er mir heute rausrutscht, denke ich immer an den Hauptmann, und dabei wird mir ganz seltsam zumute, so als ob ich sein Waisenkind sei.

Kurz vor Mittag stießen Neufundländer zu uns in die vorderen Linien. Danach Schotten in Kilt und Lederschürze, von hinten kamen Engländer und Irländer dazu, um uns an allen Stellungen abzulösen.

An jenem Montagabend brachte ich, nachdem ich ins Lager zurückgekehrt war, dem Sergeanten Favart und den Gefreiten Suppe, während sie die Liste mit den Ver-

* (franz.) Argotwort für Angst.

lusten fertigstellten. Ich hörte, daß die Verurteilten nicht unter dem Datum vom Samstag, dem 6., registriert, sondern zu unseren im Kampf getöteten Leuten geschlagen wurden. Der Gefreite Chardolot fand das unerhört und meinte sogar, die Sache stinke zum Himmel. Der Feldwebel dachte das vermutlich auch, aber er antwortete, Befehl sei Befehl, La Trouille werde seine Gründe gehabt haben, und die Dinge seien nun mal so.

Viele Jahre später, wenn Mathilde manchmal an Célestin Poux dachte – was sie im Grunde ebensooft tat wie an ihre Jugend zu denken –, waren das erste, was sie von ihm vor Augen hatte, seine blonden Haare, die beiden großen Ringe sauberer rosiger Haut, die seine Augen umgaben, als er an jenem Sonntag im August in »MMM« ankam. Sonst war sein Gesicht nichts als schwarzer Staub. Er war die ganze Nacht und fast den ganzen Tag auf seinem Motorrad gefahren, hatte kaum geschlafen, kaum gegessen und nur an den Dorfbrunnen haltgemacht, um seinen Durst zu löschen, denn er hatte nur einen Gedanken: sie so schnell wie möglich zu erreichen. Das Telegramm, das seine Ankunft ankündigen sollte, erhielt Mathilde erst am nächsten Tag:

Habe den einzigen Floh des Krieges, der Sie interessierte, ausfindig gemacht. Stop. Schicke ihn Ihnen, der Gnade Gottes und der Motorradfirma Triumph vertrauend. Stop. Zuzüglich meiner Kosten natürlich.

Germain Pire.

Wenige Tage später erzählt der gute Mann Mathilde ohne jede Eitelkeit, wie er die Hand auf wenigstens eine seiner nicht zu packenden Beuten gelegt habe.

Eine Freundin von ihm, eine richtige Amazone – eine Zeitlang war sie ihm sogar mehr noch als freundschaftlich verbunden –, ist im eigenen Auto unterwegs nach Saint-Quentin zu ihrem Mann. Im Wald von Compiègne platzt ihr ein Reifen. Um ihre Handschuhe nicht schmutzig zu machen, wartet sie, bis jemand vorbeikommt. Ein Bauer auf dem Nachhauseweg erklärt sich bereit, ihr den Reifen zu wechseln. Sie fährt wieder los, den Wind im Gesicht, aber sobald sie aus dem Wald herauskommt, läßt sie der Ersatzreifen, der vermutlich nicht richtig aufgepumpt war, ebenfalls im Stich. Zum Glück ist sie gerade in einem kleinen Dorf. Sie erfährt, daß die nächste Werkstatt leider sieben Kilometer entfernt an der Straße nach Noyon liegt. Die Dame lebt nach der Devise: »Was ein Mann kann, das kann ich auch.« Und so geht sie zu Fuß bis zu der Werkstatt, wo sie müde, von der Hitze erschöpft und nur noch halbbekleidet ankommt. Zum Glück ist der Angestellte, der sie empfängt, ein netter Junge, er bringt ihr einen Stuhl und ein Glas Wasser. Leider sei der Chef nicht da, und sie verkaufen keine Reifen. Wenn der Chef da wäre, um die Tankstelle zu bedienen, würde der nette junge Mann Vater und Mutter umbringen, damit sie gegen Abend gut bereift weiterfahren könne, und vielleicht müsse er gar nicht mal zum Waisenkind werden, meint er.

Also, die Amazone bedient die Tankstelle, und der Angestellte fährt mit seinem dicken Motorrad weg. Nach einer ganzen Reihe von Abenteuern kommt er mit dem Wagen der Dame, der wieder alle Reifen hat, zurück, und als sie in Begeisterung ausbricht, erklärt ihr der mittlerweile eingetroffene Chef nicht ohne Stolz: »Was wollen Sie, das ist Célestin Poux. Im Krieg nannten wir ihn den Schrecken der Armee.« Danach kann die Dame nicht umhin, Célestin Poux zu seinem Motorrad zu bringen, das er in sieben Kilometern Entfernung stehengelassen hat. Es ist Abend. Sie fährt nicht gern nachts. Sie will lieber in Noyon übernachten und erst am nächsten Tag zu ihrem Mann fahren. Der immer nettere junge Mann fährt ihr auf seiner Maschine voraus und geleitet sie zu einem Hotel im Ort. Da kann sie nicht umhin, ihn zum Abendessen einzuladen, was er gern annimmt, und da die Männer es sich nicht nehmen lassen, das, was ihnen gefällt, mit ins Bett zu nehmen, tut er es nun auch mit ihr.

Laut Germain Pire, dem seine Freundin ein paar Tage später in Paris alles vertraulich berichtet, war es eine genußvolle Nacht, Einzelheiten aber wird er nie erfahren, denn während die Dame noch redet, ist er schon unterwegs nach Noyon. Noch am selben Abend, nachdem er den Angestellten der Werkstatt über alles informiert hat, schickt er sein Telegramm, und im gleichen Atemzug schickt er den Schrecken der Armee, den er der Gnade Gottes und seines Motorrads überläßt, in die Landes, zuzüglich Benzingeld, versteht sich. Célestin Poux hat selbst eingestanden, daß er nichts mehr wünschte, als diese Gegend zu verlassen, in der er sich schon viel zu lange aufgehalten hatte, und Hossegor brachte ihn seiner geliebten Insel Oléron näher.

Als er bei Mathilde eintrifft, die in ihrem Rollstuhl sitzt und versucht, kleine Kätzchen zu porträtieren, die nicht stiller halten als er, und sich vorgestellt hat, möchte er sich wenigstens das Gesicht waschen dürfen. Mathilde bittet Bénédicte, ihm eines der Badezimmer zu zeigen, von denen sie drei in ihrer Bude haben. Célestin Poux ist der Meinung, die Pumpe im Garten genüge vollauf, er ist gerade noch einverstanden, daß man ihm ein Handtuch bringt. Dann wäscht er sich Gesicht und Oberkörper mit reichlich Wasser und geht zu seinem Motorrad, um das Hemd zu wechseln. Am hinteren Teil seiner schmutzigroten Maschine ist ein Stahlkasten befestigt, in derselben Farbe gestrichen, nur um eine oder zwei Nuancen besser vor dem Staub der Straße geschützt, daran mit Riemen befestigt ein dicker Seesack, ein paar Kanister, ein kleiner brennholzbetriebener Kocher, eine Zeltplane und ein Ginsterbusch, den er auf seiner Insel einpflanzen will. Jeder andere hätte, um diesen Krempel auszupacken, den Rest des Tages gebraucht, aber er ist nicht irgendwer, er besitzt in allen Dingen das Genie der organisierten Unordnung. Die Waschverrichtungen und der unerläßliche Mechanikkurs, den er dem von seinem Rennschlitten begeisterten Sylvain noch gibt, dauern fünf, höchstens sechs Minuten, dann sitzt er schon bei Mathilde auf der Terrasse, erfrischt, sauber, in einem himmelblauen Hemd ohne Ärmel und Kragen, bereit, sein Leben zu erzählen.

Lange hat er geredet, die Pausen zwischendurch sind Mathilde wie ein Martyrium erschienen, manchmal ist er aufgestanden, um im Kreis zu gehen, die Hände in den Taschen, und er hat so viele Zigaretten geraucht, daß der Aschenbecher überquoll. Es wurde Nacht. Sie zündeten die Lampen auf der Terrasse und im Garten an. Zwischendurch kam Bénédicte und brachte ein Omelette, kalten Braten und Obst und stellte alles auf den großen Korbtisch. Sie und Sylvain hatten schon zu Abend gegessen. Célestin Poux aß das Omelette und praktisch alles andere allein auf.

Jetzt sitzt er Mathilde nachdenklich gegenüber, blond, mit gelocktem Haar und Augen, die aussehen wie die Porzellanaugen von Arthur, ihrem ersten Baby, das sie mit vier Jahren bekam, ja, er sieht ihrem Arthur unglaublich ähnlich, der gedrungene Körper, die kräftigen Arme und das Gesicht eines treuherzigen Kindes. Wenn er lächelt, schmilzt man dahin. Aber seit einer ganzen Weile lächelt er nicht mehr, ihretwegen ist er in den Krieg zurückgekehrt.

Sie würde ihm gerne viele Fragen stellen, auf die sie aber verzichtet. Sie sagt ihm, er könne heute nacht bei ihnen im Haus schlafen. Sie fragt ihn, ob irgend etwas ihn zur Eile treibe. Nein, sagt er, eine Weile sei er hier, eine Weile da, er habe keine Verpflichtungen außer dem Ginsterstrauch gegenüber, den er unterwegs ausgegraben habe und den er ziemlich bald irgendwo wieder einpflanzen müsse. Er habe vorgehabt, es auf Oléron zu tun, im Garten eines Jugendfreundes, aber im Grunde mangele es auf seiner Insel nicht eben an Ginster. Mathilde weist wortlos auf eine Stelle ihres Gartens, Sylvain hatte sich schon gefragt, was man dort pflanzen könnte, das zu violetten Stiefmütterchen paßt. Célestin-Arthur wendet sich um, sieht hin, und ebenfalls wortlos, mit einer bloßen Bewegung des Mundes und einem Schulterzucken, gibt er zur Antwort, wenn sie wolle, hier oder dort, ihm sei es egal, er komme nie jemandem in die Quere.

Im übrigen, sagt er, wolle er nicht stören, sie brauchten sich nicht die Mühe zu machen, ein Bett zu richten, er habe alles, was er brauche, auf dem Motorrad, die Nacht sei schön, und er werde sehr gut im Wald schlafen, zwischen See und Ozean. Aber da kommt ihm Mathilde in die Quere.

Als Mathilde am nächsten Morgen noch im Bett liegt und niederschreibt, was ihr Célestin Poux erzählt hat, verspürt sie einen Stich im Herzen, als sie die Triumph wegfahren hört, und wie eine Schiffbrüchige läutet sie wild die Klingel. Bénédicte kommt gelaufen und zuckt die Achseln: Ihr Quartiermeister habe unbedingt das Motorrad ausprobieren wollen, da habe der Gast freundlicherweise die Zigeunerausrüstung abgenommen, und sie seien beide losgefahren, um eine kleine Runde zu drehen. Schon am Knattern könne man hören, daß diese Ausgeburt des Teufels schneller als hundert fährt. Außerdem hätten sie den Ginster in den Garten gepflanzt, aber dann so schnell weggewollt, daß sie alle Gartengeräte liegengelassen hätten. Mathilde meint: »Na, da sind wir ja angeschmiert.«

Wenig später, als sie auf dem Massagetisch liegt, hört sie die Männer zurückkommen. Sie beglückwünschen sich gegenseitig überschwenglich. Offenbar ist Sylvain die ganze Zeit gefahren, und die Maschine hat es schadlos überstanden. Mathilde sagt sich, sie würden gute Freunde werden, wenn sie Célestin bitten würde, eine Weile bei ihnen zu bleiben. Bei diesem Gedanken schließt sie die Augen.

Dreimal pro Woche kommt jetzt ein Spezialist aus dem Sanatorium, um sie zu massieren, ein großer, dicker Mann mit Brille, Monsieur Michelot. Der Schwimmlehrer von früher, Georges Cornu, hat sich vor drei Jahren den Schnurrbart abrasiert und ist mit der Gattin eines Apothekers aus Dax und der eines Fischers aus Cap-Breton durchgebrannt, beide zum Glück ohne Kinder, außerdem durch ihren Vater Halbschwestern, was die Entführung weniger dramatisch macht. Und wie Bénédicte sagt: »Solche Dinge kommen vor.«

Nachdem Monsieur Michelot fort ist, frühstückt Mathilde in der Sonne, auf der Terrasse vor dem See. Sie läßt sich von Sylvain ihren Mahagonikasten bringen, aus dem sie nur das Geständnis von Elodie Gordes entfernt hat. Den Rest hat sie chronologisch geordnet, damit sich Célestin Poux darin zurechtfindet.

Wie am Abend zuvor sitzt er ihr gegenüber, aber der Tisch ist heute rechteckig und aus weißlackiertem Holz, und diesmal ißt Mathilde und schaut ihm zu, wie er den Bericht über ihre erste Begegnung mit Daniel Esperanza liest. Er äußert nichts, bevor er nicht am Ende angekommen ist, aber Mathilde sieht seinem Gesicht an, daß ihm vergessene Details in den Sinn kommen und ihn traurig machen.

Er blickt auf, sein Gesicht ist düster. »Es kommt mir

seltsam vor, es so erzählt zu lesen, aber genau so war es. Ich bedauere, daß ich damals nicht begriffen habe, daß der Sergeant Esperanza ein so tapferer Mann war.«

Dann bestätigt er Mathilde, ja, es war der Gefreite Gordes, der seine Schuhe und Wickelgamaschen gegen die deutschen Stiefel von Eskimo tauschte. Sie hätten sich in einem anderen Regiment kennengelernt und seien wie Brüder gewesen. Der Gefreite Gordes sei vom Schicksal seines Freundes sehr betroffen erschienen. In der Nacht habe er sogar den Stacheldraht aufschneiden und zu ihm gehen wollen, bis Leutnant Estrangin wütend wurde, um ihn zur Vernunft zu bringen.

Er bestätigt auch, daß er selbst einem der Verurteilten einen linken Handschuh gegeben habe, der an der gesunden Hand keinen hatte. Das war Manech.

Er läßt Mathilde keine Zeit, gerührt zu sein, und fügt gleich darauf hinzu, ihm habe Hauptmann Favourier auch seinen Brief für den Wagenmeister gegeben, und wenn Esperanza ihn schließlich in den Vogesen erhalten habe, wenn auch Monate später, sei das der Beweis, daß in der Armee die Post weniger blöd gewesen sei als die anderen Dienste, die Generalstäbe eingeschlossen.

Er liest die Briefe der Verurteilten. Zu dem von Eskimo sagt er: »Biscotte, so nannten sie den Gefreiten Gordes. Ein Glück, wenn diese Geschichte wenigstens dazu geführt hat, daß sie sich versöhnt haben.« Der Brief von Cet Homme überrascht ihn ebenso, wie er Mathilde überrascht hatte. Er liest ihn zweimal, blickt noch ein drittes Mal darauf, hebt ihn demonstrativ in die Höhe und erklärt: »Der ist kodiert, sollen sie meinen Vater und meine Mutter umbringen, wenn ich mich irre.«

Mathilde antwortet ihm, er solle seine armen Eltern für einen Augenblick in Frieden ruhen lassen, sie habe schon immer vermutet, daß es zwischen Benoît Notre-Dame und seiner Mariette einen Geheimcode gegeben habe, aber ob er ahne, welchen? Er sagt, Verheiratete, Verlobte oder Liebende hatten alle ihr eigenes System gehabt, um die Zensur zu täuschen. So hatten zum Beispiel manche Wörter eine zweite Bedeutung, und nur das Paar, das sie ihm gegeben habe, habe sie verstehen können, selbst ein Spezialist der Spionageabwehr hätte sich daran die Zähne ausgebissen. Es gebe auch andere Methoden, drei kenne er, die häufig und einfacher zu entschlüsseln gewesen seien. Beim Flohsprung müsse man beim Lesen des Briefes immer zwei, drei, vier oder mehr Wörter überspringen. Bei der Carte du Tendre* gelte es, nur vorher vereinbarte Zeilen zu lesen. Er sei sicher, Cet Homme habe weder die eine noch die andere Methode verwandt, was Mathilde aber auch leicht selbst feststellen könne. Dann gebe es noch den Aufzug, dabei würden die Wörter so auf der Seite angeordnet, daß man vertikal von oben nach unten oder von unten nach oben von einem bestimmten festgelegten Begriff aus einen geheimen Satz lesen könne. Wenn dies der Code der Notre-Dames gewesen sei, brauche man den Originalbrief, an Esperanzas Kopie lasse sich nichts erkennen.

Mathilde trinkt ihre Schale Milchkaffee aus. Sie bittet Célestin Poux, den folgenden Brief zu lesen, den nämlich, den ihm Droit Commun im Unterstand von Hauptmann Parle-Mal diktiert hat. Ja, soweit er sich erinnern kann, sind es, von der Rechtschreibung abgesehen, die Esperanza korrigiert hat, genau die Worte, die der Marseiller ihm diktiert hat. Mathilde sagt: »Dieser Brief ist auch codiert, das hat mir die Patentante von Tina Lombardi selbst erzählt, wie Sie weiter unten noch sehen werden. Hatten Sie das bemerkt?« Er schüttelt den Kopf und antwortet nach einem Seufzer: »Essen Sie, lassen Sie mich weiterlesen.«

* Liebesgeographie der Preziösen am Hofe des Sonnenkönigs.

Zu dem Bericht, den sie über die Enthüllungen von Jean-Marie Rouvière auf ihre Zeichenblätter geschrieben hat, sagt er lange nichts, er steht in der Sonne, blickt auf den See und die Möwen, die sich bei Ebbe auf den Sandbänken sammeln. Er kommt zurück, setzt sich und sagt: »Davon also sprach der Hauptmann, bevor er starb. Das Begnadigungspapier von Poincaré, das war's, was Major Lavrouye zurückgehalten hat.«

»Aus welchem Grund?«

»Was weiß ich? Ganz einfach, weil er ein Schwein war oder weil er einem Vorgesetzten Knüppel zwischen die Beine werfen oder Favourier die Schuld in die Schuhe schieben wollte. Wirklich unglaublich. Wenn ich eines Tages erführe, daß er sich geweigert hat, ein gutes Essen zu unterbrechen, um die Dinge in Ordnung zu bringen, würde es mich auch nicht wundern.«

Als er den Brief von Madame Chardolot, der Mutter seines Gefreiten, liest, ist er perplex. Er hat Urbain Chardolot noch lange nach der Sache in Bingo Crépuscule aus der Nähe erlebt. Erst im Frühjahr 18 wurden sie durch die Kriegsereignisse getrennt. Chardolot hat ihm nie etwas von seinen Zweifeln erzählt, und wahrscheinlich auch keinem anderen, denn Gerüchte sprachen sich schnell herum, in den Unterkünften oder im Schützengraben hätte er sicher davon erfahren.

»Haben Sie untereinander oft über jenen Sonntag gesprochen?«

»Eine Zeitlang ja. Wir redeten über den Angriff, die toten Kameraden, die Verwundeten, die noch das Glück gehabt hatten, nach Hause geschickt zu werden. Und dann, das habe ich Ihnen ja schon gesagt, jagt ein Ärger den anderen, ein Tag löscht den anderen aus.«

»Und über die fünf Verurteilten, haben Sie über die nicht gesprochen?«

Er senkt den Kopf. »Was hätten wir davon gehabt?

Auch über tote Kameraden haben wir lieber geschwiegen.«

Danach liest er noch einmal die Stelle des Briefes, an der Urban Chardolot während eines Urlaubs seinen Eltern gegenüber gesteht:

Ihr habt recht, ich muß das alles nur geträumt haben, auch daß ich sie alle fünf gesehen habe, wie sie tot im Schnee lagen, nur daß einer, wenn nicht sogar zwei, nicht derjenige war, den ich dort zu finden erwartet hatte.

Er sagt: »Ich verstehe überhaupt nichts. Ich wußte nicht, daß Chardolot am Montag noch mal zum Bingo zurückgekehrt ist. Wir waren im dritten deutschen Schützengraben, mehr als dreihundert Meter weiter rechts und fast einen Kilometer weiter vorn. Um nach hinten zurückzugehen, nahmen wir immer den kürzesten Weg.«

»Wer ist sonst in der Nacht vom Sonntag und am Montagmorgen wieder zurückgegangen?« fragt Mathilde.

»Das weiß ich nicht mehr. Zum Beispiel ich, mit Verwundeten oder um etwas zu essen zu finden. Aber ich wäre nie auf die Idee gekommen, in diesem Kanonenfeuer einen so gefährlichen Umweg zu machen.«

Er überlegt und sagt: »Am Sonntagabend müssen viele Leute irgendwann zurückgegangen sein. Wir brachten Gefangene zurück, ergänzten die Munition, halfen den Schützen, ihre Maschinen zu transportieren. Es entstand eine Menge Unordnung, als Sergeant Favart das Kommando übernahm. Dabei war er ein Kerl, der, wenn es hart auf hart kam, nicht den Kopf verlor, das haben wir gesehen, als er am Chemin des Dames unser Leutnant war, da mußte er schon alle Kräfte zusammenhalten.«

»Sie haben gesagt, jemand habe am Montagmorgen Manechs Körper im Schnee gesehen, getötet durch eine Kugel der Albatros. Der muß ja sicher noch einmal am Bingo vorbeigekommen sein. Wer war das?«

Célestin Poux schüttelt bedauernd den Kopf. Es passierten zu viele Dinge gleichzeitig, es hatte wieder angefangen zu schneien, er hat vergessen, welcher Kamerad das zu ihm sagte und sogar, ob er es nicht über einen Dritten erfuhr.

Nachdem er noch eine Weile nachgedacht hat, fügt er hinzu: »Wissen Sie, dieser Satz von Chardolot ist vielleicht durch seine Mutter verändert worden, vielleicht wollte er gar nicht sagen, was man herausgelesen hat. Er wollte zum Beispiel sagen, daß einer der Verurteilten, wenn nicht zwei, dort nicht hätte liegen dürfen, weil er es nicht verdient hatte. Chardolot mochte dabei an Ihren Verlobten denken, der den Verstand verloren hatte, aber auch an Eskimo, weil Eskimo behauptete, unschuldig zu sein.«

Mathilde gibt zu, daß Chardolots Satz verändert worden sein kann, aber nicht so, daß er einen anderen Sinn erhielt. Er solle mal den Brief von Véronique Passavant und den Bericht über ihr Treffen mit Tina Lombardi von Anfang März 1917 lesen, kaum zwei Monate nach Bingo. Das hat er schon. Er meint, Frauen jeglichen Standes hätten sich im Bereich der Quartiere herumgetrieben, weil sie nach Hinweisen suchten, um ihre vermißten Männer wiederzufinden. Oft hätten sie sich von den Soldaten oder anderen Bewohnern täuschen lassen, die ihnen erzählt hätten, was sie glauben wollten, für ein paar Louis, eine Uhr, eine Gefälligkeit. Er möchte ja Mathilde nicht schockieren, aber viele hätten diese armen Frauen mit einem obszönen Wort bezeichnet, er hätte gehört, wie manche sich mit einem fetten Lachen rühmten, daß sie sich wegen einer leichtgläubigen kleinen Bürgersfrau den Hosenschlitz aufgemacht oder eine vom Schlage einer Tina Lombardi umsonst gehabt hätten.

Er durchsucht den Papierstapel und zieht ein Blatt von Mathildes Zeichenpapier zu sich herüber: »Sehen Sie, Sie sagen doch selbst, daß sie sich vertan hat. Sie hat offenbar erfahren, wie weiß ich nicht, daß ihr Droit Commun mit vier anderen zum Bingo gebracht worden war, von denen einer einem Boche weggenommene Stiefel trug. Sie hat offenbar erfahren, wie weiß ich nicht, daß dies Eskimo war. Sie muß außerdem erfahren haben, daß am Montag einer der Verletzten vom Bingo, der deutsche Stiefel trug, im Lazarett von Combles gesehen wurde, zusammen mit einem anderen, Jüngeren, und sie hat daraus geschlossen, daß der eine bestimmt Eskimo war und der andere vielleicht ihr Kerl. Aber sie hat sich geirrt. Sie haben schon recht. Die Stiefel hatte der Gefreite Benjamin Gordes an den Füßen. Wer der Jüngere war, weiß ich, es war ein Marie-Louise aus der Charente, genau wie ich, dessen richtigen Namen ich vielleicht nie gehört habe, genannt wurde er jedenfalls La Rochelle. In der Nacht waren sie beide losgegangen, um Gefangene abzuliefern. Als sie zurückkamen, müssen sie es mit verirrten Geschossen oder Kugeln zu tun gekriegt haben, denn ich habe im Schützengraben Krankenträger gehört, die sie unterwegs getroffen hatten. Die Krankenträger fragten, ob wir nicht die Kompanie des Gefreiten Gordes seien. Sie sagten, er sei am Kopf getroffen und blute wie ein Schwein, trage aber einen Jungen auf seinem Rücken, dem es noch schlechter gehe als ihm und der Rochelle oder La Rochelle genannt werde. Er sei in seinen deutschen Stiefeln zum Lazarett unterwegs gewesen.«

Mathilde schweigt.

Wenig später liest Célestin Poux, daß Benjamin Gordes kurz vor seiner Evakuierung bei der Bombardierung von Combles getötet wurde. Er sagt: »Armer Gefreiter Biscotte. Ich habe ihn nie lachen sehen, er war sogar von hinten noch trauriger als von vorn, aber er war ein anständiger Kerl, ich habe nie erlebt, daß er irgendwem blöd gekommen wäre.«

Er denkt an Biscotte. Er hat keine Zigaretten mehr, zerknüllt das leere Päckchen und streicht es wieder glatt. Er erzählt: »Einmal habe ich im Quartier erlebt, wie er einen Stuhl reparierte. Während er arbeitete, unterhielten wir uns. Er erzählte mir, er habe eine Frau und fünf Kinder. Er zählte mir die Vornamen der Kinder auf. Ich habe sie vergessen. Alles, woran ich mich erinnere, sind seine Finger. Sie waren wie die eines Goldschmieds. Ich begriff, daß er vor dieser ganzen Sauerei unter den Kunstschreinern mindestens ein Vier-Sterne-General war.«

Mathilde sagt: »Frédéric, Martine, Georges, Noémie, Hélène. In der linken Schublade der Anrichte liegt ein angebrochenes Päckchen Gauloises. Sylvain hat sie dort hingelegt, seit er nicht mehr raucht.«

Am Nachmittag sitzt Mathilde auf der anderen Terrasse und versucht erneut, die Kätzchen zu malen, aber ohne ihre Modelle, die spielen derweil im Gebüsch Verstecken oder halten Mittagsschlaf. Célestin Poux liest sein Pensum Papiere wieder und wieder durch. Zu dem, was in einigen Briefen über ihn berichtet wird, sagt er: »Alles nur üble Nachrede. Ich habe mich durchgewurstelt, aber ich habe nie jemanden betrogen, und es beruhte immer auf Gegenseitigkeit. Das Faß mit Suppe zum Beispiel war höchstens ein großer Kochtopf, mit dem man nicht mal zwei Feldkessel füllen konnte, und natürlich war ich mit den Köchen befreundet, sie haben die Wahrheit gesagt. Und das Menü der Drückeberger aus dem Generalstab, wer würde deswegen den Stein auf mich werfen? Die aus meinem Trupp bestimmt nicht. Es war eine tolle Hammelkeule, außen schon knusprig und innen noch zart und blutig. Und die Pfirsiche in Sirup, ein Genuß. Es paßte ebensogut in unseren Bauch wie in den dieser hochnäsigen Feldwebel. Ich habe einem Laufjungen drei Päckchen Q für den Tip gegeben.«

Später sagt er, während er alles auf den Korbtisch schiebt, verflucht, ihm explodiere fast der Kopf, er wisse nun überhaupt nichts mehr und zweifle an allem, selbst an dem, was er an diesem verfluchten Sonntag selbst gesehen und gehört habe, aber einer Sache sei er sich ganz sicher. Wenn es einem der fünf, die man in den Schnee auf dem Feld geworfen hatte, gelungen sei, durchzukommen, so könne das nur Cet Homme sein.

»Warum?« fragt Mathilde trocken und wendet sich zu ihm um.

Er ist müde, seine Backen sind rot. Er zuckt die Achseln, ohne sie anzusehen. »Weil ich den Krieg, von dem in Ihren ganzen Papieren die Rede ist, nicht wiedererkenne, man könnte glauben, daß ich in einem anderen war. Etwas lauter dann: »Scheiße!« Danach ist es ihm peinlich, und er beruhigt sich wieder. Mathilde sieht ihn immer noch an, den Pinsel hält sie nach unten. Er senkt den Kopf: »Um da rauszukommen, mußte man sofort ein gutes Loch finden und es, wie Hauptmann Favourier geraten hatte, dichtmachen. Man mußte eine ganze Nacht und einen ganzen Tag in dem Loch bleiben, ohne irgend jemandes Aufmerksamkeit auf sich zu ziehen, man mußte Schnee essen, sein Bedürfnis erledigen, ohne einen Zeh zu bewegen, warten. Six-Sous aber hat *Le Temps des cerises* gesungen, Manech hat einen Schneemann gebaut. Droit Commun wollte sich ergeben, Eskimo hat einen Doppeldecker mit einer Granate runtergeholt. Nur Cet Homme, der Stärkste von den fünfen, und der Ruhigste, das weiß ich, weil ich ihn im Unterstand erlebt habe und danach, nur der konnte da rauskommen. Aber auch er hat es nicht geschafft, sage ich ihnen, es kam zuviel runter, es kam zuviel runter. Verstehen Sie? Es kam zuviel runter auf Bingo und das Feld davor. Auch wir, die in einem viel besseren Unterstand waren als er, wurden abgeschlachtet und sind abgehauen.«

Mathilde läßt sich von der Verdrossenheit anderer nie beeindrucken. Das kommt vielleicht daher, daß auch sie seit so vielen Jahren viele Dinge tun muß, ohne »einen Zeh zu bewegen«. Aber sie fängt an, Célestin Poux gern zu haben, und gibt ihm für eine Weile seine Freiheit zurück.

Mit seinem explodierenden Kopf rennt er zum See und springt hinein. Durch ein Fenster ihres Schlafzimmers sieht sie ihn schwimmen. Er hat einen Badeanzug mit Trägern von Sylvain an. Er schwimmt gut, aber nicht so gut wie Manech. Sie sagt sich, daß sie lange nicht mehr geschwommen – daß sie nicht mehr durchs Wasser gezogen worden ist, wenn man es lieber so ausdrücken will, – mit Korkblöcken an den Fußgelenken. Sie wünscht sich mit aller Kraft, Manech noch einmal schwimmen zu hören, nicht zu sehen, soviel verlangt sie gar nicht, nur das regelmäßige Schlagen seiner Arme und Beine im Wasser des Sees zu hören, an einem friedlichen Aprilabend.

Waouh! schreit er, weil das Wasser kalt ist, und dann schwimmt er, sie hört ihn, sie hört ihn.

Irgendwann kommt Bénédicte ins Zimmer und bringt den Mahagonikasten herein. Mathilde sieht, daß Sylvain sich im Wasser zu Célestin gesellt hat, sie kabbeln sich, versuchen einander unterzutauchen. Bénédicte steht neben ihr und stößt einen resignierten Seufzer aus. Wenn Männer zusammen sind, meint sie, ob sie nun dreißig oder fünfzig Jahre alt, sind sie wieder wie Kinder, es ist einfach stärker als sie.

Am Abend essen sie zu viert im großen Salon, alle Türfenster stehen offen. Mathilde meint, es wäre gut, wenn ihr Vater Célestin einstellen würde, er könnte sich um den Delage kümmern und Sylvain helfen. Langes Schweigen. Alle drei haben den Kopf über den Teller gesenkt. Sie sagt, ohne es im geringsten zu meinen, nur um freundlich zu sein: »Natürlich nur, wenn Célestin einverstanden ist.«

Arthur-Célestin richtet seine Porzellanaugen auf sie,

er sieht sie lange an. Er fragt: »Mademoiselle Mathilde, darf ich Sie mit ›du‹ anreden? Ich fühle mich sehr unwohl, wenn ich die Leute sieze, vor allem die, die ich mag. Wenn ich mit einem einzelnen spreche, habe ich immer das Gefühl, einen Grammatikfehler zu machen.«

Sie antwortet: »Es ist mir ganz egal, ob man mich mit ›du‹ oder ›Sie‹ anredet, Hauptsache, was man sagt, ist interessant. Ich rede Sie mit ›Sie‹ an, Célestin, weil ich befürchte, daß ich dich seit gestern abend arg strapaziert habe.«

Er lächelt jenes Lächeln, das einen zum Schmelzen bringt. Er ißt weiter. Er sagt Bénédicte, daß es gut schmeckt. Sie freut sich darüber. Dann herrscht wieder Schweigen. Mathilde fragt Sylvain, was er davon halte. Sylvain ist der Meinung, das alles sei katastrophal, ja katastrophal. Er bricht in Lachen aus, und Célestin ebenfalls. Bénédicte schließt sich ihnen an, ohne daß sie recht begreift. Nur Mathilde sieht mit ernstem Gesicht zu, als seien sie alle nicht ganz bei Trost.

Schließlich schlägt sie auf den Tisch, daß er erzittert, weil sie es haßt, ausgeschlossen zu werden, selbst von einem dummen Lachen. Sie sagt – dabei schreit sie beinahe – zu Célestin Poux: »Ich will, daß du mich dorthin fährst. Hast du verstanden? Ich möchte diese gottverdammte Gegend mit eigenen Augen sehen!«

Wieder Schweigen, Arthur-Célestin mit seinen roten Wangen sieht sie an. »Wo, glaubst du, sind Sylvain und ich heute morgen hingefahren? Wir waren in Labenne am Bahnhof. Mittwoch fahren wir, du und Sylvain im Zug, ich mit dem Delage, weil wir ihn brauchen werden. Wenn ich vor euch ankomme, warte ich am Bahnhof von Péronne. Sonst treffen wir uns in dem Hotel, das Sylvain mir genannt hat, in der »Auberge des Remparts«. Mit intelligenten Männern wie uns braucht man nicht so einen Aufstand zu machen.«

Mathilde bewegt ihre Räder vorwärts, reicht ihm die Hand über den Tisch. Dabei stößt sie die Weinflasche um, und Bénédicte ist verstimmt. Sylvain streicht seinen roten Schnurrbart glatt, mit Daumen und Zeigefinger, die beide sehr gerührt erscheinen.

Der Schützengraben gegenüber

Ein riesiges, frisch abgeerntetes Feld mit zwei verstümmelten Ulmen, deren untere Zweige dicht belaubt sind, ringsherum wilde Triebe, ein kleiner Bach, der geräuschlos unter einer Holzbrücke hindurchfließt, im Hintergrund ein begrünter Hügel.

Sylvain und Célestin Poux tragen Mathilde bei ihrer Entdeckungstour auf einer Sänfte. Es ist ihr alter Rollstuhl, mittels Flügelschrauben und zwei Stahlstangen nur ein wenig umgebaut, raten Sie mal von wem. Wie sich Raten-Sie-mal-wer die Stangen beschafft hat, ist alles nur üble Nachrede. Mathilde, sanft getragen wie eine Kaiserin, sieht alles von oben, unter einer unbarmherzigen Augustsonne. In ihrem weißen Spitzenkleid, dem mit einem rosa Seidenband verzierten breitkrempigen Hut und ihrem offenen Sonnenschirm kommt es ihr vor, als sei sie in Afrika auf Jagd nach dem Kummer.

Monsieur Alphonse Dondut, der Besitzer dieser vierzig Hektar, der sie führt, bleibt plötzlich stehen und sagt mit nordfranzösischem Akzent, indem er mit seinen groben Schuhen auf den Boden trampelt: »Hier. Genau an dieser Stelle war Bingo, Mademoiselle, gegenüber dem Schützengraben ›Erlangen‹ der Boches.« Mit rachegierigen, lieblosen Augen blickt er über sein Land. Er läßt einen tiefen Seufzer aus seiner Brust dringen und sagt: »Die beiden Bäume habe ich stehen lassen, damit die Kriegstouristen etwas zu sehen haben. Wenn sie wollen, können sie für wenig Geld bei meiner Frau Kohlsuppe mit schwarzem Pfeffer essen und für denselben Preis Wein und Käse. Wenn Ihnen gleich danach ist, werden sie alle drei gut bedient. Die Brücke hier habe ich selbst gebaut, mit meinem Schwiegersohn. Stellen Sie sich vor, diese Hunnen hatten den Bach für ihre Zwecke abgeleitet, weit nach Osten, dort hinter die Hügel. Also, sowas! ... Ja, ich habe viel Elend erlebt, das kann ich Ihnen sagen.«

Sie setzen Mathilde ab. Célestin Poux stromert herum. Er erkennt nichts wieder. Von weitem ruft er: »Hier waren einmal Ziegel, eine eingestürzte Mauer. Was war das?« Monsieur Dondut weiß es nicht. Er hat das Land erst 1921 gekauft, die Schützengräben waren schon zugeschüttet, das Land bereits gepflügt. Sein Vorgänger ist sogar beim Pflügen auf eine Granate gestoßen, die ihm den rechten Arm abgerissen hat. Er fügt hinzu: »Es vergeht keine Woche, in der man nicht hört, daß irgendwer von einer Granate zerrissen worden ist. Also wirklich, dieser Krieg tötet immer noch, Sie werden sehen, er hat noch schöne Jahre vor sich.«

Mathilde versucht vergeblich, sich ein Schlachtfeld vorzustellen. Sie fragt, wo man den früheren Eigentümer finden könne. Monsieur Dondut sagt, er habe mit dem Geld, das er für seinen Besitz bekommen habe, in der Nähe von Montauban-de-Picardie eine Kneipe eröffnet, an der Straße nach Fricourt. Er sagt: »Fragen Sie nach dem ›Cabaret Rouge‹. Fragen Sie nach dem Einarmigen. Er heißt Hyacinthe Deprez, aber es ist besser, nach dem Einarmigen zu fragen.« Danach betrachtet er wieder seine Felder, sieht aus, als koste es ihn große Mühe, nicht darauf zu spucken, doch er hat zu tun, und so wünscht er Mathilde einen guten Tag und geht fort.

Sie bleibt eine Stunde da, ohne daß es ihr gelingt, der Wirklichkeit das Dekor überzustülpen, das sie sich in ihrer Phantasie vorgestellt hatte. Schon acht Sommer. Im Juli blühen hier wahrscheinlich Hunderte von Mohnblumen. Doch bevor die Mutlosigkeit sie überkommt, winkt sie mit ihrem Sonnenschirm Sylvain und Célestin, zwei winzigen Gestalten oben auf dem Hügel, und bedeutet ihnen, zurückzukommen. Auf ihrer Armbanduhr zählt sie, daß sie weniger als sechs Minuten brauchen, um bis zu ihr zu gelangen. Célestin sagt: »Dort oben waren wir an der dritten Linie der Boches, da wo wir so viele Männer verloren haben.« Sie antwortet: »Das ist weniger weit, als du gesagt hast. Man kann sich leicht vorstellen, daß Benjamin Gordes sogar im Schnee, sogar in der Nacht, sogar unter Beschuß zurückgekommen ist, um zu sehen, was er noch für seinen Freund Eskimo tun konnte.« Und da Célestin nicht besonders überzeugt scheint, führt sie mit dem schleppenden Akzent von Monsieur Dondut hinzu: »Also, sowas ...«

Zu Mittag essen sie im »Cabaret Rouge«. Sie sind die einzigen Gäste. Die Wände sind mit Kriegserinnerungen bestückt. Im Nachbargebäude, wo er mit seiner Ehefrau wohnt, hat der Einarmige, ein Mann von fünfundfünfzig Jahren, stark wie ein Gorilla, grau gekleidet und verschwitzt, ein gallischer Schnurrbart in einem grobgeschnittenen Gesicht, ein Museum eingerichtet. Der Eintritt kostet, so steht es über dem Tresen, hundert Sous für Interessierte, fünfzig für Kinder und alte Leute und gar nichts für die tapferen Männer, die die Metzelei miterlebt haben. Er sagt, indem er laut auflacht, zu Célestin Poux: »Mensch, du warst doch der, über den immer noch geredet wird, Rab de Rab, der Soldat Toto, das Wunder, das seinem Trupp die Hammelkeule der Offiziere zu essen brachte? Schlag ein, mein Junge! Wie bin ich stolz, daß du zu mir gekommen bist!« Und er küßt ihn auf eine Backe und küßt ihn auf die andere. Männer, die Rührung überkommt, denkt Mathilde, sind noch schlimmer als geschminkte alte Frauen.

Dennoch ißt sie mit gutem Appetit. Irgendwo in ihrem

amorphen kleinen Hirn wird ein Traum geboren. Am Ende jenes Sonntags im Schnee schon, im Dunkeln, kommen Benjamin Gordes und der junge La Rochelle, nachdem sie deutsche Gefangene abgeliefert haben, zu ihren Linien zurück. Der Gefreite sagt zu dem Marie-Louise: »Folge mir. Es ist nur knapp ein halber Kilometer Umweg durch die Gräben, dann kann ich nach meinem Freund sehen, und wenn er noch lebt, rette ich ihn.« So laufen die beiden durch die dicken Gewehrsalven, die Explosion von Geschossen, den Lärm der Nacht, in der Manech vielleicht erst im Sterben liegt.

Der Einarmige, Hyacinthe Deprez, sagt zu ihr: »Im April 17 fand ich meine Felder und meinen zerstörten Hof wieder, nachdem die Boches sich, um ihre Front zu verkürzen, vierzig oder fünfzig Kilometer weit zurückgezogen hatten, auf ihre Siegfried-Linie. Briten aus allen Teilen der Welt zogen durch das Land, selbst Inder aus Indien mit Turbanen, Australier, Neuseeländer, Schotten, Irländer und Engländer aus England. Nie im Leben habe ich soviel english speaken hören wie im Jahr 17 und 18, das ist anstrengend, aber es sind die tapfersten Soldaten, die es gibt, mein Kamerad Célestin Poux und General Fayolle natürlich ausgenommen. Ich habe eine Menge Bücher über diesen Krieg gelesen, und weiß, was ich sage: wenn irgendeiner beinahe den Durchbruch geschafft hat, dann war es Fayolle an der Somme im Sommer und Herbst 1916.«

Célestin Poux erklärt, er sehe es ganz genauso. Emile Fayolle ist bei weitem sein Lieblingsgeneral. Er hat ihn mit eigenen Augen gesehen. Einmal in Cléry, nicht weit von hier, hat Fayolle mit ihm gesprochen. Er hat ihm einige unvergeßliche Worte gesagt, an die er sich aber nicht erinnert. Ja, das war ein Mann mit Herz. Danach lassen sie die anderen Generäle Revue passieren. Mangin war ein Wilder. Pétain ist zwar der Sieger von Verdun, aber er war hart und von sich selbst sehr eingenommen. Der Einarmige fügt hinzu: »Sicher ein Heuchler.« Auch Foch war hart. Joffre hatte seine besten Jahre hinter sich. Nivelle hat am Chemin des Dames für immer seinen Ruf verloren. Sylvain, der seinen Wein trinkt wie die anderen, mischt sich ein und sagt, auch er habe Bücher gelesen und man solle keinen Stein auf Nivelle werfen, er habe Pech gehabt, aber sei dem Sieg ganz nah gewesen. Danach, gleich danach, weil er so schlecht doch nun auch nicht war, fügt er hinzu: »Der Sieg ist mir Wurst. Alle, wie sie da sind, haben zu viele Leute umbringen lassen.« Darauf sagt der Einarmige, ja, das stimmt. Und Célestin Poux, der immer das letzte Wort haben will, zieht den Schluß: »Trotzdem war Fayolle ein bißchen weniger mies als die anderen. Schließlich hat er ja von den Politfritzen seinen Marschallstab noch bekommen.«

Vor dieser Orgie von Belanglosigkeiten hat Mathilde immerhin einiges Interessante erfahren. Der Rest der Ziegelmauer, die vor Bingo einstürzte, war ursprünglich eine kleine, vor ewigen Zeiten schon verlassene Kapelle, die Hyacinthe Deprez zur Aufbewahrung von Geräten benutzte. Darunter befand sich ein kleiner, niedriger Keller. Er selbst war noch nicht heimgekehrt, als die Leichen der fünf von den Briten beerdigten französischen Soldaten auf seinem Feld gefunden wurden, er war mit seiner Frau zu seinem jüngeren Bruder geflohen, einem Kaufmann in Compiègne. Man hat ihm erzählt, daß die Tochter seiner Nachbarn, der Rouquiers, ein kleiner Schlingel, auf der Suche nach Souvenirs durch die verlassenen Schützengräben zog, das Grab entdeckte, die Soldaten alarmierte und von ihrer Mutter als Belohnung für ihren guten Willen ein paar saftige Ohrfeigen bekam. Soweit er sich erinnern kann, hieß das Mädchen Jeanette und müßte jetzt siebzehn oder achtzehn sein. Er sagt: »Daß sie an dem Tag nicht umgekommen ist, ist ein Wunder. Die Minensucher hatten die dickste noch nicht entschärft, und als sie es taten, hätten sie damit ein ganzes Dorf hochgehen lassen können.«

Bevor sie aufbrechen, bringen sie Mathilde auf ihrer Sänfte noch in das Museum nebenan, dabei will sie eigentlich so schnell wie möglich zurück zum Bingo und zu den Rouquiers. Eine Halle mit gemauerten Nischen an den Seiten, in denen lebensgroße Puppen französischer, britischer und deutscher Soldaten stehen, in furchtbarer Aufmachung, mit Taschen und Waffen, die Augen blickleer, in schrecklicher Reglosigkeit. Der Einarmige ist mächtig stolz auf sein Werk, er hat seine Ersparnisse und das Erbe seiner Nachkommen bis in die fünfzehnte Generation dafür ausgegeben. Er zeigt Mathilde auf einem großen Bauerntisch, der in der Mitte aufgestellt ist und auf dem in Reih und Glied Uniformknöpfe, Schulterstücke, Abzeichen, Messer und Säbel liegen, eine rote Dose aus Metall für Zigaretten oder Tabak und sagt: »So eine hat auch die kleine Göre auf meinem Feld, in dem Grab der fünf Soldaten gefunden. Ihre Mutter hat mir erzählt, einer der Kanadier, die sie beerdigt haben, hätte freundlicherweise einen Zettel mit ein paar Worten hineingelegt, damit sie nicht ganz ohne Grabinschrift blieben.«

Danach die frische Luft, die Straße. Mathilde, die den lieben Gott nur dann stört, wenn sie nicht anders kann, bittet IHN, er möge es ihr nie antun, nachts von diesem Museum zu träumen, selbst wenn sie einmal böse sein sollte, selbst wenn es ihr noch einmal in den Sinn käme, einen Unteroffizier aus dem Aveyron, der Garenne heißt wie die Kaninchen, von Ulanenpferden vierteilen zu lassen.

Der Hof der Rouquiers, den Célestin Poux, auch ohne erst Waise werden zu müssen, sehr schnell findet, ist ein Gebäude aus Stein, Ziegeln, Ton, Zement, überall repariert und gestützt von dicken Pfeilern, zwischen denen

Wäsche aufgehängt ist. Madame Rouquier erzählt, ihre Tochter sei mit einem dicken Bauch und einem Vagabunden aus Lens in die Normandie gezogen, sie habe eine Karte aus Trouville bekommen, aus der sie erfahren habe, daß es ihr gut gehe, daß sie bei Leuten im Haushalt arbeite und im Oktober niederkomme. Sylvain und Célestin sind draußen im Hof geblieben und spielen mit den Hunden. Mathilde trinkt ein Glas Limonade in einer blitzsauberen Küche, in der ein Knoblauchzopf von der Decke herabhängt wie im Süden; das ist gut fürs Herz und hält den Teufel fern.

Die kleine Jeannette hat die Pall-Mall-Schachtel ausgegraben. Sie war zehn Jahre alt und konnte lesen. Sie lief auf die Straße und begegnete dort Soldaten. Sie kam zum Hof zurück und kriegte die Ohrfeigen, die sie verdiente, weil sie wie ein Soldat durch diesen explodierenden Dreck gelaufen war. Von da an behauptet Madame Rouquier, alles mit eigenen Augen gesehen zu haben. Sie ging zu den Soldaten, die das Grab im Feld von Hyacinthe Deprez öffneten. Man brachte auch gleich fünf Särge aus hellem Holz, um die Leichen hineinzulegen.

Sie sagt zu Mathilde. »Natürlich waren sie nicht schön anzusehen.« Mathilde antwortet kalt: »Das ist anzunehmen.« Jedenfalls lagen sie alle fünf unter einer großen braunen Plane, manche mit einem Verband an der rechten, andere an der linken Hand. Madame Rouquier konnte nicht allzu nah ran, weil schon andere Leute aus der Nachbarschaft gekommen waren und die Sache den Soldaten allmählich mißfiel, aber sie hat alles gehört, alles. Sie weiß zum Beispiel, daß einer der armen Getöteten Notre-Dame hieß, ein anderer Bouquet, wie Rosenbukett, und wieder ein anderer einen italienischen Namen hatte. Der, der die Soldaten befehligte, ein Gefreiter oder Sergeant, sie hat es nie gelernt, die Ränge zu unterscheiden, las laut die Namen und das Jahr, in dem sie eingezogen worden waren, von den Erkennungsmarken der Toten ab, bevor sie in die Särge gelegt wurden. Sie erinnert sich noch, der Jüngste war gerade mal zwanzig Jahre alt.

Die Särge wurden mit einem Pferdewagen weggebracht. Es war kalt, die Hufe und die Räder rutschten in den vereisten Radspuren. Da drehte sich einer der Soldaten, ein unfreundlicher Pariser, um und schrie die Leute, die dort standen, an: »Ihr Geier habt wohl nichts anderes zu tun, als den Tod anzuglotzen?« Manche waren dermaßen beleidigt, so beschimpft zu werden, daß sie sich beim Bürgermeister beschwerten, der vor kurzem heimgekehrt war, aber der wurde von dem Offizier noch viel schlimmer beschimpft, als er sich beschwerte, er sagte ihm, er solle sich eine Geige suchen und hineinpinkeln, in eine Geige pinkeln, stellen Sie sich das vor, das wäre ebenso nützlich wie jetzt seine Spucke zu verschwenden. Dann, im April, sind die Soldaten abgezogen, die Engländer waren höflicher. Oder vielleicht verstanden wir sie nur nicht.

Ein wenig später kommt leichter Wind auf und schüttelt die Blätter an den beiden Ulmen von Bingo Crépuscule. Mathilde will noch ein letztes Mal dorthin. Célestin Poux sagt: »Du tust dir nur weh. Wozu soll das gut sein?« Sie weiß es nicht. Sie sieht, wie das Licht der untergehenden Sonne den Hügel erleuchtet. Sylvain ist mit dem Auto weggefahren, um zu tanken. Sie fragt: »Der Handschuh, den du Manech geschenkt hast, wie sah er aus?« Célestin sagt, er sei rot gewesen mit weißen Streifen am Handgelenk, von einer Jugendfreundin in Oléron gestrickt. Weil er sich nicht von einem Souvenir seiner Freundin habe trennen wollen, habe er den anderen Handschuh noch den ganzen Winter getragen, zusammen mit einem Offiziershandschuh aus hellem Ziegenleder, von einem Paar, das er irgendwo gefunden habe.

Sie kann ihn sich sehr gut vorstellen mit einem roten Wollhandschuh und einem anderen aus hellem Leder, die Mütze auf dem Kopf, beladen mit Taschen und Brotlaiben. Sie findet ihn sehr anrührend. Er fragt: »Warum willst du wissen, wie mein Handschuh aussah? Hat Madame Rouquier dir gesagt, daß einer der fünf Begrabenen ihn trug?« Sie antwortet: »Eben nicht.« Er überlegt. »Vielleicht ist er ihr nicht aufgefallen. Vielleicht hat sie es vergessen. Oder Manech hatte ihn nicht mehr.« Mathilde findet, für einen so auffälligen Handschuh seien das ein bißchen viele Vielleicht. Er steht noch eine Weile stumm neben ihr. Dann sagt er: »Stimmt. Als er den Schneemann baute, hatte Manech ihn noch. Die Rouquier hat alles nicht aus so großer Nähe gesehen, wie sie behauptet, das ist es.«

Er geht durch das Feld. Sie vermutet, daß er sich an Bäumen und dem Bachbett zu orientieren versucht, um an den Ort zu gelangen, an dem der Schneemann stand. Er ist fünfzig, sechzig Meter von ihr entfernt. Er ruft: »Hier war der Bleuet, als seine Kameraden ihn umfallen sahen. Das haben sie immerhin nicht erfunden!«

Mathilde hängt am Soldaten Toto. Er hat Verständnis für sie und geht nicht geizig mit seiner Zeit um. Außerdem hat er einen ganzen Winter lang zwei verschiedene Handschuhe getragen, um Manech zu helfen. Ansonsten würde sie ihn gerne losschicken, damit er sich eine Geige sucht.

An jenem Abend, Freitag, dem 8. August 1924, ereignen sich in der »Auberge des Remparts« in Péronne drei verschiedene Dinge in weniger als einer Stunde; sie erschüttern Mathilde so sehr, daß sie immer Mühe haben wird, sie in ihrer Erinnerung auseinanderzuhalten, sie sind derselbe Blitz desselben Gewitters.

Zunächst kommt, als sie sich im Speisezimmer an einen Tisch setzt, eine junge Frau in ihrem Alter auf sie zu, in einem schwarzbeigefarbenen Kleid und einem Glockenhut. Sie stellt sich vor, spricht fast akzentfrei Französisch. Sie ist zierlich, nicht sehr groß, brünett, hat blaue Augen, ist weder häßlich noch hübsch, eine Österreicherin. Sie ist mit ihrem Mann unterwegs, der am anderen Ende des Raumes gerade einen Teller Krebse verspeist. Er ist Preuße, Zollangestellter, richtet sich kerzengerade auf, als Mathilde zu ihm hinübersieht, und grüßt mit einer zackigen Kopfbewegung. Sie heißt Heidi Weiss und hat vom Oberkellner erfahren, daß Mathildes Verlobter in einem Schützengraben namens Bingo Crépuscule umgekommen ist, oder Bing au Crépuscule, oder noch wahrscheinlicher Byng au Crépuscule, denn ein furchterregender englischer General trug diesen Namen. Sie hat hier haltgemacht, um am Grab ihres Bruders Gunther zu beten, der auch vor Bingo getötet wurde, mit dreiundzwanzig Jahren, am ersten Sonntag im Januar 17.

Mathilde bittet Sylvain durch ein Zeichen, der jungen Österreicherin einen Stuhl zu holen. Heidi Weiss setzt sich und fragt die beiden Männer, ob sie auch im Krieg waren. Sie bejahen es, und sie sagt, sie mögen es ihr nicht übelnehmen, daß sie ihnen nicht die Hand gebe wie Mathilde, ihr Bruder sei hier gefallen, deshalb sei es nicht schicklich, und ihr Mann, dessen Familie durch die Niederlage tief verletzt sei, würde es ihr wochenlang übelnehmen.

Sylvain und Célestin sagen, das verstünden sie und sie seien nicht beleidigt. Sie ist dennoch froh, zu erfahren, daß Sylvain beim Nachschub der Marine war, in Bordeaux, und nie einen Deutschen zu Gesicht bekommen hat außer Kriegsgefangenen, und nur mit seinem eigenen Schweiß gekämpft hat. Célestin Poux schweigt. Angstvoll und eindringlich und schon mit Tränen in den Augen fragt sie ihn: »Waren Sie an diesem Tag auch hier?« Er antwortet mit sanfter Stimme und sieht sie dabei an, ja, er sei hier gewesen, er halte sich für einen guten Soldaten, der sein möglichstes getan habe und im ganzen Krieg, soweit er wisse, nur zwei feindliche Soldaten getötet habe, einen in Douaumont, vor Verdun, 1916, und einen anderen beim Zusammenbruch im Frühjahr 1918. Aber sie solle nur reden, vielleicht habe er ja ihren Bruder gesehen.

Gunther wurde, wenn sie den Feldwebel, der ihr von Bingo Crépuscule erzählte, richtig verstanden hat, am Ende jenes Sonntags von den Franzosen getötet, in einem Schützengraben der zweiten Linie, wo er Gehilfe eines Maschinengewehrschützen war.

Célestin Poux sagt: »Das stimmt, zwei sind umgekommen, und die anderen, die keine Munition mehr hatten, haben sich ergeben. Den Feldwebel sehe ich noch vor mir, das war ein großer Kerl mit gelben Haaren. Er hatte seine Mütze verloren, die Haare fielen ihm über die Augen. Grenadiere, die das Maschinengewehr zum Schweigen bringen wollten, haben Ihren Bruder getötet, aber niemand kann niemandem mehr böse sein bei dieser Schweinerei.«

Das Wort Schweinerei versteht Heidi Weiss. Sie neigt zustimmend den Kopf, sie beißt die Lippen zusammen, die schon ganz blutleer sind, ihre Augen sind geschlossen.

Sie faßt sich wieder und nennt Mathilde den Namen des Feldwebels, der der Vorgesetzte ihres Bruders war und ihr 1919 von seinem Tod erzählte: Heinz Gerstacker. Er hat ihr erzählt, die Franzosen hätten fünf ihrer Leute, ohne Waffen und an einer Hand verletzt, in den Schnee geworfen. Er hat außerdem gesagt, daß sie an dem Sonntag, ganz in der Frühe, Stafetten nach hinten schicken mußten, um Befehle entgegenzunehmen, weil das Telefon in der Nacht durch einen Minenwerfer zerstört worden war. Er erzählte ihr noch andere Dinge, die sie vergessen hat, aber an ein Detail, das sie überraschte, erinnert sie sich genau. Als Heinz Gerstacker als Gefangener zu den französischen Linien geführt wurde, sah er in einem Loch einen der fünf Toten – denn alle fünf waren tot –, der dort in Gebetshaltung kniete.

Mathilde, zu Eis erstarrt, sieht Célestin Poux an. Er fragte Heidi Weiss: »Wann haben wir Ihren Feldwebel zu unseren Linien gebracht? War das Sonntagnacht oder am Montagmorgen?« Sie antwortet: »Er hat immer von Sonntag und von der Nacht gesprochen. Aber ich weiß, wo man ihn in Deutschland finden kann. Ich werde ihm schreiben oder ihn besuchen und ihm sagen, daß ich Ihnen begegnet bin.«

Mathilde sagt: »Hat er Ihnen nichts von dem jüngsten der fünf erzählt, meinem Verlobten, der mit nur einer Hand zwischen den beiden Schützengräben einen Schneemann gebaut hat? Daran müßten Sie sich doch eigentlich erinnern?« Heidi Weiss schließt die Augenlider, preßt die Lippen aufeinander und neigt bejahend den Kopf. Nach einigen Sekunden sagt sie, ohne Mathilde anzusehen, die Augen auf eine Ecke des Tischtuchs oder ein Glas oder auf irgend etwas anderes geheftet: »Eines unserer Flugzeuge hat Ihren Verlobten getötet, aber ich schwöre Ihnen, daß keiner in unserem Schützengraben das wollte. Sie werden wissen, daß er nicht mehr bei Sinnen war. Dann warf plötzlich derjenige von den fünf, der am besten versteckt war, eine Granate auf das Flugzeug und brachte es zum Absturz, Heinz Gerstacker hat es uns erzählt, und dann kam die Order, unsere Schützengräben zu evakuieren, um der Artillerie freien Lauf zu lassen.«

Niemand ißt etwas. Heidi Weiss bittet um ein Stück Papier und einen Stift, um Mathildes Adresse aufzuschreiben. Wieder sagt sie, daß ihr Mann ihr deswegen wochenlang böse sein wird. Mathilde berührt ihre Hand auf dem Tisch und sagt: »Wird schon nicht so schlimm werden, aber drängen Sie diesen Feldwebel, daß er mir schreibt.« Sie findet inzwischen, daß Heidi Weiss schöne, traurige Augen hat. Sie greift in ihre Räder und dreht sich ein wenig, um zu sehen, wie sie zu ihrem Mann zurückgeht. Die Österreicherin hat die schlanke Gestalt eines Rehs aus ihren Bergen und einen Hut wie die Mädchen in Montparnasse. Der Mann steht erneut auf, um zackig zu grüßen. Sylvain macht sich an die kaltgewordenen Bratkartoffeln und meint: »Eine saublöde Angelegenheit, dieser Krieg. Eines Tages sind wir vielleicht an demselben Punkt wie vorher, und dann müssen wir wohl oder übel mit allen wieder befreundet sein.«

In den folgenden Minuten kommt der Kellner, der sie bedient und den Mathilde inzwischen kennt, sie nennen ihn Fantomas, weil er den Leuten immer wie ein Verschwörer ins Ohr spricht, und flüstert Sylvain zu, er werde am Telefon erwartet.

Als Sylvain zurückkommt, sind seine Augen wie erloschen. Mathilde will sagen, seine Augen sind hohl, sein Blick ist leer, er scheint in sich selbst eingeschlossen durch etwas, das stärker ist als er. In der Hand hält er eine zusammengefaltete Zeitung. Er setzt sich und reicht sie Célestin Poux.

Am Telefon war Germain Pire und hat gesagt, er solle sich die Morgenzeitung besorgen und Mathildes Nerven schonen. Célestin Poux blickt auf die zusammengefaltete Zeitung, liest, legt sie auf seine Knie und sagt: »Scheiße!« Mathilde bewegt ihre Räder, will ihm die Zeitung entreißen. Er sagt: »Nein, Matti, nein, Matti, bitte nicht!« Dann sagt er: »Diese Tina Lombardi wurde gestern morgen guillotiniert, Offiziersmörderin hat man sie genannt.«

Das dritte Ereignis findet statt, als Mathilde bereits in ihrem Zimmer ist, zusammen mit Sylvain, der sie auf Reisen nie allein läßt. Sie hat den Artikel von zwanzig Zeilen wieder und wieder gelesen. Er berichtet, daß in einem Gefängnishof von Hagenau im Elsaß eine dreiunddreißigjährige Frau aus Marseille hingerichtet worden ist, mit

Namen Valentina Emilia Maria Lombardi, alias Emilia Conte, alias Tina Bassignano, zum Tode verurteilt wegen Mordes an einem Oberst der Infanterie, einem Helden der Grande Guerre, François Lavrouye, in Bonnieux, im Departement Vaucluse, und verdächtig vier weiterer Offiziersmorde, über die auszusagen sie sich immer geweigert habe. Und wie der anonyme Verfasser des Artikels schreibt, starb sie »in Verweigerung der Sakramente der Kirche, aber mit bemerkenswerter Würde, bis das Fallbeil fiel«. Bei ihrer Hinrichtung, wie auch bei ihrem Prozeß, sei die Öffentlichkeit »aus verständlichen Gründen« nicht zugelassen worden.

Es ist kurz vor zehn. Sylvain sitzt in Hemdsärmeln nahe bei Mathilde, die auf ihrem Bett liegt. Man ruft ihn. Diesmal ist Pierre-Marie Rouvière am Telefon. Sylvain zieht seine Jacke an und geht hinunter zur Rezeption. Mathilde denkt noch immer an Madame Paolo Conte, geborene Di Bocca, an ihren Mann, der starb, weil er zuviel im Bergwerk gearbeitet hatte, an Ange Bassignano, der sich ergeben wollte und von einem seiner eigenen Leute eine Gewehrkugel in den Nacken erhielt, an die traurigen Pilgerfahrten Tina Lombardis, an ihren Kragen und ihre Mütze aus Biberfell, an ihren wahnwitzigen Schwur, die, »die ihrem Nino wehgetan hatten, in die Luft zu sprengen«, an das Grauen eines Gefängnishofs an einem frühen Augustmorgen.

Als Sylvain wieder ins Zimmer kommt, liegt sie hemmungslos schluchzend da, sie kann nicht mehr, sie verschluckt sich an ihren Tränen, sie erstickt.

Sylvain, ihr zweiter Vater, beruhigt sie und sagt: »Tapfer, Matti, tapfer. Du hast bisher den Mut nicht verloren, du wirst es schaffen.«

Am Nachmittag hat Pierre-Marie Rouvière Tina Lombardis Anwalt empfangen. Dieser kennt ihn, weiß, daß er Mathieu Donnay berät, und möchte Mathilde treffen. Er hat für sie einen verschlossenen Brief, den er ihr persönlich übergeben soll.

Mathilde schnieft kräftig, mimt die Starke. Sie sagt, sie werde sich die Hände zweimal waschen, bevor sie diesen Brief entgegennimmt.

Die Liebenden von Belle de Mai

Hagenau, 31. Juli 1924

Mademoiselle Donnay,
ich habe nie so schreiben können wie Sie, deshalb werden Sie vielleicht nicht verstehen, was ich Ihnen sage, vor allem, weil ich es tue, während ich auf den Morgen warte, wo sie mich in meiner Zelle wecken werden, um mir zu sagen, daß der Augenblick gekommen ist. Ich hab keine Angst, ich hatte nie Angst um mich, sie werden mir die Haare abschneiden, und danach schneiden sie den Kopf ab, aber ich versuche, nicht daran zu denken, wie ich es immer gemacht habe, wenn ich unruhig war. Nur, dieser Gedanke hilft mir nicht gerade dabei, die richtigen Worte zu finden, verstehen Sie?

Ich will mit Ihnen nicht über das reden, was sie meine Verbrechen nennen. Als sie mich befragt haben, mit allen ihren Tricks, um mich reinzulegen, hab ich nichts gesagt, nichts, das kann Ihnen mein Anwalt bestätigen, wenn er Ihnen diesen Brief gibt. Sie haben mich geschnappt, weil ich so blöd war, mich in Carpentras zu verspäten, nachdem ich es diesem Lavrouye heimgezahlt hab, ich hätte sofort mit dem Zug zum Teufel fahren sollen, dann wär ich jetzt nicht hier, sie hätten mich nie gekriegt. Aber da hatte ich noch die Pistole in meiner Reisetasche, und so haben sie mich erwischt. Im übrigen hätte es mir nichts ausgemacht, alles auszupacken, wenn auf meinem Prozeß Leute gewesen wären, ich hätte die Wahrheit über diesen Lavrouye herausgeschrieen und die Begnadigung durch Poincaré, die er mehr als zwanzig Stunden lang geheimgehalten hat, aber, denken Sie nur, das eben wollten sie nicht, daß ich darüber spreche. Sie alle haben meinen Nino umgebracht. Ja, diese Rattenmäuler, von denen ich sagen sollte, ich hätte sie getötet, sie haben Schlimmeres als den Tod verdient. Der Thouvenel, der Leutnant geworden ist und damals im Schützengraben den gemeinen Schuß abgegeben hat, dann diese Laus von Ankläger beim Prozeß von Dandrechain, Hauptmann Romain, und die beiden Militärrichter, die den Krieg überlebt hatten, der aus der Rue de La Faisanderie und der aus der Rue de Grenelle, sie alle haben nur gekriegt, was sie verdienten, und darüber bin ich sehr froh. Im übrigen behaupten sie deshalb, ich wäre es gewesen, die sie bestraft hätte, und mit Vorbedacht, weil man sie stocksteif an fragwürdigen Orten und in Absteigen gefunden hat, aber wer hat das je gesagt? Jedenfalls nicht ich.

Ihnen gegenüber will ich aber nicht mehr von diesen Larven reden, ich habe Wichtigeres zu erzählen. Wenn ich es nicht früher getan habe, dann weil auch Sie nach der Wahrheit über diesen Schützengraben von dem Mann Byng, der Bingo genannt wurde, suchten und weil ich spürte, Sie könnten mir, ohne es zu wissen, in die Quere kommen oder mich behindern, weil Sie zuviel herausfänden und ich dann geschnappt würde. Jetzt, wo ich auf meine letzte Stunde warte, hat es keine Bedeutung mehr; wenn Sie diesen Brief lesen, bin ich schon tot und sehr froh, zu schlafen und von all dem befreit zu sein. Ich weiß außerdem, daß Sie mir irgendwo ähnlich sind, weil Sie nach so vielen Jahren immer noch nach der Wahrheit suchen, weil Sie der Liebe Ihres Lebens genauso treu sind wie ich, denn wenn ich auch dreist meinen Hintern verkauft habe, so habe ich doch nie einen anderen geliebt als meinen Nino. Außerdem denke ich an meine arme Patentante, ihr bin ich es wirklich schuldig, sie hat so darunter gelitten, daß ich Ihnen nicht antworten wollte, es war richtig von mir, das weiß sie jetzt, da wo ich ihr bald Gesellschaft leisten werde, aber sie wird sich freuen, daß ich Ihnen geschrieben habe, verstehen Sie?

Sie hat Ihnen sicher erzählt, daß ich Ange Bassignano schon immer gekannt habe, in unserem Viertel Belle de Mai in Marseille. Da sind wir beide auf die Welt gekommen, er hatte bald niemanden mehr, ich hatte einen Vater, der jeden Abend besoffen war, aber weinen Sie nicht, so unglücklich ist man gar nicht, Kinder sind es nie wirklich, wir spielten mit den anderen auf der Straße, unter den Platanen, und Nino war schon damals der Schönste und Klügste und konnte mir die zärtlichsten Dinge sagen. Mit zwölf, dreizehn Jahren gingen wir nicht mehr in die Schule, wir verbrachten unsere Tage auf unbebautem Gelände und die Abende in den Torbögen, bei den kleinen Passagen, die zu den Chûtes-Lavie hinabführen und wo keiner vorbeikommt, wenn es dunkel ist. Wir liebten uns im Stehen und träumten gemeinsame Träume. Ich war ein paar Monate jünger als er, aber bis wir siebzehn, achtzehn waren, war ich die Entschlossenere von uns beiden. Später sagten irgendwelche Idioten, Nino habe mich auf den Strich geschickt. Ich habe das selbst getan, oder es war das Schicksal, denn es stimmt nicht, daß Nino mich dazu gedrängt hat, er mußte schließlich etwas zu essen haben und ich auch, wir brauchten Kleider, wollten tanzen gehen und uns wie alle Leute in einem richtigen Bett lieben. Vielleicht drücke ich mich nicht richtig aus, um mich verständlich zu machen, weil Sie doch zu einer anderen Sorte Menschen gehören als wir, als Tochter reicher Leute, obwohl ich Sie nicht kenne und mein Anwalt mir gesagt hat, daß Sie einen Unfall hatten, als Sie ganz klein waren, ein großes Unglück, also wer weiß? Was ich Ihnen sagen will, ist, es ist egal, wie ich das Geld verdiente, Hauptsache, wir waren zusammen und glücklich, schließlich war es genau wie bei Ihnen und

Ihrem Verlobten, weil es überall gleich ist, Lieben ist bei allen das gleiche, es tut genauso gut, und es tut genauso weh.

Glücklich waren wir, Nino und ich, bis ins Jahr 14. Wir mieteten uns eine kleine Wohnung am Boulevard National, an der Ecke zur Rue Loubon, wir hatten ein Schlafzimmer aus Kirschbaum gekauft, Bett, Schrank und Kommode, mit geschnitzten Venusmuscheln, ich hatte einen Kühlschrank in der Küche, einen Perlenlüster, und die Kannen auf dem Kamin waren aus Limoges-Porzellan. Für die Arbeit bezahlte ich ein Zimmer gegenüber der Gare d'Arenc. Ich bediente Zollangestellte, Seeleute und Bürger aus der Rue de la République. Nino ging seinen Geschäften nach, in den Kneipen war er angesehen, alles ging gut bis zu jenem Abend im April, an dem er meinetwegen mit einer Kanalratte in Streit geriet, dem Sohn Josso, der es auf mich abgesehen hatte, um seine Trutsche zu ersetzen. Sie kennen diese Zuhältertypen nicht, darum will ich es Ihnen auch gar nicht erst erklären, aber Nino hat sein Messer herausgezogen, mit dem er bislang immer nur die Spitze seiner Zigarren abgeschnitten hatte, und plötzlich saß er für fünf Jahre im Gefängnis von Saint-Pierre. Natürlich habe ich ihn besucht, es hat ihm an nichts gefehlt, nur wurde die Zeit ihm lang. Als sie ihn 16 vor die Wahl stellten, wollte er lieber zu denen, die fürs Vaterland sterben. Und so ist er von einem Verdun zum nächsten in Schnee und Matsch ums Leben gekommen, vor diesem Schützengraben des Mannes Byng.

Am Abend, bevor sie ihn töteten, hat er mir von einem anderen einen Brief schreiben lassen, in dem er mir sagte, daß er mich liebte und wie leid ihm alles täte. Meine Patentante hat es Ihnen gesagt, und ich habe sie deswegen ziemlich angebrüllt, ich hatte einen Code mit meinem Nino, damit ich immer wußte, wo er war, denn ich konnte ihn in der Quartierzone finden, ich wurde dort eingelassen wie alle Arbeiterinnen, nur Bürgerfrauen ließen sie nicht durch, und ich habe welche kennengelernt, die sich als Huren ausgaben, nur um ihren Mann sehen zu können.

Der Code, den wir hatten, war nicht schwierig, beim Kartenspiel haben wir vor dem Krieg mit demselben getrickst, wenn Nino um Geld spielte. Wir verständigten uns über die Art der Anrede, meine Liebste, mein Rehlein, meine Süße und so weiter. In dem Brief hieß es dreimal »meine Süße«, ma Chouquette, das bedeutete, daß er noch immer an derselben Front war, an der Somme, aber weiter im Osten, und daß der Name des nächsten Ortes mit C anfing, auf der Karte hatte ich die Wahl zwischen Cléry und Combles. Da er außerdem mit »Dein Höllenengel« unterzeichnet hatte, wußte ich, daß er in der vordersten Linie war. In dem Brief waren auch noch andere schöne Namen, die alle bedeuteten, daß es sehr schlecht um ihn stand. Wenn Sie, wie ich annehme, eine Kopie von Sergeant Esperanza bekommen haben oder von Célestin Poux, nach dem Sie in den Zeitungen gesucht haben und den ich nie habe finden können, werden Sie leicht selbst erraten, wie Nino mir das sagte. Als ich seinen Brief über meine Patentante erhielt, das war in Albert, wo ich die Engländer als Kunden hatte, war es leider schon einen Monat zu spät, sie hatten ihn mir schon getötet wie einen armen Hund.

Ich habe ungefähr verstanden, welche Spur Sie auf der Suche nach Ihrem Verlobten verfolgt haben müssen, es war nicht genau dieselbe wie meine, doch müssen sich unsere Wege oft genug gekreuzt haben. Meiner beginnt in Combles, Anfang Februar 1917, wo nur noch Tommys zu finden waren, aber ich habe ein bißchen geschnüffelt und die Spur eines Lazarettes gefunden, das nach Rozières verlegt worden war. Da stieß ich auf Julien Philli-pot, einen Sanitäter, der mit dem Stabsarzt Santini gearbeitet hatte. Er erzählte mir von den fünf Verurteilten und daß er einen von ihnen wiedergesehen habe, am Montag, den 8. Januar, in Combles. Er habe eine Kopfverletzung gehabt, Santini aber habe ihm gesagt, er solle den Mund halten, das ginge sie nichts an, er solle ihn mit den anderen zusammen evakuieren. Danach war das Lazarett bombardiert worden, Santini ist dabei umgekommen, und Phillipot wußte nicht, was aus dem Verurteilten geworden war. Ich habe ihn gebeten, ihn mir zu beschreiben, und es konnte nicht mein Nino sein, aber er hatte erfahren, daß der Verurteilte in Begleitung eines Kameraden ins Lazarett gekommen war, der im Sterben lag, jünger und schlanker als er, auch der war evakuiert worden, vielleicht war das eine falsche Hoffnung, aber immerhin eine Hoffnung. Jedenfalls hat mir Phillipot einen Hinweis auf den älteren Verurteilten gegeben, nämlich, daß er an den Füßen deutsche Stiefel trug.

Von da aus fuhr ich nach Belloy-en-Santerre, um dort die Leute vom Landsturm zu treffen, die seiner Erzählung nach die fünf am Samstagabend begleitet hatten. Sie waren nicht mehr da. Ein Clochard verriet mir, ein gewisser Prussien könnte mir weiterhelfen, weil der zu der Eskorte gehört hätte, und dieser Prussien sei jetzt in Cappy, wo ich dann hingefahren bin. Mit ihm habe ich mich in einer Soldatenkneipe am Ufer eines Kanals unterhalten, und er hat mir mehr Informationen über die Verurteilten gegeben als Phillipot, er hatte sie nämlich besser kennengelernt, weil er sie bis zum Schützengraben des Mannes Byng begleitet hatte. Er nannte ihn Byng und nicht Bingo, weil ihm ein Soldat aus dem Schützengraben an jenem Abend erklärt hatte, woher der Name käme, es hatte mit einem Bild zu tun, das ein Kanadier gemalt hatte, das ist alles, woran ich mich erinnere. Er hat mir erzählt, daß der Verurteilte, der die deutschen Stiefel trug, ein Pariser namens Bouquet war, den man aber Eskimo nannte. Prussien konnte mir nur noch diesen einen Namen sagen, er war der einzige, mit dem er hatte sprechen können, als sie zum Schützengraben gelangten, in dem sie dann auf die Nacht gewartet haben, und der andere hat ihn gebeten, wenn er eines Tages durch Paris käme, in der Kneipe »Chez Petit Louis« einer gewissen Véronique Grüße zu bestellen.

Er hat mir noch viele andere Dinge erzählt, zum Beispiel daß die Verurteilten nicht erschossen, sondern den Deutschen vorgeworfen wurden, mit gefesselten Armen, aber das hatte er nicht selbst gesehen, sein Unteroffizier hatte es ihm gesagt. Dieser Sergeant, Daniel Esperanza, hatte sich um die Briefe von Nino und den vier anderen gekümmert, und Prussien hatte ihn im Quartier gesehen, wie er eine Abschrift von jedem Brief machte, bevor er sie abschickte, und dazu sagte: »Sobald ich kann, muß ich nachsehen, ob sie auch angekommen sind.« Ich hätte diesen Esperanza gern ausfindig gemacht, aber er war inzwischen in den Vogesen, Prussien wußte nicht wo, und da habe ich den Abschnitt lieber verlassen und bin nach Paris gefahren.

Bei »Petit Louis« in der Rue Amelot habe ich nach Véronique, der Freundin von Eskimo, gefragt, aber der Chef, ein ehemaliger Boxer, hatte ihre Adresse nicht. Aber ich habe ihren Namen erfahren, Passavant, und daß sie in einem Konfektionsgeschäft in Ménilmontant arbeitete, und ich habe zwei Tage gebraucht, um sie ausfindig zu machen. Es war schon März. Ich hatte noch Hoffnung, aber nicht mehr viel, und diese Véronique wollte mir nichts sagen, ich habe sie verlassen, wie ich gekommen war. Heute weiß ich, daß sie mir nichts verborgen hat, daß ich mich getäuscht hatte.

Inzwischen schrieb mir ein Kerl vom Generalstab, einer meiner Kunden, ins Hotel. Ich hatte ihn beauftragt, das Bataillon wiederzufinden, das im Schützengraben des Mannes Byng war. Ich wußte nur die Regimentsnummer, die Prussien mir genannt hatte, und den Namen eines Hauptmanns, Favourier, aber der Kerl hat die Kompanie, die ich suchte, trotzdem rausgekriegt. Sie waren in Reserve im Departement Aisne stationiert. Wieder machte ich mich zur Armee auf, wo gerade großes Durcheinander herrschte, wegen dem Rückzug der Boches, und ich brauchte drei Tage inmitten all der Verwüstung, um nach Fismes zu kommen, aber da habe ich dann den getroffen, der meinen Illusionen ein Ende machte und mir das Herz brach, danach hielt mich nur noch das wilde Verlangen aufrecht, meinen Nino zu rächen.

Er hieß Feldwebel Favart. Er hat mir alles erzählt. Zuerst, daß Nino tot war und das Schwein von einem Gefreiten Thouvenel ihn kaltblütig niedergeschossen hatte, weil er sich den Boches ergeben wollte. Und außerdem, daß am Samstag, dem 6. Januar, die Begnadigung der Verurteilten beim Bataillonskommandanten Lavrouye eingetroffen und noch Zeit gewesen sei, alles anzuhalten, daß der aber wegen irgendwelcher Schurkereien und Eifersüchteleien unter den Offizieren die Begnadigung bis zum Sonntagabend geheimgehalten hatte. Später, im Sommer, bin ich dann nach Dandrechain gefahren, in der Nähe von Suzanne, wo das Kriegsgericht abgehalten worden war, und nach und nach fand ich die Namen der Richter und des Anklägers heraus, aber ich habe Ihnen ja schon gesagt, daß ich von diesem Geschmeiß nicht mehr reden will, in jedem Fall ist es für sie und für mich vorbei. Und für den Bauern aus der Dordogne auch, der meinem Nino einen Tritt gegen den Kopf versetzt hat, aber das einzige, womit ich ihm das heimzahlen konnte, war, daß ich sein Holzkreuz auf dem Friedhof von Herdelin mit den Füßen zertreten habe, begreifen Sie?

Zu dem, was mir Favart erzählt hat und das Sie nicht wissen können, weil er am Chemin des Dames umgekommen ist, er hat es nicht verdient, ebensowenig wie Hauptmann Favourier, der noch im Sterben seinen Bataillonskommandanten verfluchte, also was er mir in all diesem Schlachtengetöse berichtet hat, gehören zwei Dinge, die ich Ihnen sagen will, weil sie vielleicht mit Ihrem Verlobten zu tun haben. Da ist zunächst ein Gefreiter, Benjamin Gordes, der am Montag, dem 8. Januar, im Lazarett von Combles war, der hat seine Schuhe gegen die deutschen Stiefel von Eskimo getauscht, damit er auf dem Feld nicht wie ein Kaninchen abgeknallt würde. Dann gibt es da noch eine Geschichte mit einem roten Wollhandschuh, den der Soldat Célestin Poux Ihrem Verlobten gegeben hatte. Zwei oder drei Tage nach der Affäre hat Favart den Krankenträger befragt, der auf dem Schlachtfeld dem verwundeten Benjamin Gordes begegnet war, zusammen mit einem anderen Soldaten der Kompanie mit Namen Jean Desrochelles, den er stützte. In diesem Gespräch erinnerte sich der Krankenträger plötzlich an ein Detail, nämlich daß der Soldat, dem Gordes beim Gehen half, an der linken Hand einen roten Handschuh trug. Das hat Favart stutzig gemacht und zwar so sehr, daß er noch einen anderen Gefreiten befragte, Urbain Chardolot, der auf dem Feld vor Bingo gewesen war, früh am Montagmorgen, dann von dort zurückgekehrt war und gesagt hatte, die fünf Verurteilten seien tot. Favart hatte deutlich den Eindruck, daß seine Fragen dem Gefreiten unangenehm waren, aber er gab zur Antwort, er habe nicht bemerkt, ob der Bleuet, wie Ihr Verlobter genannt wurde, den Handschuh noch anhatte oder nicht, man habe nicht gut sehen können, denn es habe wieder angefangen zu schneien, und vielleicht hätten auch Gordes und Desrochelles im Vorbeigehen den Handschuh genommen, um ihn Célestin Poux zurückzugeben. Favart mußte es wohl oder übel glauben, aber zu mir sagte er: »Wenn Chardolot mir etwas verschwiegen hatte, durfte er sich jetzt nicht widersprechen, und wenn einer der armen Kerle es geschafft hatte, zu entkommen, dann sollte es mich sowieso freuen, und sei es nur, damit der Kommandant sich ärgert.«

Ich hoffe, daß das, was ich Ihnen hier sage, Ihnen nützen wird, wenn Sie es mit dem ergänzen, was Sie selbst wissen. Ich habe mich, da Nino tot war, nicht mehr um die Opfer gekümmert, ich hatte nur noch die Mörder im Kopf. Aber ich will nicht gehen und das alles für mich behalten, erstens, weil Ihre Nachforschungen mich jetzt nicht mehr stören werden, und außerdem, wenn es eine andere Welt gibt und ich dort meiner Patentante begegne, dann wäre sie nicht sehr froh. Im übrigen werden meine Richter über das, was sie meine Verbrechen nennen, nicht die Wahrheit erfahren; ich will sie bis zum Schluß verarschen. Deshalb bitte ich Sie, wenn Sie Wert darauf legen, schreiben Sie diesen Brief noch einmal ab. Dabei können Sie auch gleich meine Fehler korrigieren, aber verbrennen Sie meine Blätter, wenn sie nämlich in fremde Hände fallen, möchte ich nicht, daß sie als Geständnis aufgefaßt werden.

Heute ist der 3. August. Ich stecke meine Geschichte jetzt in einen Briefumschlag, den mein Anwalt, Herr Pallestro, Ihnen geben wird, aber erst am Tag nach dem, was mich erwartet, für den Fall, daß Sie Präsident Doumergue um Gnade bitten wollen, was auch er schon getan hat. Ich will deren Gnade nicht. Ich will bis zum Schluß alles mit meinem Nino teilen. Sie haben ihn zum Tod verurteilt, sie haben auch mich verurteilt. Sie haben ihn hingerichtet, sollen sie auch mich hinrichten. So hat uns wenigstens nichts getrennt, seit wir Kinder waren und uns zum ersten Mal unter einer Platane in Belle de Mai geküßt haben.

Adieu. Trauern Sie nicht um mich. Adieu.

Tina Lombardi

Mathilde liest den Brief wieder und wieder, in ihrem Zimmer in der ersten Etage der Rue de la Fontaine. Nachdem sie ihn abgeschrieben hat, verbrennt sie ihn Blatt für Blatt in einer blauweißen Obstschale aus Keramik, die nie für etwas anderes benutzt worden ist. Der Rauch bleibt im Zimmer, obwohl die Fenster offenstehen, und sie hat das Gefühl, daß sein Geruch alle Zimmer ihres Leben durchdringen wird.

Lange bleibt sie reglos sitzen, den Kopf an der Lehne ihres Sessels. Sie denkt an zwei verstümmelte Ulmen, die aber leben und von wilden Trieben umstanden sind. Ihr Mahagonikasten steht zu ihrem Bedauern in Hossegor. Sie muß schnell nach Hossegor zurück. Sie glaubt, verstanden zu haben, was am Bingo Crépuscule wirklich geschehen ist, aber um sicher zu sein, muß sie alles nachprüfen, die Notizen, die sie gemacht hat, die Briefe, die sie erhalten hat, alles, weil die Geschichte dieser drei Tage im Schnee aus zu vielen Lügen und zu vielen Schreien gewebt ist, als daß sie das Murmeln, das am meisten verrät, hätte wahrnehmen können. Sie ist auch nur ein Mensch.

Dennoch, und sei es nur, um Zeit zu gewinnen, verläßt sie sich auf ihr Gedächtnis und schreibt an Anselme Boileroux, den Priester von Cabignac in der Dordogne.

Dennoch verläßt sie sich auf ihren Instinkt und bestellt per Telefon, es steht neben ihrem Bett-so-weiß-wie-Mama-es-wünscht, Germain Pire zu sich. Sie bittet ihn, sobald er kann, zu ihr zu kommen, das heißt noch am selben Abend oder eigentlich schon in der nächsten Stunde, das wäre wundervoll.

Dennoch verläßt sie sich auf ihr Herz und rollt aus dem Zimmer zur Treppe, in Hörweite der Stimmen unten im Salon, in dem sie Karten spielen, und schreit Célestin Poux zu, er möge ihr nicht böse sein, daß sie ihm das Leben versaue, aber er möge nach oben kommen, sie brauche ihn.

Als er das Zimmer betritt, sind seine Backen rosiger,

seine Augen blauer als je zuvor. Sie fragt: »Dieser Soldat, den du La Rochelle nennst und der wirklich Jean Desrochelles heißt, kanntest du ihn gut?«

Er nimmt den Stuhl, der am Kamin steht, und setzt sich. Er antwortet: »Gerade so.«

»Du hast mir erzählt, er komme aus der Charente. Woher genau?«

Die Frage überrascht ihn, oder er braucht etwas Zeit, um sich zu erinnern.

»Aus Saintes. Das ist nicht sehr weit von Oléron. Seine Mutter hatte eine Buchhandlung in Saintes.«

»Ist er nach Bingo ins Regiment zurückgekehrt?«

Er schüttelt den Kopf.

»Hast du nie mehr von ihm gehört?«

Er schüttelt den Kopf. Er sagt, es bedeute nichts, wahrscheinlich sei La Rochelle nach seiner Heilung, wenn er noch dienstfähig gewesen sei, in die Verwaltung, zur Artillerie oder sonstwohin gekommen, nach dem Gemetzel von 1916 habe man jeden Mann gebraucht. Es sei auch möglich, daß er die ideale Verletzung gehabt habe und nach Hause geschickt worden sei.

»Erzähl mir von ihm.«

Er seufzt. Unten hat er das Kartenspiel mit Mama, Sylvain und Paul unterbrochen. Wenn er gegen Mama gespielt hat, muß er trotz seiner Gutmütigkeit auf hundert sein, er möchte nichts dringlicher als zurück und sich rupfen lassen. Manille, Belote und Bridge spielt Mama wie ein Fischweib. Sie ist ein Kartengenie, und außerdem beschimpft sie ihre Gegner auch noch oder verspottet sie, um sie manövrierunfähig zu machen.

»Wir nannten ihn Jeannot«, sagt Célestin Poux. »Er war auch nicht glücklicher als jeder andere, daß er im Schützengraben war, aber er tat seine Arbeit. Er las viel. Er schrieb viel. Im übrigen schrieben alle viel. Außer mir. Wenn es irgendwas gibt, das mich anödet, dann ist es das.

Einmal habe ich ihn gebeten, mir einen Brief für meine Freundin in Oléron zu formulieren, diese Bibi, die mir die Handschuhe gestrickt hat. Der Brief war so schön, daß ich mich regelrecht in sie verliebt habe, bis ich sie dann wiedersah. Sonst habe ich nichts weiter zu sagen, es gab in diesem Krieg ja so viele nette Kerle, überall.«

Das weiß Mathilde. Und weiter? Er gibt sich Mühe, sich zu erinnern.

»Ein anderes Mal hat er mir im Quartier von seiner Mutter erzählt. Er hatte, seit er ein kleiner Junge war, keinen Vater mehr, und er schrieb nur an sie. Eine Freundin hatte er nicht und keine anderen Freunde als uns, er sagte mir, er habe nur seine Mutter. Ein Muttersöhnchen eben. Er hat mir ein Foto gezeigt. Ich sah darauf eine alte Frau, in tristen Kleidern und nicht sehr schön, aber er war stolz und gerührt, er sagte, sie sei die Schönste auf der Welt und fehle ihm, ich habe daraufhin gesagt, ich hätte zu tun, und habe mich verzogen, weil ich mich kenne, ich fange dann auch noch an zu weinen.«

Mathilde hört beinahe die Stimme von Tina Lombardi, die sie nie kennengelernt hat: »Verstehen Sie?« Sie sagt Célestin Poux, er sei die Schande der Armee. Sie rollt zu ihrem Tisch, gibt ihm ihren Brief an den Priester von Cabignac und bittet, ihn nach dem Kartenspiel zur Post zu bringen. Er werde gleich gehen, meint er, er spiele nur Karten, um den anderen einen Gefallen zu tun, er hasse es aber, wenn man um jeden Punkt feilsche, ihn schikaniere, weil er seinen Karo-König zu spät abgeworfen habe, oder ihm seine Pfennige stehle. Ihre Mama spiele Karten wie ein Dragonerweib.

Als er fort ist, ruft Mathilde Pierre-Marie Rouvière an. Er hatte damals vor fünf Jahren nach den psychisch Kranken in Militärkrankenhäusern geforscht. Sie fragt ihn, ob es schwierig sei, zu erfahren, was aus einem Soldaten der wohlbekannten Kompanie geworden ist, der von der besagten Front evakuiert wurde, zu einem Zeitpunkt, na, er wisse schon wann. Pierre-Marie sagt: »Wie heißt er?« Sie sagt: »Jean Desrochelles, aus Saintes, in der Charente.« Während er schreibt, seufzt er: »Ich muß dich wirklich sehr gern haben, Matti, sehr gern.« Dann legt er auf.

Als Germain Pire ihr Zimmer betritt, wo sie ihn sehr aufrecht in ihrem Rollstuhl und sehr streng gleich am Eingang erwartet, fragt sie ihn geradeheraus: »Als Sie Ihre Nachforschungen aufgaben und mir diesen Brief schrieben, den ich in New York erhielt, haben Sie da schon geahnt, daß Tina Lombardi eine Mörderin war?«

Bevor er antwortet, küßt er ihr die Hand und macht ihr Komplimente über ihr gutes Aussehen, dabei hat die Reise nach Bingo sie angestrengt, zermürbt, sie weiß, daß sie häßlich aussieht, und würde sich am liebsten vor dem Spiegel die Zunge herausstrecken. Schließlich sagt er: »Es ist mein Beruf, die Dinge zu ahnen. In Sarzeau im Morbihan war ein Leutnant ermordet worden, Gaston Thouvenel, genau zu der Zeit, in der diese Verrückte sich in der Gegend aufhielt. Dies bedeutete für niemanden etwas, aber für mich sehr viel.«

Bevor er sich setzt, rückt auch er seinen Stuhl nahe an den Kamin. Er sagt: »Liebe Matti, Sie sollten mich heute beglückwünschen, daß ich nicht weiter nach ihr geforscht habe. Besonders, wo mich das Ihre Hortensien gekostet hat.«

Mathilde sagt, das Bild gehöre jetzt ihm. Das Ding hänge unten, an einer Wand im kleinen Salon. Wenn er gehe, solle er es einfach von der Wand nehmen und damit fortgehen. Wenn ihre Mutter überrascht sei, solle er sagen, er sei ein Einbrecher, denn sie habe vor Einbrechern fast ebensoviel Angst wie vor Mäusen.

Er weiß nicht, wie er ihr danken soll. Mathilde sagt:

»Bitte, danken Sie mir nicht. Erinnern Sie sich an die Mimosen, die Sie vorher gewählt hatten? Die gehören Ihnen auch, sobald Sie eine weitere Person gefunden haben, nach der ich suche. Zuzüglich der Spesen, natürlich. Leider gibt es einen Haken an der Sache, ich kann Ihnen den Handel nur vorschlagen, wenn diese Person noch am Leben ist. Wenn Sie sich einen Moment gedulden wollen, ich werde es gleich wissen.«

Er antwortet, er habe es nie eilig, wenn es um einen so hohen Einsatz gehe. Er hat seine Melone auf eine Ecke von Mathildes Schreibtisch gelegt. Er trägt eine schwarze Krawatte. Seine Gamaschen sind wie immer makellos weiß. Er sagt: »Was bedeuten eigentlich die in den Baum geritzten drei M auf Ihrem wunderschönen Gemälde?«

»Mathilde liebt Manech, oder Manech liebt Mathilde, wie man will. Aber lassen wir das. Ich möchte ein ernsthaftes Gespräch mit Ihnen führen.«

»Worüber?«

»Über Stiefel«, sagt Mathilde in lässigem Ton. »Im Laufe Ihrer Untersuchung über das Verschwinden von Benjamin Gordes in Combles haben drei Zeugen bestätigt, ihn kurz vor der Bombardierung gesehen zu haben, und sie erinnern sich, daß er deutsche Stiefel trug. Bedeutet dies also, daß eine der unter den Trümmern gefundenen Leichen deutsche Stiefel trug?«

Germain Pire lächelt unter seinem kleinen dreieckigen Schnurrbart und sagt mit blitzenden Augen: »Hören Sie, Mathilde, tun Sie doch nicht so, als wüßten Sie die Antwort nicht.«

Sie sagt, daß sie tatsächlich keine Antwort brauche. Wenn man am 8. Januar 1917 unter den Trümmern eines Lazaretts eine Leiche mit deutschen Stiefeln gefunden hätte, wäre Benjamin Gordes nicht bis 1919 als vermißt gemeldet, sondern sogleich identifiziert worden, und alle Nachforschungen wären überflüssig gewesen.

»Ziel meiner Nachforschungen war es, den Tod des braven Gefreiten festzustellen«, sagt Germain Pire, »und das im Interesse meiner Klientin, seiner Ehefrau. Wäre es anständig von mir gewesen, diesen Stein ins Rollen zu bringen? Er hatte mich wahrlich schon genug geplagt.«

Mathilde hört sich das mit innerer Befriedigung an. Er hat sie also belogen, als er in einem Brief schrieb, dieses Detail habe er vergessen. Er legt Daumen und Zeigefinger aneinander und antwortet, es sei nur eine ganz kleine Lüge gewesen.

Im selben Moment läutet im Zimmer das Telefon. Mathilde rollt zu ihrem Bett und nimmt den Hörer auf. Pierre-Marie Rouvière sagt ihr: »Du hast mir den Abend verdorben, Matti. Jean Desrochelles, eingezogen 1915 in Saintes, wurde tatsächlich am 8. Januar 1917 von der Somme-Front evakuiert. Er hatte eine schwere Lungenentzündung und zahlreiche Verletzungen und wurde im Val-de-Grâce und im Militärkrankenhaus von Châteaudun behandelt, schließlich in einem Hospital in Cambo-les-Bains in den Pyrenäen. Er wurde vom Militärdienst entlassen und am 12. April 1918 seiner Familie zurückgegeben, nämlich seiner Mutter, der Witwe von Paul Desrochelles, Buchhändlerin, wohnhaft in Saintes in der Rue de la Gare 17. Ich sage dir noch einmal, Matti, ich muß dich wirklich sehr, sehr gern haben!« Sie sagt, sie habe ihn auch gern.

Sobald sie eingehängt und den Apparat an seinen Platz zurückgestellt hat, dreht sie an ihren Rädern und sagt Germain Pire, er solle sein kleines Heft zücken. Das, was er da aus der Innentasche seines Mantels zieht, ist sicher nicht dasselbe wie 1920, es hätte nicht so lange überleben können, aber auch dieses wird mit einem Gummi zusammengehalten und ist ebenso abgenutzt. Mathilde diktiert: »Jean Desrochelles, 29 Jahre, bei Madame Desrochelles, Witwe von Paul Desrochelles, Buchhändlerin,

Rue de la Gare, Nummer 17.« Germain Pire sagt, während er das Heft zuklappt: »Was muß ich denn nun noch tun, um die Mimosen zu verdienen, wo Sie schon die Adresse haben? Und soll ich sie wirklich stehlen?«

»Warten Sie«, sagt Mathilde, »lassen Sie mich eine befriedigende Antwort finden.« Sie wendet sich ihm wieder zu. »Ich könnte mich mit einer ganz kleinen Lüge aus der Affäre ziehen, aber ich ziehe solchen Lügen immer noch die verschleierte Wahrheit vor. Deshalb gestehe ich Ihnen, daß ich von ganzem Herzen hoffe, so wie ich wahrscheinlich noch nie im Leben etwas gehofft habe, daß Sie wenigstens in Saintes ins Schwarze treffen.«

Wortlos sieht er sie an, mit zusammengekniffenen Lidern, den Blick geschärft. Sie nimmt die Melone, die auf ihrem Tisch liegt, und reicht sie ihm.

Abends erzählt Mama beim Essen, ein ansonsten wohlerzogener und sehr freundlicher Herr sei in den kleinen Salon gegangen, habe ein Bild von der Wand genommen und nichts weiter gesagt als: Mademoiselle Mathilde selbst habe ihm erklärt, der Gegenstand sei bei ihm vor Mäusen sicherer. Daraufhin hat die gute Frau überall Mausefallen aufstellen lassen, was bedeutet, daß es heute keinen Käse gibt.

Die Sonnenblumen am Ende der Welt

Hossegor liegt unter drückender Augustsonne, selbst die Katzen leiden. Jeden Abend brechen Gewitter aus, die auf die Bäume prasseln, Blätter abreißen, Blumen zerstören. Bénédicte hat Angst vor den Donnerschlägen.

Célestin Poux bleibt noch ein paar Tage in »MMM«. Er pflegt den Delage, hilft Sylvain im Garten und sägt mit ihm Holz für den Winter. Er schwimmt im See. Mathilde bringt ihm La Scopa bei. Er ißt mit gutem Appetit, und Bénédicte ist im siebten Himmel. Doch er langweilt sich. Manchmal sieht Mathilde, wie er nachdenklich dem Regen hinter den Scheiben zuschaut. Sie rollt zu ihm hin, er tätschelt lächelnd ihre Hand mit dem freundlichen und zerstreuten Lächeln von jemandem, der schon nicht mehr richtig da ist. Eines Abends sagt er ihr, am nächsten Tag werde er wegfahren, er werde oft von sich hören lassen, und sie werde immer wissen, wo er sei, wenn sie ihn brauche. Sie sagt, sie verstehe ihn.

Am nächsten Tag, es ist der 15. August, wird in Cap-Breton bestimmt gefeiert. Die Straßen werden voller Menschen sein, die in der Prozession mitlaufen. Célestin Poux befestigt auf seinem Motorrad wieder einen ganzen Berg von Gegenständen. Sylvain tut so, als gehe er seiner Arbeit nach. Bénédicte bleibt bei Mathilde auf der Terrasse, auch sie ist traurig, daß der tüchtige Junge wegfährt. Vor zwölf Tagen, an einem Sonntag, als die Sonne unterging und schon die Wipfel der Pinien erreichte, war er gekommen und hatte einen Faden wiederaufgenommen. Mathilde erscheint es sehr viel länger. Da steht er vor ihr, Kappe und Motorradbrille schon in der Hand, um sich zu verabschieden. Sie fragt ihn, wohin er fahre, und nimmt es sich sofort übel. Er lächelt, wieder mit jenem Lächeln, das andere zum Schmelzen bringt: er weiß es nicht. Vielleicht fährt er erst mal auf einen Sprung nach Oléron. Er weiß es nicht. Er küßt Mathilde und Bénédicte. Er umarmt Sylvain. Er fährt, wie er gekommen ist, ungefähr zu derselben Zeit, mit knatterndem, voll aufgedrehtem Motor. Da, wo er ankommt, wird er zwei große, saubere Ringe um die blauen Augen haben, und auf einmal fragt sich Mathilde, wo sie nur als Kind ihre Puppe Arthur gelassen hat, als sie sie nicht mehr mochte.

Einige Tage später erhält sie einen Brief aus Leipzig in Deutschland. Heidi Weiss hat gleich nach ihrer Rückkehr den einstigen Feldwebel Heinz Gerstacker getroffen, der ihr noch einmal von dem Sonntag am Bingo Crépuscule berichtet hat. Es entspricht ungefähr dem, was sie schon in der »Auberge des Remparts« erzählt hat, mit einigen genaueren Details allerdings. Das letzte dieser Details hätte Célestin Poux überrascht, wenn er noch da wäre; Mathilde aber sieht sich – falls ihr Stolz das überhaupt nötig hat – wieder einmal darin bestätigt, daß ihre Eltern in ihren Liebesnächten in Toledo ein Mädchen gezeugt haben, das nicht nur mit einer überspannten Phantasie, sondern durchaus auch mit Verstand begabt ist.

Gerstacker wurde als Gefangener am Montag kurz vor Morgengrauen mit dreien seiner Kameraden zu den französischen Linien gebracht. Zwei Soldaten begleiteten sie, die, anstatt den kürzesten Weg zu nehmen, erst noch bei Bingo vorbeigehen wollten. Auf dem Gelände lagen im Schnee verstreut die Leichen der Verurteilten. Die beiden Soldaten trennten sich, um mit elektrischen Taschenlampen den Ort zu erkunden. Gerstacker folgte dem einen und sah zuerst einen Verurteilten, im Tode erstarrt, wie er hingefallen war: auf Knien, die Hände auf den Oberschenkeln, den Kopf auf die Brust geneigt. Es war der, der die Albatros mit einer Handgranate heruntergeholt hatte. Ein weiterer steckte in einem Loch, das ein eingestürzter Keller zu sein schien, denn da waren noch Treppenstufen. Gerstacker sah im Licht der Taschenlampe deutlich, daß der Mann – er lag auf dem Rücken, die Beine schon auf den Stufen – deutsche Stiefel trug. Der französische Soldat flüsterte: »Scheiße!« Eines der wenigen Wörter der französischen Sprache, die der Feldwebel kennt. Als sie sich wieder auf den Weg machten, stellte der Soldat seinem Kameraden kritische Fragen, und der antwortete. »Na ja sicher, und jetzt halt die Klappe.« Um das zu verstehen, mußte Gerstacker auch nicht zweisprachig sein.

Mathilde ist nicht erstaunt, und schon gar nicht verblüfft, wie Célestin Poux es gewesen wäre. Nur ihr Herz schlägt ein wenig schneller, das ist alles. Wenn das, was sie vermutet, seit sie den Brief von Tina Lombardi gelesen und ihren Mahagonikasten wiederhat, den geringsten Sinn ergeben soll, dann muß Benjamin Gordes in jener Kampfnacht zu irgendeiner Zeit auf das Gebiet vor Bingo Crépuscule zurückgekehrt sein. Gerstacker bestätigt ihr, daß es so war.

Armer, armer Benjamin Gordes. Du mußt dort gestorben sein, denkt sie, damit ich weiterhin glauben kann, daß einer der fünf, der deine Stiefel genommen hat, wenigstens bis Combles am Leben geblieben ist. Dein Freund Eskimo kann es nicht gewesen sein, auch nicht Six-Sous, auch nicht Ange Bassignano. Manech wäre, bei dem Zustand, in dem er sich nach Beschreibung aller befand, nicht auf den Gedanken gekommen. Bleibt nur noch der grobe Bauer aus der Dordogne, der bei seiner Geburt auf den Stufen einer Kapelle gefunden wurde und, welche Ironie des Schicksals, sich an seinem letzten Tag in den

Ruinen einer anderen Kapelle eingrub. Bleibt auch der Ausspruch von Urbain Chardolot, der am Morgen in das Niemandsland zurückkehrte, als es wieder zu schneien anfing – lange nach dir, lange nach dem deutschen Gefangenen und dem namenlosen Soldaten, die dich in einem Loch gesehen haben: *»Wenigstens einer, wenn nicht gar zwei.«*

Ja, Chardolot hatte eine Gewißheit und einen Verdacht. Von der Gewißheit sprach er zu Esperanza, im Juli 18 auf dem Bahnsteig, wo er evakuiert wurde: *»Ich würde zwei Louis auf den Bleuet wetten, wenn die Weiber mir nicht alles geklaut hätten.«* Der Verdacht, das war Cet Homme, einfach weil der Soldat ohne Namen den Rat, die Klappe zu halten, letzten Endes nicht befolgt hatte.

Der Brief des Priesters von Cabignac, auf den Mathilde mit größter Ungeduld wartet, erreicht sie zwei Tage später.

Samstag, den 16. August 1924

Meine liebe Tochter,
ich muß zugeben, Ihre Frage macht mich stutzig, was den Sinn Ihrer Nachforschungen angeht. Vor allem kann ich mir nicht vorstellen, auf welchen Umwegen der letzte Brief von Benoît Notre-Dame oder eine Kopie davon in Ihre Hände gelangen konnte. Ich muß annehmen, daß Sie Mariette getroffen haben und Ihr Schweigen darüber auf ein Verbot von Mariette zurückgeht, was mich sehr betrübt.

Dennoch will ich Ihnen antworten, so gut ich kann, im Glauben an Unsern Herrn und im Vertrauen, das ich in Sie habe.

Ich habe den Brief mehrmals gelesen. Zunächst muß ich Ihnen sagen, daß der Benoît, den ich als Kind, als jungen Mann und als Erwachsenen gekannt habe, zwar ein wenig steif und nicht sehr redselig war, aber nie in einem solchen Maße. Vielleicht hat das Elend des Krieges die Gefühle und die Menschen verändert, aber was ich am tiefsten spüre, ist, daß seine Botschaft an Mariette am Abend vor seinem Tod etwas anderes bedeuten soll, als sie sagt.

Ich habe versucht zu verstehen, worum Sie mich gebeten hatten: herauszufinden, was es in diesem Brief »Unpassendes« gibt. Ich habe mich in den Dörfern der Gegend erkundigt, bis hin nach Montignac. Meine Nachforschungen erklären die Verspätung, mit der ich auf Ihren Brief antworte. Ich habe mit vielen Leuten gesprochen, die die Notre-Dames kannten. Alle haben mir bestätigt, daß Benoît niemals Dünger kaufen mußte, um seine Felder zu düngen, diese waren nicht sehr groß, da er sein Geld vor allem mit der Viehzucht verdiente. Ich habe auch niemanden in der Gegend getroffen, der je von einem Monsieur Bernay oder Bernet gehört hätte. Der Name, den man mir nannte und der am ähnlichsten klingt, ist der von Bernotton, einem Schrotthändler, der aber keinen Dünger verkauft. Das also ist unerklärlich in diesem Brief, und nicht, wie Sie es fälschlicherweise nennen, »unpassend«, ich sage das, ohne Sie verletzen zu wollen, aber, was unpassend ist, verletzt nur die Konventionen, nicht den Verstand – unerklärlich also ist dieser Monsieur Bernay, den es nie gegeben hat.

Ich bin ein alter Mann, meine liebe Tochter. Ich würde gerne, bevor Gott mich ruft, selbst wenn Mariette nun in Gottlosigkeit lebt, wissen, was aus ihr geworden ist und auch aus ihrem Sohn Baptistin, den ich getauft habe, so wie ich seine Eltern getraut hatte. Ich werde heute abend für Benoît Notre-Dame beten. Ich werde für Sie beten und von ganzer Seele glauben, daß der Weg, den Sie eingeschlagen haben und den ich nicht verstehe, einer jener Wege ist, die man unerforschlich nennt.

Auf Wiedersehen, meine liebe Tochter. Wenn ich einige Zeilen von Ihnen erhielte, die mich beruhigen könnten, würde ich Ihnen das »Unpassende« gerne verzeihen, selbst wenn, wie ich allein an Ihrer Art zu schreiben erkenne, Ihr Fall dadurch noch schwerer wiegt, daß Sie Latein gelernt haben.

Ihr im Herrn ergebener

Anselme Boileroux,
Priester von Cabignac

Es ist Mittag. Als erstes möchte Mathilde ihren Littré* konsultieren. Richtig, sie hat unrecht. Und trotzdem macht sie mit Zunge und Lippen ein an den Priester adressiertes sehr unpassendes Geräusch.

Danach nimmt sie Zeichenpapier und Schere aus ihrer Schublade. Sie schneidet genau so viele Papierstückchen, wie sie braucht, um den Brief von Cet Homme vom 6. Januar 1917 aufzuschreiben, jedes Wort einzeln.

Sie räumt den Tisch leer, ordnet die kleinen Papierstücke in der Reihenfolge des Briefes. Sie schiebt sie hin und schiebt sie her, um den »Aufzug« zu finden, von dem Célestin Poux ihr erzählt hat. Das Codewort von Cet Homme und seiner Mariette kennt sie nicht, und so hält sie sich an den Namen, der den Leuten in Cabignac unbekannt ist: Bernay.

Um ein Uhr meldet sich der Magen bei Sylvain und Bénédicte. Sie sagt, sie sollten ohne sie essen, sie habe keinen Hunger. Sie trinkt aus ihrer Mineralwasserflasche. Um zwei Uhr kommt Bénédicte ins Zimmer, Mathilde wiederholt, sie habe keinen Hunger, sie wolle in Ruhe gelassen werden. Um drei Uhr hat sie es noch immer nicht herausgefunden, die Katzen machen Unsinn, sie jagt sie aus dem Zimmer. Um vier Uhr sind die Wörter folgendermaßen auf dem Tisch angeordnet:

* Bekanntes Wörterbuch der französischen Sprache.

Meine liebe Ehefrau

Ich	*schreibe Dir diesen Brief, um Dir zu sagen, ich*
bin	*eine Weile nicht in der Lage, Dir zu schreiben. Sag dem alten*
Bernay,	*daß ich bis Anfang*
März	*alles bezahle, wenn nicht, hat er Pech gehabt, er*
verkauft	*uns seinen Dünger einfach zu teuer. Ich glaube trotz*
allem,	*daß er drauf eingehen wird.*
Sag	*meinem kleinen Titou, daß ich ihn fest umarme und daß ihm*
nichts	*Böses geschehen kann, wenn er auf seine liebe Mama*
hört.	*Ich kenne*
niemanden,	*der so gut ist. Ich liebe Dich,*
Benoît.	

Wenn man die Wörter in der Vertikale des Namens Bernay von oben nach unten liest, ergibt sich folgender Sinn:

Ich bin in Bernay im März, verkauf alles, sag nichts, hör auf niemanden. Benoît

Eine Weile sitzt Mathilde reglos da, im Herzen so etwas wie Stolz, daß sie ihr Bild allein fertigbekommen hat wie eine Große, ein Bild oder irgend etwas anderes, das sie leicht zu Tränen rühren könnte, wenn sie sich nicht ganz entschieden jede Rührung versagte. Noch ist sie nicht am Ende ihrer Qualen, sagt sie sich, und jetzt hat sie Hunger. Sie läutet die Glocke.

Sie bittet Bénédicte, die strahlend hereinkommt, wahrscheinlich, weil ihr Quartiermeister ihr im Vorbeigehen den Hintern getätschelt hat, sie wegen ihrer Ungeduld von vorhin zu entschuldigen, sie hätte nun gern eine Baguette mit Bayonner Schinken und viel Butter, dazu Sylvain anstelle von Senf. Bénédicte antwortet, wenn Matti wüßte, wie sie sie manchmal innerlich beschimpft, würde sie sich nicht entschuldigen.

Als Sylvain mit der Baguette kommt, sie ist erschrekkend lang, und einem Glas Saint-Emilion, hat Mathilde ihre Schnipsel schon weggeräumt und aus dem Mahagonikasten jene Notizen hervorgeholt, die sie sich 1919 zu Sylvain gemacht hat. Wie gewöhnlich legt er sich auf dem Bett lang, die Hände unter dem Nacken verschränkt, und streift mit den Füßen seine Sandalen ab. Mit vollem Mund kauend fragt sie ihn:

»Als du dich damals in der Pension in der Rue Gay-Lussac nach Mariette Notre-Dame erkundigt hast, haben dir da die Eigentümer wirklich gesagt, daß sie, als sie mit ihrem Baby, ihren Geheimnissen und ihrem Gepäck wegfuhr, ein Taxi zur Gare de l'Est genommen hat? War es nicht etwa die Gare du Nord, die Gare d' Orléans oder Vaison-la-Romaine?«

Er antwortet, wenn sie sich das seinerzeit so notiert habe, als er es ihr erzählte, dann könne sie dessen sicher sein. Aber selbst heute, nach fünf Jahren, könne er sich noch sehr genau daran erinnern.

Mathilde schluckt einen großen Bissen ihrer Baguette herunter. »Ich habe mir auch aufgeschrieben, daß Mariette Notre-Dame die beiden Male, an denen sie mit ihrem Baby wegfuhr, um Freunde zu besuchen, nur für einen Tag fort war, es muß also nicht weit von Paris entfernt gewesen sein.«

»Ja und?«

»Wäre es schwer für dich, ein Dorf ausfindig zu machen, das Bernay heißt, das man über die Gare de l'Est erreicht und das nicht weit von Paris entfernt liegt?«

»Sofort?«

Sie antwortet nicht. Sie kämpft heftig mit ihrem Bayonner Schinken. Sylvain steht auf, zieht seine Sandalen an und holt sein Kursbuch. Er liebt die Eisenbahn. Einmal hat er Mathilde erzählt, es sei sein Traum, wenn er nicht verheiratet wäre, irgendwann einen Zug irgendwohin zu nehmen, in unbekannten Städten haltzumachen, die er auch gar nicht kennenlernen wolle, allein in den Bahnhofshotels zu übernachten und am nächsten Morgen weiterzufahren. Er behauptet, die Eisenbahn habe etwas Magisches, Zauberhaftes, das nur wenige Auserwählte begreifen könnten.

Er kommt zurück, setzt sich aufs Bett, sieht Mathilde mit den gütigen Augen des zweiten Vaters an. »Es ist Bernay bei Rozay-en-Brie, im Departement Seine-et-Marne.«

Mathilde läßt den Rest ihrer Baguette liegen, trinkt ihren Wein in drei Schlucken aus, sagt: »Ich weiß, daß ich dir auf die Nerven gehe, wir sind ja gerade erst wiedergekommen. Aber dahin muß ich.«

Er seufzt nur ein wenig, zuckt eine Schulter und antwortet: »Mir macht das nichts aus, aber Didi wird nicht begeistert sein.«

Mathilde beugt sich mit hinterhältiger Miene zu ihm herüber und murmelt ihm verschwörerisch zu: »Besorg es ihr kräftig heute nacht. So, daß ich sie bis hierher stöhnen höre. Danach liebt sie dich wie verrückt, und wir können machen, was wir wollen.«

Er lacht, krümmt sich vor Lachen, zugleich beschämt und stolz. Niemand kann sich, als Mathilde diese Zeilen niederschreibt, vorstellen, wie sehr sie ihren Sylvain in dem Augenblick liebte.

Am nächsten Tag fahren sie hin.

Bernay, das unter glühender Sonne liegt, ist nicht weiter von Rozay-en-Brie entfernt als Mathilde von ihrem Schicksal. Ihr tut der Rücken weh. Ihr tut alles weh. Sylvain hält vor der Schule an. In Begleitung eines kleinen Mannes mit wirrem Haar, der ein aufgeschlagenes Buch in der Hand hält, kommt er zum Wagen zurück, es ist der Lehrer, so sagt er, Monsieur Ponsot. Das Buch, *Die Abenteuer des Arthur Gordon Pym* von Edgar Allan Poe, würde Mathilde in den Händen von jedermann wiedererkennen, aus zehn Schritt Entfernung, und einer, der seinen Sonntag mit seiner Lektüre verbringt, kann auf keinen Fall irgendwer sein. *Ich habe es in den Berg eingraviert, meine Rache ist in den Staub des Felsens geschrieben.* Welch geeignetes Epitaph für Tina Lombardi in diesem Text eines Verrückten, der fast ein Jahrhundert vor ihr geschrieben wurde.

Mathilde fragt den Lehrer, ob in seiner Klasse ein acht- oder neunjähriger Junge sei, der Baptistin heiße. »Meinen Sie Titou Notre-Dame?« erwidert Monsieur Ponsot. »Ja, der ist bei mir. Ein sehr guter Schüler, der beste, den ich je hatte. Er schreibt Aufsätze, die für sein Alter ganz erstaunlich sind, und bei einem, den er kurz vor Weihnachten über die Schlangen geschrieben hat, habe ich begriffen, daß er einmal Gelehrter oder Künstler werden wird, in seinem Herzen explodiert alles.«

Mathilde sagt, sie wolle nur wissen, wo er wohnt. Der Lehrer weist mit ausgestrecktem Arm in eine Richtung, dort hinten sei es. »Sie kommen nach Vilbert, nehmen dann links die Straße nach Chaumes, und hundert Meter oder zweihundert Meter weiter nehmen Sie, immer noch links, den Weg am Bach entlang. Sie kommen am Hof der Mesnils und an Petite Fortelle vorbei und fahren weiter, Sie können sich gar nicht vertun, am Ende des Tals liegt ein Hof inmitten von Feldern, die Leute hier nennen ihn das »Ende der Welt«, und da wohnt Titou Notre-Dame.«

Der Weg, der zwischen einer Allee von Bäumen und einem dichten Wald hindurchführt, ist schattig und kühl, und um so heftiger ist der Schock von Licht, als das Auto am Ende der Welt anlangt, gelbe Sonnenblumen, so weit das Auge reicht, und sie stehen so hoch, daß man von dem Gehöft mittendrin nur die ockerfarbenen Ziegeldächer sieht.

Mathilde bittet Sylvain anzuhalten. Als der Motor abgestellt ist, hört man nur noch das Murmeln des Baches und weit in der Ferne die Vögel im Wald. Nirgendwo ein Zaun. Die Felder ringsumher an den Hängen des Tals sind allein durch ihre Farben begrenzt, noch grünlich schimmernd oder schon goldgelb. Sylvain stellt den Rollstuhl auf. Er findet die Gegend sehr schön, aber, warum weiß er nicht, auch ein wenig bedrückend. In Wahrheit ist es, weil sie ihn gebeten hat, sie dort allein zu lassen unter ihrem Sonnenschirm, nahe einer am Wegrand liegenden Eiche, und mit dem Delage für zwei Stunden wegzufahren. Das macht ihm Sorgen. Er sagt: »Das ist unvernünftig, man weiß nie, was passieren kann. Laß mich dich wenigstens bis zum Haus fahren.« Sie sagt nein, sie müsse allein sein und darauf warten, daß der, den sie treffen wolle, auf sie zukommt.

»Und wenn er nicht kommt?«

»Er wird kommen«, sagt Mathilde. »Vielleicht nicht sofort, er hat mehr Angst vor mir als ich vor ihm. Er wird mich eine Weile von weitem beobachten, aber dann wird er kommen. Deshalb fahr ins Dorf zurück und trink in Ruhe dein Bier.«

Das Auto fährt davon. Mathilde hat vor diesen sich endlos dehnenden Sonnenblumenfeldern ein seltsames Gefühl, als habe sie das alles schon einmal gesehen, aber es muß wohl, so sagt sie sich, in einem Traum gewesen sein, den sie vor Jahren geträumt und dann vergessen hat.

Eine oder zwei Minuten später bellt ein Hund, sie errät, daß man ihn zum Schweigen bringt. Dann hört sie jemandem auf dem Weg rennen, der vom Haus her kommt. An der Leichtigkeit der Schritte erkennt sie, daß es ein Kind ist. Es taucht zwanzig Schritte von ihr entfernt auf und bleibt abrupt stehen. Der Junge ist blond und hat schwarze Augen, sie hat ausgerechnet, daß er achteinhalb Jahre alt ist. Er trägt graue kurze Hosen, ein blaues Hemd, einen Verband am Knie, doch sehr groß scheint das Wehwehchen nicht zu sein, sonst würde er nicht so schnell laufen.

»Bist du Titou?« fragt Mathilde.

Er antwortet nicht. Er läuft weg, verschwindet zwischen zwei Sonnenblumenfeldern. Einen Augenblick später hört Mathilde Cet Homme mit ruhigem Schritt über den Weg kommen. Je mehr seine Schritte sich nähern, desto heftiger klopft ihr Herz.

Auch er bleibt zwanzig Schritte von ihr entfernt stehen. Sekundenlang sieht er sie an, vollkommen reglos, stumm das Gesicht, schweigsam der Blick, er ist so groß, wie man ihr erzählt hat, vielleicht noch größer als Mathieu Donnay, kräftig gebaut, mit einem weißen, kragenlosen Hemd bekleidet, die Ärmel hochgekrempelt, und seine beigefarbene Leinenhose wird von Hosenträgern gehalten. Mathilde hat ausgerechnet, daß er im Juli achtunddreißig geworden ist. Sein Kopf ist entblößt, seine Haare sind braun, er hat die gleichen schwarzen Augen wie sein Sohn.

Schließlich kommt er langsam näher, geht die letzten Schritte, die ihn von Mathilde trennen. Er sagt: »Ich wußte, daß Sie mich eines Tages finden würden. Ich warte auf Sie, seit man mir von Ihrer Annonce in der Zeitung erzählt hat.« Er setzt sich auf den Stamm der abgeholzten Eiche, einen Fuß oben, einen am Boden, seine staubfarbenen Espadrillas trägt er wie Pantoffeln. Seine Stimme ist ein wenig gedämpft, ruhig, wie alles an ihm, und viel sanfter, als man bei seiner Größe erwarten würde. Er sagt: »Im April 1920 bin ich sogar nach Cap-Breton gefahren, ich habe Sie im Garten einer Villa sitzen sehen, wie sie malten. Ich weiß nicht mehr, was in meinem Kopf vorging. Sie waren für mich eine schreckliche Gefahr, und wenn ich sage: für mich, verstehen Sie, dann denke ich an meine Frau und meinen Sohn. Vielleicht kam es daher, daß ich Sie in diesem Rollstuhl sah, vielleicht auch daher, daß ich seit dem Krieg nicht mal ein Huhn mehr töten möchte, ich tue es, weil ich es tun muß, so schonend für das Tier wie nur irgend möglich, aber mit großem Ekel. Ich habe mir gesagt: Wenn sie mich eines Tages findet und mich verrät, habe ich Pech gehabt, komme, was da wolle. Dann bin ich nach Hause gefahren.«

Mathilde entgegnet, sie habe noch nie jemanden verraten, nicht mal, als sie klein war, und sie werde es auch jetzt nicht tun. Sie sagt: »Was seit Bingo aus Ihnen geworden ist, geht allein Sie etwas an. Ich bin froh, daß Sie all dem entkommen sind. Aber Sie werden auch verstehen, daß ich an den denke, den sie Bleuet nannten.«

Er hebt einen kleinen toten Zweig auf. Er bricht ihn in zwei, dann in vier Teile und läßt sie fallen. Er sagt: »Als ich den Bleuet zum letzten Mal sah, ging es ihm sehr schlecht, aber nicht so schlecht, wie man vermutet hätte. Er war kräftig, ein Kerl wie eine Bohnenstange. Und es fiel mir an diesem Tag sehr schwer, ihn auf meinem Rükken zu tragen. Wenn er gut gepflegt worden ist, hat er es überlebt. Warum Sie ihn noch nicht wiedergefunden haben, kann ich mir vorstellen. Er wußte ja schon nicht mehr, wer er war.«

Mathilde schiebt ihre Räder auf dem trockenen Boden vorwärts, um näher an ihn heranzukommen. Cet Homme hat seinen Schnurrbart seit langem abrasiert. Sein Gesicht, der Hals und die Arme sind braungebrannt wie bei einem, der draußen arbeitet, wie bei Sylvain, seine Augen sind ernst und leuchten. Seine rechte Hand, die er auf ein Knie stützt, hat in der Mitte, das sieht sie jetzt, ein Loch. Es ist ein klares, sauberes Loch, groß wie ein Pfennigstück. Er lächelt ein wenig, als er sieht, daß Mathilde auf seine Hand schaut. Er sagt: »Ich habe die Kugel stundenlang geschliffen, ich habe alles richtig gemacht. Ich kann noch Daumen, Zeigefinger und den kleinen Finger benutzen, um mir das Ohr auszukratzen.« Er bewegt die besagten Finger auf seinem Knie, um zu zeigen, daß es stimmt. Mathilde legt ihre rechte Hand sacht auf die seine.

Ich habe gewartet, dann bin ich losgegangen, sagt Cet Homme. Das ist letztlich alles, woran ich mich erinnere, Ich habe den eingestürzten Keller fast sofort gefunden, weil ich, als die ersten Granaten explodierten, die Ansammlung von Ziegeln sah, die aus dem Schnee ragten. Ich lag mit Eskimo und Bleuet in einem Bombentrichter, der aber nicht tief genug war, um darin zu bleiben. Der Bleuet hat uns schnell losgebunden, ich habe gemerkt, daß er viel Erfahrung mit Knoten hatte. Zu Eskimo habe ich gesagt, es sei nicht gut, wenn wir zusammenblieben, und er war einverstanden, denn er kannte den Krieg. Ich bin durch den Schnee auf den Ziegelhaufen zugerobbt, und die beiden anderen sind los, auf die Mitte des Geländes zu, um ein tieferes Loch zu finden. Was aus dem, den sie Six-Sous nannten, geworden ist, weiß ich nicht, auch nicht, was mit diesem Marseiller passierte, der zu nichts anderem taugte, als uns alle ans Messer zu liefern, weshalb ich ihm auch einen Fußtritt gegen den Kopf versetzt habe, um ihn zu beruhigen.

Vom deutschen Schützengraben aus warfen sie Granaten auf uns, noch mehr aber Leuchtraketen, ich hörte auch Maschinengewehre. Ich lag flach auf dem Bauch hinter dem Ziegelhaufen. Später, als alles still war, habe ich im Dunkeln um mich herum gesucht, unter meiner Hand fühlte ich, als ich den Schnee beiseite schob, ein großes Holzbrett, es war eine umgefallene Tür, und darunter Leere. Ich wartete auf die nächste Leuchtrakete, um den Kopf in das Loch zu stecken und zu sehen, was von dem Keller noch übrig war. Da waren fünf oder sechs Stufen, die nach unten führten, der Boden war überflutet. Als ich die Tür zur Seite schob, stoben Ratten auseinander, die ich zwar nicht sah, aber über mich laufen spürte. Auf dem Rücken liegend, ließ ich mich Stufe für Stufe hinabgleiten. Ich ertastete einen umgestürzten Balken an einer Wand, der sich außerhalb des fauligen Wassers befand, darauf setzte ich mich, dann legte ich mich darauf lang.

Ich wartete. Zu der Zeit spürte ich die Kälte noch nicht, ich hatte keinen Hunger, wußte, daß ich, um zu trinken, nur den Arm aus meinem Loch zu strecken und Schnee aufzusammeln brauchte, ich war guter Hoffnung.

Später schlief ich dann ein. Vielleicht haben sich die beiden Schützengräben in dieser Nacht noch beschossen, ich kann es Ihnen nicht sagen, der Lärm weckt niemanden mehr, wenn man im Krieg einen Moment schlafen kann, dann sagt man sich: Ist mir egal, was passiert, man will es nicht wissen.

Es war noch dunkel an dem Sonntag, als ich mich in dem Keller wiederfand, von dem Sie sagen, er habe zu einer Kapelle gehört. Dann aber wurde mir kalt. Ich watete durch das Wasser und machte mich klein, denn die Decke war nicht mehr als einen Meter fünfzig oder sechzig vom Boden entfernt. Ich suchte in der Dunkelheit an einer Mauer, an der ich ein Brett fand, nach irgend etwas, das mir nützen könnte. Unter meiner Hand spürte ich altes Werkzeug, ein paar vereiste Lappen, aber nichts, womit ich das Verlies ein wenig erhellen konnte.

Ich wartete, daß es Tag wurde. Langsam zog er herauf, weiß wie der Schnee, ohne Sonne. Durch das Loch drang genug Licht, daß ich sehen konnte, wo ich eingegraben war. In einer Ecke fand ich unter den Trümmern sogar einen Abfluß, ich zog an einer rostigen Kette, die zerriß, aber danach gelang es mir mit Nägeln und Fingern, einen Eisendeckel hochzuheben, und das ganze stinkige Wasser, das auf dem Boden stand, stürzte in den Brunnen.

Ich wartete und wartete. Zuerst rief einer aus unserem Schützengraben nach uns, um zu erfahren, ob wir noch am Leben seien. Bouquet, Etchevery, Bassignano, Gaignard. Und dann Notre-Dame, meinen Namen riefen sie immer wieder, weil ich nie antwortete. Übrigens haben die Boches gleich nach diesen Rufen Granaten geworfen, ich hörte Minenwerfer zischen und fand, daß die Welt genauso idiotisch war wie immer. Danach hat der, den wir Six-Sous nannten, eine Weile gesungen. Ein Gewehrschuß krachte, und er sang nicht mehr.

Als ein Flugzeug der Boches, das über uns flog und zurückkam, im Tiefflug das Feld beschoß, habe ich meinen ersten Fehler gemacht. Ich wollte sehen. Auf dem Bauch kroch ich bis ans obere Ende der Stufen meines Kellers und steckte den Kopf heraus. Da sah ich Bleuet vor einem Schneemann stehen, dem er eine Kreissäge aufgesetzt hatte. Das Flugzeug zog eine große Schleife über ihren Linien, dann kam es zurück, direkt auf uns zu, es flog höchstens fünfzehn Meter über dem Schnee. Es war eine Albatros, die von hinten schoß. Als sie fast über mir war, sah ich, wie der Schneemann explodierte und Bleuet mit ihm hinstürzte, in der Mitte zwischen den beiden Schützengräben, die sich wie in den schlimmsten Tagen beschossen.

Mein zweiter Fehler war, daß ich nicht sofort tief unten in mein Loch zurückgekehrt bin. Der Doppeldecker kam zum dritten Mal wieder, mit schwarzen Kreuzen auf den Flügeln. Da sah ich Eskimo, vielleicht dreißig Meter von mir entfernt. Er richtete sich im Schnee plötzlich auf und warf mit seiner gesunden Hand etwas in die Luft, gerade als die Maschine über ihm war, und fast im selben Augenblick, in dem der hintere Teil des Flugzeugs explodierte, sah ich, wie er von dem Maschinengewehr in die

Brust getroffen wurde, und auch mein Kopf explodierte in dem Moment.

Als ich wieder zu Bewußtsein kam, lag ich zusammengesackt in meinem Keller. Es war noch hell, aber ich ahnte, ohne zu wissen, wie spät es war, daß es Abend war, überall um mich herum schlugen schwere Geschosse ein und erschütterten die Erde, 220er, die von weither kamen, ich kroch auf eine Wand zu, um mich noch etwas mehr in Sicherheit zu bringen, da spürte ich auf meinem Gesicht getrocknetes Blut und auch klumpiges Blut, das noch floß.

Es war keine Maschinengewehrkugel, die mich erwischt hatte, sagt Cet Homme, sondern wahrscheinlich ein Ziegelstein, der von dem Schuß getroffen und auf mich geschleudert worden war, oder vielleicht ein Teil des Flugzeugleitwerks. Ich weiß es nicht. Ich spürte, wie das Blut über mein Gesicht rann, ich befühlte mir der linken Hand meine verschmierten Haare, bis ich meine Verletzung fand, und sagte mir, das bedeute noch nicht den Tod.

Ich wartete. Ich hatte Hunger. Mir war kalt. Die Geschosse fielen so dicht, daß ich bald begriff, daß die Boches ihre vorderen Schützengräben evakuiert haben mußten, und unsere auch, denn der Hauptmann, der in Bingo das Sagen hatte, den hatte ich gesehen, das war keiner, der seine Leute an Ort und Stelle abschlachten ließ. Danach hörte ich Panzerrollen, das von den dicken schwarzen, in östlicher Richtung, im Westen wurde offenbar heftig auf die Engländer geschossen, die mit uns verbündet waren. Wenn eine Front in Flammen aufgeht, dann geht es nur an einer Stelle in die Tiefe, ansonsten weitet sie sich nach und nach, Kilometer um Kilometer, in die Breite aus. Ich faßte wieder Vertrauen. Ich sagte mir, warte noch, rühr dich nicht von der Stelle, bei dem Durcheinander, das am nächsten Tag an einer so ausgedehnten Front herrschen wird, hast du eine Chance, aus unseren Linien herauszukommen. Danach brauchte ich, falls ich dazu in der Lage wäre, nur noch zu gehen.

Ich bin wieder eingeschlafen, sagt Cet Homme. Manchmal fiel ein Schuß, der den Keller erzittern ließ und mich mit Erde bedeckte, aber ich war ja weit fort, ich lag schon wieder in tiefem Schlaf.

Plötzlich wurde ich durch etwas geweckt. Ich glaube, es war die Stille. Oder vielleicht Stimmen in der Stille, besorgte, gedämpfte Stimmen, und Schritte im Schnee, ja, der Schnee knirschte. Ich hörte, wie einer sagte: »Der Bleuet atmet noch!« Und ein anderer: »Bring deine Lampe her, schnell!« Fast zur gleichen Zeit kamen mit scharfem Pfeifen Geschosse angeflogen, der Boden unter mir schwankte wie bei einem Erdbeben, die Explosion erleuchtete den Keller, ich sah, daß die Tür, die mein Loch teilweise bedeckte, brannte. Da ist einer der Soldaten, die ich gehört hatte, gebückt die Stufen heruntergestiegen, und was ich als erstes sah, war, daß er deutsche Stiefel trug, dann fuhr der Strahl einer elektrischen Taschenlampe über die Wände, und er fiel mit dem Kopf zuerst wie verrenkt neben mich.

Ich hob die Lampe auf und erkannte einen der Gefreiten von Bingo, den, den der Eskimo Biscotte nannte. Er stöhnte vor Schmerzen. Ich zog ihn, so gut ich konnte, ins Loch herunter und lehnte ihn gegen die Wand. Er hatte seinen Helm verloren. Sein Mantel war vorne blutgetränkt, und er hielt sich den Bauch. Er öffnete die Augen und sagte: »Kléber ist wirklich tot. Ich wollte es nicht glauben.« Danach sagte er, vor Schmerzen röchelnd: »Mich hat es auch erwischt.« Danach sprach er nicht mehr, sondern stöhnte nur noch leise. Ich wollte sehen, wo er getroffen war, aber er schob meine Hand zurück. Ich löschte die Taschenlampe. Draußen hatte sich die Schießerei weiter verlagert, aber immer noch wurde von beiden Seiten geschossen.

Wenig später hörte der Gefreite auf zu stöhnen. Ich machte die Lampe an. Er hatte das Bewußtsein verloren. Aber noch atmete er. Ich nahm ihm die Taschen ab. In der einen waren Patronen, in der anderen Papiere, persönliche Sachen. Ich sah, daß er Benjamin Gordes hieß. In einer dritten Tasche fand ich ein Stück Brot, Käse, eine Tafel schwarze Schokolade. Ich habe gegessen. Ich nahm seine Feldflasche. Sie war mit Wein gefüllt. Ich trank zwei Schlucke, löschte die Lampe. Die Tür über meinem Kopf hatte aufgehört zu brennen. Der Himmel wurde andauernd von Geschützfeuer erhellt, und wieder schlief ich ein.

Als ich die Augen aufschlug, war es kurz vor Morgengrauen, der Gefreite war nicht mehr neben mir, sondern lag zusammengesackt auf den Treppenstufen. Ich glaube, er wollte sich, als er aus seiner Ohnmacht erwachte, nach draußen schleppen und ist gestürzt. Ich sah, daß er tot war, wahrscheinlich schon seit über einer Stunde. Sein Gesicht war kalt und bleich. Im selben Augenblick hörte ich Schritte im Schnee und Stimmen. Ich kauerte mich wieder in eine Kellerecke und rührte mich nicht von der Stelle. Einige Sekunden später beleuchtete der Strahl einer Taschenlampe die Leiche von Benjamin Gordes. Ich hörte »Scheiße!« Eine andere Stimme sagte etwas auf deutsch, das ich nicht verstand. Danach habe ich an den Schritten im Schnee erraten, daß sie fortgingen, aber ich blieb noch eine ganze Weile in meiner Ecke.

Es wurde Tag. Jetzt herrschte draußen tiefes Schweigen, wie fast immer nach einer Nacht, in der geschossen worden war. Ich fand, es sei an der Zeit abzuhauen. Ich zog meinen Mantel aus, meine Jacke und meine Stiefel. Ich schleppte die Leiche des Gefreiten zu mir herüber und zog ihn ebenfalls aus. Das Schwerste war, ihm meine Sachen anzuziehen, und auch die Schuhe natürlich. Die Kälte spürte ich schon nicht mehr. Aber meine Finger waren taub, und deshalb band ich die Schuhe, die ich ihm angezogen hatte, nicht mehr zu. Unordentlich legte ich meine Wickelgamaschen um seine Beine. Ich zog die zerrissene Jacke und den Mantel an, die ganz steif waren von getrocknetem Blut, auch die deutschen Stiefel, ich nahm Benjamin Gordes die Handschuhe und die Tasche mit den persönlichen Dingen ab. Für alle Fälle nahm ich auch die Binde von meinem Handverband, der mir schon seit geraumer Zeit abgefallen war, und wickelte sie Gordes um die Finger. Als mein Blick auf seine Kennmarke fiel, wurde mir klar, beinahe hätte ich das Wichtigste vergessen. Ich legte ihm meine Marke um den Hals und die seine um mein Handgelenk. Bevor ich ihn verließ, sah ich den armen Mann ein letztes Mal an, aber einen Toten kann man nicht mehr um Verzeihung bitten.

Draußen war ein neuer, weißer Tag, ohne Sonne am Himmel. Im Schnee, nahe der halbverbrannten Tür, fand ich Gewehr und Helm des Gefreiten. Ich warf sie in den Schützengraben Bingo. Ich ging durch das leere Gelände. Auf halbem Weg zwischen dem Keller und dem zerstörten Schneemann fand ich die Leiche des Soldaten, der Benjamin Gordes begleitet hatte. Er war am Rand eines Geschoßtrichters mit dem Kopf nach vorn gefallen, seine Brust war eingedrückt. Während ich vor diesem Toten stand, der nicht einmal fünfundzwanzig war, hörte ich, wie sich jemand im Schnee bewegte, unweit von mir. Da sah ich, wie der Bleuet sich aufrichtete und versuchte vorwärts zu kriechen, die Augen geschlossen und über und über mit Schlamm bespritzt. Ich ging zu ihm, setzte ihn hin. Er sah mich an und lächelte. Es war jenes Lächeln, das ich immer an ihm gesehen hatte, wie außerhalb der Welt, außerhalb der Zeit. Er lehnte sich an meine Schulter und Arme und versuchte mit aller Kraft, die er noch besaß, sich aufzurichten. Ich sagte zu ihm: »Warte, warte, ich lass' dich nicht allein. Bleib ganz ruhig.«

Ich sah nach seiner Verwundung. Sie war auf der linken Seite, weit unten am Rumpf, gerade über der Hüfte. Seine Jacke und sein Hemd waren an dieser Stelle von schwarzem Blut befleckt, aber ich habe gleich begriffen, wenn er sterben würde, dann nicht an dieser Verletzung. Sein Gesicht und sein Hals waren brennend heiß. Was ihn umbrachte, war, daß er so lange im Schnee gelegen hatte. Er brannte vor Fieber und schlotterte, an mich geklammert. Einen Augenblick, sagt Cet Homme, war ich versucht, wieder zu dem zu werden, der ich in diesem Krieg immer gewesen war, nur an mich zu denken und ihn da zu lassen. Ich habe es nicht getan.

Eins aber tat ich, ich nahm auch ihm seine Erkennungsmarke vom Handgelenk. Es begann wieder zu schneien. Zuerst kleine, langsame Flocken, fast nichts. Als ich Benjamin Gordes seine Marke abnahm und sie tauschte, fielen die Flocken schwerer und dichter, sie bedeckten das ganze verwüstete Land. Der Name des jungen Soldaten war Jean Desrochelles. Ich hatte noch so vieles zu tun, wollte ich aus der Kampfzone entkommen, ohne daß man mich verfolgte, aber ich fand plötzlich nicht mehr die Kraft, ich blieb neben der Leiche sitzen, ich konnte nicht mehr. Nach einer Weile schaute ich zum Bleuet hinüber. Er saß unbeweglich unter dem fallenden Schnee. Da raffte ich mich wieder auf. Das einzige, was ich sonst noch tat, war, daß ich das Gewehr von Jean Desrochelles nahm und es so weit wie möglich in Richtung des deutschen Schützengrabens warf. Um das übrige, seinen Helm und seine Taschen, kümmerte ich mich nicht. Ich ging zu Bleuet und sagte zu ihm: »Bleuet, hilf mir, versuch aufzustehen.« Ich schwöre Ihnen, ich hatte keine Kraft mehr.

Er klammerte sich an mir fest, einen Arm um meinen Hals gelegt. Schritt für Schritt gingen wir vorwärts bis zu dem toten Flußbett. Bleuet klagte nicht. Er warf ein Bein vor, dann das zweite. Wir stürzten. Er war ganz heiß, durch seine Kleider hindurch fühlte ich, wie heiß er war. Er zitterte. Sein Atem ging flach und pfeifend, seine Augen waren weit aufgerissen, aber sie blickten leer. »Kopf hoch, Bleuet!« sagte ich zu ihm. »Halt dich nur immer fest. Ich werde dich auf dem Rücken tragen.«

Dann nahm ich ihn auf den Rücken, faßte ihn bei den Beinen, und der Schnee fiel auf uns, und ich ging und ging.

Weiter hinten sah ich durch den Vorhang weißer Flokken Krankenträger, die zu den vorderen Linien gingen. Ich schrie. Ich sagte ihnen, sie sollten, wenn sie die Kompanien von Hauptmann Favourier fänden, sagen, der Gefreite Gordes sei unterwegs zum Notlazarett. Einer der Krankenträger rief mir zu: »Keine Sorge, Gefreiter, wir sagen es ihnen. Und wer ist dein Kamerad?« Ich sagte. »Der Soldat Jean Desrochelles.« Ich hörte: »Es lebe die Anarchie! Aber wir sagen es ihnen, mein Junge, sieh zu, daß sie dich evakuieren!«

Danach schleppte ich Bleuet in die Gräben, ich zog ihn an den Armen, um ihn die Abhänge hochzubekommen, das Schneien hatte aufgehört. Ich habe mich ein wenig ausgeruht. Engländer kamen vorbei. Einer gab mir etwas aus seiner Feldflasche zu trinken, etwas Scharfes. Er sagte mir in seinem merkwürdigen Französisch: »Gib nicht auf, Gefreiter, Combles ist dort. Dann stirbst du nicht, und dein Soldat auch nicht.«

Ich lief immer weiter, mit dem Bleuet auf dem Rücken, er hatte Schmerzen, klagte jedoch nicht, an meinem Hals spürte ich nur das fiebrige Pfeifen seines Atems. Dann kam da endlich eine Straße, mit vielen verwundeten Australiern, und wir wurden beide auf einen Lastwagen geladen.

Combles lag schon seit langem in Trümmern. Die Gebäude des halb englischen, halb französischen Lazaretts waren voll von dem chaotischen Lärm des Krieges, alles schrie durcheinander, Sanitäter und Schwestern mit Hauben rannten durch die Gänge, schließlich hörte man eine Lokomotive, die Evakuierte wegbringen sollte.

Dort verlor ich den Bleuet. Später, ich befand mich im ersten Stock und hielt eine Tasse Suppe in Händen, kam der Leutnant Jean-Baptiste Santini zu mir und sagte: »Ich lasse deinen Kumpel evakuieren. Seine Verletzung an der Hüfte ist nicht schlimm, mit seinem Handgelenk habe ich getan, was getan werden mußte, man wird denken, es war ein Schuß. Viel schlimmer ist, er hat sich eine böse Lungenentzündung geholt. Wie lange hat er im Schnee gelegen?« Ich sagte: »Eine ganze Nacht und einen ganzen Tag, und dann wieder eine ganze Nacht.« Er sagte: »Du bist ein tapferer Kerl, daß du ihn hergebracht hast. Ich weiß nichts davon, daß ich dich schon einmal gesehen habe, und auch deinen richtigen Namen habe ich vergessen. Ich lasse dich ebenfalls evakuieren. Und sobald du kannst, mach dich aus dem Staub, weit weg von allem, dieser Krieg hört sowieso irgendwann auf. Ich wünsche dir, daß du am Leben bleibst.«

Jean-Baptiste Santini, ein Stabsarzt, er war angewidert vom Krieg, aber die Ärzte waren es sicher mehr als jeder andere sonst. Eine Stunde später habe ich seine Leiche gesehen, unter einem umgestürzten Feldbett, mit abgerissenem Kopf.

Sie verstehen sicher, Mademoiselle, daß ich alle diese Dinge nicht mehr erzählen möchte. Als die Bombardierung begann, war der Bleuet schon seit langem in dem Zug, der ins Hinterland rollte. Ich habe ihn nie wiedergesehen. Wenn sie ihn in Paris oder anderswo vom Schlimmsten geheilt haben, nämlich daß er so viele Stunden im Schnee gelegen hat, weil grausame Menschen das so wollten, und wenn auch Sie ihn nicht wiedergesehen haben, dann bedeutet das, daß er wenigstens das Glück hatte, alles zu vergessen.

Als in Combles das Stockwerk einstürzte, gelang es mir, nach unten zu gelangen. Ich überquerte einen Hof, auf dem Soldaten lagen und um Hilfe schrien, andere liefen unter den Explosionen in alle Richtungen. Ich ging immer geradeaus, mit einem Evakuierungsbescheid, der an einem Knopf von Gordes' Mantel befestigt war, ich habe mich erst umgedreht, als ich mich auf freiem Feld befand.

Danach bin ich nachts gelaufen und habe am Tage geschlafen, habe mich in Gräben, Gebüschen, zerstörten Gebäuden versteckt. Alle Lastwagen, Kanonen und Soldaten, die an die Front unterwegs waren, kamen aus England. Später sah ich dann Felder, die waren weniger verwüstet, auf den Bäumen flatterten Vögel. Eines Morgens traf ich auf der Straße einen kleinen Jungen. Er sang das Lied *Auprès de ma blonde*. Da begriff ich, daß ich aus dem Krieg heraus war. Dieses Kind, das so alt war wie meines heute, führte mich zu seinen Eltern, Bauern wie ich, die wohl vermuteten, daß ich auf der Flucht war, aber mir nie eine Frage gestellt haben, bei der ich hätte lügen müssen. Eine Woche, vielleicht auch länger, half ich ihnen, ihre Scheune zu reparieren, ihre Zäune zu befestigen. Sie schenkten mir eine Samthose, ein Hemd und eine Jacke, keine Soldatenkleidung, und außerdem, weil man mir in Combles, um meine Verwundung zu versorgen, die Haare abrasiert hatte, eine Kreissäge wie die, welche der Bleuet seinem Schneemann aufgesetzt hatte.

Ich ging weiter. Ich lief nach Westen, um Paris zu umgehen, wo sie mich geschnappt hätten, lief Nacht für Nacht, schlief am Tage und aß, wenn der Zufall mir etwas bescherte und je nach der Freundlichkeit der Leute, dann wandte ich mich nach Süden und ging auf das schöne Land zu, das Sie hier sehen und wo immer alles wachsen wird, trotz der Dummheit der Menschen.

Warum gerade in diese Region der Brie? Das will ich

Ihnen sagen. Ich war hier einmal, als ich zwölf Jahre alt war. Das Waisenhaus hatte mich für ein halbes Jahr zu einem Bauern nach Bernay geschickt, der inzwischen gestorben ist und dessen Söhne sich an mich nicht erinnern. Wenn ich mit Mariette sprach, erzählte ich ihr immer von der glücklichen Zeit in Bernay, von meiner Sehnsucht, wieder in diesen Feldern zu sein, auf denen der Weizen schöner wächst als irgendwo sonst und wo die Sonnenblumen so hoch stehen, daß sich die Kinder darin verlieren. Sehen Sie meine Sonnenblumen an! Schon seit einer guten Woche müßte ich sie ernten. Jetzt weiß ich, warum ich es nicht getan habe. Morgen früh werde ich damit beginnen. In einer Nacht nämlich, lange nach dem Unglück, von dem ich Ihnen erzählt habe, habe ich im Schlaf von Ihnen geträumt, ohne Sie zu kennen, sie kamen durch dieses Feld auf mich zugelaufen, ich fuhr auf, wurde wach, ich war schweißgebadet, dann sah ich Mariette neben mir schlafen, aber ich bin sogar aufgestanden, um auf den Atem meines Sohnes zu lauschen. Ich hatte einen Alptraum gehabt und hatte Angst.

Heute bin ich froh, daß Sie meine Sonnenblumen noch sehen können. Mariette hat 1917, wie ich ihr in meinem Brief geschrieben hatte, unseren Hof in der Dordogne verkauft und kam mit unserem Kind nach Bernay. Ich wartete schon seit Tagen auf sie, ich saß auf einer steinernen Bank gegenüber dem Gasthaus, in dem ich wohnte, oberhalb des Marktplatzes. Einmal haben mich Gendarmen gefragt, wer ich sei. Ich habe ihnen meinen Kopf und meine Hand gezeigt. Da sagten Sie: »Entschuldigung, mein Junge. Aber es gibt so viele Deserteure.« Mariette kam an einem Morgen im März mit dem Bus aus Tournan, Titou war ganz in blaue Wolle gekleidet.

Ein paar Monate früher, während des furchtbaren August 1916, hatte ich Mariette in unserer Geheimsprache geschrieben, ich werde an der Gare de l'Est sein. Ich hatte mir selbst Urlaub verschafft, ohne Papiere. Sie begriff und war dort. Aber an den Sperren im Bahnhof wurde stark kontrolliert, und so habe ich gar nicht erst gewagt, durchzugehen. Wir küßten uns durch das Gitter. Ich spürte ihre Wärme, und plötzlich war ich, der ich nie im Leben geweint hatte, nicht mal als Kind, auch nicht, als ich in den Kinderheimen Schläge bekam, nicht mehr stark genug, die Tränen zurückzuhalten. An dem Tag habe ich beschlossen, aus eigener Kraft aus diesem Krieg herauszukommen.

Ich werde nie mehr weinen, Mademoiselle. Seit ich Ihren Verlobten auf dem Rücken getragen habe, heiße ich Benjamin Gordes, bin der Verwalter der Witwe Notre-Dame, und die Leute hier nennen mich, weil ich das lieber mag, Benoît. Titou weiß mit allen Fasern seines Fleisches, daß ich sein Vater bin. Ich warte noch. Ich warte, solange es nötig ist, bis der Krieg in allen Köpfen das sein wird, was er immer war, die übelste, grausamste, sinnloseste Dummheit, ich warte, bis im November keine Fahnen mehr an den Kriegerdenkmälern hochgezogen werden, bis die armen Frontschweine mit ihren verdammten Baretten auf dem Kopf, einem Arm oder Bein weniger, aufhören sich zu versammeln – um was zu feiern? In der Tasche des Gefreiten habe ich außer dem Wehrpaß, seinem Personalausweis und ein wenig Geld auch ein paar Fotos gefunden. Sie waren zu nichts gut, nur daß ich ihn dann noch mehr bedauerte. Eines vor allem, auf dem ich die fünf Kinder sah, Jungen und Mädchen, alles seine. Dann aber habe ich mir gesagt, daß die Zeit weitergeht und das Leben stark genug ist, um sie auf seinem Rücken zu tragen.

Ich glaube, Ihr Wagen kommt zurück. Ich werde Sie jetzt allein lassen und ruhig in mein Haus zurückgehen. Ich weiß, daß ich von Ihnen nichts zu befürchten habe, daß Sie mich nicht anzeigen werden. Sollten Sie den Bleuet lebend wiedersehen und er die Erinnerung an diese bösen Tage verloren haben, rufen Sie sie ihm nicht ins Gedächtnis. Schaffen Sie neue gemeinsame Erinnerungen, wie ich mit Mariette. Ein Name, das kann ich Ihnen sagen, bedeutet überhaupt nichts. Meinen habe ich durch Zufall erhalten. Und durch Zufall habe ich später den eines anderen angenommen. Auch der Bleuet ist, wie Benoît Notre-Dame, an einem Januarsonntag am Bingo Crépuscule umgekommen. Sollten Sie eines Tages einen Jean Desrochelles wiederfinden, wäre ich glücklicher darüber, als Sie glauben. Schreiben Sie es mir. Erinnern Sie sich an eine Adresse, die nur Cet Homme gehört. Ich wohne bei Bernay, im Departement Seine-et-Marne. Ich wohne am Ende der Welt.

Generalleutnant Byng in der Abenddämmerung

An diesem Sonntagabend, dem letzten im August, erzählt Mathilde, die inzwischen in die Rue La Fontaine zurückgekehrt ist, alles ihrem Vater. Sie öffnet ihm den Mahagonikasten. Und während er noch liest, schläft sie ein. Sie träumt von ihren Katzen, die Dummheiten anstellen. Und von Bénédicte, die herumschreit.

Morgens bringt ihr der Vater ein Telegramm von Germain Pire, aufgegeben in Saintes:

Habe ins Schwarze getroffen, wie Sie gehofft hatten. Habe Ihre Nachricht über meinen Bruder erhalten. Fahre nach Melun. Bald werden die Mimosen in meinem Zimmer duften.

Am nächsten Tag, Dienstag, dem 2. September 1924, gegen drei Uhr nachmittag, trifft ein zweites Telegramm des kleinen Mannes mit den weißen Gamaschen ein, der schlauer als ein Marder ist.

Er lebt. Rühren Sie sich nicht von der Stelle, Matti, bitte nicht. Ich komme.

Das Telegramm wurde in Milly-la-Forêt aufgegeben, fünfzig Kilometer von Paris entfernt.

Mathilde ist im kleinen Salon, zusammen mit ihrem Vater, ihrer Mutter, Sylvain und noch jemand anderem, an den sie sich heute, wo sie diese Zeilen schreibt, nicht mehr erinnert. Vielleicht Papas Chauffeur Jacquou, den sie hartnäckig Fend-la-Bise nennt, wie den ihrer Kindheit. Vielleicht auch ihre weder schöne noch schwesterliche Schwägerin, vielleicht ein schwarzer Schatten über ihren Träumen. Das Telegramm ist ihr aus der Hand gefallen. Sie hat so viele Tränen in den Augen, daß sie weder Sylvain noch sonst jemanden sieht. Sie sagt: »Verdammt, was bin ich doch blöd.«

Danach liegt sie Mathieu Donnay, ihrem Vater, in den Armen. Danach ist sie in ihrem Zimmer. Danach öffnet sie ihren Mahagonikasten, um das Telegramm hineinzuwerfen, und schließt ihn, wie sie glaubt, zum letzten Mal.

Sie irrt sich. Die Zeit geht weiter, wie Cet Homme gesagt hat, und das Leben ist stark genug, uns auf seinem Rücken zu tragen.

Im Juli 1928, fast vier Jahre später, kommt ein Brief aus Kanada, geschrieben von einem Trapper vom Lake Saint John's und auch Gelegenheitsdichter, der ihr schildert, wie er am Bingo Crépuscule fünf Soldaten begraben hat.

Nach zwanzig weiteren Jahren und sogar einem weiteren Krieg, im September 1948, erhält Mathilde einen Brief, der auch in den Mahagonikasten gehört, zusammen mit einem Gegenstand, der gerade noch eben so hineinpaßt. Der Brief stammt von dem Einarmigen aus dem »Cabaret Rouge«.

Madame,
Ich habe Rab de Rab wiedergesehen. Er hat mich überredet, Ihnen das hier zu schicken, ich habe es auf dem Speicher bei einer Dame gefunden, und eigentlich würde es gut in mein Museum passen. Ich erinnere mich noch an unsere Begegnung. Ich hoffe, ich kann Ihnen mit diesem Stück Holz eine Freude machen. Mit besten Grüßen

Hyacinthe Deprez

Darunter hat Célestin Poux, den sie ein ums andere Jahr sieht, der geheiratet hat, eine Tochter mit Namen Mathilde hat, geschieden ist und immer noch häufig den Standort wechselt, in seiner schönsten Schrift hinzugesetzt:

Dafür brauchte ich kein Waisenkind zu werden.

Der Gegenstand, den der Einarmige Mathilde schickt, ist das hölzerne Namensschild von Bingo. Es ist gestrichen und immer wieder überstrichen worden und dennoch verwaschen, verwittert, auf der einen Seite ist nur noch BY und CUL zu lesen, Mathilde findet, das paßt. Die andere Seite zeigt ein vergilbtes Ölgemälde, das Werk eines unbekannten Soldaten der Grande Guerre, des großen Krieges, wie man ihn nennt, vielleicht um die Menschen glauben zu machen, daß es auch kleine gibt. Darauf erkennt man, wie Mathilde es sich früher vorgestellt hat, einen britischen Soldaten im Halbprofil, mit gewachsten Reitstiefeln, Mütze auf dem Kopf, Reitgerte in den auf dem Rücken gekreuzten Händen. Es ist Abend, denn rechts ist eine Sonne zu sehen, die den Horizont über dem Meer rot färbt. Ein graues Pferd weidet im Vordergrund. Am Ufer steht ein Palme, damit es nicht so leer aussieht. Ganz links am Rand ist noch ein eigenartiges Dach zu sehen, eine Kuppel oder ein Minarett. Unten im Bild steht in feinen, sehr sorgfältigen Buchstaben, vielleicht mit chinesischer Tusche geschrieben: *Generalleutnant Byng in der Abenddämmerung. 1916.*

Es ist ein Gemälde in Gelb, Rot und Schwarz, vermutlich von einem kanadischen Soldaten gemalt, da die Unterzeile französisch ist, und fast fünfzig Zentimeter breit, so daß es nur mit Mühe in den Mahagonikasten paßt.

In jenem September 1948 schaut Mathilde in der öffentlichen Bibliothek von Hossegor im großen Lexikon *Larousse* nach.

Julian Hedworth Byng ist der Mann, der im Jahr 1917 mit seinen kanadischen Divisionen die siegreiche Offensive von Vimy geführt hat. Derselbe Byng hat an der Spitze seiner Panzer 1918 die entscheidende Schlacht von Cambrai gewonnen. Und immer noch derselbe war nach dem Krieg Generalgouverneur von Kanada und leitete schließlich Scotland Yard, bevor er zum Marschall ernannt wurde und in den wohlverdienten Ruhestand trat.

General Byng, du Teufelskerl, sagt sich Mathilde, nachdem sie den Bericht seiner Heldentaten in den Kasten gelegt hat, da bist du wider Willen in eine seltsame Affäre verstrickt. Wie ein gewisser Mann, der sich sehr unflätig ausdrückte, sammelt sie Briefmarken, die sie sorgfältig in Alben steckt, und sie besitzt zwei Sondermarken, die 1936 anläßlich der Einweihung des Denkmals von Vimy herausgebracht wurden, zum Gedächtnis an die im Krieg gefallenen Kanadier. Die eine ist rotbraun, die andere blau. Immer wenn sie sie betrachtet, hofft sie, daß der Maler des Bildes nicht unter ihnen ist, aber leider waren es viele.

Und noch ein paar Jahre später fügt ein anderer General, ein französischer diesmal, sein Zeugnis zu den Schriftstücken in dem Mahagonikasten. Anfang Januar 1965 erhält Mathilde eine Nachricht von Hélène, der Tochter von Elodie Gordes, mit der sie befreundet ist, ebenso wie mit ihren Geschwistern, wie mit Baptistin Notre-Dame und den beiden Töchtern von Six-Sous. Hélène ist Lehrerin am Gymnasium und schickt ihr eine Fotokopie der Seite 79 eines im Herbst zuvor erschienenen Buches: der *Cahiers secrets de la Grande Guerre** von Marschall Fayolle. Da steht unter dem Datum des 25. Januar 1915 folgende Eintragung:

* *Geheime Tagebücher aus dem Ersten Weltkrieg.*

Treffen in Aubigny. Von den 40 Soldaten einer benachbarten Einheit, die sich durch Gewehrschuß an einer Hand verstümmelt haben, wollte Pétain 25 erschießen lassen. Heute gibt er nach. Er gibt Order, sie zu fesseln und jenseits des Grabenwalls vor den am nächsten gelegenen feindlichen Schützengräben auszusetzen. Sie sollen die Nacht dort verbringen. Er hat nicht gesagt, ob man sie Hungers sterben lassen soll. Charakter, Energie! Wo hört der Charakter auf, und wo beginnt die Bestialität, die Roheit!

Von diesem Tag an teilt Mathilde die Vorliebe der drei Schwätzer, die ihr damals im »Cabaret Rouge« so auf die Nerven gegangen waren. Nun ehrt auch sie den Marschall Marie-Emile Fayolle: was tuts, wenn sie sich damit selbst widerspricht, bei ihrem mangelnden Sinn für Uniformen. Es braucht immer eine Ausnahme, die die Regel bestätigt.

Germain Pire
(Der Rest des Briefkopfs ist gestrichen)

Dienstag, den 2. September 1924, in der Nacht

Meine liebe Matti,
ich lasse Ihnen diesen Brief gleich bringen, sobald die Sonne aufgegangen ist. Was ich Ihnen mitteilen will, kann ich Ihnen am Telefon nicht sagen, und ich möchte, daß Sie Zeit zum Nachdenken haben. Es ist eine traurige Geschichte und wahrscheinlich die verrückteste, von der ich je in meinem Beruf erfahren habe. Aber ich bin nun bald sechzig Jahre und ich habe einen Verlust erlebt, der mich furchtbar getroffen hat, damals im Jahr 1922, als Sie mich so niedergeschlagen fanden, ich hatte den Menschen ver-

loren, den ich am meisten auf der Welt liebte, meinen jüngeren Bruder Charles. Seitdem schäme ich mich nicht mehr zu weinen, wundere ich mich nicht mehr über die Torheiten, zu denen uns ein großes Leid in der Liebe bringen kann.

Ich komme soeben aus Milly-la-Forêt zurück. Ich habe Ihren Verlobten Manech gesehen, der jetzt Jean Desrochelles ist, und jene Frau Juliette, die sich seine Mutter nennt und vor Angst vor Ihnen fast vergeht. Jean Desrochelles hat seit jenem Morgen im Schnee, an dem ihn ein Kamerad, der mich mit den Menschen wieder versöhnt, auf seinem Rücken davongetragen hat, sein Gedächtnis vollkommen verloren. Er mußte sogar wieder sprechen lernen. Die Psychiater, die ihn seit 1917 behandeln, lassen nur wenig Hoffnung, doch die werden wohl am besten wissen, daß jeder Fall von Amnesie ein anderer ist – wer also wollte da eine Prognose wagen? Juliette Desrochelles, die in Saintes eine kleine Buchhandlung besaß, mußte die Stadt verlassen, in der ihre schreckliche Lüge schnell ans Licht gekommen wäre, sie ist 1918 nach Noisy-sur-Ecole gezogen, das ist ganz in der Nähe von Milly-la-Forêt. Er selbst ist, soweit man das in einem solchen Fall sagen kann, bei bester Gesundheit, ein junger Mann von offiziell neunundzwanzig, in Wirklichkeit aber sechsundzwanzig Jahren, mit dunklem Haar, groß und schlank, mit grauen oder blauen Augen, die mich erschüttert haben, so wie sie alle erschüttern, die ihm begegnen, dabei sind sie schön, aufmerksam und manchmal sogar fröhlich – aber am Grund dieser Pupillen ist eine gemarterte Seele, man sieht sie ganz nackt, eine gemarterte Seele, die um Hilfe ruft.

Die traurige Geschichte der Juliette Desrochelles, ich wage es zu sagen, ist trotz ihrer Verrücktheit von unerbittlicher Einfachheit, wie alle Dinge, von denen man im Herzen weiß, daß sie anders nicht sein könnten. Sie bekam ihren einzigen Sohn mit vierzig Jahren. Ihr Mann starb während ihrer Schwangerschaft an einer Herzattacke, in seiner Buchhandlung, als er sich über einen Verleger aufregte, der ihm Exemplare eines Romans geliefert hatte, in denen der Name der Heldin durch einen Druckfehlerteufel systematisch gelöscht war. An den Titel des Romans erinnert sie sich nicht. Ich überlasse es Ihnen, sich vorzustellen, es wäre *Rot und Schwarz* gewesen, und die Heldin Mademoiselle de La Mole; der Teufel, der mir meinen Bruder genommen hat, ist überall.

Diese Witwe zog also ihren Sohn allein groß, er war intelligent, zärtlich, gehorsam, wohingegen sie selbst einen unbeugsamen, besitzergreifenden Charakter hat. Er war erfolgreich in der Schule, half in der Buchhandlung, sobald er mit siebzehn sein Abitur gemacht hatte. Drei Jahre später, 1915, holte ihn der Krieg. Im November 1916 kam er auf Urlaub. Sie sollte ihn nie wiedersehen.

Ende Januar 1917, als sie seit Wochen keinen Brief mehr von ihm erhalten hatte, nachts nicht mehr schlafen konnte und am Tag die Ämter verhexte, in denen ihr niemand Auskunft geben konnte, fuhr ein Urlauber aus Tours, Träger einer furchtbaren Nachricht, im Zug weiter bis nach Saintes. Es war der Gefreite Urbain Chardolot. Er hatte Jean Desrochelles in den Armen gehalten, als dieser vor einem Schützengraben an der Somme tot hingestreckt lag; er gab seiner Mutter zusammen mit anderen Gegenständen den letzten Brief, den er vor den Kämpfen geschrieben hatte. In diesem Brief brachte Jean seinen ganzen Haß auf den Krieg zum Ausdruck. Worüber er nichts sagte – was aber Urbain Chardolot der Mutter nicht verbergen konnte –, war das Schicksal der fünf Soldaten, die sich selbst verstümmelt hatten und die man gefesselt vor den feindlichen Schützengraben geworfen hatte.

Er blieb den ganzen Tag bei ihr, er brachte es nicht übers Herz, sie in ihrem Kummer allein zu lassen. Sie weinte, fragte ihn aus, weinte wieder. Schließlich gestand ihr der Gefreite, daß der Jüngste der Verurteilten durch einen Austausch der Erkennungsmarken die Identität von Jean Desrochelles hatte annehmen können und daß er, Urbain, es nicht verraten habe, weil er schon zu verbittert gewesen sei, und – das wiederholt sie heute – »wenn man Jeannot schon nicht zurückholen kann, so soll sein Tod wenigstens einem anderen das Leben retten.«

Sie sind zu feinfühlig, mein Kind, um nicht zu erraten, was geschah, als Juliette Desrochelles ins Militärhospital von Châteaudun gerufen wurde, um ihren Sohn zu identifizieren. Ich erzähle es Ihnen trotzdem: Eine Schwester führte sie in einen großen Saal, in dem die Verwundeten durch weiße Vorhänge voneinander abgeschirmt waren, sie ließ sie dort auf einem Stuhl sitzen, neben dem Bett, in dem ein anderer Jean als der ihre schlief. Als er erwachte, die Augen aufschlug, lächelte und fragte, wer sie sei, hatte sie eine gute Stunde damit zugebracht, ihn im Schlaf zu betrachten und ihn schon zu lieben, jedenfalls war er ein Grund, weiterzuleben. Zum ersten Mal legte sie ihm besänftigend die Hand an die Wange und antwortete: »Deine Mama.«

Natürlich werden Sie sich empören über eine Tat, die Ihnen die Hoffnung geraubt, eine andere Mutter vor Kummer getötet und einen Vater in den See von Hossegor getrieben hat. Denken Sie gut nach. Die Dinge – wie es so oft unsere Obrigkeit sagt, um nicht erklären zu müssen, was ihr Vermögen übersteigt –, die Dinge sind nun einmal so. Aber hier kann ich es Ihnen erklären. Bestenfalls werden Sie, wenn Sie sich wehren und die Familien und die Justiz rebellisch machen, erreichen, daß Manech, der heute glücklich, voll Vertrauen und seit sieben Jahren mit dieser Frau verbunden ist, sein Leben in einer Irrenanstalt beschließt. Auch Juliette Desrochelles wird daran zugrunde gehen, und das hat sie trotz ihrer Lügen und selbst trotz ihres Egoismus nicht verdient. Sie hat alles aufgegeben, um sich ganz ihm zu widmen, alles verkauft, Saintes und ihre Verwandten verlassen, auch Freunde, die sie nicht mehr sehen kann, aus Angst, daß man sie entlarven könnte. Sie wohnt in einem kleinen Haus mit einem hübschen Garten in der Nähe von Milly-la-Forêt, wo ich Sie heute nachmittag hinführen werde, wenn Sie diesen Brief gelesen haben. Denken Sie gut nach, Matti. Ich weiß, wie hartnäckig Sie sind. Lassen Sie die Tage vergehen, die Verletzungen, die Rachegefühle, alles. Lassen Sie das Leben Ihre Wunden schließen. Bedenken Sie, Ihre Brautzeit hat so lange gewährt, sie kann ruhig noch ein wenig dauern.

Ich füge ein paar Worte von Juliette Desrochelles bei, die sie Ihnen schreiben wollte. Die Schrift werden Sie wiedererkennen. Sie hatten recht: Sie war es, die Ihnen seinerzeit jenen anonymen Brief geschrieben hat, nachdem sie auf einer Zeitungsseite, in der ihr frischgekaufter Salat eingewickelt war, tief erschüttert Ihre Annonce gelesen hat. Sie schrieb Ihnen in der naiven Hoffnung, Sie zu entmutigen, und hat den Brief in Melun aufgegeben, um die Spuren zu verwischen.

Ich weiß, Matti, niemand und nichts hat Sie je aufgehalten, niemand und nichts wird das je vermögen, solange Sie am Leben sind. Doch ich will Ihnen, um Sie zu überzeugen, falls das notwendig ist, etwas Seltsames und sehr Schönes erzählen. Manech hat 1918 in Cambo-les-Bains, wo er zur Erholung war und wo auch Juliette Desrochelles in einer Familienpension in seiner Nähe wohnte, begonnen, sich für Malerei zu interessieren. Ich habe seine Bilder gesehen, dort in dem kleinen Haus, in das ich Sie heute nachmittag führen werde. Alles, was ich Ihnen darüber sagen kann, ist, daß sie vollkommen abstrakt sind, Explosionen von Farben, aber daß sie ein Wunder sind, sie schreien alle Dinge heraus, die schrecklich und aufgewühlt sind wie das Meer im November und die man am Grunde seiner Augen sieht.

Sie werden diese Bilder sehen. Und Sie werden einer harten Rivalin begegnen, Matti.

Dennoch bleibe ich, das wissen Sie, Ihr eifrigster, treuester und Sie am meisten liebender Bewunderer.

Überlegen Sie gut. Bis gleich.

Germain Pire

Was Juliette Desrochelles Mathilde geschrieben hat, in derselben Schrift, mit derselben Bündigkeit und auf dem gleichen rosafarbenen Papier wie den Brief aus Melun, läßt sie wieder einmal das Salz ihrer Tränen schmecken:

Nehmen Sie ihn mir nicht weg, ich bitte Sie, nehmen Sie ihn mir nicht weg. Wir würden beide daran sterben.

Als Mathieu Donnay mittags zum Essen kommt, zeigt ihm Mathilde den Brief von Germain Pire und die beigelegten Worte. Er sagt nur, wie Parle-Mal im Schützengraben: »Scheißleben!«

Sie fragt ihn, ob er etwas dagegen hätte, da sie angesichts der Ereignisse eine Weile in der Nähe von Milly-la-Forêt wohnen müsse, ein Haus dort für sie zu mieten oder zu kaufen und jemanden zu suchen, der sich um sie kümmern könnte, am liebsten eine glückliche Natur, da Sylvain ja in Hossegor bleiben müsse und es herzlos sei, Bénédicte von einem so gutaussehenden Mann zu trennen.

Ihr Vater antwortet, was sie erwartet hat: Er kenne sie besser als jeder andere, jedenfalls mit dem Herzen, er wisse sehr wohl, daß, wenn sie sich etwas in den Kopf gesetzt habe und jemand damit nicht einverstanden sei, dieser jemand mit nichts mehr zu rechnen brauche.

Bei der Fahrt am Nachmittag, die Mathilde später die Expedition nach Milly nennen wird, sind die Sonne, der Himmel und die gesamte Natur auf ihrer Seite. Als richtige Frau hat sie sich so schön gemacht, wie sie nur kann. Sie ist ganz in Weiß gekleidet, um frisch zu wirken, hat einen Hauch von Lippenstift aufgetragen, die Augenbrauen leicht nachgezogen, dazu ihre strahlenden Zähne, aber bloß keine Wimperntusche, sie weiß, was daraus wird, wenn man in Tränen ausbricht. Sie fährt im Delage, mit Sylvain und ihrem Roller, der viel Platz braucht. Papa folgt ihnen mit Germain Pire in einem anderen Wagen, Fend-la-Bise sitzt am Steuer.

Auf dem Marktplatz von Milly-la-Forêt, wo eine große hölzerne Halle aus der Zeit von Jeanne d'Arc oder gar aus der ihrer Großmutter steht, bittet sie Sylvain zu halten. Ihrem Vater, der zur Wagentür kommt, erklärt sie, sie wolle allein zum Haus der Desrochelles fahren, sie sehe einen hübschen Gasthof an diesem schönen Platz, er möge dort schon ein Zimmer für sie und Sylvain reservieren lassen, auf der anderen Seite des Platzes hänge das Schild eines Maklers, sie würden Zeit gewinnen, wenn er sich schon mal umsähe. Und sie drückt ihrem Vater fest die Hand. »Sei brav«, sagt er wie früher, gestern oder vorgestern, als sie noch ein kleines Mädchen war.

Das Haus von Juliette Desrochelles liegt unter Bäumen auf einem Hügel, ganz nah, es ist aus grauem Stein und mit flachen Ziegeln gedeckt, es hat einen kleinen Garten nach vorn und einen größeren nach hinten hinaus. Und sehr viele Blumen.

Als Mathilde im Haus ist, in ihrem Rollstuhl sitzt und alle inständigen, flehentlichen, törichten Sätze gesprochen sind, bittet sie Juliette Desrochelles, ihre künftige Schwiegermutter, sie bis zum rückwärtigen Garten zu fahren, wo Manech gerade malt, und sie einen Augenblick mit ihm allein zu lassen. Er weiß von ihrem Besuch.

Man hat ihm gesagt, ein junges Mädchen, das er sehr geliebt habe, komme ihn besuchen. Er hat nach ihrem Namen gefragt und ihn schön gefunden.

Als Juliette Desrochelles und Sylvain sich zurückziehen, ist Mathilde zwanzig Schritte von ihm entfernt. Er hat schwarzes, ganz lockiges Haar. Er kommt ihr größer vor, als sie ihn in Erinnerung hatte. Er sitzt vor einer überdachten Leinwand. Gut, daß sie keine schwarze Wimperntusche genommen hat.

Sie versucht näher an ihn heranzukommen, aber der Weg ist mit Kies bedeckt, es ist schwierig. Da wendet er den Kopf in ihre Richtung und sieht sie. Er legt seinen Pinsel nieder und kommt näher, und je näher er kommt, je näher er kommt, desto mehr beglückwünscht sie sich, keine Wimperntusche genommen zu haben, sie will nicht weinen, aber es ist stärker als sie, einen Moment lang sieht sie ihn nur noch durch Tränen hindurch. Sie wischt sie schnell weg. Zwei Schritte vor ihr ist er stehengeblieben. Sie könnte die Hand ausstrecken, und wenn er dann noch näher käme, ihn berühren. Er ist derselbe wie früher, nur noch schmaler, schöner als jeder andere, mit Augen von einem blassen Blau, wie Germain Pire geschrieben hat, fast grau, ruhig und sanft, und tief an ihrem Grunde etwas, das kämpft, ein Kind, eine gemarterte Seele.

Er hat dieselbe Stimme wie früher. Der erste Satz, den sie von ihm hört, es ist schrecklich, er fragt: »Kannst du nicht laufen?«

Sie schüttelt den Kopf, bedeutet ihm nein.

Er seufzt und geht zu seinem Bild zurück. Sie bewegt ihre Räder und fährt auf den Schuppen zu.

Wieder wendet er ihr den Blick zu, lächelt sie an. Er sagt: »Willst du sehen, was ich male?«

Sie nickt.

Er sagt: »Ich zeige es dir gleich. Aber nicht sofort, es ist noch nicht fertig.«

Sie wartet, setzt sich sehr gerade hin, kreuzt die Arme über den Knien und sieht ihn an.

Ja, sie betrachtet ihn, sie betrachtet ihn, das Leben ist lang und kann noch viel mehr auf seinem Rücken tragen.

Sie betrachtet ihn.

Montagmorgen

Um zehn Uhr kamen Soldaten aus Neufundland auf das Niemandsland vor dem Schützengraben des Mannes Byng, eine fahle Sonne drang endlich durch den weißen Himmel, und überall schwiegen die Kanonen für eine Weile.

Auf ihrem Weg durch die Gräben hatte es geschneit. Ihre Mäntel waren triefendnaß, sie froren. Jeder von ihnen, der sich durch den Schnee quälte, zog seinen Atem hinter sich her, auch seine Sorgen, und seine Angst, und den Gedanken an die Seinen, die er vielleicht nicht mehr wiedersehen würde.

Sie waren im ganzen zehn und wurden befehligt von einem freundlichen Sergeanten, der in Friedenszeiten Trapper war in vereisten, noch viel stilleren und weiteren Ebenen als hier, wo er nur mit Bären und Wölfen kämpfen mußte.

Während drei von ihnen in den von Bomben verwüsteten französischen Schützengraben hinabstiegen, erkundeten drei andere den der Deutschen. Die draußen blieben und das Gelände absuchten, fanden fünf zerstreut daliegende Leichen französischer Soldaten.

Der erste, den sie sahen, kniete in einem Loch, mit offenen Augen; unter dem Schnee, der fest an ihm klebte, sah er wie eine Gebetsstatue aus. Ein anderer, noch sehr jung, der einzige, der nicht an der Hand verletzt war, der einzige auch, der noch seine Regimentsnummer am Hals und seine Rangabzeichen trug, war nach hinten gestürzt, auf dem Gesicht einen Ausdruck von Erlösung, die Brust von einem Geschoß zerfetzt.

Der Sergeant war entsetzt über die Barbarei der Feinde, die den armen Getöteten alles geraubt hatten, um es mit nach Hause zu nehmen und sich vor ihrem ›Fräulein‹ damit zu brüsten.

Er sagte zu denen, die bei ihm waren, jeder Mann der in seinen Schuhen sterbe, habe einen Anspruch auf ein anständiges Grab, man könne zwar nicht alle auf den Schlachtfeldern gefallenen Soldaten beerdigen, aber diese sehr wohl, denn der Mann, der da kniee, bitte sie darum, und wenn sie es nicht täten, würde es ihnen bestimmt Unglück bringen.

Also machten sie sich diese Mühe, die Leute aus Neufundland, an einem kalten Morgen unter vielen anderen im Krieg, und Richard Bonnaventure war ihr Patrouillenchef, er hatte den hohen Norden kennengelernt und mit Eskimos gejagt, und darin war er dem Knieenden gleich, nur daß er's nicht wußte.

Sie legten die Toten in einen Bombentrichter, sie lasen ihre Namen von den Kennmarken auf ihrer Brust und den Armbändern, und der Sergeant schrieb sie nacheinander in sein Merkbuch.

Dann fanden sie im feindlichen Schützengraben eine Plane aus gutem, haltbarem Segeltuch, sie deckten die Toten damit zu, klappten ihre Spaten auf, schlossen das Loch und beeilten sich sehr dabei, denn die Schießerei hatte bei Sonnenaufgang, wie bei ihrem Untergang, aufs neue begonnen, es war wie ein langer Trommelwirbel, der sie wieder in den Krieg rief.

Bevor sie weitergingen, ließ sich Dick Bonnaventure von einem seiner Leute, der, was ihm noch an Tabak blieb, in seine Tasche schüttete, eine rote Blechdose geben. Er steckte sie zu zwei Dritteln in die Erde, nachdem er für die, die das Grab finden würden, einen Zettel hineingelegt hatte, eine aus seinem Heft gerissene Seite, auf die er, auf seine Knie gestützt, mit Bleistift geschrieben hatte:

Fünf französische Soldaten
ruhen hier
sie starben mit ihren Schuhen an den Füßen
als sie den Wind verfolgten

dann den Namen des Ortes

an dem die Rosen verwelken

und ein Datum

Vor langer Zeit.

Hossegor, 1989.
Noisy-sur-Ecole, 1991.